U0589747

梁七少 著

终极战兵

决|战|风|云

3

北京时代华文书局

图书在版编目（CIP）数据

终极战兵.3，决战风云/梁七少著.——北京：北
京时代华文书局，2020.1
ISBN 978-7-5699-3387-1

Ⅰ.①终… Ⅱ.①梁… Ⅲ.①都市小说－中国－当代
Ⅳ.① I247.5

中国版本图书馆 CIP 数据核字（2019）第 285056 号

终极战兵3：决战风云
ZHONGJI ZHANBING 3：JUEZHAN FENGYUN

著　　者｜梁七少

出 版 人｜陈　涛
责任编辑｜张彦翔　周连杰
装帧设计｜仙　境
责任印制｜刘　银
出版发行｜北京时代华文书局 http://www.bjsdsj.com.cn
　　　　　北京市东城区安定门外大街 136 号皇城国际大厦 A 座 8 楼
　　　　　邮编：100011　　电话：010-64267955　64267677
印　　刷｜河北照利印刷有限公司　13031030811
　　　　　（如发现印装质量问题，请与印刷厂联系调换）
开　　本｜700mm×990mm 1/16　印　张｜20　字　数｜296千字
版　　次｜2020 年 4 月第 1 版　　印　次｜2020 年 4 月第 1 次印刷
书　　号｜ISBN 978-7-5699-3387-1
定　　价｜48.00元

版权所有，侵权必究

目
录

01　圣手医怪

龙炎教官

堂堂凌家大少，无论是在京城还是在其他地方都赫赫有名，所到之处他都是被前呼后拥着，众星捧月般的存在，哪里遭遇过这样的侮辱？被人当面扇了两个耳光这样的耻辱已经越过了凌绝峰的底线，这两个耳光何尝不是在打整个凌家的脸呢？

凌绝峰恨得发狂，恨不得立即将萧云龙碎尸万段。

"绝峰，还不是你惹出来的祸！我让你不要胡来，这下可算是闹出事来了。看来是我平时对你太过于宠溺，才会让你如此目中无人。你这脾气该改一改了。"凌老爷喝声说道。

"爷爷，那两个耳光打我脸上，这跟打我们凌家的脸面有什么区别？你怎么还训起我来了？"凌绝峰不满地说道。

"你真是糊涂！平时你挺聪明的，怎么这一次来到江海市，你就像完全变了个人一样？变得如此糊涂冲动！"凌老爷脸色一沉，他缓缓说道，"你没看到罗老跟萧家的人在一起吗？罗老身份尊贵，跺一跺脚，整个大地都要晃动，连爷爷我在他面前都要恭恭敬敬。在没有查清楚罗老跟萧家是什么关系之前，我们绝不能轻举妄动。"

"爷爷，罗老不是一直在军中吗？怎么会出现在萧家武馆？"凌绝峰满脸疑惑地问。

"这也是我好奇的地方。罗老被尊为国家元勋人物，德高望重，备受百姓拥戴。罗老一直以国为先，大部分时间都是待在军中，偶尔回到京城也是深居简出，更不会平白无故地造访别人。这一次罗老竟然现身萧家武馆，这很不简单。如果萧家与罗老扯上关系，我们要动萧家，这跟动罗老有什么区别？这会引发什么后果，你想过吗？"凌老爷语气凝重地说道。

凌绝峰闻言后浑身忍不住打了个寒战，凌家在京城是一个名望世家不假，可即便是势力庞大如凌家，在罗老这样的大人物面前根本就不值一提。

"难道我们就对付不了萧家吗？这口气我咽不下去！"凌绝峰怒声说道。

凌老爷眼中精芒闪动，他缓缓说道："凭着我对萧家的了解，萧家与罗老根本就没有关系。你放心吧，对付萧家的办法有的是。萧家要想崛起，重现辉煌，这不可能。有不少比我们更看不得萧家崛起的人。所以，我们无须露面，只需要在背后推波助澜一番，总会有人去对付萧家的。"

"我想要亲手将萧云龙给废了！"凌绝峰恨声说道。

"绝峰，不要着急，机会后面会有的。待到萧家被瓦解崩溃之际，我们在后面推一把，足以将萧家推下深渊。那时，今日我凌家所受之辱，必可百倍千倍地讨回。"凌老爷又说道，"所以现在，我们所要做的就是等。君子报仇，十年不晚。笑到最后的，才是真正的赢家。"

凌绝峰深吸口气，他就算心有不甘，也只能暂时忍着了。

"此外，绝峰你的武道修为在同代人中已经很高，不过目前你与萧云龙对战，还没有足够的胜算。回京之后，你好好修炼，只要你的气劲之力突破到七阶，就能与他一战。"凌老爷说道。

"爷爷，我会的。我一定要亲手击败萧云龙，一雪前耻！"凌绝峰沉声说道。

"我们走吧。带你去见我的一位老朋友，他也有一个亲孙子，年纪与你相仿，到时你们两人认识一番，我相信你们会成为好友的。日后，这能够给你带来莫大帮助。"凌老爷说罢就带着凌绝峰乘车离开了。

萧家武馆，后院。

萧万军查看了吴翔与李漠的伤势情况，李漠并无大碍，反倒是吴翔伤上加伤，需要好好地调理一番。

"师父，我没什么事，就是体内气血震荡了一下。"吴翔说。

"翔子，你去躺着休息吧。"萧万军说。

"真没想到凌家的人如此蛮不讲理！"陈启明开口说道。

"我已经给了那个凌绝峰两耳光。日后他们如果再敢冒犯我萧家武馆，就不可能像这样轻易离开了！"萧云龙冷冷地说道。

"此事到此为止。凌家如若再犯，绝不轻饶！"萧万军说道。

"万军，那两个武馆的弟子无恙吧？"罗老开口问。

萧万军说道："罗老，他们没事，无须担心。"

"没事就好。凌家在京城是名望世家，我也略有耳闻，只是没想到他们行事作风如此嚣张狂妄。如果日后他们还敢冒犯萧家武馆，你告知我一声，我倒要看看他们凭什么如此胆大妄为。"罗老说道。

萧万军淡然一笑，说道："烦劳罗老关心了。我萧家这点小事无须让罗老担心，我们自己能够解决。"

"老罗，你也无须担心什么。别忘了这江海市还有我秦家呢。我秦家跟萧家已经结成亲家，萧家的事，就等于我秦家的事。我们两家联合，天底下没有什么事解决不了。老罗你还是说说你的事吧。"秦老爷子笑着看向萧云龙，说道，"云龙，不瞒你说，这一次过来主要是罗老要找你谈点事。为了等你回来，罗老他可是在江海市足足逗留两天了。"

"罗老您找我有事？"萧云龙问。

萧万军听后也是一愣，罗老身份特殊，能够值得他花两天时间来等待的人并不多。他既然是为了等萧云龙回来而留在江海市，那就一定有重要的事情。

"既然老秦点破了，我也不隐瞒了。我找你的确是有事跟你商量。我想跟你单独谈谈。"罗老说。

"好。"萧云龙点头道。

萧万军说道："罗老，那您跟云龙来这间办公室吧。"

说着，萧万军带着罗老与萧云龙走进了武馆的一间小型办公室内。

"罗老，那您跟云龙谈吧。"萧万军退了出去，将办公室的门关上。

其实今天早上，萧云龙就听明月说起过罗老要找他，只是他不知道是什么事，唯有问道："罗老，不知您找我有什么事？"

"云龙，我就开门见山了。你还记得前段时间江海市发生的恐怖袭击案件吧？我就是为了此事前来江海市，想了解一下这起事件的相关情况。我也得知当初事发时是你带着警方人员化解了这次危机，否则后果不堪设想。"罗老接着说道，"之后，秦老带我去参观了秦氏集团，我看到了秦氏集团的那些保安。据说当时有恐怖分子潜入秦氏集团，正是这些保安挺身而出，制服了那些恐怖分子。"

萧云龙静静地听着，他心知罗老的话还没说完。

罗老喝了口水，继续说道："我了解到秦氏集团的保安都是普通人，你从海外回来后担任秦氏集团保安部的教官，开始着手训练他们。然而在这短短的几个月里，你竟然能够将这些保安打造成一支堪比铁血之军的队伍，这让我很惊讶。毫不夸张地说，秦氏集团的保安称为战士也不为过，他们有着铁一般的纪律，勇敢、坚韧、刚毅，这些都是真正的战士才有的品质。你成功地将他们磨炼为一支不亚于军队战士的存在，这份能力让我很佩服。"

萧云龙禁不住一笑，他说道："罗老，您言重了，秦氏集团的保安的确是我训练出来的。他们算是勉强合格吧，但跟罗老您军中的战士可无法相提并论。"

"一点都不言重，我所看重的是他们短短的几个月时间就从一个普通人蜕变成战士，这很了不起。"罗老说道。

"罗老跟我说起高云他们，不会是想把他们都招进部队里去吧？"萧云龙问道。

罗老呵呵一笑，他摆了摆手，说道："当然不是。听说你一直在海外长大，才回江海市没多久，是吧？你有率领警方人员对抗恐怖分子的实力，更有将寻常保安训练成战士的能力，因此你在海外的经历想必极为不凡，所以我想听你亲口讲给我。"

萧云龙脸色微微一怔，至今为止，他的父亲还有秦明月等人都不知道他在海外的经历，并非是他有意隐瞒，而是他打算跟以往血腥厮杀的生活彻底切断联系，不再提及。

罗老像是看出了萧云龙心中的顾虑，他笑着说道："云龙，我单独找你的目的就是为了保护你的隐私，所以我们大可以坦诚相见。我并非是追究你的过往，而是想确定一些事情。"

罗老把话都说到这个分上了，萧云龙也无法再继续隐瞒。

萧云龙深吸一口气，缓缓地说道："罗老，我在海外有一帮兄弟，跟他们是生死之交。我们组建了一个佣兵团，在海外征伐。三年前我离开了，去了西伯利亚的一个训练营当教官。这个训练营是专门训练黑拳手的。"

"佣兵团……黑拳训练营的教官……"罗老点了点头，他说道，"原来如此，难怪你身上有股沉稳如山的气势，还伴随着一股杀伐果断的气息。"

罗老顿了顿，又接着说道："云龙，接下来我跟你谈我找你的真正目的。不管最终你答应与否，我希望你能保密我跟你的谈话内容。"

萧云龙点了点头。值得罗老如此郑重的事情肯定不简单，必然是国家机密。

"云龙，我打算成立一支超级特战队，这个超级特战队我命名为龙炎组织。"罗老开口，接着说道，"这意味着龙炎组织将会是民族的守护神，龙炎组织的战士也将会是整个华国最强大的战士。"

萧云龙听后一愣。罗老有意要成立龙炎组织这样的超级特战队，此事的确是国家机密了。

"也许你会奇怪我为何要成立龙炎，目前华国内各大军区都有隶属的特种部队，比方说东方神剑、暗夜之虎、飞龙、猎豹、雄鹰等这些特种部队。不过在我看来，有这些特种部队还不够，我需要一支特种部队中的特种部队。"罗老开口，他沉声说道，"按照我的设想，龙炎组织的战士每一个人将会是兵王中的兵王，他们一个人就是一支军队，一个人就能够扭转一场战斗的局面，一个人就能直捣黄龙、扭转乾坤，我需要的就是这样的龙炎战士！"

萧云龙心中一震，如若按照罗老的设想去成立一个这样的组织，那龙炎组织将会成为华国最为锋利的利剑，将会成为国家的守护神，从而去捍卫边疆、守卫国土，完成一个个艰巨的任务。

只是萧云龙有些不解，罗老为何跟他说这些，难道想让他加入龙炎组织？那他肯定不会加入的，加入龙炎组织的话还不如重返魔王佣兵团与自己的兄弟并肩作战。

"龙炎组织成立之后，我将会从各大特种部队中选拔出兵王级别的战士进入龙炎组织。能够被选入龙炎组织的战士，每一个都将会是特战兵中的精英，是各大军区最强的战士。"罗老开口，说到这里他神情激动、语气振奋地说道，"会聚各个军区特战队最优秀的战士，磨炼成华国最强大的超级特战队，届时他们将会是一支让敌人闻风丧胆的虎狼之军！"

"罗老，那您的意思是？"萧云龙试探性地问道。

"龙炎组织成立之后，还缺少一个教官，一个能够训练他们，使他们变得更为强大的总教官！"罗老语气郑重而又认真地说道，"来江海市之前，我心中还没有一个合适的人选，不过现在我可以确定了。"

"那就是你，萧云龙！"罗老一字一顿，铿锵有力，掷地有声地说道。

萧云龙刚喝了口水，听到罗老这句话后他差点被呛到。这不是在开玩笑吧？龙炎组织一旦成立，将会齐聚华国各大军区特种部队的最强战士，这些最强战士将会是各大特战部队的兵王级别的战士。而自己并未有参军的经历，在军中更没有任何的资历可言，自己哪有什么资格去担任龙炎组织的教官？就算是去了，也不会服众啊！

想到这里，萧云龙连忙说道："罗老，我想您可能太高看我了。我自认为没有这个资格去龙炎组织担任教官。我对于军中之事一窍不通，由我去教他们，岂非是误人子弟？"

"哈哈，我就知道你会拒绝的。"罗老一笑，他接着说道，"云龙，你先别急着拒绝。你既然有能力将秦氏集团的保安训练成一支铁血之军，为何就不能担任龙炎组织的教官，去训练龙炎组织的战士？"

"罗老，这不同。我训练高云他们顶多就是小打小闹，在都市中也就是有些自保的能力。龙炎组织那可是国之利剑，是要上战场的。如果由我去训练他们，最终会是误人子弟，可能导致他们在战场上失利，甚至死亡，那我将会于心不安。"萧云龙说道。

"所谓窥一斑而见全豹，从你训练的保安来看，我相信你是有这个实力的。并且，我也相信我绝不会看错人。"罗老接着说道，"你在海外跟自己的兄弟组建雇佣兵团，雇佣兵从本质上而言跟特种战士有什么区别？都是要在战场上厮杀、血拼。只要你能够让他们变得更强，变得更加优秀，那就达成了目标。至于日后上了战场出现什么意外情况，那是难以控制的。事实上，身为军人战士，一旦上了战场，都会做好牺牲的准备，谁也不敢保证自己能够活着回来。"

萧云龙稍稍沉默，说道："罗老，我想军中比我更有资格担任这个龙炎教官的大有人在吧？"

"事实上，各大军区的特种部队内都有教官，其中也不乏极为优秀的教官。但我不准备用军区中的教官去训练龙炎组织的战士。"罗老开口，又说道，"因为这些军区中的教官长期在军中任教，能教的他们都教了，已经想不出新的训练方法。所以，我想找一个不在军中，却又很有实力的人去担任龙炎教官这个职位。由于这个人不在军中，那他所提供的训练方法与军中的教官必然不同，就能够教给龙炎组织的战士一些新的东西。而这些新的东西，就是龙炎战士变强的根基所在。"

萧云龙明白了罗老的意思，不过原则上他并不想去担任龙炎教官这个职位。即便他知道，担任龙炎教官的意义与之前执教地狱训练营截然不同。

萧云龙不愿去担任龙炎教官，并非是他不爱国，相反，对于这个国家他有着赤诚的情感。以前在魔王佣兵团的时候，他就曾击杀过不少黑暗世界针对华国的势力，否则之前他前往血岛，也不会遭到黑暗世界中那么多仇家势力的围杀。

只是现在他回归了江海市，好不容易摆脱那种厮杀征战的生活，并且他现在也有自己肩负着的责任，那就是守护萧家，守护自己身边的人，比如秦明月、柳如烟她们。从这些方面来考虑，他希望自己能留在江海市。可面对罗老的诚意，他却不知该如何拒绝。

"云龙，或许你并不知道，现在海外一些恐怖势力组织已经在着手研究基因战士项目。"罗老看着萧云龙默不作声，他开口说道。

"基因战士？"萧云龙一愣，这是他第一次听到这个词。

"对，基因战士，说得直白一些就是生物战士。我国情报部门与多国情报部通过联合调查，已经发现了有恐怖势力在研究基因战士。这是一个极为危险的讯号。"罗老忧心忡忡地说道，"基因战士的研究一直都被国际社会视为反人类的研究。可一旦让这些恐怖势力成功地研究出基因战士，那这个世界将会变得危机四伏。根据我们的资料显示，基因战士的力量、速度、耐力等方面的素质会大幅提升。所以我迫切成立龙炎组织，就是想让我们的战士变得更加强大，从而去应付未来那些不确定的危险因素，这样才能够更好地保卫我们的国家与人民。"

"所以云龙，我恳求你答应我的要求，我相信你的实力。你有任何的条件都可以提，我都能够满足你。如果你担心家人的安危问题，我能够给你身边的人提供足够的安全保障。没有人敢动萧家，如若是凌家暗中搞小动作，我会亲自出面摆平。"罗老诚恳地说道。

萧云龙深吸了一口气，又轻叹一声，说道："罗老，我明白您的意思，也感谢您如此看重我，我想我应该无法离开江海市。也许您并不知道，我父亲身体有暗伤，这个暗伤已经伴随了他二十五年，一发作就会咳血。也许某一天，我父亲可能就永远闭上眼睛了。而我身为萧家长子，需要替我父亲担负起萧家这份责任。我父亲扛着萧家前行几十年了，如今他已年迈，且有无法治愈的暗伤在身，我岂能忍心看着他继续担着这份沉重的责任？罗老，希望您能谅解。"

"你父亲他有暗伤在身？这是怎么回事？"罗老脸色一怔，问道。

萧云龙轻叹了声，说道："二十五年前我萧家遭到一场变故，有仇家联合围攻萧家。我父亲就是在那一战中身负重伤，从而伤及本源。也是在那场变故中，我爷爷去世了。事后有很多问题需要处理，我父亲根本顾不上好好地医治他的伤势，结果就造成了永久性的伤害，他的病根就这么落下了。"

罗老脸色凝重，萧家多年前的那场变故他已经听秦老爷子提起过，对于萧家当年惨遭围杀之事他除了感到同情之外，还感到了愤怒。

"云龙，你是一个孝子，因此你的这个决定合情合理。"罗老沉吟一声，说道，"或许，当今世上有个人能够医治你父亲的暗伤。"

"什么？！"萧云龙脸色震惊，他一下子站起身来，问道："罗老，您，您说的可当真？真的有人能够医治我父亲的暗伤？"

罗老郑重地点了点头，他说道："这位老前辈以前是一名军医。你也知道，在我所处的那个战争年代，国家医疗设备落后，并没有太先进的医疗设施。而这位前辈是中医，前线受伤的战士被送回来后，他都是用草药煎服、敷药、包扎等治疗手段。他医术之精湛让人叹为观止，无论受到多重的伤，只要还有口气在，他都能给医活了。就连我这条命，也是他多次从鬼门关拉回来的。这位前辈被称为华佗在世也不为过。"

萧云龙激动地问道："罗老，这位前辈在哪里？"

"哈哈，你去找他肯定是找不到的，找到了他也不会见你。别说你，即便是我去了，他也不一定待见。这位前辈的脾气很怪，被称为医怪。提起他的名字，当今世上知道的人屈指可数，但国家老一代位高权重的领导人都知道他的大名。多年前这位前辈就不再给人看病了，因此，我也不确定他会不会给你父亲看病。不过既然有这样的机会，总要去试试的。"罗老说道。

"罗老，只要这位前辈肯给我父亲看病，无论什么条件我都答应！"萧云龙沉声说道。

罗老一笑，说道："虽说这位前辈脾气古怪，但我去求见一番应该会给你父亲看病的。如果这位前辈都不能医治你父亲的暗伤，那只怕当今世上再也无人能够医治了。"

"我父亲被这体内的暗伤折磨了二十五年，不仅身体健康受到影响，就连他的武道修为也不进反退。我最大的心愿就是能够想办法治好他的暗伤，让他重新焕发出以往的风采。"萧云龙说道。

罗老沉吟说道："我与你萧家也算是有渊源，这个忙我会帮你。那位老前辈隐居之地距离江海市并不远。我们出去跟你父亲商量一下，只要时间合适，今天就能够出发去找那位前辈。"

"好！"萧云龙心潮澎湃，激动万分，与罗老一起走了出去。

初闻神医

萧万军仍在后院陪着秦老爷子喝茶闲聊，这时看到萧云龙与罗老走了过来。

萧万军他们都不知道罗老与萧云龙私下交谈的是什么事，不过凭着罗老的身份，他与萧云龙所谈的肯定是国家机密之大事。此刻，萧万军心头有种莫名的欣喜与激动，萧云龙能够被罗老看中，他觉得这是一种福气。望子成龙是每一位父亲的心愿，谁都期望自己的孩子能够有出息，往小的方面说是担当起家庭的重任，往大的方面说就是能够为国出力。

不过萧万军并不知道萧云龙为了他和萧家而拒绝了罗老提出的让其担任龙炎教官之事。倘若让萧万军知道了，他肯定不会同意萧云龙这个决定。孰重孰轻，大是大非，这些萧万军是分得清的，相比他身体的暗伤还有萧家，他情愿让萧云龙去龙炎组织贡献自己的一份力量。

"父亲，方才我与罗老谈话中偶尔提起你体内的暗伤，罗老说当今世上有个人能够医治，真是太好了！"萧云龙语气激动，情不自禁地开口说道。

萧万军脸色微微一怔，罗老与萧云龙怎么会提到自己体内暗伤之事呢？

"云龙，你跟罗老谈话怎么还提起我的暗伤了？"萧万军忍不住地问。

"无意中提起的。罗老说有位中医前辈能够治好你的暗伤，这可是天大的好事。"萧云龙说道。

罗老也走过来说道："万军，若非云龙提起，我也不知道你体内留有暗伤。我认识一位老前辈，他以前是军中的军医，后来隐居深山。或许他能够治好你体内的暗伤。"

一旁的秦老爷子闻言后心中一动，忍不住问道："老罗，你所说的那位老前辈莫非就是——"

"对，就是以前我们军中的那位医怪前辈。"罗老笑着说道。

"这位前辈还尚在人世？我以为他已经离世了。当年我退伍之后也没再去关注这位前辈的消息。如果这位前辈还活着，那起码已经过百岁了。"秦老爷子脸色震惊地说道。

"如果我没记错，这位前辈今年应该是一百零八岁了。"罗老说道。

"差不多是这个年纪了，当初我们在军中还是十六七岁的时候，这位前辈就已经四十多岁了。真没想到他还活着，那真是一位活着的传奇了。

他见证了整整一个世纪的世道风云，这个世纪中各个杰出的风云人物他都见过了。"秦老爷子感慨道。

"可不是，这位前辈的孙子年纪比万军都大，至少都六十多岁了。可惜啊，这位前辈的儿子在战争中牺牲了。战争结束后，国家领导人亲自拜访这位前辈，给予他极高的荣誉，还享受国家津贴。可这位前辈都拒绝了，他情愿隐居深山，不愿再出世。"罗老说。

"这才是高人风范，与世无争，逍遥自在。"秦老爷子笑着看向萧万军，说道，"万军，既然医怪前辈还健在，那他肯定能够医治好你的暗伤。医怪前辈可是被尊称为华佗在世，医道之高超举世无寻。"

萧万军闻言后心中一动，他体内的暗伤已经伴随了他二十多年，他所能想到的办法都不能根治，只能控制。如今听到他这个暗伤有治愈的希望，他还是有些期待的。不过这么多年来他对于体内暗伤之事早已经看淡了，现在心中虽说有了一线希望，但他并不敢奢求真的能够治愈，即便是不能治愈他也早就释怀了。

"这位医怪前辈医道如此高深，那倒是可以去试一试。不过即便是不能治愈，也无所谓，我已经坦然。"萧万军说道。

"既然有这样一个机会，那就去试一试。我心中有很大的把握，医怪前辈能够医治你的暗伤。"罗老接着说道，"事不宜迟，最好今日就出发。我带你们去面见这位老前辈。"

"今天就出发？"萧万军脸色一怔。

"父亲，莫非时间安排不开？"萧云龙问。

"倒也不是，云龙你今天刚回来，一路上旅途奔波，还是想让你先好好休息。"萧万军说道。

萧云龙一笑，他说道："父亲，你用不着担心我，我没事的。此行可能需要一段日子，我担心的是刘姨能够看护好灵儿吧？"

"她能看护好灵儿的，这点倒是不需要担心。不过也需要回去跟她嘱咐一声。"萧万军说道。

萧云龙想了想说道："罗老，要不这样吧，我跟我父亲先回家一趟，把一些事情安排好，随后我们再去找您，今天就出发。您看如何？"

"自然是可以。"罗老说道。

"云龙，到时候你们直接去明月山庄，我跟罗老就在那儿等你们。"秦老爷子说。

萧云龙点点头，然后和萧万军一起回了萧家老宅。

萧万军与萧云龙驱车返回萧家老宅，车子临近萧家老宅的时候看到门口站着一位粉雕玉琢的小女孩，正是萧灵儿。

萧云龙下车说道："灵儿，你怎么站在这里？"

"哥哥——"萧灵儿看到萧云龙后欣喜一笑，她快步跑了过来，就此扑入了萧云龙的怀中。

"傻丫头，你站在这里干什么呢？"萧云龙微笑着摸了摸她的脑袋。

"王伯说哥哥回来了，我就站在门口等哥哥呢。"萧灵儿看到萧万军下车后也甜甜地喊了声爸爸。

"就算是等也应该在家里坐着等，你看这大太阳照得你小脸都发红了。走吧，进屋里去。"萧云龙拉着灵儿走进了萧家老宅。

刘梅得知萧云龙回来的消息，准备了一桌丰盛的饭菜，看到萧云龙拉着灵儿走进来，她解下围裙说道："云龙你回来了，我准备了饭菜为你接风洗尘。"

"刘姨，辛苦你了。"萧云龙笑着说道。

"你这孩子，什么辛苦不辛苦的，你一路奔波才是辛苦。来来，都坐下来吃饭吧。"刘梅说道。

萧云龙点了点头，待到众人都坐下后，他说道："刘姨，我跟父亲要离开江海市几天。这些天内，就只有你照顾灵儿了。"

刘梅脸色一怔，她问道："离开江海市几天？去哪儿？"

萧云龙一笑，他说道："我们要去找一位医道前辈，据说他能够治好父亲多年的暗伤。这个暗伤伴随父亲多年，对父亲的身体健康造成极大影响。此行倘若能够根治，那可是莫大的喜事。"

"啪！"

刘梅手中的筷子突然摔落到桌上，她一时间激动地眼角都浮现出了泪花，连忙问道："万军，这是真的吗？你的伤真的可以根治了？"

"先别激动，我的暗伤我早已经看淡了。去试试看吧，至于能不能治好是后话了。"萧万军说道。

刘梅喜极而泣，她陪伴在萧万军身边多年，萧万军身体的暗伤情况她再清楚不过，一旦发作，萧万军总是连连咳血，让她心痛不已。如今得知萧万军的暗伤有治愈的希望，她怎能不高兴？

刘梅擦掉眼角的泪花，笑着说道："云龙，那你就陪着你父亲去找这位前辈吧。家里你们不用担心，灵儿我能够照顾得来。万军，只要有一线希望就绝不能放弃，倘若能治好你体内的暗伤，花再大的代价也在所不惜。"

萧云龙揉了揉身边萧灵儿的小脸，说道："灵儿，今天我就带着父亲去治病。你在家里可要乖乖的，听大人的话，知道了吗？"

萧灵儿很懂事，也很乖巧，当然，她这么小，关于萧万军暗伤的情况她了解不多，可她仍是点头说道："哥哥，你放心吧，我会好好听话的。爸爸，你不用担心灵儿。你要治好病健健康康地回来。"

萧万军一笑，他说道："好，爸爸答应你。来，我们先吃饭吧。"

"吃饭，吃饭。"刘梅笑着说道。

吃过饭后，萧万军独自去了萧家祖祠，萧云龙心知父亲这是要去看看自己母亲的灵位，想在出门前对着自己母亲的灵位说些话。于是，萧云龙趁着这个间隙出了门，他要去见一个人。

萧云龙开车来到了位于江海市金融街的银飞大厦。这栋大厦是一座甲级写字楼，不少海内外的公司在这栋大厦里，因此这栋大厦内进出的人员基本都是各大公司的白领。

萧云龙走进银飞大厦，乘坐电梯直上顶层32楼。走出电梯，萧云龙一眼就看到了一个公司的名称——九州烟云贸易有限公司。看到这个名字，萧云龙微微一愣。名字里有个烟字，也有一个云字，难不成柳如烟是故意的？公司名字中各包含了自己名字和她名字中的一个字。

萧云龙哑然失笑，走进了公司，看到大厅内的办公隔间错落有致，一名名年轻的男女员工正在忙碌着。

看到萧云龙走进来，一名年轻女子走上前询问："先生，请问您是？"

"请问柳如烟在吗？"萧云龙问。

"先生您找柳总？请问有预约吗？"年轻女子问。

"我是她的朋友，找她有点事，你带我去她的办公室吧。"萧云龙说道。

"那您随我来。"年轻女子带着萧云龙朝里走去，来到了一间单独的办公室门前。

"咚咚咚！"

年轻女子敲了敲办公室的门，随后才打开。

"柳总，有位先生来找您，说是您朋友。"年轻女子对着坐在办公桌后的一个女人说道。

那女人抬起头来，肤如凝脂，面如芙蓉，一双眼眸如烟波渺渺，万千风情流转其中，让人看一眼便难以忘怀她的绝色风姿。

恰好这时，萧云龙现身而出，走进了办公室，嘴角含笑地看向了她。

"云龙——"办公桌后坐着的女人自然就是柳如烟，她看到萧云龙后忍不住惊呼出口，一下子就站起来，妩媚诱惑的脸上显得欣喜万分。

"如烟，是我。"萧云龙笑道。

柳如烟很是激动，恨不得直接扑入萧云龙的怀中，她对那名年轻女子说道："小茹，你先出去吧。"

名为小茹的年轻女子点点头，退出了办公室，并将门带上。

"你这个坏蛋，什么时候回来的？也不跟我说一声！"办公室没外人在场后，柳如烟快步走过去站在了萧云龙面前，一双美眸半嗔半喜地盯着萧云龙看。

"我今天早上刚到江海市，忙完就来找你了。"萧云龙上下打量着柳如烟，眼中精光闪动，说道，"身材好就是身材好，穿着职业装也够性感。"

柳如烟脸颊微红，白了萧云龙一眼，说道："就知道油嘴滑舌。"

"谁说的？我不仅会动嘴，还会动手呢。"萧云龙一本正经地说道，话音刚落便将柳如烟拥入了怀中。

柳如烟轻呼了声，她也抱着萧云龙，感受着萧云龙胸膛的温暖与踏实，她的心也变得安定起来，内心涌起了一股特别的暖意，那似乎就是幸福的感觉。有生之年，倘若一直有这样温暖踏实的怀抱相伴，那她就别无所求了。

这时，柳如烟突然想起来说："你喝什么？我给你倒杯水？"

"不了，如烟，我待会儿就走。"萧云龙说道。

柳如烟神情一变，她紧张地问道："又要走？你要去哪里？"

萧云龙看着柳如烟那紧张的神态，禁不住一笑，伸手在她的鼻上刮了刮，说道："放心吧，我只是暂时离开几天而已。我父亲体内有暗伤，已经许多年了，多年来想尽各种办法也无法根治。今天经人介绍，得知有一位活了上百岁的医道前辈，他也许能够根治我父亲的暗伤。所以我要带着我父亲去找这位前辈。"

"萧叔叔体内有暗伤？那他现在状况如何？"柳如烟问。

"目前看来没什么事。不过这个暗伤要是无法彻底根治，以后造成什么后果难以想象。"萧云龙说道。

"既然有医道前辈能够治好萧叔叔的暗伤，那就尽快去吧。"柳如烟说道。

萧云龙一笑，说道："还有点时间，一会儿再走吧。说说你公司的情况吧，运营得怎么样了？"

"挺好的，做贸易算是我的老本行。货源那边没问题，出货的渠道也有，正在慢慢地走向正轨。你所看到的这一层楼都是我这个公司的办公楼层，此外往下两层也是。我还租了一个很大的仓库存放货物。"柳如烟简短地向萧云龙介绍了公司的情况。

萧云龙露出了欣慰的微笑，说道："看来公司运转得很不错，这是一个良好的开始。我相信你会获得成功的。"

"我会努力的，绝不会让我们的公司半途而废。"柳如烟语气坚定地说道。

萧云龙却愣了一下，说道："我们？"

柳如烟瞥了眼萧云龙，笑道："还没跟你说呢，你持有公司百分之三十的股份。"

"如烟，你没开玩笑吧，我怎么还成为大股东了呢？"萧云龙诧异不已。

柳如烟掩嘴一笑，说道："明月还有唐果父亲的公司都注入了资金，所以秦氏集团跟唐氏集团各占百分之十五的股份。剩下的我占百分之四十，你则是百分之三十。"

"这怎么行啊，你给我这么多股干什么？"萧云龙正色说道。

"云龙，要是没有你的鼓励，这家公司我也开不起来。再则你屡屡救我于危难，帮了我这么多，若非有你，也许现在的我已经被迫嫁入林家，过着行尸走肉般的生活。"柳如烟含情脉脉地看着萧云龙，继续说道，"你没看到公司的名字吗？那是我特意取的。再说了，我已经是你的女人了，这辈子不管你要不要我，我都认定你这个男人了。所以，你占有公司的股份怎么了？我之所以有信心与热情开办这家公司，就是打算当作我们的公司来经营，这才会让我有更多的动力。"

萧云龙一阵语塞，不知该如何作答，唯有苦笑着说道："好吧，那就依你说的办吧。不过事先声明啊，我对经营公司方面可谓是一窍不通，还有如果要召开什么股东大会之类的，我也不一定能够出席。"

"扑哧——"柳如烟禁不住一笑，说道，"放心吧，你不需要做什么，我自己能搞定。"

萧云龙看了眼时间，说道："如烟，我该走了。此次一别，可能要好几天才能回来。"

"你快去吧，萧叔叔的伤势要紧。希望你们此行一切顺利，萧叔叔的暗伤也能够根治。"柳如烟说道。

萧云龙点了点头，看着柳如烟那张明媚动人的脸，他心中一动，猛地将柳如烟拉入怀中，吻向了她那张娇艳欲滴的红唇。

柳如烟娇喘一声，满脸羞红，心中却是欢喜万分，她那性感娇嫩的身躯贴了上去，主动与萧云龙缠绵热吻了好一会儿。

随后，萧云龙离开了柳如烟的公司，驱车返回萧家老宅。

萧云龙回到萧家老宅后，看到萧万军一切都已经准备妥当，由于此行可能需要数天时间，他准备了些换洗的衣服。

"父亲，准备好了吗？"萧云龙问道。

"准备好了，所有事情也安排好了。家里你刘姨能够顾得来。至于武馆，有翔子他们看着也不会出什么事。"萧万军说道。

"那我们就去明月山庄跟罗老他们会合吧。"萧云龙说道。

离别时，萧云龙揉着灵儿的脑袋说道："灵儿，在家好好听话。等哥哥回来了，就带你出去玩，这暑假马上到了。"

"好啊，哥哥，我会等你回来的。"萧灵儿笑道。

"刘梅，家里要是有什么事就给我打电话。"萧万军说道。

刘梅点头，她笑着说道："我知道了，你们放心吧，我会看护好灵儿的。万军，你的暗伤这么多年了，眼下有治愈的希望，就绝不能错过。"

末了，萧万军与萧云龙坐上车，刘梅与萧灵儿站在门口不断地挥着手，看着车子渐渐地远去。

武警部队

萧云龙与萧万军驱车来到了明月山庄。

萧云龙走进大厅后看到秦明月正在准备一个行李箱，问道："明月，难道你也要跟着去？"

"对啊，爷爷跟罗爷爷都同意了，反正公司里面最近的事情也不多。"秦明月说道。

"云龙，她想去就去吧，这一路上有明月陪着你也挺好。"秦老爷子笑着说道。

"爷爷——我，我是关心萧叔叔的伤势情况，才不是为了陪他呢。"秦明月脸色微红地说道。

罗老微微一笑，说道："都准备好了吧？那就走吧，去武警部队。到了武警部队，我们直接乘坐直升机去东山城。那位老前辈就隐居在东山城中。"

"东山城？那距离江海市倒也不是很远，大概四百多公里的路程。"秦老爷子说道。

"罗老，您的意思是先去武警部队？那我开车送你们过去。"秦远博说着，他找来一辆七座全尺寸的 SUV 越野车，正好可以一车把所有人都带上。

罗老这样的大人物，自然是有贴身警卫，不过罗老让他身边的警卫都留在了江海市的武警部队中，前往武警部队一方面是跟他的警卫会合，另一方面就是乘坐武警部队的直升机前往东山城，这样要快得多。

一个小时后，秦远博开车来到了驻扎于江海市的武警部队基地。这里戒备森严，武警部队的大门前有两名持枪的战士，他们站姿如松挺拔，充分体现出了军人特有的精神面貌，让人看一眼都要肃然起敬。

车子在武警部队大门前停下，萧云龙他们下车后，又将罗老从车上扶了下来。

罗老举步朝着武警部队走去，站岗的那两名士兵看到了罗老，立即敬礼，大声喊道："首长好！"

罗老微笑着点点头，带着秦老爷子、萧云龙、萧万军等人走进了武警部队基地内。

刚走进去，正前方就有一名身穿军装的魁梧男子举步走来，他龙行虎步，走动间显得气势磅礴，身上有股沉凝的气势，他的一张脸宛如坚硬的岩石打磨而成，显得刚硬无比，随着他走近，一股浓烈的铁血气息扑面而来。

看到此人，萧云龙眼中闪现出一丝光芒，出于对强者的气息感应，他一眼看出这个男子绝不简单，是一个真正的强者！凭着萧云龙的实力，当今世上能够被他看作是真正强者的并不多。

"罗老，您回来了。"这名男子走了过来，恭敬地对罗老说道。

他正是罗老身边的贴身警卫，名为肖鹰。肖鹰是一个兵王级别的人物，因此萧云龙并未看错，他的确是有着极为强大的能力，否则也不能给罗老做贴身警卫。

"小肖，章明同志在吗？"罗老问。

"章上校在，罗老您稍等，我这就去通知章上校。"肖鹰迅速离去。

很快，一辆军用吉普车开了过来，车子停稳后，车上一名身穿上校军装的中年男子走下车，他快步走到罗老面前敬礼，说道："章明见过老首长。"

罗老点了点头，说道："章明啊，给我准备一架直升机，我跟老秦他们前往东山城一趟。"

"是，老首长！"章明迅速做出了安排。

"老秦，我们去停机坪那儿等。"罗老说道。

"好。"秦老爷子点头，他略带感慨地说道，"来到部队里就有种亲切感，仿佛又回到了年少时在军队中的岁月。那段岁月，那段记忆，是这辈子都忘不了的。"

"的确是忘不了，也不能忘。"罗老说道。

众人跟着罗老与秦老爷子漫步闲谈，一直走了十几分钟后，来到了这个武警部队基地的直升机停机坪，一架军用直升机已经准备起飞，一名直升机的驾驶员站在直升机前恭候罗老他们的到来。

"老首长，直升机已经准备好。这位是直升机驾驶员张志峰同志，他是武警部队内最优秀的驾驶员。"陪在罗老身侧的章明开口说道。

"好。你的工作做得很不错，再接再厉。"罗老开口说道。

"是，老首长，章明随时接受老首长的检验。"章明大声说道。

"好。"罗老点点头，然后对着萧云龙等人说道，"大伙都上直升机吧。"

众人依次上了飞机，只剩秦远博留在原地。

"远博兄，你回去吧。"萧万军对着直升机外的秦远博说道。

"爸，你先回家吧，有什么事会给你打电话的。"秦明月也说道。

秦远博点了点头，他挥了挥手，说道："好，一路顺风啊。"

"呼！"

直升机的螺旋桨开始高速旋转，军用直升机缓缓升空，朝着东山城的方向飞去。

直升机飞往东山城大概需要一个半小时，若非有罗老这层关系，乘车前往东山城最少也要折腾大半天。

机舱内，罗老也对萧云龙和肖鹰相互介绍了一下彼此，让他们相互认识认识。

所谓英雄惜英雄，肖鹰早就注意到了萧云龙，并且看出来萧云龙的不寻常，那股沉凝如山、岿然不动的气势并非是普通人所能够凝聚出的。

罗老对肖鹰说道："小肖，云龙就是江海市上次恐怖袭击事件中，率领警方人员化解危机的那个人。"

肖鹰脸色一怔，他看着萧云龙，说道："原来是你，我听老陈提起过你。我跟老陈相交多年了，从未听他讲过佩服谁，可这段时间我没少听老陈对你的夸赞。今日一见，真是名不虚传，久仰了。"

"肖兄说笑了。你刚才提到的老陈莫非是飞龙特战队的陈队长？"萧云龙问道。

"对，就是陈弘。"肖鹰笑着说道。

"陈队长对我只怕是过于高看了，他那样的战士才值得让人钦佩。"萧云龙说道。

"老陈的确是一条汉子，而萧兄你也有被老陈夸赞的资格。"肖鹰认真地说。

萧云龙一笑，而后与肖鹰畅谈起来，比如一些阵地作战的心得与见解等，两人越谈越觉得投机。

肖鹰身为军人，有着军人的直爽与豪气，这点倒是很合萧云龙的性子，两人眉飞色舞地交谈着，肖鹰也得知此行的目的是要找一位神医给萧父治伤。

秦明月在直升机上有些困倦，萧云龙便让她靠在自己的肩头上休息一下，秦明月很快就睡着了。

大约一个半小时后，这架直升机飞到了东山城的一个武警部队基地。

"老首长，我们已经抵达东山城武警部队基地，请指示。"驾驶舱内，驾驶员张志峰开口问道。

"平稳降落。"罗老开口。

"是！"张志峰说罢，这架直升机就开始缓缓下降。

萧云龙摇了摇靠在他肩上的秦明月，说道："明月，到了。"

秦明月呢喃了声，睁开了惺忪的睡眼，说道："到了吗？好快啊。"

"看看你困得，肯定是昨晚没睡好吧？"萧云龙笑着问道。

秦明月白了一眼萧云龙，心想：这还不是你害的啊？

罗老要来东山城武警部队基地的消息自然早就传达到了，因此这架直升机还未降落之时，停机坪旁就已经有一列军官在此等候。他们一个个神情肃然，恭敬万分，正在等候罗老的到来。

直升机平稳降落，机舱门打开，肖鹰扶着罗老率先走下了直升机。

列队的军官纷纷敬礼，大声地喊道："首长好！"

"好，好，我这把老骨头又来了。"罗老笑着说道。他以往没少来东山城的这个武警部队，因此对这里的军官都很熟悉。

紧接着，萧云龙扶着秦老爷子走下飞机，随后萧万军与秦明月也走了下来。

罗老去跟那些军官寒暄，并派人带着秦老爷子一行人去会客室里休息一下，随后罗老就打算安排众人前往医怪前辈的隐居之地，正式登门拜访。罗老与秦老都已年过古稀，八十高龄的他们一路赶来多少有些疲惫，所以需要喝口水、休息一会儿，等到体力恢复好，再继续赶路。

罗老让一名武警军官安排了两辆车代步，那名军官立即调来两辆牧马人越野车改装的武警军车。

"云龙，到时候你和小肖各开一辆车，你跟在小肖的后面。"罗老说道。萧云龙点点头。

罗老休息得差不多了，看了眼时间，发现已经是下午四点，于是准备出发。

"我们走吧。小肖你来开车，我给你指路。"罗老开口。

秦老与罗老坐在肖鹰开着的车上，萧万军与秦明月则是坐萧云龙的车。两辆车子飞驰而出，离开了武警部队基地。

医怪前辈隐居在东山城的东灵山上，东山城是一个小城镇，这里人杰地灵、四面环水，曾经出过不少风云人物，这位医怪前辈正是东山城人氏。

萧云龙开车跟在后面，一路上他心情激动，只要找到这位医怪前辈，那折磨他父亲多年的暗伤就有机会被治愈好，这的确值得他欣喜若狂。他在海外漂泊二十五年，回来后看到年迈的父亲依然在被暗伤折磨，自然心如刀绞。自己的父亲拖着苍老的身躯支撑起了整个萧家，在各大世家虎视眈眈之下仍旧是挺过了许多压力与波折，才使萧家屹立不倒！萧云龙不知道自己的父亲在当年萧家遭遇围杀时，那段最黑暗的岁月是怎么熬过来的。

那时候他面对四分五裂、人心惶惶的萧家，要想坚定信念，整装待发，重新崛起，谈何容易啊！

然而，自己的父亲都挺过来了！如今，萧云龙已经回归，他觉得是时候由自己来扛起萧家的重任了，他从未在萧万军的身边尽过孝心，这一次听闻萧万军的暗伤有一线希望能够治愈，那他就会不遗余力地完成自己的这个心愿——无论如何，不管花多大的代价，也要把父亲的暗伤治愈。

车子驶过东山城繁华的市区，又朝着郊区飞驰而去，最终来到了东灵镇。东灵镇上有东灵山，东灵镇这个名字正是从这座东灵山上得来的。这个镇上的居民都相信东灵山是有灵性的，因此逢年过节的时候都会杀猪宰羊来祭拜山神。

不多时，在罗老的指挥下，两辆车子已经行驶到了东灵山的山脚下。

萧云龙他们下车后，抬眼朝前看去，只见眼前山峰耸立，直插入云，彰显出一股磅礴雄浑的气势，顶峰上云雾缭绕，如梦似幻，那袅袅烟雾就像是弥漫笼罩在山上的灵气一般，使这座山也多了几分灵韵之感。

罗老走下车，看着眼前这座高山，他心中感慨万千，说道："东灵镇上的居民拜祭东灵山不是没有道理的。我还记得，在战争年代，就在东山城内发生过一场战役。我也参与了那场战役，当时我率军深入，阻拦强敌，不料却陷入了敌军的包围圈，敌军的人数比我军多出十倍，形势十分危急。当时医怪前辈也在军中，他建议我率军上东灵山死守，等待后方援军。"

"我听从了医怪前辈的建议，率军登上东灵山，以东灵山为据点，死守此地，不让敌军攻入东山城。那一场战役打得非常艰苦，敌军人数众多，装备精良，源源不断地发起进攻，誓死要攻破我军。我当时率军节节后退，就在我退无可退，已决心要跟敌军鱼死网破之际，突然间天降暴雨，这场暴雨引发了一场泥石流，泥石流滚向了敌军上冲的方位，使敌军伤亡惨重。而后我率军冲锋，趁机追杀，势如破竹，将这股敌军势力歼灭于此，完成一次壮举。"罗老缓缓说道。

"看来这东灵山真是一座庇护东灵镇的福山啊！"秦老爷子也感慨道。

"所以我每次来到这里，都倍感亲切。"罗老笑着，继续说道，"走吧，我们去东边的山脚，医怪前辈就隐居在那儿。"

罗老前面带路，绕着东灵山的山脚往前走，走了一段路程后，看到一条小溪从山上流淌而下，在地面汇成了一条小溪，这条小溪的旁侧则围起了篱笆，篱笆内有三间青瓦房，瓦房前方的院子很大，院内散落着各种各样的草药。几棵枝繁叶茂的老槐树在院子的西侧，槐树下一条毛发金黄的土狗正慵懒地躺着乘凉，还时不时地吐着舌头，七八只鸡正在觅食，其中一只老母鸡身后跟着一群小鸡。

这完全是一派田园光景，篱笆墙、青瓦房、看家狗，几株老树下鸡鸭成群，让人觉得像是一下子回到了几十年前的农家小院一般。

这时，前面一间青瓦房的门被推开了，一个十一二岁的小女孩走了出来，她穿着雪白的裙子，乌黑的头发扎成了马尾辫甩在身后，一双大大的眼睛宛如黑宝石般纯净无瑕，她走出来后将院子里晒着的草药翻了翻，还懂得将不同的草药进行分类，小小年纪已经表现得极为懂事乖巧。

"瞳瞳。"罗老看到这个小女孩后喊了声，笑呵呵地快步朝前走去。

瞳瞳抬眼看到罗老后展颜一笑，笑得像一个小天使，她飞奔过来，说道："老爷爷，你来了呀，瞳瞳好久没有见过你了。"

"老爷爷很忙，所以没有太多的时间。瞳瞳你过来，看看老爷爷给你带来什么好吃的了。"罗老笑道。

罗老说话间，秦明月走了上来。这一次来拜访医怪前辈，他们已经提前准备好了不少礼物，并且在罗老的嘱咐下，还买了一些小孩子喜欢的东西。

"你叫瞳瞳是吧？真是好乖好漂亮的小女孩。你看看想吃什么，这里有棒棒糖哦。"秦明月蹲下身，打开一个袋子，笑着说道。

瞳瞳看看秦明月，又看看装满零食的袋子，她眨眨眼，舔着嘴唇说道："祖爷爷说过不能随便吃别人的东西……"

"瞳瞳，他们都是跟老爷爷过来的，怎么能说是别人呢？以后啊，他们就是你的哥哥姐姐，你吃吧，没事的。你祖爷爷不会怪你的。"罗老笑着说道。

"那，那我吃棒棒糖。"瞳瞳的小脸上露出了欢欣之意。

秦明月剥开一个棒棒糖递给了瞳瞳，瞳瞳接过后高兴地说道："谢谢姐姐，姐姐你好漂亮。"

"哇，嘴巴真甜。"秦明月笑着，伸手在瞳瞳的脸上揉了揉。

"瞳瞳，你祖爷爷在家吗？就说老爷爷我来找他了。"罗老说道。

"祖爷爷在家，我去告诉祖爷爷。"瞳瞳飞快地朝青瓦房里跑去。

罗老当即对着秦老爷子他们说道："这个小女孩是医怪前辈的玄孙女。医怪前辈的脾气很是古怪，没有他的应允，外人不得进入他的住所内，所以我们暂且等待一下吧。"

"等一等也无妨。"秦老爷子说。

"如今已经来到了医怪前辈的门前，多久都要等。"萧云龙说。

在众人说话间，瞳瞳已经跑了出来。她嘟着小嘴儿，跑过来说道："老爷爷，祖爷爷说他病了，不方便见客，说是让你们回去呢……真奇怪，祖爷爷刚才还好好的，怎么就病了呢？"

瞳瞳这一席话让在场的人忍俊不禁。罗老他们从瞳瞳的话中听得出来，那位医怪前辈是在借故装病，有可能他预料到些什么，因此不想见罗老他们。

罗老清了清嗓音，他运足气息，声音洪亮地说："医怪前辈，罗恒前来求见。当年在军中的小秦，想必医怪前辈还记得吧？此外我们还带来了美酒，请医怪前辈品尝。"

罗老看向萧云龙，说道："云龙，把你们萧家的烧刀子酒拿出来，洒向地面，让酒香味散发出来。"

萧云龙闻言后立即将一坛烧刀子酒提出来，拍开封泥，将酒坛内的酒水洒向地面。烧刀子酒性浓烈，一洒落地面，那股酒香气立即飘香四溢。

"砰！"

突然间，前面那间青瓦房的门被推开了，一个老者冲了出来，他嗅了嗅，说道："什么酒？酒味如此的浓烈！够香！"

说话间，这名老者看到篱笆外的萧云龙正抱着酒坛朝着地面洒酒，他急了，大喝出口："你，你这个混账小子快给我住手，这可是琼浆玉液般的美酒，岂能如此糟蹋，快快住手！"

话音刚落，这个老者冲了过来，其速之快让人震惊。

圣手医怪

待到这名老者靠近后众人才看清他的模样。只见他身着粗布麻衣，衣服上有好几个补丁，却又极为干净。他满头白发，下颌留着长长的山羊胡，他的脸光泽红润，一道道宛若沟壑般的皱纹印在脸上，一眼看去有种仙风道骨的高人风范，可他此刻的举动却是让人下意识地想起三个字——老顽童！

"你这小子真是不懂得珍惜美酒，糟蹋美酒这可是罪过啊，还不快给我住手！"老者气急败坏地说。他甚至蹲下身，抓起一把被酒水洒过的泥土，放在鼻端闻了闻，再次赞不绝口道："好，好酒，够香！够烈！男儿在世，一壶烈酒走天涯，美哉妙哉！"

"罗恒见过医怪前辈。"罗老看着这名老者，语气恭敬地说道。

当今世上，值得罗老如此敬重的人已经不多，眼前这个老者就是其中之一。

其实凭着罗老的身份，眼前这个老者辈分再高都要尊称他一声"罗将军"，不过罗老从来不摆架子，他为人随和，并不看重权势，心中装着的是国家与军队。另外，眼前这个老者也值得让罗老敬重。在那战争年代，这位老者凭着一手高超的医术可是救过他好几回。

"小秦见过医怪前辈。"秦老爷子也走上前，语气恭敬地说。

罗老与秦老都是年过古稀的老人，可他们站在这位老者面前，还真的是晚辈。

这名老者正是罗老口中的那位医怪前辈，他的年岁跨越了一个世纪，现年已经是一百零八岁，如此高龄，古往今来都很少见，因此他称得上是一个活着的奇迹了。

医怪医术高超，就算是被冠以医圣、医仙的称号也不为过，他却自封为医怪，因此他的脾气自然很怪，再则他喜欢医怪这个称号。不过，知道他存在的人，提起他名号的时候都会在前面加上两个字——圣手！圣手医怪，妙手回春，起死回生，在当今的中医界，他自认医术第二，无人敢说第一。

"小秦啊……"医怪看向了秦老爷子，从秦老爷子那张沧桑岁月的老脸中回忆着他往昔的容貌，接着他感慨道，"老了，都老了……一晃几十年过去，我更成了个老怪物。"

"医怪前辈你看上去可一点都不老啊，年岁过百，但脸色仍旧是红润，行动如风。依我看来，你比我和老罗的身子骨都还硬朗呢。"秦老爷子笑着说道。

"你这小子，还是跟以往一样的伶牙俐齿啊，哈哈。"医怪笑道。

不知怎么，萧云龙听医怪跟罗老、秦老他们的交谈总感觉有些怪，秦老他们一把年纪了，可医怪却是一口一声"小子、小子"地喊着。不过也难怪，医怪比起他们要年长二三十岁，在他眼中秦老他们的确是晚辈。

萧云龙深吸一口气，他走上前，语气恭敬地说道："医怪前辈，在下萧云龙，今日罗老带我们前来面见前辈，是想恳请前辈为我父亲医治体内暗伤。还请医怪前辈出手，无论付出怎样的代价都行。"

"嗯？"医怪老眼微微一眯，朝萧云龙看了一眼。

那一刻，萧云龙心中微微一惊，他有种错觉，眼前这位德高望重的老者仅仅是一眼就把他看透了。

萧万军这时走上前来，他拱手抱拳，开口说道："在下萧万军，见过医怪前辈。我体内暗伤缠身多年，听闻罗老所言，当今世上尚有一人能够医治我这暗伤，那个人就是医怪前辈。因此在罗老的带领下，冒然前来打扰前辈清静，还请前辈见谅。"

"医怪前辈，不知你是否还记得萧纵横这个人。当年在军中，我曾跟他去找过你。我记得萧纵横当时还给了你一壶酒。"秦老爷子忽而开口说道。

医怪想了想，说道："小秦，你是说萧家的那个小子，萧山河的儿子，对吧？"

萧万军闻言后脸色一惊，萧山河正是他的爷爷，也是萧云龙的太爷爷。萧家武馆的牌匾就是萧山河题字挂起来的。

"对对对，医怪前辈的记忆力真是超群，如此久远之事仍还记得。万军正是萧纵横的儿子。"秦老爷子笑着说道。

萧万军激动地问道："医怪前辈，您认识我的爷爷萧山河？"

"原来你是萧家后人。萧家在江海市是武道世家，萧山河与我乃是同一个时代之人，东山城与江海市相距不过区区几百里，我自然是认识萧山河。萧山河武道精湛，曾在擂台上打死过东洋武者，一时传为美谈，他是一条铁骨铮铮的汉子。"医怪缓缓说道，接着他话锋一转，说道，"难怪我方才闻着那酒香味如此之熟悉，那是萧家的烧刀子酒吧？"

"正是烧刀子酒，萧家一直把此酒的酿造方法传承了下来。"萧万军笑着说道，"没想到前辈您与我爷爷相识，真是出乎我的意料。"

医怪摆了摆手，说道："都进来吧，别的事暂且不谈，先品尝一口美酒再说。"

罗老一笑，说道："那我们就进去吧。"

当即，一行人走进了篱笆围成的院子内，来到了一棵老槐树下的石桌前。

医怪从瓦房里面将瓷碗取出，摆在石桌上，接着又摆上了一碟油炸的花生米。

"花生下酒，世间美味。大鱼大肉下酒，那是糟蹋了美酒啊。"医怪看向众人说道，"谁来陪我喝两口？"

罗老本身就不沾酒，秦老爷子年过古稀，也不能喝。萧万军有暗伤在身，也不能多饮。至于肖鹰，他是罗老的贴身警卫，更不能喝酒，以免保护罗老的任务出现什么闪失。

唯独剩下的萧云龙一笑，说道："前辈，由我来陪您喝两口。"

"也好。"医怪开口，将那坛开封的烧刀子酒倒在碗里，他把酒碗缓缓端起，放在鼻端闻了闻，表情十分陶醉。接着他喝了一小口酒，拿起几粒花生米放在口中咀嚼着。末了，又接着喝了一小口，就这样慢慢品尝起来。

只见医怪双眼微闭，摇头晃脑地小酌小饮，别看他一小口一小口地喝着，没一会儿，一碗烧刀子就要见底了。

至于萧云龙，名义上他是陪医怪喝酒，可医怪双眼微闭摇头晃脑的，只怕已经想不起还有他这个酒伴。

萧云龙笑了笑，即便如此，他仍是一口将这碗烧刀子一饮而尽，接着抓起几颗花生米放在嘴里嚼着，倒也是很香，这玩意儿的确是下酒的好料。

医怪正在品酒，没人敢去轻易打扰。眼下夕阳西下，已经临近傍晚，却不知道医怪要喝到几时。医怪脾气古怪，说不定他这喝酒之法也是古怪性子的一种，万一打扰到他的酒性，可能惹得他不快。

罗老与萧云龙等人此行是恳请医怪为萧万军治病，不过倒也不着急，反正萧云龙此番过来已经做好了在这里逗留几天的准备。

"祖爷爷，祖爷爷——"这时，瞳瞳的声音响起了，她跑过去拉住了医怪的手臂一阵摇晃。

场中唯一敢打扰医怪喝酒的就只剩这个粉雕玉琢的小女孩了。

医怪那双微闭着的老眼这才缓缓睁开，他对于瞳瞳极为宠溺，温柔地问道："瞳瞳，怎么了？"

"祖爷爷，你不可以喝这么多酒……爸爸说了，让瞳瞳盯着祖爷爷，说不能喝太多酒了。"瞳瞳说道。

瞳瞳的父亲算起来是医怪的重孙了，医怪闻言后笑呵呵地说道："瞳瞳，没事的。祖爷爷喝得不多，你看这个大坛子，跟这个小碗比，哪个大啊？"

"当然是坛子大了。"瞳瞳说道。

"这就对了，你看祖爷爷才喝了一小碗，这里面还有一大坛子酒呢，怎么就喝多了？没喝多，别担心，祖爷爷身体好着呢。"医怪哄着瞳瞳说道。

"哦……"瞳瞳偏了偏头，心思尚且还单纯的她觉得还真是这么一回事。

"医怪前辈，万军他的伤势……"罗老趁机问道。

医怪这才看向萧万军，说道："看在你是萧家后人的分上，我先给你把把脉。"

萧万军闻言后连忙将右臂递了过去，说道："多谢前辈。"

医怪抓起萧万军的手臂开始把脉，数分钟过后，他皱了皱眉，眼中似有一丝光芒闪过，他的右手手掌猛然按向了萧万军小腹间的丹田本源处。

那一刻，萧万军隐约感觉到一股热气涌入了他的身体内。

"唉！"医怪收手回来，他轻叹了声，看了眼天色，说道，"天色已晚，你们先回去吧。"

萧云龙脸色一怔，不承想医怪竟然回应这么一句话，他急忙问道："前辈，我父亲的伤势到底如何？还能治吗？"

"你们都回去吧，回去吧。"医怪站起身，将那坛烧刀子酒抱了起来，他挥着手，算是下了逐客令。

"前辈，万军的伤……"罗老开口。

医怪打断了罗老的话，他说道："小罗，你也知道我这里的规矩，夜不留人。你们姑且走吧。"

说话间，医怪一手抱着酒坛，一手拉着瞳瞳的小手朝着青瓦房内走去。瞳瞳像是有些不舍，时不时地回头张望着。

萧云龙满脸疑惑，他忍不住看向罗老，问道："罗老，医怪前辈这就给我父亲看完病了？"

罗老轻叹了声，苦笑着说道："医怪前辈性情古怪，既然他让我们走，那我们就先离开吧。前面的山脚下有几家旅馆，我们先去找住处，顺便吃个饭，休息一晚，明日再来求见医怪前辈。"

秦老爷子也点点头，说道："老罗说的是。现在天色已晚，就算是医怪前辈要给万军看病，只怕也是看不成了。我们明日再来。"

"行吧。"事到如今，萧云龙也只能同意。

众人相继离开了医怪居住的这个篱笆院子，不过带来的礼品却是放在了那张石桌上。

东灵山赫赫有名，驰名天下，外地也有一些游客会专门前来东灵山游玩，东灵山的山脚下已然形成了商业化的配套设施，有旅馆、饭馆、各式各样的店铺，等等。

罗老他们找了一家距离医怪居住之地并不远的云来客栈住下。这家旅店起名为客栈，颇有古代之风，客栈的建筑都是木质的，且并非是高层式的建筑，而是一个一个单独的小院子，一个小院子配有两间、三间、四间不等的木屋房，这样的居住环境极为怡人。

萧云龙走进客栈询问客栈老板客房的情况，最终定了一间有四个木屋房的院子，四个木屋房也足够了，罗老、秦老各住一屋，秦明月也单独住一屋，萧云龙可以与自己的父亲住一屋。而肖鹰晚上并不休息，守在罗老房门前。当然，没什么情况的时候他可以坐在藤椅上闭眼休息，一旦有什么情况发生，他会立即醒来。

客栈老板是一个中年男子，看上去老实憨厚，他带着萧云龙他们来到了这个小院，笑着说道："诸位莫非都是来瞻仰东灵山的吗？东灵山可是我们镇上的一座灵山，这里的百姓都很爱护它。"

"哈哈，我们也算是来瞻仰一下东灵山吧。"秦老爷子笑道。

客栈老板又说道："几位可曾吃过晚饭？如果还没吃，可以在这里吃。我这里也可以点菜吃饭，做好的饭菜直接端到这院子里。"

"不错，你这个客栈很有特色。"罗老笑着说道，"那我们就在这里吃顿饭吧。"

"我这就去把菜单拿过来。"客栈老板说。

没一会儿，已经有服务员将菜单送了过来，罗老等人轮着点菜，这家客栈主打家常菜，自然也是少不了特色菜。

这里的上菜速度也很快，所点的菜已经陆陆续续地端上来，罗老、秦老爷子以及萧万军他们围坐在一起，开始吃饭。

出于安全考虑，肖鹰是要检查一下饭菜的，不过却被罗老制止了，他大手一挥，说道："小肖，不用检查，没什么事的。大家都动筷子吧。"

萧云龙他们便开始吃饭，不知是因为饥饿还是因为饭菜的确可口，众人都吃得津津有味。

"医怪前辈给我把了脉，还伸手感应了我的丹田本源，也许医怪前辈是觉得他无力回天了，这才让我们离开。其实我对于我体内暗伤是极为了解的，拖了这么多年，只怕是真的无法治愈了。不过我也早就看开了，此行过来也就是抱着一线希望，并不真的奢求能够治愈。"萧万军淡然一笑，开口说道。

"父亲，你别急于下结论。医怪前辈并未说不能治愈，所以还是有希望的。"萧云龙说道。

"是啊，萧叔叔先别急，肯定会有办法。"秦明月也说道。

罗老沉吟了一声，说道："依照医怪前辈的性子，他并未直言说不能医治，那至少还是有希望的。万军你少安毋躁，我们明日再去求见医怪前辈，看看医怪前辈怎么说。"

"也行，一切顺其自然吧。医怪前辈要是不肯医，也别强人所难。"萧万军说道，他看得很开，这么多年来对于他自己体内暗伤之事他早就释怀淡然了。

"先不说这些，吃饭，吃饭。"萧云龙笑道。

吃完饭后，已经是夜幕降临，罗老与秦老爷子来了兴致，便让肖鹰去买了副象棋过来在庭院中下棋，萧万军饶有兴趣地坐在一旁观战。

萧云龙跟罗老他们说他想出去走走，便出去了。

秦明月闻言后跟了出来，她追上萧云龙，问道："云龙，你要去哪儿？"

"我出来走走，散散心。"萧云龙笑着说道。

"那我陪你吧。"秦明月说道。

萧云龙点了点头，掏出根烟点上，深深地吸了一口。

秦明月心知萧云龙在为萧万军体内的暗伤而担心，她柔声说道："云龙，你也别太担心了，天无绝人之路，也许明天我们再去求见医怪前辈的时候，他就会出手医治萧叔叔的伤势了。"

"希望如此吧。"萧云龙说道。

秦明月也不知道该说些什么，只能陪着萧云龙默默无声地走着。

两人沿着这附近所形成的商业配套区域走了一圈，又回到了云来客栈，萧云龙说道："明月，你先进去吧。罗老跟秦老爷子都在，老爷子不是喜欢喝你泡的茶吗，你去给他们泡个茶吧，我想一个人静静。"

"云龙，那一会儿你可要早点回来休息。"秦明月说道。

"我知道。"萧云龙笑着说道。

秦明月走进了云来客栈，萧云龙深吸一口气，他朝着医怪居住之地遥望了一眼，脸上闪过一丝坚决之意，他快步朝着医怪的住所走去。

萧云龙一路上疾步如飞，十多分钟走到了这处篱笆院子前。前面的一间青瓦房内，在昏黄的灯光下，院子内那条土狗正在看守着，看到萧云龙张口吠叫。

萧云龙不加理会，他站在篱笆院前，大声喊道："医怪前辈，我萧云龙恳请您为我父亲治病。我父亲被暗疾缠身多年，苦不堪言，承受着莫大痛楚。我做儿子的，最大的心愿就是希望能够让我的父亲康复，不奢求别的，只希望他能够像一个正常人一样地生活，而不是需要一直忍耐与承受暗伤病痛的折磨！医怪前辈，望您成全我这个愿望，您有任何要求，我萧云龙誓死也会为您办到！"

"扑通！"

萧云龙大声说着，他双膝一曲，跪在了地上。萧云龙铁骨铮铮，跪天、跪地、跪父母、跪自己逝去的兄弟，除此之外，他何曾向别人下跪过？即便是被人拿枪顶着头要他下跪，他宁愿站着死，他也绝不会跪着活！而他此刻却双膝跪地，不为别的，只是为了医怪能够出手医治他父亲体内的暗伤，为此他愿意付出任何代价。

父亲已经老去，他所能回报的并不多，如若能够还自己父亲一个健康的身体，那这就是最好的礼物，也是最好的孝心。

前面的青瓦房内并无人回应，瓦房里面，瞳瞳睁着一双天真无邪的眼睛说道："祖爷爷，我好像听到大哥哥的声音了，我们要不要出去看看？"

"瞳瞳乖，你睡觉吧，祖爷爷自会处理。"医怪开口哄着瞳瞳入睡。

紧接着，青瓦房内的灯光熄灭了，四周一片漆黑。萧云龙宛如一个雕像，跪在地上一动不动。

夜风袭来，皓月当空，繁星点点，在夜色的映照下那道跪着的身影不动如山，像是被施了定身术一般，让人为之动容。

也不知过了多久，后方忽而传来急促的脚步声，随后秦明月的声音惊呼而起："云龙，你，你怎么跪在这里了？"

秦明月走了过来，她想要拉起萧云龙，却被萧云龙制止了。

"明月，你怎么来了？"萧云龙问道。

"大家看你一直没回来，都很担心你，所以我就来找你了。我想着也许你会来医怪前辈这里，因此我就一路寻找过来。"秦明月说道。

"罗老跟秦老爷子他们休息了？"萧云龙问道。

"他们都在担心你呢，哪能休息啊？"秦明月说道，"你跟我回去吧，医怪前辈已经休息了，我们明天再过来。"

"不，今晚我不回去了，就跪在这里求助医怪前辈。"萧云龙语气坚定地说着，他看向秦明月，说道，"明月，你回去吧。回去跟罗老他们说我没事，别告诉他们我在这里的情况。就说我这么大的人了，没什么事的，只想一个人静静。"

"云龙——"秦明月咬了咬牙，很是为难。

"明月，听话。秦老爷子年纪这么大，他身边需要有个人照顾。你回去跟他们说我没事，让秦老罗老他们早点休息。放心吧，我没事。"萧云龙催促说道。

"你要不回去，那我也留下来陪你，我也跟你一起跪着。"秦明月说着，眼眸中湿润了起来。

"明月，别胡闹，你回去吧。你要不回去，罗老、秦老他们岂能安心入睡？听话，快回去！"萧云龙厉声说着。

秦明月咬了咬牙，她点了点头，一转头，朝着来时的路跑了回去。

萧云龙深吸口气，他目视前方，仍是跪在地上一动不动。

"这小子倒是倔强得很，不过这脾气倒是合我胃口。不是我不肯出手医治，而是……唉！"青瓦房内，医怪独自坐在黑暗中，床上的瞳瞳已经入睡，他轻叹口气，自言自语地说着，而后也躺在床上休息。

夜凉如水，微风拂面，萧云龙跪在地上一动不动，任由静谧的夜色随着时间安静地流淌。

02 人定胜天

鏖战野猪

时间在不知不觉中流逝，夜色渐渐散去，朦胧的亮光开始笼罩这片大地。天际边已经开始露出一丝鱼肚白，已然来到了清晨时分。

"咯吱！"

就在这时，前面那间青瓦房的门打开了，这让跪在地上的萧云龙精神一振，他抬起眼朝前看去，他已经跪了一个晚上，动也不动，能够有如此毅力与耐性的，并不多见。

医怪走了出来，只见他的肩头上背着一支老式猎枪，手中拎着一个尼龙袋子，这一身装束看着像是要上山打猎。

"祖爷爷——"瞳瞳的声音传来，医怪刚走出门，瞳瞳也跟随着跑出来了。

"瞳瞳，今天怎么这么早就睡醒了？"医怪问着。

"我感觉到祖爷爷要出去，就醒来了。"瞳瞳开口，她问着，"祖爷爷要去哪里？"

"祖爷爷要上山去，你待在家里面可好？"医怪说道。

"不好，瞳瞳不要一个人在家，我也要去。"瞳瞳不依不饶地说着。

医怪性情古怪，不被俗世间的条条框框所约束，但他却拿自己这个玄孙女没辙，他只有带着瞳瞳上山去。

"医怪前辈……"萧云龙看着医怪，开口说道。

"大哥哥，你还没走啊？"瞳瞳说。

医怪看了眼萧云龙，忽而将手中的尼龙袋子扔到他面前，说道："萧家的小子，看你年轻力壮的，那就帮我提这个袋子，跟我上山去吧。"

萧云龙闻言后心中一喜，他拿起了这个尼龙袋子，站起身。他跪了一晚，站起身后顿感双腿有些发麻，不过对他来说并不碍事，只需要稍微活动几下就缓解了。

"前辈，您这是要上山打猎去？"萧云龙追了上去，好奇地问着。

医怪点头，他说道："东灵山上有一头野猪，堪称是野猪王了，体重起码在300公斤以上。这头野猪伤过镇上的不少人，有时候还去破坏镇上的村民种的庄稼。镇上曾组织过捕猎队上山围剿它，无奈这头野猪极为狡猾，使捕猎队每次都无功而返。我经过一番考察，大体摸清了这头野猪的活动规律。它大概在早上五点到六点这个时间段内最活跃。"

"300公斤重的野猪？"萧云龙心中微微一惊，这种重量的野猪可谓是极为危险，恐怕连林中的老虎遇到了都不敢去招惹它，医怪已经过百高龄了，竟然想着去猎杀这头野猪？

"小子，你这是看不起我吗？"医怪看出了萧云龙内心所想，他哼了声，问道。

萧云龙连忙一笑，说道："不是这个意思，我是觉得如果去猎杀这么大的一头野猪，带上瞳瞳就太危险了。"

"没事没事，到时候你帮我看着瞳瞳。只要发现那头野猪，我就一枪崩了它。老夫我参军一辈子，对于自己的枪法还是很有自信的。"医怪无比自信地说道。

萧云龙不再多言，随着医怪朝山上走去。

医怪带领着萧云龙从一条小道上山，瞳瞳尚且年幼，本身就不能涉足远走，萧云龙索性背着她走。

走着走着，已经走进了东灵山深处，这里是大片的原始森林，古树参天，枯枝败叶洒落一地，地面上铺着一层厚厚的枯叶，脚踩上去发出"咯吱"的声响。

此时不过是清晨五点钟左右，这林子深处有一层湿湿的雾气，使视线也都被那层雾气给遮挡住了。

往前深入地走了一段距离，突然间，医怪扬起手，示意萧云龙别动。那一刻，萧云龙也感觉到了一丝异常，只因原本清新的空气中多了一股腥膻的味道，而这种腥膻的味道是野猪身上特有的气味。

"你跟瞳瞳留在这里别动！"医怪对着萧云龙低声开口，随后他身形一动，朝着前方潜伏了过去。

萧云龙皱了皱眉，他把瞳瞳放下来，将她护在了身后，眼中的目光警惕地看着四周。

且说医怪朝着前方纵身而去，他年事虽说已高，可行动仍旧极为敏捷，这样的身体素质真是让人惊叹，不得不佩服。

医怪穿过前方一处灌木丛，看到了一头体形庞大的野猪，口中一对獠牙露出嘴外，粗长的獠牙尖锐万分，浑身被黑褐色的鬃毛所覆盖，目测着起码有三百多公斤重。

医怪手中的猎枪举起，这头野猪的确是非常狡猾，警觉性极高，它猛地低沉咆哮了声，蓦地转过头来，那一刻——

"砰！"

医怪手中的猎枪喷出一串火花，但随着这头野猪骤然间转头，医怪这原本射向野猪脑袋的一枪射在了它的身体上。

野猪一年四季都在泥浆里面打滚，长年累月下来，野猪身体上结着一层厚厚的泥浆块，因此野猪的身体是最坚硬的，即便是一些猛兽如老虎、野狼的利齿都咬不动。这一枪射在野猪身体上，倒也是流血了，不过对野猪并未造成太重的伤势。

"嗷呜——"

这头野猪怒吼而起，它为之愤怒，这次受伤彻底激发出了它那极度凶残的性子。

"祖爷爷……"前方，瞳瞳的声音骤然响起。原本站在萧云龙身后的瞳瞳突然间跑了出去，循着声音朝医怪的方向飞奔了过去。

原来她是听到了枪声，又听到那头野猪嚎叫的声音，她担心祖爷爷的情况，年幼无知的她情急之下就跑了过来。

且说那头野猪听到瞳瞳的声音，它的双耳一竖，怒叫连连，竟朝前冲了过来。

这头野猪曾被东灵镇上的捕猎队多次围捕过，因此它知道猎枪的厉害，医怪那边的方位上有猎枪的硝烟气味散发出来，让这头野猪极为忌惮。它只想冲出去，因此听到前面有人的声音，凶性大发的它疾冲而来。

这头野猪体形庞大，速度极快，一路冲过来，沿途根本没什么东西能够阻挡。

萧云龙定眼一看，瞳瞳竟然擅自跑了过去，他连忙追上，口中大喊："瞳瞳回来！"

萧云龙话音刚落，冷不防地看到前方一道巨大的黑影冲了过来，一股极为浓烈的腥臊气味扑面而至，竟是那头野猪！并且，这头野猪冲刺过来的方向正对着瞳瞳，瞳瞳那幼小的身体真要被这头低着头猛冲过来的野猪撞上，那肯定立马毙命。

"畜生！"萧云龙暴喝出口。

说时迟那时快，萧云龙双足一蹬，浑身的力量迸发而出，他如风驰电掣般地疾冲而上，右臂将前方的瞳瞳抱了起来，顺势朝前一滚。

刹那间，那头野猪也冲了过来，萧云龙虽然避开了野猪那两根粗长的獠牙，但却被它那庞大的体形撞击到了，后背如遭雷击般传来一阵阵刺疼。随即，萧云龙看准一个方位后将臂弯中的瞳瞳抛出，使她正好落在后方一处积累着厚厚一层枯叶的地面上，又厚又柔软的积叶承载住了瞳瞳的身体，让她毫发无损。接着，萧云龙迅速站起身来。

那头野猪刹住脚步，凶性大发的它猛地转过头来，粗长的獠牙正对着近在咫尺的萧云龙，一双通红的眼睛盯住了萧云龙，它张着嘴，作势又要朝着萧云龙冲过去。

"吼！"

萧云龙猛地暴喝出口，声震如雷，滚滚魔气冲天而起，一股尸山血海般的杀伐气势，无比的浓烈与恐怖，排山倒海般地席卷向了这头野猪。而这种嗜血狂暴到极点的气势无论对于敌人还是猛兽而言，都具有强大的威慑力。

那一刻，这头体形庞大的野猪稍稍愣了一下，像是被威慑到了。

萧云龙抓住了这个机会，他冲了上去，一个翻身骑上了这头野猪的后背，他左手抓住了这头野猪颈上粗长的鬃毛，右手拳头已经握起，自身那股极限力量爆发而出。

"嗷！"

野猪怒吼而出，乱窜挣扎，想要把萧云龙从它后背上甩下来。

"砰！"

那一刻，萧云龙的右拳重重地轰击在了这头野猪的右眼上。在萧云龙这内蕴着恐怖巨力的一拳下去，这头野猪的右眼直接被打爆，眼眶周边的眼骨都被打断了。

医怪迅速赶过来，他抱起了受到惊吓的瞳瞳，看到萧云龙如此悍勇无比地骑上了这头野猪的后背，连经历惯了大风大浪的他脸色都为之怔住。这时候他已经无法开枪射杀，毕竟萧云龙正骑在野猪背上，而且这头野猪正在乱窜，他一旦开枪很有可能会误伤到萧云龙。

"轰！"

萧云龙左手一拳出击，势大力沉地轰向了这头野猪的左眼。

"嘭！"

一拳之下，血水飞溅，这头野猪的左眼眼球也被打爆了。

如此一来，这头野猪完全看不到了，双眼鲜血横流，剧烈的疼痛更是让这头野猪陷入了疯狂的境地，它四足狂奔，发疯般地朝前飞窜着。在这个过程中，萧云龙左右拳头密如雨点般地轰击在了它的脑袋上。

这时，萧云龙定眼一看，看到这头野猪双目失明之下正笔直地朝着前方一棵参天大树冲过去。

萧云龙目光一沉，等到即将临近这棵大树的时候，他猛地从这头野猪的后背上一跃而下，在地面上一个滚动后站起身来。

"轰！"

随后，一声巨大的轰然之声传来，这头野猪一头撞上了这棵大树，连这棵参天大树的树干都剧烈地晃动了好一会儿。

这头野猪那庞大的身体瘫倒在地，一股猩红的鲜血从它的嘴里冒出，它四足一阵乱蹬，身体也在剧烈地抽搐着，没一会儿，它就不再动弹了，明显已经死去。

萧云龙重拳如雨，不断地轰击这头野猪的脑袋，把它打得晕晕乎乎。最后它以冲刺的速度撞上这棵大树，就此彻底毙命，也为这一次惊险的狩猎画上了完整的句号。

萧云龙看着这头大野猪倒下彻底断气之后，才轻吁口气，方才还真的是有些惊险，特别是这头野猪朝着瞳瞳冲过去的那一刻。

萧云龙杀伐多年，也曾多次在深山野林里面战斗过，自然是没少遇到深山野林中的一些猛兽。长年累月下来，萧云龙也总结出了一些对付这些猛兽的办法，比如说恶虎、豹子、黑熊、野猪等都有相应的方法。

在没有任何武器的情况下，对付不同的猛兽采取的策略不同。比如说对付野猪，不能与野猪进行阵地战，野猪速度快，冲刺迅猛，更是皮糙肉厚，因此与野猪在地面对战是极为危险的，稍有不慎将会被它那粗长的獠牙刺中。最好的办法就是伺机骑上野猪的后背，迅速轰击野猪的双眼。野猪在双目失明的情况下只会发疯地乱窜，等着它耗尽力气倒地再杀，或者在这个过程中重拳轰击它的脑袋，将其彻底打晕后倒地再杀。

萧云龙以前也曾赤手空拳地击杀过一些野猪，不过跟他现在击杀的这头野猪比较起来，那些曾击杀过的野猪算是小野猪了。

医怪抱着瞳瞳走来，盯着这头野猪，问道："死了？"

"死了。"萧云龙点了点头，他转眼看向瞳瞳，问道，"瞳瞳，没事吧？刚才是不是被吓到了？"

"刚才瞳瞳好害怕，不过现在已经不害怕了。大哥哥你好厉害，你救了瞳瞳呢。"瞳瞳开心地笑着。

"没事了就好。"萧云龙一笑，伸手揉了揉瞳瞳的脸颊。

医怪上下打量了眼萧云龙，语气略带赞赏地说道："不错啊小子，不愧是萧家的男儿，这份胆识跟勇力算是不辱没你萧家的名头。"

方才如若没有萧云龙，那瞳瞳可就有致命危险了，因此医怪看向萧云龙的目光已经大为不同，既赞赏又感激。

"医怪前辈过奖了。"萧云龙笑着说道。

医怪从那个尼龙袋子中将一根麻绳扔给萧云龙，示意了他一眼。

"这是？"萧云龙好奇地问道。

"当然是把这头野猪捆上，然后拖下山。这活儿不应该是你来做的吗？你好意思让我一个老头子卖力地拖着？"医怪朝着萧云龙翻了个白眼，像是看白痴般地看着他。

萧云龙脸色一怔，而后苦笑起来——这算什么活啊？这三百多公斤重的野猪让我一个人拖下山？累死个人啊！

萧云龙满嘴苦涩，却也没有说什么，唯有走上前，用麻绳困住了这头野猪的后腿，而后将麻绳揽在自己的右肩上，这样拖着往山下走。

一路上瞳瞳蹦蹦跳跳的，显得很开心，她看着萧云龙满头大汗，不由问道："大哥哥，你是不是很累啊？瞳瞳帮你一起拉好不好？"

萧云龙哭笑不得，心想着你那点力气只怕这头野猪的一条腿都抬不起来，还怎么帮？

"没事的，我不累，我一个人就行了。"萧云龙说着。

萧云龙也只有打肿脸充胖子了，这么重的一头野猪，换作两个成年男子也拖不动，萧云龙却凭着一己之力拖着，可见他自身的那股爆发力量多么强悍。不仅是自身力量强大就行，还得需要一股坚韧的耐力，否则拖着走不了几步就会气喘吁吁。

"小子，你很不错，有一些老夫当年的风范了。"医怪眯着眼，笑呵呵地说道。

萧云龙心想着：你这是站着说话不腰疼啊，这累活真不是谁都能做得来的。

拖着行走了将近一半的路程。突然间，看到前方有五名壮汉朝着山上走来，他们手中都拎着猎枪，冷不防看到前面的医怪跟萧云龙后，他们脸色为之怔住。

"大头，你这小子总算是来了，快，快过来。"医怪看到这几个壮汉后开口说了声。

"太老爷，您怎么上山了？咦？这头野猪……你们把这头野猪猎杀了？"一个为首的方头大脑的壮男跑上来，难怪他会被医怪称为大头。

"见过太老爷。"其余的壮汉也走上前来了，他们对医怪极为敬重，仅仅从称呼中就可见一斑。

"太老爷我赶这么早上山，当然是去猎杀这头野猪了。你们一个个愣小子，呆头呆脑、笨手笨脚，天天上山围剿也奈何不得这头野猪。这不，太老爷我一上山，手到擒来，这就是最好的证据。"医怪神采飞扬，指着这头野猪说道。

一旁的萧云龙为之汗颜，明明是自己击杀的这头野猪，怎么从医怪他老人家口里说出来变成是他猎杀的了？

铤而走险

当然，萧云龙也不好意思揭穿医怪他老人家，唯有站在一旁笑着不语。

大头啧啧有声，走上前去查看这头死去的野猪，看着看着他说道："太老爷，好像在这头野猪的头部没有发现弹孔啊？看着像是被重力撞击之下死去的。"

医怪眼看着真相就要被揭穿，他冷喝了声，说道："你这愣小子懂什么。你们几个还站着干什么？还不快把这头野猪抬下去！给我记住了，这头野猪宰了之后最好部位的肉块给我送过来。"

"是，是，太老爷，我们这就扛下去。"大头开口，用麻绳将这头野猪前足后腿都捆上。

随后一名壮汉将一根准备好的粗大如腿般的木柱从这头野猪腿中间穿过，大头跟一名壮汉在前面扛起这根木柱，另外三名壮汉在后面扛起，他们一起抬着这头大野猪走下山去。

"呼！"

萧云龙总算是松了口气，可算是摆脱这个又苦又累的活儿了。

萧云龙随着医怪走下来，走下山脚后医怪想起了什么，他看向萧云龙，说道："小子，去把你父亲带到我这儿来吧。"

萧云龙闻言后脸色一怔，随即他欣喜若狂，忍不住颤声问道："前辈，您的意思是……"

"啰里啰唆，还不快去。"医怪打断了萧云龙的话。

"是，我这就去。"萧云龙开口，他身形一动，朝着云来客栈飞奔而去。

"这小子……"医怪看着萧云龙飞奔而去的身影不由得微微一笑，而后他轻叹了声，自言自语地说道，"山河兄，你的后人前来求医，念在我与你有数面之缘，也曾把酒言欢，因此我会尽力医治，但是生是死，只能看他的造化了。"

云来客栈，此刻已经是清晨七点钟。

萧云龙冲进了云来客栈，来到了他们订下的那间小院，看到院子门口紧闭，他奋力地敲门。

门打开了，肖鹰探身而出，看到萧云龙后他脸色一怔，说道："萧兄，你这是刚回来吗？昨晚你去哪里了？"

"之后再细说，现在我有急事。"萧云龙开口，冲进了院子里。

罗老与秦老两位老人早就醒了，他们早睡早起，已经养成习惯。听到外面的动静后他们推门而出，看到萧云龙跑进来。

"云龙，你这是怎么了？"秦老爷子问着。

"医怪前辈他，他答应给我父亲看病了。"萧云龙喜不自禁地开口，他说话间走向萧万军的房间，用力地敲着门。

萧万军也醒了，他打开门，方才他隐约听到萧云龙的说话声，是以他语气略显激动地问道："云龙，你是说医怪前辈要给我看病了？"

"对，方才医怪前辈让我过来把父亲带过去，医怪前辈他总算是同意了。"萧云龙笑着说道。

另一间房间的门也打开了，秦明月走出来，她语气兴奋地说道："云龙，这是真的吗？医怪前辈他同意了？"

"对，同意了，我们这就过去。"萧云龙开口，而后他想起了什么，看向罗老与秦老，说道，"罗老，秦老爷子，你们要不要吃点早餐？"

"你这浑小子，都什么时候了还吃早餐。医怪前辈性情古怪，既然他现在答应要给万军看病，那就早点过去吧。大家洗把脸就赶过去。"罗老语气极为高兴地说道。

当即，众人飞快地洗漱一番，而后便朝着医怪的居住地走去。

萧云龙他们赶到后，看到医怪正坐在院子内悠闲地喝着早茶，医怪看到了他们，说道："都进来吧。"

"医怪前辈。"罗老他们走来，纷纷笑着跟医怪打了声招呼。

待到众人坐下来后，医怪看向萧万军，说道："你体内这个暗伤至少有二十个年头了吧？"

萧万军脸色一惊，震惊于医怪居然能够猜得出来他体内暗伤残留的大体年份，他当即点头说道："已经足足有二十五个年头了。"

"这些年来你是不是主要以中药内服的方式稳定体内暗伤？其中的一味主药成分是紫河草？"医怪又问道。

"前辈高见，慧眼如炬，的确如此。"萧万军心悦诚服地说道。

医怪喝了口茶，说道："你用此法压制伤势倒也没错，只是你这暗伤时间太久了。并且，你最近是否与人动武，导致暗伤复发，而且还咳血了？"

"医怪前辈，正是如此。昨日父亲与一个武道世家家主在擂台一战，导致暗伤复发。"萧云龙说道。

"唉！"医怪轻叹了声，他说道，"你虽说常年服药压制你体内暗伤，但事实上这暗伤的伤势并未好转，而是不断地恶化。并且你伤在本源，可以说你的丹田本源这个暗伤在长年累月不断地恶化之下已经达到了一个全面爆发的临界点。你昨日与人动武，引发暗伤复发，这就像是一根导火线，将你体内暗伤常年恶化的状况引发出来，已经到了难以阻挡的地步。"

萧云龙闻言后脸色大变，迫不及待地问道："前辈，难道就没有医治的办法了吗？请求前辈一定要想一想办法啊！"

"仅有一法，但极为凶险。"医怪脸色凝重地说道。

"如何凶险请前辈明言。"萧万军说道。

"用这个方法，那你只有两个选择——生或死！除此以外，别无他路！再则此法由我钻研而出，却从未有过临床试验，因此生死的概率各占多少，我也不敢妄下结论。"医怪沉声说道。

此言一出，众人脸色皆变，非生即死，这样的方法当真是凶险无比，谁敢轻易地去赌一赌！眼下至少还活着，倘若真的冒险去试一试医怪的这个治疗方法，很有可能就此死去。

萧云龙嘴角干涩，他缓缓问道："前辈，我父亲这个伤势，如若采取保守治疗的方式，就是通过药物调养，那能活多长时间？是否能够一路终老？"

医怪摇了摇头，他说道："如若采取保守治疗，即便是由我来开出药方固本培元、好生调养，那最多也只能活一年！所以，昨日我不近情面地让你们走，就是想让你回去好生处理后事，趁这一年的时间将身后之事安排好。"

一年！短短两个字，却是如此沉重，犹如一座巨山般当头压下，让人喘不过气来。

死寂般的沉默过后，萧云龙双眼通红，拳头紧握，他不可置信地问道："前辈，这，这可是当真？如若采取保守治疗，我父亲最多只能活一年？"

医怪脸色郑重地点头，说道："老夫在医道这方面的判断绝不会出错。我想，萧万军他自己也应该有些感应。"

众人的目光朝萧万军看了过去，罗老秦老他们真的是不知道该说什么好，他们也明白了为何医怪会让他们离去，并非是他不肯出手，而是萧万军的暗伤经过多年恶化，且昨日在擂台上与人一战，使恶化严重的暗伤彻底爆发。如此情况，即便是有着高超医术的医怪也无能为力，而一旦采取那凶险之法去医治，那萧万军只能面对两个选择——生或死！这是一个极为艰难的选择，可如果不冒险进行最后一搏，那就只有一年的时间了。

"哈哈——"萧万军突然笑了起来，他并未有任何伤感或者忧愁的情绪，反而是有股豪迈之气冲天而起，他大笑着说道，"值了！这暗伤伴随我二十多年，我也算是多活了二十多年，对我而言，我觉得值了！如今云龙已经回来，我的人生也再没有什么遗憾了，我平生之愿已经得到满足，夫复何求？人固有一死，我看得很开，并没有感到任何的伤感。"

"万军——"秦老爷子开口，却也不知道该说什么。

罗老轻叹了声，亦是无言。

"咳咳——"

突然间，萧万军笑着笑着，却猛一阵剧烈地咳嗽，他将身上常年备着的手绢拿出来捂住了嘴角，然而他手中的手绢却已经是暗红一片。

"父亲，你怎样了？"萧云龙心中大急，开口问道。

"没事，没事。"萧万军挥了挥手，正想把手绢收起。

医怪却开口，说道："把手绢拿给我看看。"

萧万军脸色一怔，仍是依言将那块染红的手绢递给了医怪。

医怪将手绢摊开，赫然看到手绢上是一团暗红乌黑的血，这血已经不是正常的殷红色，竟是带着一点乌黑，隐隐散发着一股腥臭之味。

"这，这血的颜色怎么会是这样？"萧云龙定眼一看，语气震惊地问道。

"口咳乌血，证明我所言没错。你体内的暗伤在长年累月不断地恶化之下已经伤及你的根本，如今这暗伤已经全面复发，正在侵蚀你体内生机，你最多也只有一年的时限了。"医怪叹声说道。

萧万军深吸口气，神色仍旧显得极为坦然，他说道："前辈所言极是，我以往咳血，咳出来的血也不是这样颜色。实不相瞒，昨晚的时候我也咳出过这样的乌血，看来体内的暗伤的确是已经无法压制，全面爆发了。"

"吼！"

萧云龙忍不住站起身，仰天悲愤地怒吼，他无语问苍天，"为何会如此？武家，可恶的武家，我要灭了他们！！若非昨日父亲上台与武家家主武震一战，也不会负伤，导致体内暗伤彻底爆发。"

这一刻，萧云龙是真的怒了，那股嗜血的杀机冲天而起，滚滚魔威浩浩荡荡，席卷当空，全面展现出了一尊绝世大魔王的滔天威势，引得天地风云都要为之变色。

萧云龙这一怒，使场中不少人脸色突变，特别是肖鹰。肖鹰身为罗老身边的贴身警卫，是一个兵王级别的强者，此刻他感应到萧云龙身上的这股气势，他心中震撼万分，只因这股气势之强都为他平生少见，他从各方面了解到的信息中得知萧云龙很强，但这一刻他才明白，萧云龙之强可谓是深不可测，远超他的意料。

"云龙，少安毋躁。这不怪武家，武家不过是一个契机而已。为父体内暗伤存在多年，总会有压制不住而爆发的这一天，对于这一天我已经做好了准备，没什么的。上苍能够让我多活了二十五年，我已经心怀感恩。人固有一死，谁也逃不了这个命运。如今你回来了，能够撑起萧家，即便让我就此离世，我也心无遗憾，更无牵挂。"萧万军开口说着，语气从容而又淡定。

这份胸襟让人敬佩，那是一种看淡生死笑苍天的气魄，并非是人人都能有这样的胸襟与气魄。换作他人得知自己只有一年时限的生命，只怕早就恐慌到崩溃了，岂还能如此看淡风云？

"萧叔叔，吉人自有天相，你这么好的人，一生都在做善事，我相信你一定会好起来，一定会有奇迹发生的。"秦明月开口，她眼眸湿润了，心中感到悲痛。

罗老深吸口气，缓缓问道："医怪前辈，如若按照您的办法去医治，能挺过去那就是生，如若出现什么不测，那真的就无法挽救了？"

"萧万军这个情况，我需要用针灸辅以草药蒸汽之法将他体内暗伤的乌血和毒气全都引导出来，只要他能够挺得过去，那就获得新生；如果在这个过程中出现什么问题，比如说他体内暗伤乌血毒气渗入全身筋脉血管中，那大罗神仙下凡也无能为力了。"医怪说完，又看向萧万军，说道，"因此，治与不治在于你的选择，任何人都强迫不来。如果不治，那还有一年的时间，一年也可以做很多事了。如果治，是生是死，那只能看天意！"

医怪顿了顿，又说道："如果想要医治，那就尽快。如若再拖延几天，只会让这暗伤的伤势继续恶化加重，届时再想医治，只会增加难度，能够治愈的概率就会大幅降低。"

"万军，医怪前辈的话已经说到这个分上了，你是什么决定？在这方面，没人能够替你做主，只能看你自己的抉择。"罗老说道。

"万军，老罗说的是。这只能由你自己来做出决定了。"秦老爷子也说道。

萧云龙双目通红，紧握着的双拳久久不松，关于自己父亲治与不治的问题，他也无从建议，不治那还有一年的时限；一旦治了，极有可能就此天人永别。这是一个艰难的抉择，谁也不能替父亲做主。

萧万军深吸口气，他站起身，朝着医怪鞠躬致谢，他说道："前辈，多谢您的诊断。我想先静一静,好好地想一想。今天之内,必然会给您答复。"

"也好,此事慎重,的确是需要好好地想想。想通了,随时可以来找我。"医怪点头说道。

"那我先回客栈了,前辈,就此别过。"萧万军说道,

"去吧。"医怪说道。

萧万军告别医怪,朝着云来客栈走去。萧云龙、秦明月跟了上去,秦老爷子想和萧万军私下谈谈,也随着走去。

罗老留下来与医怪叙旧,他也想私下跟医怪谈论一下如果萧万军采取治疗有几分把握能够治愈萧万军的伤势,让他获得新生。

萧万军回到了云来客栈,他想一个人在房间里面静一静,因此独自走入了房间内,将房门关上。

萧云龙与秦老爷子他们只能坐在院子里等着,他们脸色都极为凝重,设身处地地想一想,如果他们自己遇到这样的抉择,也是很难当下做出决定。

房间内,萧万军深吸口气,他拿出手机拨打了刘梅的电话:

"喂,小梅。"

"万军,你找到那位前辈了吗?前辈说你的伤势如何?能够治愈吧?"电话中传来刘梅急切的声音。

"你无须担心,我这边一切都没事。家里面都还好吧?"萧万军问道。

"家里一切都好。我不是跟你说了吗,让你安心治病,不用担心家里的情况。"

"那我就放心了。小梅,算起来你跟在我身边也有二十个年头了吧?这么多年来,你一直无怨无悔地跟在我身边,一直照顾着我这具残破的身体,将萧家内务打理得井井有条。你是一个好女人,可我却从未给你一个正式的名分……"

"万军,你怎么突然间说起这些?这,这让我有种不好的预感,你,你没事吧?"刘梅语气急切地问道。

"我没事,就是心有所感,因此才跟你说说。我萧万军何德何能,这

辈子我亏欠最多的就是两个女人，一个是莫灵，另一个就是你。"萧万军缓缓说道。

"万军，这样的话往后不要再说了。我从未想过要跟莫灵姐争夺在你心中的位置。我什么都不求，只求你健健康康，萧家能够平安无事，只求往后云龙能够成家立业，过好这一生；只求灵儿能够健健康康快乐地长大，那就足够了。至于名分，这么多年你还不了解我吗，我并不看重这所谓的名分。"

"好，好……"萧万军点头，他双眼湿润了，他深吸口气，说道，"灵儿呢？灵儿在吗？我想她了。"

"万军你等着，我让灵儿接电话。"刘梅开口说道。

随后，萧万军的手机中传来萧灵儿那欣喜的呼声："爸爸，爸爸——"

"我的乖灵儿，想爸爸了吗？"萧万军笑着。

"嗯，灵儿想爸爸了，也想哥哥了。不过妈妈说爸爸正在看病，让灵儿不要打扰，所以灵儿才没给爸爸打电话。"萧灵儿说道。

听到这话，萧万军眼眶中的泪花终究是忍不住滑落而出，他深吸口气，压制住内心的情绪，他说道："灵儿真乖。你要记住，以后即使爸爸不在身边了，也要听你妈妈还有你哥哥的话，明白了吗？"

"爸爸我知道，我现在就很听话。"

"不只是现在，以后也要一样，灵儿做得到吗？"

"灵儿知道了。可是爸爸，你为什么要说以后啊？"灵儿好奇地问道。

"没，没什么。灵儿，爸爸爱你。"萧万军说道。

"灵儿也爱爸爸。"萧灵儿在电话中笑着说道。

萧万军深吸口气，他说道："好了，灵儿，那爸爸先去忙了……"

说着，萧万军挂了电话，他眼中的泪水却已经忍不住地滑落而下。这几十年来，萧万军极少有动情落泪的时刻，二十五年前他的父亲在那一战中去世还有十年前得知他所爱的女人离世时曾痛哭流泪，然后就是这一次他忍不住心中那股情绪，动情落泪。

而后，他深吸口气，铺开一张白纸，提起笔开始在纸上写字，像是在写遗书。

一个半小时后，萧万军打开了房门，他对着庭院的秦老爷子说道："秦老，您能否进来一趟？我有话跟您说。"

秦老爷子点头，走进了萧万军的房间。

萧万军将房门关上，手中拿着一个信封递给了秦老爷子，他沉声说道："秦老，这是我留下的遗书，里面的内容极为详尽，关于萧家的传承武道、祖传之法等都罗列在内，此外还有一些身后事的安排。如若我真遭遇到什么不测，请帮我将这封遗书交给云龙。"

秦老爷子脸色大惊，他问道："万军，你已经下定决心了？你要治？"

"对，我要治。有一线希望，我就去拼！"萧万军开口，语气铿锵，坚定无比。

萧万军推开房门走了出去，他脸上满是坚决之意，他已经做出了选择——他要冒险一试，若能成功，那就获得新生；若失败，那就坦然接受这沉重的结局。

他是可以选择不治，不治那还能活一年。可即便是还能活一年，那又有什么意义？他自己的身体他最清楚不过，自从昨日一战后的确是出现了急剧的恶化，口中咳血的次数较之以往多了许多，并且咳出来的还是乌黑的血迹，这说明已经严重到了极点。因此，就算是采取保守治疗的方式，他断定自己的身体也可能会在一两个月后垮掉，到时候就只能躺在病床上残喘苟延地活着，这必然会使身边的人担心，他们会花费大量的精力去照顾他，这不是他想要的生活，这不仅会让他身边的人感到痛苦，他自己内心也会备受煎熬。

既然如此，那倒不如放手一搏，是生是死由天定。再说了，选择医治，这也并非是百分之百的绝路，生与死各占一半，至少还有一半的概率能够获得新生，不是吗？对于萧万军来说，这样的概率已经很大了，值得他去拼一次！

"父亲——"萧云龙看着萧万军走出来后开口说道。

萧万军眼中光芒闪动，他说道："去医怪前辈那儿。我决定拼一把，我要医治！"

萧云龙心中一动，他心中百感交集，无论萧万军做出什么决定，他都会支持。但这个决定一旦做出来之后，萧云龙就要做最坏的打算，萧万军要是真的遭遇到什么不测，那他就要再失去一位至亲了。

萧云龙深吸口气，问道："父亲，你做好决定了？"

萧万军凝视着眼前的萧云龙，看着萧云龙那张阳刚坚毅的脸，以及身上那股成熟沉稳的气质，他笑一笑，说道："为父决定了！"

萧万军做出了决定，在他看来做这个决定并不困难，因此他很坚决。其实倘若萧云龙此刻还未回国，仍留在海外，那他就不会做出这样的决定，而是采取保守治疗，用仅有的一年时限来将身后事安排妥当。但现在萧云龙回来了，他也亲眼看到了萧云龙的实力，更是知道萧云龙是一个有担当与责任感的男人，那么即便是在治疗过程中他真的遭遇不测，他也能够放心地将萧家交给萧云龙。他相信，即便是他不在了，凭萧云龙的能力也足以担负起萧家的重任，他也相信萧云龙能够照顾好刘梅跟灵儿母女，这是他能够做出这个选择的最大原因。

"萧叔叔，你决定要去治了吗？"秦明月走过来问道。

萧万军点了点头，他说道："我决定了。我们走吧！"

"好！"萧云龙点头。

既然萧万军做出了决定，那他们就只有尊重这个决定。再说了，决定去医治，并非完全是绝路，还有一线生机。再则医怪医术高超，萧万军目前的情况，也只有他亲手医治才能创造出一线生机来。

"万军既然决定了，那我们就去找医怪前辈吧。"秦老爷子开口道，语气有些沉重。

秦老爷子、萧云龙、秦明月陪着萧万军朝医怪居住之地走去。

"云龙，关于我的情况你不要跟你刘姨还有灵儿提起，免得她们担心。"萧万军嘱咐道。

萧云龙点了点头，说道："好，我知道了。"

"此外，如果我真的有什么不测，那萧家就交给你了。你已经长大，我相信你能够肩负得起萧家的重任。父亲相信你，也放心你，所以我才决定去医治。"萧万军语重心长地说道。

萧云龙闻言后心口一塞，只感觉堵得慌，他深吸口气，笑着说道："父亲，别说这么丧气的话，我相信会有奇迹发生的。再说医怪前辈医术高超，他亲自给你治疗，把握要大得多。"

"是啊，萧叔叔，我也相信你能够挺过这一次的难关。"秦明月说道。

萧万军点了点头，他笑着说道："不管结果如何，我已经坦然，我会用最轻松的心态去接受这次医治。"

说话间，萧万军他们一行人已经走到了医怪的篱笆院前，罗老与医怪仍坐在院子内说着话。

萧万军走到医怪的面前，他抱拳施礼，说道："前辈，我想好了，我决定接受治疗。"

医怪眼中闪过一缕精芒，他看向萧万军，说道："我方才还跟小罗谈话，说起你会不会接受治疗的问题，结果我们都猜对了。与其苟活，不如拼一把。好，那我成全你，我会尽力给你医治，能否熬过这一关，只看你自己了。"

"万军，你当真想好了？"罗老看着萧万军，沉声问道。

萧万军点头，脸色坚决万分。

"好，那我们支持你的决定，也相信你能够熬过这一关。"罗老说道。

医怪站起身，他看向萧云龙与肖鹰，说道："你们两个小伙子跟我过来。"

人定胜天

萧云龙与肖鹰闻言后跟随医怪走进了最右边的一个青瓦房内，房间极大，走进去后竟看到这里面摆满了各式各样的药炉，有铁炉、青铜炉、陶瓷炉等，形态不一，大小不一。有些药炉看着就像是已经存在上百甚至数百年的古物。除了这些药炉之外，两边都有一层一层的木架，每一层木架上存放着各种各样的中草药，这里面有股长年累月所积累出来的草药味，闻着让人心旷神怡。

"你们把这个药炉搬出去。"医怪走到角落里，指着一个已经蒙上了灰尘，高度有一米五左右、直径在一米左右的药炉说道。

萧云龙走过去一看，这已经不是药炉，而是药鼎了，这个药鼎由青铜打造而成，也不知保存了多少年，透出一股古朴的、岁月沉淀的气息。

萧云龙试着用手搬了一下，这个药鼎极为沉重，起码在两百斤以上，这真是很吓人，也难怪医怪让他们两人来搬动。

萧云龙与肖鹰依言将这个青铜药鼎搬了出去，放在了院子中央，又依照医怪的吩咐挑来水将这个药鼎洗干净。

"生火。"医怪开口，命萧云龙搬来柴火，就在这个药鼎下方点起熊熊大火。

药鼎里面已经倒了约莫三分之二的清水，盖上一个木板盖后，以熊熊大火烧着，要将里面的清水烧开。

接着，医怪又让萧云龙随着他走进那间青瓦房内，这一次萧云龙手中提着一个箩筐，只见医怪走到青瓦房内两边的木架前，随手抓起一把把的草药，放在手中掂了掂重量后就扔在萧云龙提着的箩筐中。医怪行医多年，随手抓起一把药，就能够掂出其重量，不需要去准确称量。

"雪莲子、金钱龟、穿山甲、紫雪草……"医怪口中念念有词，将各类不同的药材抓取放入箩筐，没一会儿这个箩筐中的药材都堆满了。

待到医怪将所需的药材全都抓取后，这才与萧云龙走了出去。

萧云龙手中的箩筐内已经堆满了药材，虽说萧云龙对于这些药材一窍不通，但他却知道，这里面有几味主药极为珍贵稀有，称得上是千金难买。因为医怪在抓取这几味主药的时候，下面贴着一个标签，写着"稀少"二字。

这几味稀有的药材抓取后，医怪那间青瓦房内基本已经没货了。不用想，单单是这几味稀有的药材拿出去拍卖，其价值难以估量，至少成百甚至上千万！

医怪随手一抓，全部取完了，眉头都不皱一皱，也并未提及这些药材是如何珍贵稀少。这让萧云龙很感动，也很敬佩，虽说这位前辈性情有些古怪，像是一个游玩红尘的老顽童一般，可他在治病救人的时候展示出来的这股风范让人钦佩，或许这才是真正的世外高人才有的气节与风度。

青铜药鼎里面的清水烧了半小时后已经滚沸了，医怪将箩筐内的药材都倒了进去，接着又盖上了木盖板。

医怪搬来一张小木桌，他回屋拿出来一卷卷起的羊皮革，这卷起的羊皮革在小木桌上摊开后，呈现出来的是各式各样的银针，有粗长的毫针，也有细如发的发针等。

没一会儿，青铜药鼎的水又滚沸了，一股股浓烈的草药味传了出来。

医怪命萧云龙熄火，将青铜药鼎下烧着的木材去掉，只留炭火在内。慢慢地，里面的炭火逐渐熄灭，原本滚沸的草药水也平息下来。

医怪取来一个直径在两米左右的圆形木盖板，这个木盖板跟盖在青铜药鼎上的木盖板不一样，取来的这个木盖板上有一个个拇指大小的圆孔。医怪将这个有着圆孔的木盖板盖在了青铜药鼎上，顿时，药鼎内那些由滚沸的药水冒起的热气顺着那些圆孔冒了出来，那股草药味极为浓烈，甚至有些刺鼻。

"万军，你坐在这块木盖板上！"医怪对着早在一边做好准备的萧万军说道。

萧万军此刻已经脱下上衣跟裤子，唯独穿着一件短裤，身体皮肤裸露出来，听到医怪之言后他坐到了这块木盖板上面。

一旁看着的萧云龙、罗老、秦老爷子他们的脸色紧张起来，因为这意味着医怪要开始对萧万军进行医治了，成败在此一举，生死也在此一举。

萧万军坐在青铜药鼎的木板盖上面，这个木板盖有着一个个圆孔，因此青铜药鼎内那些熬煮过的草药水蒸发而出的热气顺着这些圆孔升腾而上，这些热气温度有些高，但也在人体承受范围之内。时值盛夏，萧万军坐上去没一会儿，就热得浑身直冒汗。

医怪两手一抓，从铺展在桌面上的羊皮革中抽出一根根粗细不一的银针，拿在手中，他双手翻飞，速度极快，一根根银针十分精准地刺入了萧万军身体上的一个个重要穴位。其中，萧万军小腹间的丹田本源处更是插满了一根根银针。

医怪以极为精巧且又神乎其神的手法将这些银针插入，萧万军感觉到他身体各大穴位仿佛被那雷火淬炼过一般，升起一股至刚至烈的灼热之感，这种刚烈霸道的灼烧热感传遍他的全身。

萧万军神色一动,他对于中医之道也有过研究,萧家就有祖传的中医之术,因此他仿佛想到了什么,忍不住惊声问道:"前辈,这可是传闻中的太乙神针法?"

"算你有眼力,这的确是太乙神针法。"医怪说道。

萧云龙为之动容,震惊万分,他说道:"如今传下来的太乙神针法都是以艾条来进行针灸,真正的太乙神针法是以银针刺穴,引发雷火之热,淬炼身体的四肢百骸,从而疏通经络,调和气血,祛除恶气。可这真正的太乙神针法不是早就失传了吗?"

"真要失传了,老夫我还能为你施展此神针之法?"医怪瞪了萧万军一眼。

萧万军为之讶然,他心中震撼无比。难怪医怪前辈被誉为在世华佗,有着可以让人起死回生的高超医术,这并非夸大其词,而是确有其事,医怪前辈连传闻中已经失传的太乙神针法都会,可见其医术是多么高深。

随即,萧万军心中激动万分,这太乙神针法绝对是华国中医之道的精髓所在,堪称是国粹珍宝,能够流传下来就可造福人间,对于中医之道的推广具有深远的意义,这自然是一件让人值得高兴之事。

这时,萧万军的身上已经密密麻麻地插满了银针,看上去就像是一个人形刺猬一般。

而后,医怪拿来一个塑料做成的半人高椭圆形的罩子,罩子上留着数个小孔,接着医怪用罩子把萧万军整个人都罩入里面,唯有预留着的几个小圆孔来作为呼吸通道。

"萧万军,接下来就看你个人的造化了。太乙神针也称为雷火神针,以雷火霹雳之劲逼出你体内暗伤的乌血和毒气。雷火淬身,极为疼痛,你可要忍着。挺得过去,那就能获得新生,挺不过去,唯有陨落!"医怪语气凝重,对着罩子内的萧万军说道。

"前辈,我会坚持住的,绝不会让前辈的努力付诸东流!"萧万军的声音传来。

"好了,你别说话,尽量放松自己的心情,放松自己的身体,使体内的气血能够畅通。"医怪说道。

萧云龙、秦明月、罗老、秦老等人站在一旁看着，他们脸色紧张，内心极为忐忑，他们不知道接下来会发生什么情况，但有一件事是能够确定的——只要萧万军能够挺得过去，那就获得新生；如果挺不过去，那就真的要就此陨落了。

这些人中，最担心的莫过于萧云龙了。所谓父子连心，这一刻他隐隐地感觉到自己的父亲在那罩子里所承受的压力和痛楚，可他什么都帮不上，只能等着，等着最终的一个结果。他希望能够有一个奇迹发生，希望自己的父亲能够渡过这次难关，重获新生。算起来他回到萧家也就是半年左右的时间，他陪伴在自己父亲身边只有半年而已，这真的很短暂了，万一发生什么不测就此失去自己的父亲，面对这种打击，即便是坚强的他也难以接受。

罩子上预留着的数个圆孔中不断地有热气散发而出，医怪时而闻着从圆孔散发出来的热气的味道，时而试探着这些热气的温度。

过了一会儿，基本没什么热气散发出来的时候，他让萧云龙将炭火吹明，又往里面添加柴火。

烈火熊熊燃烧着，在蒸气升腾中这像是在进行活生生的蒸煮。不过当然不会将青铜药鼎内的草药水再度烧开，否则里面的药水要是烧开滚沸，冒腾起来的水蒸气温度根本不是人体所能承受的。而是将这青铜药鼎的草药水烧到一定程度，使里面的热气冒腾而出即可。

医怪随时都要探测从罩子的圆孔散发出来的热气温度，觉得差不多了就让萧云龙熄火。

青铜药鼎内熬煮着医怪搭配而成的药材，这些药材此前熬煮滚沸的时候里面的药性融入水中，随着药水热气散发而出，萧万军被这个塑料罩子罩在里面，那些蕴含着药性的热气就会滋润他的全身，并且随着他的呼吸进入体内。

时间一分一秒地流逝，众人脸上的紧张之情也越发深重。

慢慢地，一小时过去了，从这个塑料罩子中散发而出的热气味道悄然间发生了一些变化，别说医怪，即便是萧云龙他们都能够明显地感觉到不同。

原先散发而出的热气带着一股浓烈的药性味道，那股各种各样的中草药混合，熬煮成一锅的味道浓烈万分，但此刻，散发出来的热气味道中像是带着一丝的腥臭味，这股腥臭味与那药性味混合在了一起。

医怪闻嗅着这股散发而出的热气味道，他皱了皱眉，似乎并未达到他的预期。

"再去生火。"医怪说道。

萧云龙连忙去将青铜药鼎的柴火生起，熊熊大火焚烧着这个青铜药鼎，一会儿后，从那罩子上的圆孔中散发出来的热气更加浓重了。

医怪一直闻嗅着那些热气的气息味道，以此来判断萧万军体内暗伤乌血被引导出的情况。

时间渐渐地流逝，又一小时过去了。

此时那些从圆孔中散发而出的气味几乎都闻不到草药味了，只剩下那股极为刺鼻的腥臭味道，让人闻着都要作呕。

且说萧万军被罩在里面，随着那些蕴含着药性的热气不断地渗入他的体内，他呼吸时也将那些药性气息吸入体内，开始与插入他身体内的银针起了反应，一阵阵灼烧的痛感传遍了他的全身，那种痛苦真的仿佛遭到雷击一般，极为难忍。他一直在强忍着，他本身的意志力就极为坚韧，换作其他人还真的无法忍受如此长时间的痛苦。

但萧万军毕竟是血肉之躯，这种灼烧刚烈的痛苦不断地冲击着他的神经，渐渐地，他的痛感神经都变得麻木了，整个人的神志也开始变得恍惚，脑袋更是晕晕乎乎，闭着的双眼眼皮宛如铅重，让他有种想要闭着眼睡过去的感觉。可他残存着的一丝理智在提醒着他，绝不能就此闭上眼，否则极有可能就再也不能醒过来了。因此，他一直强忍着，激发出了一股超人的意志力，坚持了一小时、两小时……到最后，他发觉真的是坚持不住了，脑袋迷迷糊糊的，出现一种晕乎的状态，神志也彻底不清。

"云龙，将罩子拿起来！"就在这时，医怪忽而开口说道。

萧云龙立即走了过去，将这个椭圆形的塑料罩子提起。

萧万军端坐着的身躯呈现而出，然而场中之人看一眼后全都大惊而起，萧万军体内的乌血竟然顺着这些插在他身上的银针引导而出，而后一滴滴地滴落而下，这场面让人感到触目惊心，头皮发麻。

"父亲，父亲——"萧云龙呼喊着，可此刻的萧万军却是没有丝毫的反应，只见萧万军的脸面极度苍白，嘴唇发紫，眼袋乌黑，双眼紧闭，动也不动。

萧云龙心中大惊，他突然间有种不祥的预感，想要去触碰萧万军的身体，却被医怪喝了声："不要动他！去添加柴火，快，成败在此一举！"

说着，医怪又拿起银针，这一次他手中的银针是朝着萧万军的头顶上插了下去。

"这是治元神针法，可保他头脑内的一丝元神，他体内暗伤的乌血还未彻底排出，需要加大火候地热蒸。这时他的神志已经不清，陷入晕迷。倘若他体内的乌血在一定时间内不能排尽，那就危险了。"医怪语气沉重地说道。

萧云龙在青铜药鼎下生起了大火，青铜药鼎内的药水又一次接近了沸腾状态，滚滚热气不断地散发而出，包围着萧万军的身体。

肉眼可以看到，萧万军身体插着的那些银针上滴落而出的乌血速度加快了，说明他体内暗伤的乌血正在加速排出体外。

五六分钟后，刺入萧万军体内穴道的银针前端隐有一丝丝殷红的血溢流而出。这些殷红的血丝越来越多，逐渐地朝前蔓延，待到银针末端的最后一滴乌血滴落而下后，这些银针上溢流而出的不再是乌血，而是人体正常的鲜红血液。

"他体内的乌血总算是排完了！"医怪见状后开口，稍稍轻吁口气，但这并不意味着这一次的医治就此结束，这仅仅是第一步，最为关键与凶险的是接下来的医治步骤。

医怪将插在萧万军身体上的银针悉数全都拔出，对着萧云龙沉声说道："把你父亲抱过来。"

萧云龙闻言后连忙将萧万军抱了起来，跟着医怪朝着一间青瓦房内走去。

医怪指着房内的一张床，说道："将他放在床上。"

萧云龙便将萧万军放在了床上，他伸出手指放在萧万军的鼻端上一探，发觉竟是没有呼吸，他脸色大变，颤声说道："前辈，怎么我父亲他，他没有了呼吸？"

医怪并未开口，他伸手轻捻着插在萧万军头顶上的银针，在这个过程中他所耗费的心神很大，一颗颗热汗从他的额头上冒出。

医怪此刻所施展的是"治元神针法"，这一神针法与"太乙神针法"齐名，治元神针法具有安定元神的功效，施展出来需要消耗大量的内家之气，正因如此医怪才会显得如此疲惫，整个医治过程下来他所消耗的心神极大。

"砰！砰！"

接着，医怪的手掌狠狠地拍打向了萧万军的后背，内蕴着他自身的内家之气，一掌一掌地拍下。

这让一旁看着的萧云龙目瞪口呆，心中更是心急如焚，方才他试探中发觉萧万军鼻端竟没有了呼吸，而此刻医怪却在用力地拍打着萧万军的后背，他都不知道该说什么好，只能在旁边站着。

罗老与秦老爷子也走了进来，在旁看着，他们并未出声打扰，医怪擅长中医之道，他这么做肯定是有原因的。

"怎么还不咳血？"医怪皱了皱眉，他接着说道，"他体内的乌血虽说排出了，但他暗伤复发之下仍是有瘀血冲上了头顶，头顶上的乌血不能用银针引导而出，否则将会立即毙命。我唯有以治元神针法稳住他的心神，在拍打之下将其脑顶、喉间的乌血咳吐而出。"

说话间，医怪再度用力地拍打着萧万军的后背。

"砰！砰！"

接连两掌拍打之后，突然间——

萧万军的嘴角边开始有一丝乌黑血丝溢流而出。

医怪见状后又是一掌拍向了萧万军的后背。

"哇——"

这一次，萧万军一张口，吐出了一大口乌血。

萧云龙早已经端着一个盆接着，只见萧万军吐在盆里的乌血黑乎乎的，散发出一股刺鼻的腥臭味，这些乌血都是他体内暗伤不断恶化，日积月累所形成的，可见对他身体的伤害有多大。

萧万军这口乌血咳出来后医怪总算是放心了，他将萧万军头顶上插着的银针取下，让其躺在床上，他采取推拿之法不断地按着萧万军身上的几处要穴，为其疏通血脉，活络气血，最终按向了萧万军的心脏处，口中暴喝："醒来！"

萧云龙他们神色一震，心知这已经是到了最为关键的时刻，只要萧万军能够成功地苏醒过来，那就成功了。

"醒过来，你的命运掌握在你的手中，速速醒来！"医怪接连大喊。

"父亲，醒过来，你一定可以的！人定胜天，你一定要醒过来！"萧云龙也大声出口，一声声地呼唤着萧万军。

"萧叔叔，你快醒过来吧，我们都在等着你，还有刘姨和灵儿也都在等着你。萧叔叔你一定要醒过来！"秦明月也大声地喊着，她眼角湿润，心里面真的是很怕，害怕萧万军真的就此无法苏醒过来。

"万军，你给我醒过来！你一定要醒来，你不是说过有生之年你想看着云龙跟明月成婚吗？你不是想抱孙子吗？那就醒过来！云龙说得对，人定能胜天，你要战胜病魔，战胜自己，快快苏醒过来！"秦老爷子也在大喊。

"万军，醒来，你身为铮铮铁汉，岂可就此沉睡，醒来！"罗老也在暴喊。

一时间，房间内的所有人都纷纷大喊出口，都在用喊声来唤醒萧万军的神志，让其苏醒过来。

医怪眉头紧锁，萧万军此刻的呼吸停止，如若他再不醒来，那可就真的永远都醒不过来了。他一直在为萧万军疏通经络，按压心房，而且刚才的治元神针法也保住了萧万军脑海中的元神，可如若萧万军还不能醒来，那他真的是无能为力了。

"醒过来，再不醒来可就命丧黄泉了！"医怪大喊了声，振聋发聩，经久不息地回荡着。

萧云龙闻言后更加心急，他大声地喊着，要让萧万军苏醒过来。

突然间——

"咳咳——"

萧万军嘴唇猛地一动，竟主动地干咳了两声。

"嗤！"

接着，萧万军的鼻端开始有了一丝气息，这一缕气息越来越强，到最后变成了极为粗重的呼吸。这是因为萧万军窒息了一分钟左右，突然间恢复呼吸之后便粗重地呼吸着空气，以此来平衡体内的氧气需求。

"父亲！"萧云龙看到这一幕后心中大喜，他握住了萧万军的右手，眼中忍不住流下了男儿泪。

萧万军原本闭着的双眼缓缓睁开，他看到了床边的萧云龙，看到了满头大汗的医怪前辈，看到了脸上露出欣喜笑意的秦明月，还看到了站在一旁一脸关切的罗老与秦老爷子。

"我，我感觉我做了一个很长很长的梦……好像听到了你们的呼喊声。"萧万军嘴角嗫嚅，语气无比虚弱地说道。

"你这小子总算是大难不死！你再不醒来，可真的是永远都醒不了了。所幸，有惊无险，你终于醒来了。这也意味着你体内的暗伤已经得到根治，从此获得新生！"医怪开口，他轻吁口气，总算是放心下来了。

萧万军脸色一动，他说道："前辈，您是说我体内的暗伤已经没事了？"

"没事了，没事了，你从鬼门关走了一趟回来，当然是没事了。"医怪笑着，他很高兴，不仅是救了萧万军一次，更在于他所采取的这个药方治疗方式是正确的，这对他而言有着莫大的意义，可以以后作为借鉴。

"云龙，快，快扶我起来。"萧万军开口说道。

萧云龙连忙将躺着的萧万军扶起。

萧万军下床后猛地向医怪跪下，他说道："前辈的再造之恩万军无以为报，多谢前辈出手医治，给我一次重新活着的机会。如此恩情比山重，比海深，我会永远铭记于心！"

萧云龙也跟着跪了下来，说道："前辈，多谢您！"

"你们这是在干什么？快给我起来！"医怪板着脸，语气中带着一丝不悦，他说道，"救死扶伤，这本是医者天职。你们再不起来我可要翻脸不认人了。"

"多谢前辈，谢谢。"萧万军说着，这才让萧云龙把他扶起来。

"哈哈，万军，你能醒来真的是再好不过了！总算是有惊无险，有惊无险啊！人定胜天，你看，人的潜力真的是无穷无尽。如今你暗伤治愈，获得新生，真是皆大欢喜啊！"秦老爷子笑着，脸上的皱纹都笑开了。

"是啊，刚才你可真是让我们极为担心。还好你醒过来了，这是大喜之事。"罗老也笑道。

秦明月展颜微笑，她心中极为高兴，说道："萧叔叔，你这刚醒过来，还是多休息一下吧。"

"这小丫头说得对。我都差点忘了，你醒来了，需要服药，你体内失血过多，身体还很虚弱。我为你熬制草药服下固本培元，之后再用药水浸泡你的身体，这才算是真正地完事了。"医怪说道。

医怪说着把萧云龙招呼过去，跟着他走出了青瓦房。

在医怪的嘱咐下，萧云龙将那青铜药鼎内的草药、药液全都倒掉，用清水洗干净，之后又倒入清水，生火煮沸。

医怪将准备好的草药放入青铜药鼎内熬煮，沸腾之后又熬煮了半小时，使放入的草药药性彻底融入到水中，之后晾着，等里面的药液温度凉了之后，用来给萧万军泡身体用。

这时，医怪将熬好的一碗药汤盛了出来，端入青瓦房里给萧万军服用。萧万军喝下这碗药汤，又喝了一大杯水，这才感觉到身体的虚弱感减轻了不少。

青铜药鼎内的药液温度也合适了，医怪便让萧万军进入这个青铜药鼎内坐着，让那些散发着浓重草药味的药液浸泡身体。

医怪忙碌了好几个小时，加上他年纪也很大了，感到疲累的他坐在院子的石桌前喝着茶。

罗老与秦老爷子走过去陪着他，如今萧万军暗伤治愈，获得新生，所有人都很高兴。

"前辈，真是有劳您了。您也是很累了吧？"萧云龙走过来，开口问道。

医怪瞪了眼萧云龙，说道："当然累了，换作是你，一把老骨头了，

又花力气又耗费心神的，你不累？当然，累归累，但我很高兴。今晚一定
要多喝两杯来庆贺一下。"

"到时我会陪前辈您喝，喝多少都行。"萧云龙笑道。

医怪看了眼时间，觉得也差不多了，就让萧万军走出药鼎，让他去后
院的洗手间内用清水冲洗一下身体，将他身上的药液还有那些沾在身体上
的乌血洗干净。

解甲归田

萧云龙将一套备好的衣服送了过来，给萧万军穿上。

没一会儿，萧万军走了出来，他的精神面貌好了很多，获得新生的他
心情舒畅，已然没有了那种颓废之感。

"万军，是不是感觉好多了？你可还感觉到暗伤伤势的存在？"秦老爷
子问道。

萧万军闻言后感应了一下原本体内暗伤所在的位置，一番感应后，觉
得体内气血畅通无阻，已经没有以往那种刺痛之感，但旋即他的脸色忽而
一变，失声出口："我，我怎么感觉不到我体内的丹田本源了？并且我自
身的气劲之力也荡然无存，难道我自身的武道已经被废除了？"

萧万军此话也让萧云龙脸色为之怔住，他心知自己的父亲此前有暗伤
在身，因此影响到他自身武道的进展，可之前他自身的气劲之力已经达到
五阶，难不成暗伤治愈后自身的武道修为都被废除掉了？

医怪脸色坦然，仿佛对此早已经了然于胸，他说道："你自身的武道
内家气劲的确是被废除了。你的暗伤伤在武道的丹田本源上，唯有破除你
自身的丹田本源，才能把里面瘀积的乌血引导出来，唯有此法才能让你体
内暗伤得到根治。"

萧万军脸色一怔，随即他坦然地笑了笑，说道："看来往后我只能过
着普通人的生活了。这样也好，武道没了就没了，以此为代价换来往后数
十年的寿命也值得了。如此一来，我就有更多的时间陪伴亲人身边，倒也

是一种福分。"

医怪赞许地点了点头,说道:"你有这份心态很好。不过,你也不必灰心,你的丹田本源被废除对于你而言是大好之事。所谓破而后立,便是如此。"

萧万军脸色一动,心知医怪话中有话,他不由问道:"前辈,请指点迷津。"

医怪看向萧万军,缓缓说道:"由于你体内暗伤之故,这些年来,你自身的武道境界非但没有丝毫进展,反而有些下跌吧?"

"正是如此。"萧万军点头。

"那就对了。你的丹田本源即便是没有被废除,那这一辈子你的武道也永无进展。所谓破而后立,就是丹田本源被废除之后仍可再修炼回来,百尺竿头更进一步。你的丹田本源并非是被人为武力毁掉,而是因为暗伤被废除的,这样的情况是可以重新修炼起来的。"医怪开口,继续说道,"不过,这需要莫大的毅力,更是需要对武道有通达的见解,才能重新修炼回来。可一旦再度修炼出你自身的武道本源,那你的武道之境将会势如破竹,在厚积薄发之下一举冲击上宗师之境也未尝不可啊。"

萧万军闻言后心中一震,脸色更是大喜,他颤声说道:"前辈,您所言是真的?"

"当然是真的,我一把年纪了,还有必要说话哄着你玩?"医怪白了萧万军一眼。

萧万军欣喜若狂,忍不住大笑出口。

说起来萧万军身为萧家之主,萧家更是武道世家,倘若他的武道真的就此被废除了,那心里还是会留下难以释怀的遗憾。身为武道世家家主,却不能动用武道,等于将祖宗留下来的传承给废弃了,这是一种讽刺,也是一种痛苦的煎熬。当萧万军得知他仍然可以破而后立,仍然可以修炼武道的时候,他心中的那股喜悦激动之情是难以掩饰的,真的是激动万分。

从医怪前辈的话中他也听出来了,如今他暗伤治愈,从鬼门关走了一趟,等于获得了新生。既然是新生,那一切就得从头开始,包括他自身的武道也是一样，需要从头开始修炼，只不过想要再度修炼出自身的丹田本源，这将会极为艰难，会遇到难以想象的波折与困境。

可萧万军从来都不怕困境，连二十五年前萧家遭遇的围杀困境都挺过来了，更何况这次所面临的武道困境？他有着坚定的信念与信心要重新修炼起自身的武道，他对于武道的理解已经达到了一个极高的境界，对于萧家武道的运用更是达到了通达之境。只要他能够重新修炼起自身的武道本源，那将会势如破竹，一路高歌猛进，再也不会受到以前那种暗伤的影响。

萧万军走了过去，他开口说道："前辈之恩当真是浩荡如海，我无以为报。日后前辈需要什么，请尽管吩咐一声，萧家上下必然会全力为前辈效力。"

"无须如此，能把你的暗伤治愈好了，这也算是我医道上的一个突破，这对我而言就是最好的回报了。"医怪淡然一笑，说道。

这时，篱笆院外面有一个健壮的年轻男子正走过来，手里面还拎着一个大袋子。萧云龙转眼看过来，他认得这个壮汉，正是今早在山上碰到的那支捕猎队中绰号为大头的男子。

"太老爷，太老爷，给您送野猪肉来了，这可是最好的部位。两大猪前蹄，还有里脊部位的肉块。"大头走了过来，大声说道。

医怪走了出去，说道："你这小子总算还有点良心。"

"那当然，太老爷您猎杀的野猪，自然要拿最好的肉块来孝敬您。"大头笑着。他为人憨厚，顿了顿仍是不解地问道，"太老爷，不过我们杀猪的时候真的是没看到这头野猪头部有中枪的迹象啊。反倒是这头野猪的两个眼球都被打爆了，而且头颅内大出血，显然是遭到重力撞击而死。难不成是太老爷您赤手空拳地将这头野猪给猎杀了？"

"你这小子，哪来这么多废话。把肉给我，赶紧滚蛋。"医怪吹胡子瞪眼地说道。

"大头叔叔，这头野猪是大哥哥杀的。"瞳瞳跑了过来，天真无邪的她一语道破天机，真是童言无忌啊。

医怪脸色一阵精彩，对于瞳瞳他当然不能说什么，不过看着面前脸色一阵诧异的大头，他没好气地呵斥道："还愣着干什么？还不快滚！"

"是，是，太老爷，我这就走，不打扰您了。"大头将袋子里装着的野猪肉交给了医怪，转身离去。

大头听着瞳瞳的话，脑海中第一时间浮现出了萧云龙的身影，今早在山上他可是看到萧云龙一人拖着重达三百多公斤的野猪，这份力量连他都自叹不如。看来这头野猪还真的就是萧云龙赤手空拳所杀的，这让他心中极为震惊，能够赤手空拳击杀这么大一头野猪，那究竟是何等的猛人啊？简直是难以想象！

"前辈，您还上山去猎杀野猪了？"罗老好奇地问着。

医怪哈哈一笑，豪气十足地说道："那是当然，别以为我一把年纪了就只能在家中静养，这提枪上手的本事我可是还没忘。这不，今早我亲自上山，将一头三百多公斤重的野猪猎杀了。"说到这，他觉得有些不太恰当，看了眼萧云龙，又说道，"当然，萧家这个小子也在旁边出了点力。"

萧云龙呵呵一笑，说道："前辈说的是，主要的功劳在于前辈精准的猎枪击杀。"

医怪对于萧云龙这句话显得很满意，他哈哈一笑，说道："这袋子里面可是野猪肉。这头野猪三百多公斤，堪称是野猪王，其肉必然很香。不过需要炖软了才能吃，否则根本咬不动。谁会炖野猪肉？"

"前辈，让我来试试吧。"萧万军一笑，他说道。

"你会？也好，那就让你来。"医怪说道。

萧万军提着肉朝着医怪所指的厨房走去，萧云龙也走过去帮忙切肉。厨房内各种调料都有，医怪更是拿来一味草药，说可以祛除肉的腥味，炖肉时可以放入。

将野猪肉切好、洗净、沥水后，萧万军开始掌勺，他炖肉有一绝，这才自告奋勇地炖这野猪肉。

至于外面，医怪已经将烧刀子酒摆上，看这架势他今晚是要大喝一顿了。

"祖爷爷，你又要喝酒了……昨天不是喝过了吗？昨天喝过了，要三天以后才能喝。"瞳瞳跑过来，伸出三只白净的手指，煞有介事地说道。

医怪对于自己这位玄孙女可是极为宠爱，有时候他也拿她没辙，听着瞳瞳的话他只有说道："瞳瞳啊，你看祖爷爷家里来了这么多客人，这是要招待他们的。你放心，祖爷爷不会喝太多，主要是给他们喝。"

"真的吗？"瞳瞳问道。

"当然是真的。"医怪说道。

"那好吧，瞳瞳会看着祖爷爷的……"瞳瞳说道。

秦明月这时走了过来，笑着说道："瞳瞳，走吧，我们去玩。"

"好啊，我喜欢大姐姐陪我玩。"瞳瞳兴高采烈地笑着。

随后，秦明月带着瞳瞳往外走去。

两小时后，一大锅野猪肉出锅了，一股浓浓的肉香味飘散开来，让院子中坐着的医怪忍不住地站起身来，朝着厨房方向走去。没走几步，便看到萧云龙端着一锅肉走了出来。

"香，真是香！看不出来啊，萧万军你还有这一手。闻着味就能知其味，这肉肯定很好吃，当下酒菜更是再好不过。"医怪大笑着，心情看起来无比舒畅。

这一大锅肉端上来，已经不需要再去做别的菜，仅仅是这一锅芳香四溢的野猪肉就已经让人垂涎三尺了。

"来，喝酒，喝酒。"医怪热情地招呼着。

秦老爷子大笑，他心情开怀之下喝了点酒，就连滴酒不沾的罗老也破例喝了点。萧万军暗伤刚愈，原本不适合饮酒，不过在那股喜悦的心情下，他也喝了点。至于萧云龙，更是端起酒碗，与医怪畅快地喝着。

没一会儿，这小院子内已是欢声笑语一片，这可是许多年未曾有之事。要知道医怪性情古怪，平常可没有人敢进他的院子，因此像今晚这样热热闹闹的场面极为少见。

03 保家卫国

把酒言欢

这一晚，医怪情绪高涨，萧云龙、萧万军、罗老、秦老等人也是兴高采烈，老少共聚一起，把酒言欢，喝得畅快无比。

喝到最后，医怪已经有些醉意，他年岁已高，喝酒应该适量，真的是不能让他喝得酩酊大醉，那反而对他的身体健康有危险。因此，看着医怪已经有点醉了，萧云龙便不再与他喝了，将酒坛封起。

罗老与秦老爷子也劝医怪不要再喝了，适可而止，尽兴了便可。

医怪嗜酒如命，却也懂得节制，他见好就收，而且已经喝得足够尽兴，也不再喝下去。

随后，医怪在萧云龙的搀扶下回到房中休息，至于瞳瞳，秦明月早已经把她哄入睡了，正躺在她那张小床上安静地睡着。

医怪入房休息后，萧云龙与罗老他们也离开了此地，前往云来客栈休息。

"老罗，医怪前辈莫非一直都隐居于此？身边就只有瞳瞳一人不成？"返回客栈的路上，秦老爷子忍不住问道。

"据我所知，医怪前辈的孙子跟重孙等人都是在外面行医，并且他们严格遵守医怪前辈定下的规矩，给人看病不收钱、不图名、不求利。即便收钱也仅仅是象征性地收取一点钱来维持他们在外行医的衣食住行。他们上山下乡，所救济的都是当地的一些贫困百姓。这么多年来，他们也不知道医好了多少人。"罗老感慨地说道。

秦老爷子脸色一怔，不由说道："医怪前辈如此行事，真是让人敬佩。如此的高风亮节，是真正的高人风范，我当真是自愧不如。"

"确实如此，否则凭着医怪前辈的威望以及他那妙手回春的医术，如果出世，必然会被请入中南海，尊为御医。只要医怪前辈开口，就有享不完的荣华富贵。可他却是淡泊名利。自国家太平后就隐居于此，国家想要给他安排房子住处，他都拒绝了。就连每年给他发的津贴，大部分也被他捐了出去。"罗老说道。

萧万军为之肃然起敬，说道："医怪前辈医术高超，仅仅是医术就让人敬重，医怪前辈还如此看淡名利，更是少见。在这浮华的大千世界中，能够不求名不求利，本着救死扶伤之心行医，如此品德真是世间楷模。"

萧云龙心中也是为之震动，当今世上，有些不懂中医之人却打着中医的幌子招摇撞骗，一些略懂中医皮毛之人更是百般吹嘘自己，为自己求名求利，正是这一部分人的存在使当今中医之道逐渐没落，甚至被人诟病。反观医怪前辈这样深谙中医之道之人，有着高超的医术，却从未用自己的名声与医术来求取荣华富贵，而是默默地坚持着救死扶伤的本职，让自己的孙子、重孙子他们出外给贫困人口行医施救，如此高风亮节当真是让人发自内心地敬佩。

回到了云来客栈，萧云龙安排罗老、秦老爷子他们回房休息。

萧万军体内暗伤虽说治愈了，但却还不能离开，他还需要逗留几日，这几日内医怪需要继续给他熬制草药喝，此外还需要用药液浸泡身体。待到萧万军自身的气血彻底恢复了才能离开。

萧万军今日经过数个小时的医治，他身体已经极为疲累，回到房中后没一会儿就睡着了。

萧云龙没什么睡意，就坐在庭院中与肖鹰抽着烟闲聊着。他们两个男人坐在一起闲谈，谈及的内容更多的是战斗方面的事情，肖鹰谈及了他当年在部队中执行任务的一些惊险之事。萧云龙也将他在魔王佣兵团期间曾有的好几次惊险任务经历说出来，那可是极为凶险的战斗，至今谈及他脸色都为之动容。

这方面的话题他们越谈越投机，彼此间有种惺惺相惜之感，不知不觉时间都过去了一个多小时。

"咯吱——"

这时，东侧房间的门打开，秦明月走了出来。

萧云龙见状后脸色一怔，不由问道："明月，你还没睡？这都快凌晨两点了。"

"你不也没睡吗？我在床上躺了一会儿，迷迷糊糊的，然后就醒了。醒了就怎么睡也睡不着。听到你跟肖哥在外面说话，我就出来了。"秦明月说道。

"我今晚没睡意，可能是心里太过于高兴了吧。"萧云龙笑着说道。

"萧兄的情况可以理解，换作是我也会如此。自己的父亲历经九死一生，最终能够病愈重生，这是大喜之事。"肖鹰笑着说道。

秦明月说道："我也睡不着，索性来跟你们聊天好了。"

秦明月走过来坐下，她更多的时候都没怎么说话，而是听着萧云龙与肖鹰谈及一些他们亲身经历过的战斗。倒也不是说她对这些有什么兴趣，而是听着萧云龙谈及他自身的一些往事，她从侧面上也对萧云龙有了更多的了解。

差不多到了凌晨三点钟，秦明月忽而说道："云龙，我网上查过，据说东灵山山顶上可以看日出，可壮观了。要不我们去东灵山上吧，爬到东灵山山顶上，差不多就可以看到日出了。"

肖鹰闻言后说道："东灵山上有猛兽，这半夜上山只怕会很危险。"

"啊？这样啊……"秦明月说着，脸上带着一丝的失望之意。

萧云龙见状后一笑，说道："没事，明月你想看日出我陪你去。有我陪着，不会有什么危险。"

"真的可以吗？"秦明月语气兴奋，眼眸也为之晶亮起来。

萧云龙笑着点了点头，他跟肖鹰借了他身上的一把军刀带在身上，说道："肖兄，我跟明月去爬东灵山。明早要是罗老、秦老他们起来了，就说我们去东灵山看日出了。"

"也行，不过可要小心一些。"肖鹰说道。

"没事的。"萧云龙笑着，拉着秦明月趁着夜色走了出去。

明月作伴

半夜三点，这个时间点正是夜色最为漆黑的时段，天上无月，唯有四周的路灯散发出昏黄的灯光。

萧云龙与秦明月在这夜色下走着，四周一片静寂，有种说不出来的美感。秦明月很喜欢这种感觉，就这么静静地走着，把一切尘世间的纷扰都排除在外，内心一片空灵与美好。

萧云龙与秦明月顺着东灵山山脚往上走，这山林里更是漆黑一片，萧云龙拿出一个照明手电筒照着前边的路走着，同时他身上有意散发出一股魔王之威，那是一股凶悍绝伦的狂暴气势，类似于一些猛兽在宣誓自己的地盘领域一般，能起到威慑作用。因此在这股气势下，即便是林子中存在什么猛兽，它们也不敢轻易靠近，而是远远避开。

"我都没有半夜起来爬过山呢，这种感觉似乎还挺好的。"秦明月笑着说道。

"小心地面，走慢点，可不要绊倒了。"萧云龙叮嘱道。

"我知道了，有你看着我不怕。"秦明月嬉笑了声。

萧云龙微微一笑，看来在自己这位未婚妻心里，自己已经能够带给她足够的安全感了。

两人走了半小时左右，差不多走到半山腰了，就在这时——

"轰隆隆！"

一阵雷声轰然响起，头顶上方一道道明亮刺眼的闪电划过苍穹，狂风大起，乌云密布，一场暴雨要来临了。

"啊？这是要下雨了吗？我们没带雨具怎么办？现在回去只怕也来不及了。"秦明月惊呼而起。

"跟我来！"萧云龙开口，拉着秦明月的手朝着右侧走去。

大雨将至，这时候即便是下山赶回去也来不及了，半路上肯定会被淋湿的。因此萧云龙正在凭着他在丛林多年的经验寻找一处可以避雨的山洞。一般大型山体上都会存在一些天然洞穴，有着丰富的丛林生存经验的人都能够找得到这些洞穴口。

没一会儿，萧云龙在右边一侧的山体上找到了一个洞口，这个洞口前有着垂落而下的蔓藤，他将军刀取出，将这些蔓藤都斩掉。而后用手电筒照入洞穴内，发现里面的空间也挺大，容纳两个人不成问题。

萧云龙查看着这个洞口四周的山体泥层，确认这个洞口不会因为山雨的侵蚀而坍塌。他又将四周散落的一些枯枝堆入这个洞口内，这样在山洞里面坐着也不会被地面上的一些碎石硌到。

"明月，进来吧。"萧云龙开口，拉着秦明月一起弯着腰走进了这个山洞里。

进入山洞后，他们只能坐着，这个山洞也算大的了，他们坐在里面，头顶距离上方的岩土层起码还有五六十厘米的高度。

"哗啦啦！"

很快，暴雨降临了，一场突如其来的大暴雨肆虐而下，洞口外白茫茫一片，时不时还有一些雨丝飘入洞中。

萧云龙将秦明月护在身后，他抵挡着从洞口飘入的细雨和凉风。由于山洞空间有限，他们两人的身体也紧挨在了一起。

秦明月看着山洞外连成一片的雨帘，前方有着几株野生的芭蕉树，雨打芭蕉的声音传递而来，竟是如此的悦耳，这让秦明月有种陶醉之感。这样的场景她从未经历过，因此感觉很新奇，就这样躲在山洞内，看着外面暴雨如注，雨打芭蕉，竟有种说不上来的美妙感觉。

随着山洞外的凉风挟雨不断地吹来，秦明月似乎感觉到有些冷，她朝着萧云龙的身体贴近了一下。

萧云龙转过身，看着秦明月，说道："明月，是不是感到有点冷了？"

山洞里黑漆漆的，秦明月并未看清萧云龙的脸，可她仍是感觉得到萧云龙的目光注视，她脸色忽然一红，脸颊微微地滚烫起来。

就在她有些发怔的过程中，一只手忽而轻轻地搂住了她的腰肢，将她整个人抱紧，拥入怀中。

"咛——"

秦明月轻呼了声，她那柔软娇嫩的身躯却也温顺地倒入了萧云龙那结实温暖的怀抱里。

萧云龙埋首在秦明月那雪白光滑的粉颈间，兴许是感觉到秦明月这粉颈的肌肤滑腻温润，他忍不住轻轻地吻了一口，那感觉当真是让人难以忘怀。秦明月面红耳赤，娇躯轻微颤动，她并未说什么，而是抱紧了萧云龙，仿佛在默许，也仿佛在迎合。

不多时，山洞中，两人的嘴唇如胶似漆般地黏在了一起，使山洞内的温度急剧上升。

山洞外，雨打芭蕉，声声悦耳；山洞内，柔情似水，丝丝入扣。

也不知过了多久，山洞外的雨已经停了下来，萧云龙见状后开口说道："明月，我们继续上山吧。估计我们走上山，天也就差不多亮了。一场雨过后肯定是大晴天，今天应该能够看得到日出。"

秦明月闻言后心中一喜，她点头说道："好，那我们继续出发。"

两人走出山洞，外面一场暴雨过后，这山里面的空气竟变得无比清新，还带着一丝丝的湿意，让人心旷神怡。空气虽说清新了，可一场暴雨过后，泥土也被浸湿了，散落着的枯枝败叶上留着一摊摊水渍，因此脚踩上去，稍不小心都会踩到一个小水洼，那水渍将会溅落脚上。饶是如此，秦明月兴致仍是极为高涨，随着萧云龙一脚深一脚浅地往上走。

走着走着——

"扑通！"

秦明月又一脚踩到了一个水洼地，水洼内的水溅落而起，沾湿了秦明月的裤脚，惹得萧云龙一阵大笑。

秦明月自己也忍俊不禁，途中这点小插曲反而为旅途平添了几分乐趣，直让萧云龙与秦明月一路笑笑呵呵，心情舒畅地往上走。

大约半小时后，萧云龙与秦明月终于登上了山顶，他们看了眼时间，是凌晨五点半左右，太阳差不多也该升起来了。

站在山顶上，空气更是清新，驻足远望，可将远处的风景尽收眼底，让人有种登高远望、眼界开阔之感。

"我好想大喊一声啊。"秦明月心情很激动,她雀跃地说道。

"喊吧,反正除了我,没人能听得到。在山顶上大喊也是一种解压的方式。"萧云龙笑着说道。

"啊——"秦明月当即对着远处,张口大喊了一声。

声音在四周回荡着,经久不息,这的确让人心情倍感愉悦。

"姓秦的,我爱你!"萧云龙双手放在嘴边形成喇叭状,猛地大喊出口。

秦明月脸色一怔,双颊爬上了一丝红晕,随即她也大喊出口:"世界上姓秦的有很多,你爱的是谁?"

"姓秦名明月,世上独有,唯一一个!我爱的就是你!"萧云龙大声地回应着。

"扑哧——"

秦明月禁不住一笑,脸上一阵滚烫,脸颊羞红一片,但心里面有种说不出来的甜蜜感。

这时,东方的天际突然间有一圈红晕浮现而出,天际边的云层微微染红,像是有一丝金色光芒在迸发而出。

秦明月一看,兴奋得大叫起来:"云龙你快看,日出了!"

萧云龙定睛看去,果然,天际边的云层都被染红了,在那群山沟壑之间,在那云雾缭绕之内,在那天际的尽头,一缕金色光芒逐渐被释放而出,越来越强烈。接着,仿佛于突然间一轮红日的边缘浮现而出,烧红了四周的云层。

"好美,我要把这一幕录下来!"秦明月开口,她拿出手机,调成摄影模式,把这个日出过程拍摄下来。

这日出的场景无比壮阔,让人惊叹于大自然的瑰丽多姿,在这样的壮观景色之下,萧云龙与秦明月都没有说话,只是安安静静地看着。秦明月站在萧云龙的身边,她不知不觉间靠在了萧云龙身上,与萧云龙一起观看着壮观无比的日出景象。

慢慢地,这轮红日的整个轮廓浮现而出,看上去就像是悬挂在群山之间,绽放而出的光芒照耀天地。这轮红日显得如此巨大,看着像是近在咫尺,实则却是远在天边。

"云龙，我们一起合照留影吧。"秦明月笑着。

"好啊。"萧云龙点头。

秦明月拿着手机，调成拍照状态，他们转过身来，以身后的那轮红日作为背景，只听见一阵阵"咔嚓"的声音传来，秦明月接连拍了好多张，有他们一起甜蜜微笑的，也有他们摆鬼脸搞怪的照片。

渐渐地，这轮红日冉冉升起，释放出了万道金色的光芒。这时候已经不能用目光去直视太阳了，直视眼睛都会发疼，说明这轮红日的光芒已经开始炙热。

"真的很美，难怪网上有人评论说在东灵山的山顶看日出会毕生难忘的。"秦明月笑着说道。

"的确会毕生难忘。"萧云龙点了点头，还不忘加一句，"特别是在山洞里。"

"啊——"秦明月惊呼出口，回想起在山洞内跟萧云龙的缠绵拥吻，一张玉脸立即涨红起来，她跺了跺脚，没好气地说道："谁，谁让你提山洞了……"

"就算是不提，也早已深深地印在我脑海里。"萧云龙笑着说。

"坏人！"秦明月嗔了声。

秦明月也不知道在山洞内避雨的时候她怎么就稀里糊涂地跟这个家伙唇唇相印地吻在了一起，不过可以肯定的是，她这一举动足以表明她心里已经开始接纳萧云龙。

"走吧，我们该下山了。"萧云龙看了眼时间，都已经七点钟了。

秦明月点头，与萧云龙一起走下了山。

保家卫国

萧云龙与秦明月回到客栈的时候已经是快早上八点钟了。

院子内，罗老与秦老已经醒来，正在打太极拳锻炼身体，看到他们两人回来后秦老爷子呵呵一笑，说道："你们看日出去了？"

今早肖鹰已经将萧云龙与秦明月前往东灵山山顶看日出之事说了出来。

"对啊，那日出的景色真的是很壮观呢。"秦明月笑着。

"看看你，这鞋子上裤子上都是泥土水渍。去洗洗吧，洗完了可以吃早餐了。"秦老爷子笑着说道。

秦明月点了点头，准备回到自己的房间内洗个澡。

秦老与罗老打了一圈太极拳后这才回房洗漱一番，萧云龙深吸口气，他走到罗老的房间门口敲了敲门，说道："罗老，是我云龙。我能进来吗？"

"云龙？当然能进来，进来吧。"罗老的声音响起，他亲自打开了门。

萧云龙走了进去，他看向罗老，语气郑重地说道："罗老，如果您真的认可我的实力，觉得我合适，那我可以试一试担任龙炎组织的教官！"

"什么？"罗老脸色一怔，他的语气激动而起，他双手抓住萧云龙的肩头，说道，"云龙，你说的可是真的？"

萧云龙点了点头，他说道："真的！之前我拒绝，是放心不下萧家跟我身边的人，如今我父亲暗伤治愈，获得新生，那我也不需要再担心什么。我也感谢罗老能够请求医怪前辈医治我父亲。"

罗老脸色一怔，他说道："云龙，我带你父亲前来求医怪前辈医治，并非是出于什么目的。我与你爷爷算是老战友，与你们萧家有渊源。我得知你父亲有暗伤在身，从内心自然是希望能够帮你们一把，你千万不要为此而决定去担任龙炎教官。这个决定一旦做出来，那意味着的是什么，你心里很清楚。"

"我知道罗老帮助我父亲前来求见医怪前辈医治，并非是出于什么目的，也不曾有任何的要求。我做出的这个决定，是经过深思熟虑的。既然罗老如此信任我，觉得我有能力为龙炎组织贡献一份力量，那我就去试试。再则，在上次谈话中，您提到的基因战士之事也让我极为关心。"萧云龙认真说道。

"好，好！云龙，你做出了这个决定，我真的是很高兴。我相信你的实力，你将会是最好的龙炎教官！"罗老笑着，他拍了拍萧云龙肩头，说道，"此事就这样定下。更为详细的，等回到江海市我再与你谈谈。"

"好的。"萧云龙点头。

而后萧云龙走了出去，他也准备去清洗一下自己的身体。

其实做出这个决定，萧云龙是经过深思熟虑的。实际上，做出这个决定有很大一部分原因在于报答罗老的恩情，若非罗老带着他的父亲前来求助医怪，那他父亲也不会获得新生，而是最多只有一年的寿命。同时，罗老没有趁机对他提出任何要求，反而是鼎力相助，动用部队的力量派出直升机把他们一路送了过来，这让萧云龙很感动。

再一个原因，就是萧云龙从罗老口中得知境外有一些恐怖势力开始研究基因战士，他尚且不知道什么是基因战士，但听罗老的语气，这基因战士一旦被非法研究出来，将会极为恐怖，威胁到整个世界的和平与安宁。他成为龙炎教官，在部队，就会有更多的机会去了解有关基因战士的情况，从而为日后潜在的威胁做出相应的准备与预防。另外，说不定就此成为龙炎教官之后，他自身能够找到突破现阶段极限力量的方法，从而让他的肉身之力再上一层楼。

当日萧云龙在萧家武馆后院曾与武道宗宗主凌老爷较量过一番，凌老爷自身那股气劲之力将他震得身形微晃，说明他目前自身的力量仍不敌凌老爷那股高深莫测的气劲之力。不过凌老爷能够当上武道宗宗主，只怕他本身已经是一个宗师级的武道高手，自身的气劲之力说不定已经修炼到九阶了。当时他有种感觉，倘若凌老爷全力出手，只怕他自身的力量会被彻底压制。这让萧云龙心中不服，既然气劲之力能够随着内家气劲的提升而不断变强，那人体的肉身力量也应当能够不断提升变强才对，只是目前他还未找到有效的突破他自身极限力量的办法。或许在部队中，面对一个个兵王级别的强者，能够寻找到这突破之法也不一定。

综合以上种种因素，才促使萧云龙做出了这一决定。

早上九点钟左右，萧云龙他们一起吃了早餐，吃过早餐后萧万军要去医怪前辈的居住地接受固本培元的治疗。

萧云龙他们一行人走到了医怪前辈这儿，看到医怪前辈已经坐在院子内喝茶，瞳瞳则独自一人在院子内玩耍。看到萧云龙他们走来，瞳瞳立即雀跃而起，她跑了过来，笑着跟萧云龙他们打了个招呼，便走到秦明月的身边，让秦明月陪着她玩。

看来这几天接触下来，秦明月与瞳瞳的关系已经是很亲近了，乖巧可爱的小孩讨大人喜欢，同样地，漂亮的女人也讨小孩喜欢啊。

"今日身体感觉如何？"医怪看向萧万军，开口问道。

萧万军说道："感觉良好，昨晚睡了一个安稳觉。以往我临睡前胸腹内的暗伤总会隐隐刺痛，翻来覆去怎么也睡不好。昨晚可以说是这二十多年来我睡得最安稳的一次。"

"你的药已经给你熬好，再服用几味药，你体内的气血也就彻底恢复了。"医怪说着，让萧云龙去药房把刚熬好的药汤倒出来。

萧云龙走入药房，走出来的时候手中端着一个盛满了药汤的碗。

萧万军将这碗药喝了下去，原本对于中医之道也有研究的他虚心地向医怪讨教了一些中医之道上的问题。

对于这方面的问题，医怪很是热心，要知道当今世上能够静下心来钻研中医之道的人已经很少了。在西医普及的情况下，平常人看病求医也都是去医院看西医，很少有去看中医的。一来中医药房已经很少，二来一些打着中医幌子的人实则都是没有真本事的，非但治不好病反而会将病人的病情加重。如此情况下，中医之道逐渐没落，很少被人提起。

通过谈话，医怪得知萧万军对于中医之道也有一些了解与熟知，这让他很高兴，毕竟他这一辈子所钻研的就是中医，看着萧万军在中医上也略有小成，他很是欣慰。因为这是一种传承，无论何时，华国的老祖宗们流传下来的中医之学都不可被遗忘丢弃。

萧万军仅仅与医怪谈论了一会儿有关中医之道的问题，他整个人就彻底被震惊到了，以往他在中医之道上不理解的几个问题，在医怪这里都得到了准确的答案，这让他有种茅塞顿开、豁然开朗之感。萧万军心中不由暗叹，医怪不愧是被誉为医道圣手的高人，中医之学上医怪那博大精深的感悟让他受益匪浅。

到了中午时分，萧万军他们才告别了医怪。

罗老接下来要去东山城的武警部队基地一趟，也跟医怪特意说了声。如今萧万军的暗伤也治愈了，罗老也就放心下来，因此他想去武警部队那边看看。

萧云龙他们回到了云来客栈，罗老邀约秦老跟他一起去武警部队基地参观，秦老也答应了，便由肖鹰开车护送他们两人前往武警部队基地。萧云龙与秦明月则留在客栈照顾萧万军。

吃过午饭后，萧万军将萧云龙喊到房间内，准备跟他谈话，萧云龙走了进去。

"父亲，怎么了？"萧云龙走了进来，开口问道。

萧万军看着眼前的萧云龙，他说道："云龙，为父现在的身体已无大碍，这些日子有劳你的照顾了。"

"父亲这话说得就见外了。对了，你给刘姨打过电话报喜讯了吗？"萧云龙问道。

萧万军点了点头，他说道："今早起来我已经给你刘姨打过电话，说我身体无碍了，她得知后很是高兴，等着我们早点回去。云龙，我把你叫来是有正事要问你。"

萧云龙脸色一怔，他坐了下来，说道："父亲要问我什么事？"

萧万军正色说道："罗老身为国家功勋，德高望重。当日在萧家武馆，罗老找你私下谈话，为父虽不知道罗老跟你谈了些什么，不过以罗老的身份，他要找你所谈之事必然非同一般。你老实跟我说，罗老是不是有求于你？"

萧云龙倒也想到萧万军把他喊过来是问这个问题来了，对此他早已有心理准备。由于龙炎组织的机密性，罗老要求他对任何人都要保密，不过若身边的人问起，在不泄露龙炎组织的前提下也能透露点信息。

当即萧云龙说道："父亲，罗老找我是想让我进入部队里面帮帮忙。父亲你也知道我以前在海外做过教官这一行业，回来之后进入秦氏集团担任保安部的教官。罗老看到我能够将秦氏集团保安部的弟兄训练成战士一样，他很感兴趣，因此特意找我私下交流，有意让我进入部队出一份力。"

萧万军闻言后精神一振，他说道："这可是好事啊，云龙你已经答应罗老了吧？"

萧云龙一笑，他说道："那时候父亲你身体有暗伤在身，如果我去部队了，只有带病在身的你治理萧家，那你将会很辛苦，我岂能一走了之。

所以那时候我拒绝了。"

萧万军皱了皱眉，他说道："云龙，你怎么就做出这样的决定了？你至少跟为父商量一下啊。为父当时就算是有暗伤在身，可那又如何？你能够去部队出力，这就是为国出力啊！到时候，你能帮助到的是华国千千万万户人家，相比之下，萧家只是一个小家，你不能因为小家而弃大家！国与家，孰重孰轻，你要分得清。再说如今为父身体已经无碍，我还是希望你能够去为国出力，这是每一个华夏子孙的责任，也是一种光荣。况且罗老有恩于我们萧家，我们也要知恩图报啊。"

萧云龙一笑，说道："父亲，你别着急。今天早上的时候我已经亲自去找罗老，答应他的要求了。"

萧万军脸色一怔，随即他语气激动地说道："云龙，你已经跟罗老说过答应他的要求了？"

萧云龙点了点头。

"哈哈，好，好，为父支持你这个决定。至于家里面你不用担心。如今我身体已经无碍，我能够撑得起萧家，也撑得起萧家武馆。我们萧家祖上就有过参军的事迹，萧家男儿，热血征战，生生不息。你能进入部队，为国出力，我以你为豪！"萧万军笑着，他深吸口气，抬头望天，呢喃自语地说着，"莫灵，你听到了吗？我们的儿子有出息了，他很优秀，你在天之灵也能安息了。"

说着说着，萧万军的眼角湿润了起来，萧云龙心中一动，他也想自己的母亲了，脑海中浮现出那张慈祥清丽的面容，他双眼也通红起来。

"妈，你还好吗？儿子想你了——"萧云龙在心中默念着，眼眶也情不自禁地湿润起来，这是一个儿子思念自己母亲的情感，是这个世界上独一无二的最真挚的情感，也是铭记在心不可磨灭的情感。

良久，萧万军拍了拍萧云龙的肩头，说道："儿子，我们萧家男儿在大是大非问题面前要分得清，要懂得孰轻孰重。我知道先前你是担心为父体内的伤势，想要让我好好休息，由你来撑起萧家跟萧家武馆。这是一份孝心，无可厚非。但是，没有国何来家？你能够进入部队，尽自己的一份力，他日就能够更好地保家卫国，这才是最重要的事。从我作为一个父亲的角度而言，我又何尝不希望自己的孩子一直留在身边？但孩子总归要长大，就像是雏鹰总归要离开雄鹰的庇护才能搏击长空，才能翱翔万里。所以儿子，你好好地去部队吧，家里的情况你无须担心，有为父在，不会出什么乱子。"

萧云龙郑重地点了点头，他说道："父亲，我知道了。我会好好地尽自己一份力，不会辜负罗老的信任。"

"这才对嘛。"萧万军笑道。

萧云龙深吸口气，心头颇为感慨，毫无疑问萧万军是一个极为开明的父亲，在大是大非问题面前绝不含糊，他眼界高远，所看到的不是一个小家庭，而是国家这么一个大家。因此得知萧云龙被罗老看中，并选入部队中，萧万军毫不迟疑地就决定让萧云龙听从罗老的建议，不是为了名，更不是为了利，而是为了萧家男儿能够为国出力。

"云龙，还有一事。你看你能不能在进入部队之前跟明月把婚事给办了？你跟明月之间发展得如何了？"萧万军问道。

萧云龙一笑，他说道："父亲，我跟明月发展得挺好的，这方面你无须担心。至于结婚之事，这也不能强求，等时机到了，自然而然也就结了。否则突然要跟明月结婚，她没有提前做好心理准备，只怕等时机到了会被吓跑。"

"你说得也对。我只是担心你以后要去部队了，也就很少有时间待在江海市，为了避免节外生枝，就想让你跟明月把婚事办了。"萧万军说道。

"父亲多虑了。不会有什么节外生枝的事情发生的。"萧云龙笑道。

"好吧，你们年轻人的事就由你们自己决定好了。"萧万军开口，顿了顿，他说道，"走，我们出去吧。明月一个人在外面，倒也是冷落她了。"

萧云龙点头，与萧万军一起走了出去。

04　武道学院

告别医怪

在过去的三天里，萧万军每天都去医怪的居住地服药，并且在那青铜药鼎里用药液浸泡身体，他的元气恢复了过来，自身的气血也畅通无阻，整个身体已经是彻底痊愈，再也不会受到暗伤的折磨。

如今，萧万军体内暗伤的问题已经得到解决，那他们也该离开此地，返回江海市了。

这一天，就是告别的日子，罗老与秦老也从东山城的武警部队基地乘车返回，他们一起来到医怪的居住地，正跟医怪告别。医怪将一个药方递给了萧万军，让他回到江海市后按照药方上的药材抓药，再连续服十日。

对于医怪这份恩情，萧云龙与萧万军真的不知如何回报，医怪不图名不图利，更是不看重金钱，或许最好的报答莫过于隔一段时间就给他老人家送几坛烧刀子酒过来。

"大哥哥，大姐姐，你们就要走了吗？你们不跟瞳瞳玩了。"瞳瞳双眼通红，眼中晶莹的泪花浮现。

这些天萧云龙与秦明月带着瞳瞳去登山、钓鱼、摘果实，玩得不亦乐乎，因此听到萧云龙他们就要走了，她心里面真的很舍不得。

秦明月心头一软，她也有些伤感，也舍不得这个乖巧可爱的小女孩，她蹲下身，伸手擦拭着瞳瞳眼角的泪花，说道："瞳瞳别哭，姐姐还会回来的。以后隔段时间姐姐就过来陪你玩好吗？以后瞳瞳你也可以去江海市找我，江海市有很多好玩的东西。"

萧万军对着医怪说道："前辈，往后您要是想出去走走了，可以带着瞳瞳来江海市。我萧家的大门永远为前辈您敞开，欢迎前辈去江海市暂住些天。"

"是啊，医怪前辈，我也住在江海市。往后您想出去了，可以去江海市。"秦老爷子说道。

医怪点了点头，说道："也好，哪天我想出去走走了，就去江海市吧。"

"医怪前辈，那我们就先告辞了！"罗老开口说道。

"前辈，告辞了，保重身体。"萧万军抱拳说道。

"前辈您老多保重。瞳瞳，再见了，我们会来看你的。"萧云龙也说道。

秦明月一笑，她拉着瞳瞳的手，柔声说道："瞳瞳，你要听你祖爷爷的话。以后你祖爷爷带你去江海市，姐姐就带你去玩，好吗？"

瞳瞳点了点头，一双大眼睛仍旧是含着泪花，让人看着都于心不忍。

最终，罗老、秦老、萧万军、萧云龙、秦明月仍是离开了，秦明月频频回头，看到医怪牵着瞳瞳，她另一只小手使劲地挥舞着，隐约间她那双大眼睛里的晶莹泪花流淌了下来。秦明月真的是有些不舍，但有聚有离，这是人生常态。

返回江海市的方式与过来的时候一样，萧云龙他们一行人随着罗老前往东山城的武警部队基地，乘坐那架军用直升机，朝着江海市飞了回去。

下午三点钟，这架直升机在江海市的武警部队基地平稳降落。秦远博早已闻讯赶来，他开着车子过来迎接秦老爷子、萧万军他们。

众人走下了直升机，四周有前来迎接罗老的武警军官，罗老要留在这个武警部队基地，因此将秦老等人送出了武警部队大门。

秦远博正在门外等着，看到秦老爷子、萧万军他们走出来后立即迎了上来，他看向萧万军，说道："万军兄，可喜可贺，明月跟我打电话的时候提及你体内的暗伤已经得到根治，这可是大喜事啊。"

"我也是从鬼门关走了一趟，惊险万分。幸亏那位医怪前辈医术高超，我这才捡回来一条命。"萧万军笑着说道。

"万军兄你在江海市时常有善举，更是侠义助人，依我看这是好人有好报。"秦远博笑道。

秦老爷子转向罗老，说道："老罗，那我们就先行别过。"

"好，那我就不送了。"罗老笑道。

萧万军与萧云龙认真地向罗老致谢，也与他告别，坐上秦远博开过来的车子，先朝着萧家老宅方向飞驰而去。

萧家老宅。

秦远博驱车而至，却看到刘梅带着萧灵儿还有管家王伯正站在门外等候着，回来的路上萧万军已经给刘梅打过电话，刘梅心情激动，带着萧灵儿一起在门外等着迎接他们。

车子停下后，萧万军率先下了车。

"爸爸——"萧灵儿欣喜地喊了声，她朝着萧万军跑了过来。

"灵儿！"萧万军朗声大笑，他快步迎接而上，将萧灵儿抱入怀中。

"万军——"刘梅也走了过来，她笑着，眼中含着激动的泪水，整整二十多年了，她很高兴终于看到萧万军不用再去承受这样的痛苦，更高兴的是从此以后萧万军能够健健康康的，这是她长久以来的心愿。

随后，车上的秦老爷子、秦远博、萧云龙跟秦明月都下了车。

"秦老爷，远博兄，进里面坐坐喝杯茶吧。"萧万军笑着说道。

秦老爷子点头，众人走入了萧家老宅内。

"依我看今晚你们都在这里吃饭吧，正好可以欢聚一堂。"刘梅说道。

"也好，我们两家算得上是亲家了。今日万军身体痊愈而归，是该庆贺庆贺。"秦老爷子笑着说道。

"爸爸，我妈呢？"秦明月问着。

"你妈还在明月山庄呢，一会儿去把她接过来就行。"秦远博说道。

"那我去接吧。"秦明月开口。

"明月，你等等，我跟你一块去。"萧云龙说完，他先回了自己的房间，王伯将他的行李箱放在了他的房间内。

此次从海外回来，魔王兄弟们为他们的嫂子也就是秦明月带来了一份礼物，萧云龙正是想着将这份礼物送给秦明月。只见萧云龙从行李箱中将一串黑珍珠项链拿了出来，而后走了出去。

秦明月正坐在她那辆玛莎拉蒂轿车上等着他。萧云龙坐上车，他将这串黑珍珠项链拿出来，递给秦明月，说道："明月，这是送给你的礼物，我回江海市的时候都没机会拿出来。这串黑珍珠是我在海外的那些弟兄让我送给你的，说是给嫂子的礼物。你收下吧。"

秦明月脸色一怔，她将这串黑珍珠项链拿在手中，她看一眼之后脸色震惊而起。这串黑珍珠项链每一个珍珠的直径都是一样的，并且一个个都正圆，堪称是完美无瑕，直径起码超过了15毫米！

事实上，这串黑珍珠中的每一个珍珠直径都是18毫米，这就很惊人了，要知道黑珍珠的产量极少，一百万只珠母中顶多只有三四颗黑珍珠，而当中直径能够超过11毫米的更是少之又少，更别说18毫米的黑珍珠了。这么一颗18毫米的黑珍珠拿到国际市场上拍卖，至少能够拍卖到七八万美元，而秦明月手中的却是一串黑珍珠项链，整整由三十颗黑珍珠穿成。也就是说，这串珍珠项链价值上千万！

秦明月眼力极高，对于珠宝这些极为熟悉，因此她看着手中这串黑珍珠项链，立即知道这极为昂贵，可以说这样一串项链世间很难再寻到第二串。

"这，这串项链真的是太珍贵了……云龙，你，你怎么能为我收下这么珍贵的礼物？"秦明月说道。

萧云龙一笑，说道："这世上再珍贵的东西也比不上情义珍贵。这是我的那些生死兄弟合力送给你的礼物，你就收下吧。"

秦明月一时间真的是不知道该说什么好，事实上她是极为喜欢黑珍珠的，天然黑珍珠被誉为珠中之王，其色泽黑而明亮，戴在脖子上有种成熟庄重之感，更是透出一股难以言喻的神秘气息。平日里秦明月收集到的最好的黑珍珠不过是直径12毫米的，因此这串顶级级别的黑珍珠在她手中真是让她有种如获至宝之感。

"我想这串黑珍珠戴在你的脖子上一定会很美丽，这很符合你的气质。所以，收下吧。"萧云龙说道。

秦明月咬了咬牙，她心中很是欣喜，她说道："那，那我收下了，谢谢你啊，也谢谢你的那些兄弟。"

"谢他们干吗？他们这是在孝敬他们的嫂子，应该的。"萧云龙一本正经地说道。

秦明月脸颊顿时染上了点点红晕，她嗔了眼萧云龙，说道："再贫嘴看我不把你的嘴给封住了……"

"用嘴唇来封吗？那感情好啊！"

"你——你想被我踢下车是不是？坏蛋！"

"哈哈——"

在打情骂俏般的欢声笑语中，秦明月开车朝着明月山庄飞驰而去。

没一会儿，秦明月驱车驶入了明月山庄，秦明月的妈妈陈雅涵迎了出来，萧云龙与秦明月一同走下车。

"妈——"秦明月一笑，走过去与自己的妈妈抱在了一起，好些日子没见，的确是有些想念了。

"陈姨。"萧云龙也开口道。

"云龙啊，听说你父亲体内的暗伤已经痊愈了是吧？这可是好事啊！"陈雅涵笑道。

萧云龙点头，他说道："苍天有眼，我父亲总算是挺过了这一难关。现在他身体没事了。陈姨，你上车吧，老爷子还有秦叔他们都在我家里。我跟明月是来接你过去一块吃饭的。"

"好，好，那我们走吧。"陈雅涵点头说道。

萧云龙并未坐上秦明月的车子，他朝着明月山庄的前院走去，前面静静地停着一辆钢铁怪兽，庞大的车身，粗犷的车身线条，用合金打造成的车体，四根直插向天的排气筒，彰显出一股威猛霸气之感。

"怪兽，这段时间倒是让你沉寂了，就让我们的热血再度燃烧吧！"萧云龙笑着，他坐上怪兽，启动之后一拧油门。

"轰！"

怪兽那怒吼咆哮之声传递开来，像是一头沉睡中的怪兽彻底苏醒，散发着震慑人心的狰狞气息。

南宫世家

此刻的萧家老宅内觥筹交错，欢声笑语一片，萧家之人与秦家之人欢聚一堂，举杯畅饮，不亦乐乎。

萧万军的脸上流露出了开怀的笑意，他体内的暗伤已经困扰了他二十多年，如今总算是得到彻底的解脱了。获得新生的他倍加珍惜现在的生活，还有身边的亲人。

"万军兄，你体内暗伤刚刚治愈，因此千万不可多喝了，适可而止。你好生休养一段时间，待到日后畅饮也不迟啊。"秦远博笑着说道。

"秦叔说得是。父亲你少喝一点，有我陪着老爷子跟秦叔喝酒就行。"萧云龙也说道。

"远博兄不必担心，我知道控制酒量，不会喝多。难得今晚我们两家人都齐聚在了一起，多喝两杯也是为了高兴高兴。"萧万军笑着说道。

秦老爷子呵呵一笑，而后他语重心长地说道："我也算是活了一把年纪了，这心里面不求别的，只求我们两家之人都健健康康，这就是莫大的福气。万军你身体的病情好了，往后也无须忍受病痛的折磨，这也让我放心了。接下来我们这些长辈该操心的是云龙跟明月的婚事，依我看选个良辰吉日将他们的婚事给风风光光地办了，然后就等着他们生个孩子，我想抱重外孙，万军你不也想抱孙子的吗？"

"哈哈，老爷子这话说得极是。我是想抱孙子了，但这事也急不来。事实上，前些天我跟云龙谈过此事，他说他跟明月自有主张。那我们就尊重他们的意见吧。"萧万军说道。

"他们这是不理解我们的着急啊。"秦老爷子说道。

"爷爷——"秦明月轻呼了声，她咬了咬牙，脸上羞红而起。

"老爷子，我跟明月现在相处得挺好的。等时机到了，该办的事自然也就办了。您老放心，在您有生之年一定能够抱得上重外孙。到时候我跟明月努努力，生个三四个的，只怕您老到时候抱不过来啊。"萧云龙笑着说道。

"啊？"秦明月惊呼而起，暗中忍不住伸脚狠狠地踩了踩身边的萧云龙的鞋面——这混蛋真是太可恶，还生三个四个呢，他真以为生孩子这么容易啊？

"哈哈，云龙这话我爱听。所谓子孙越多，福气越多。不管你们生多少，我都能抱得来。"秦老爷子开怀大笑。

萧云龙嘿嘿一笑，看了眼坐在他旁边早已经面红耳赤的秦明月，他穿着的皮鞋上已经布满了秦明月高跟鞋的鞋印，不过他浑然不在乎，这让秦明月心中暗自气恼不已。

江华市，与江海市仅有一江之隔。

江华市的繁华也不亚于江海市，事实上这一江两市在现代发展中都取得了辉煌的成绩，被誉为城中双子星。

如今的一个隐世世家南宫世家坐落在江华市。南宫世家身为隐世世家，并不出世，南宫世家的子弟也都低调又神秘，可南宫世家手中也掌握着众多显世世家的命运，江华市中几个赫赫有名的显世世家实际上都是南宫世家的附庸世家，甚至连江海市也有一些世家是南宫世家的附庸世家。

南宫世家手中掌握着数之不尽的财富，至于权势，江华市的政界上不少位高权重之人就是南宫世家暗中扶持起来的。因此，南宫世家是真正的庞然大物。

这些天，南宫世家来了客人，能够前往南宫世家做客的当然不是等闲之辈，所来之人不是别人，正是武道宗宗主凌云刚跟他的孙子凌绝峰。

南宫府邸的听雨轩上，凌老爷正跟南宫世家的老爷子南宫望坐在一起喝茶对弈。

"上次一别已有一年半了，南老看着倒是越来越硬朗了，这精神面貌啊比起我可要好多喽。"凌云刚笑着说道。

"凌老你别打趣我了。凌老你一身武道修为已达化境，就算是两个我也比不上一个你啊。"南宫望笑呵呵地说道。

凌云刚淡然一笑，他说道："武道再高，也是抵抗不住岁月的侵袭啊。人一旦上了年纪，就不得不服老啊。这个时代，已经不是我们的时代了，而是绝峰跟流风他们的时代。"

南宫望点头，说道："说得也是，我们这些老人是该退位了，不过这一代年轻人还未真正成气候，我们也放心不下啊。"

说着，南宫望像是想起了什么来，他问道："对了，听闻凌老你来江海市是为了武道大会之事吧？结果如何？"

听到这话，凌云刚眼中有着一缕精芒闪动，说道："这一次的武道大会倒是成全了萧家，让萧家的声望达到了空前绝后的地步，使萧家有了再度崛起的迹象。"

"什么？萧家？"南宫望目光微微一沉，眼中似乎有一些异样的光芒在闪动。

凌云刚点了点头，说道："原本江海市的武家、姜家跟东海市的风家、任家暗中联合起来，想要将萧家打击下去，更是妄图将体内有暗伤的萧万军给彻底打成废人。谁知道结果却是截然相反，萧家在这一次的武道大会中，不仅是弟子比试环节勇夺第一，连家主战也是所向披靡，保持全胜。"

"这怎么可能？萧万军体内有暗伤，家主之战他还能保持全胜？"南宫望诧声问道。

"第一战，萧万军击败了武家家主武震。接下来的战斗，萧万军之子萧云龙代父而战，一次性地应战其余各大武道世家的家主。任家、风家、姜家、墨家四大家主联手，却全部被萧云龙击败。这四大家主中有三人的气劲之力达到六阶，一人的气劲之力达到五阶。即便如此，他们联手之下仍旧是被击败，而且毫无反手之力。由此看来，萧万军这个儿子真不简单，从他的身上我看到了萧家要崛起的迹象！"凌云刚缓缓说道。

凌云刚说起这话的时候，不由想起他在萧家武馆与萧云龙对过的那一拳，当时他看到萧云龙扇了他的孙子凌绝峰两耳光，他一掌就朝着萧云龙拍杀而去，那一掌他动用了将近八阶左右的气劲之力。让他为之震惊的是，在高达八阶的气劲之力下，竟是未能将萧云龙镇压，仅仅是让萧云龙身形晃动一下罢了，他难以想象萧云龙那肉身之力强横到何种地步。如果任由萧云龙继续变强下去，总有一天萧家崛起将会无人可挡。

"萧家还想崛起？真是痴人说梦话！"南宫望冷笑了声，眼中闪过一丝寒意。

关于萧云龙，南宫望还有印象，当日他带着他的孙子南宫流风前往秦家老宅做客拜访，恰好那一天萧云龙跟秦明月回去了。而他的孙子南宫流风还与萧云龙对战切磋了一番，最终的结果却是南宫流风被击退。

"南老，我们两家乃是世交，我跟你一样，也是不愿看到萧家再度崛起。不过在武道大会上我亲眼目睹萧云龙此子刚猛过人，要想扼杀他只怕很难了。"凌云刚叹声说道。

"哼！萧云龙我曾见过，不就是一个萧家之子罢了，能成什么气候？说不定到头来，还印证了我所说的话——过刚易折啊！"南宫望冷笑着，语气中似有一些森冷寒意。

凌云刚微微一笑，眼底似乎闪过一丝精明的光芒，眼看已经达成目的的他不再多言，转而与南宫望继续对弈。

南宫府邸南边的一处苑子内，环境优美，假山池水，亭台楼阁，点缀其间，错落有致。这里则是南宫世家的少主南宫流风的居住地。由于整个南宫府邸占地极广，宛如皇宫庭院般宽广，所以这里面有观光车，从南苑去往正厅都需要乘车。

南苑的一处华美奢侈的楼阁内，南宫流风正在宴请凌绝峰，里面有绝代歌姬正在轻唤弹唱，有舞姬在婉转起舞，她们绝色容貌一流，绝美无方，身材更是性感如玉，身上穿着古代宫廷舞姬的衣服，广袖流仙，舞动生香，极尽风流。这无疑显得极为奢侈豪华，呈现出一种让人颠倒迷魂的风情，像是古代的皇家子嗣正在享受着帝王级的乐趣般。

一名绝色艳丽的舞姬一曲舞罢，款款走到凌绝峰的身畔，将杯中之酒含入口中，而后她那樱桃小嘴对向了凌绝峰的嘴，要以嘴送酒。凌绝峰忍不住一张口，这名舞姬口中所含之酒便徐徐送入，别有一番风情。

"哈哈，绝峰，这就对了。不管心里面有什么烦心事，该玩乐时就玩乐，该尽兴时就尽兴。切不可让俗世间的纷扰而乱了心神啊。"南宫流风朗声大笑，他丰神俊朗，英俊无比，有股优雅迷人的气质，如风云流动，不着痕迹般的洒脱。

"流风兄说得是，我只是心里有口恶气罢了。这个萧云龙，真是让我恨不得将他碎尸万段。我凌绝峰长这么大，从未受过这等耻辱。这一次江海市之行，倒是将我这辈子从未受过的耻辱都遭受到了。"凌绝峰语气愤恨地说道。

"萧云龙——"南宫流风双眼微微一眯，对于萧云龙他当然不会陌生，当日在秦家老宅，他与萧云龙切磋对战的时候被击退了，此事也一直让他耿耿于怀。

"说起来我与绝峰你也算是同仇敌忾了。我与这个萧云龙也有些过节，不过在我们眼中，萧云龙只是区区一个武道世家的后人罢了，与我等的身份有着天上地下的差距，要想搞他还是很容易的。"南宫流风缓缓说道。

凌绝峰眼中目光一亮，说道："流风兄，你也想对付萧云龙？那太好不过了，我们完全可以联起手来。我们联手起来，别说一个萧云龙，就算是十个萧云龙也不在话下。"

"我正有此意！"南宫流风点头说道。

凌绝峰心中一喜，问道："流风兄，不知你这里可曾有什么妙法能够对付这个萧云龙？"

南宫流风沉吟了声，说道："绝峰，听说你安排在江海市的人被萧云龙干掉了？"

"对！此前江海市江山会的步千山是我手底下的人，我让他秘密前往江海市发展势力，江山会也迅速崛起，成为江海市中雄踞一方的强大势力。"凌绝峰开口，接着他继续说道，"谁承想，前段时间我得知了步千山的死讯。步千山一死，江山会也被江海市警方趁机瓦解了。这让我多年的布局跟谋划付诸东流，我心中极为愤怒。至今为止，步千山的死因仍没有被调查处理，但我知道这肯定是萧云龙所为。"

"我曾了解了一下，江海市原本有三大地下势力，青龙会、铁狼帮与江山会。随着萧云龙回归江海市，这三大势力都一一被逐渐瓦解了，而且这背后都有萧云龙的身影，此人真是不简单。"南宫流风说道。

凌绝峰皱了皱眉，他说道："不管这个萧云龙多强，反正我都有除他之心。流风兄，难道就没有什么办法打压他的嚣张气焰吗？"

"萧家在江海市所依赖的就是萧家武馆。如果我们能够将萧家武馆搞垮了，那萧家也距离灭亡不远了。"南宫流风开口，他接着说道，"如今国家扫黄打黑，你要想发展地方势力，这是不行的，这点从青龙会、铁狼帮、江山会被瓦解中可见一斑。但你想过没有，武馆的存在实则就是变相地发展自身的势力。"

凌绝峰脸色一动，他脑海更是灵光一闪，说道："你的意思是武馆中那些弟子实则就是变相的势力？你说得也对，武馆中存在势力强大的武者，那他们联合起来就是一股不容忽视的强大势力，并且武馆是能够合法存在的。"

"正是如此。萧家武馆弟子众多，一旦萧家武馆的弟子实力都达到一定的高度，那这些萧家武馆的弟子联合起来，还有哪股势力能够与之对抗呢？"南宫流风说道。

"那我们是不是能够以其人之道还治其人之身？萧家有武馆，那我们也能合力开一家武馆，与萧家武馆对抗！最好能够将萧家武馆的弟子都挖过来，包括萧家武馆的武师等。出高价挖，用五倍十倍的薪水高价来引诱他们，我想这世上没有几个人能够抵抗得住金钱的诱惑。"凌绝峰冷笑着说道。

"哈哈，绝峰你总算是想到点子上了。你爷爷身为武道宗宗主，统领华国地区的武道世家，这方面的资源你完全可以利用。以武道宗的名义开一家武馆，我想到时候肯定会有无数人应和吧？再则武道宗内高手如云，一旦开了武馆，可以将武道宗下的各方高手请来坐镇武馆。时机成熟了，就向萧家武馆挑战。只要萧家武馆大败，那谁还去萧家武馆？"南宫流风笑着说道。

"此法甚妙！应当如此！我这里不缺武道宗各大强者的资源，利用这些资源去源源不断地挑战打击萧家武馆，直到萧家武馆被迫倒闭为止。"凌绝峰冷冷说道。

"你这边拥有武道宗的资源，而我手里并不缺少财力。你出力，我出钱，何愁不能将区区一个萧家武馆给压下去？"南宫流风说道。

"流风兄，那就这么定了。待我回京城就开始着手准备此事。等一切准备妥当之后，我还会来江海市。到时候，就是萧家武馆的灭亡之日！"凌绝峰拳头一握，冷笑着说道。

"那就静候佳音了！"南宫流风一笑，他接着说道，"不过今晚，该尽兴的还是要好好尽兴的。"

"哈哈，那是当然。"凌绝峰大笑，伸手将靠在他身边的那名绝色舞姬搂入怀中。

武道学院

清晨，新的一天开始了，旭阳升起，金灿灿的阳光普照大地。

萧家老宅内，萧云龙这一觉睡得很沉，因此起来的时候精神大好。

昨晚萧家与秦家两家人欢聚一堂，直到最后秦老爷子、秦远博夫妇以及秦明月返回明月山庄休息。而萧云龙则是留在了家里面休息，他醒来的时候，灵儿已经过来敲门了，喊他起来吃早餐。

萧云龙推开房门走了出去，看到萧灵儿笑着站在外面，她说道："哥哥今天没睡懒觉呢，一喊就起床了。"

"哥哥可是一个勤奋的人，怎么会睡懒觉？灵儿啊，往后你可要以哥哥作榜样。"萧云龙一本正经地说道。

灵儿禁不住一笑，她朝着萧云龙做了个鬼脸，说道："我比哥哥起得早呢，按照哥哥的说法，那灵儿岂不是最勤奋的。"

"说得挺有道理。走，吃早餐去。"萧云龙笑道。

萧万军也已经起床了，刘梅将准备好的早餐摆上了桌面，一家人便坐在一起吃着丰盛的早餐。

体内暗伤治愈之后，萧万军的精神面貌大有不同，即便是现在的他已经没有丝毫内家气劲，可他精神面貌透露出来的是一种健康的积极的，并非是跟以往那样有着伤势困恼的颓败之感。

吃过早餐，萧万军说道："我去武馆看看。离开了好些天，也不知道武馆的情况如何。"

"父亲，我跟你一块去吧。"萧云龙说道。

"也好。"萧万军点头。

当即萧云龙开着车，载着萧万军朝萧家武馆的方向飞驰而去。

武道街。

萧云龙驱车而至，经过武氏武馆的时候，他还特意看了眼，发觉武氏武馆已经不复当日之盛况，反而显得门可罗雀般的冷清。还记得他刚回江海市，第一次来武道街的时候，可是看到武氏武馆极为热闹的，前来武氏武馆报名的弟子也很多。

其实武氏武馆这种冷清也在意料之中，武道大会上武家家主武震被萧万军给废掉了，一家之主，一馆之主，都成为废人了，谁还会愿意来这样的武馆习武？

车子继续往前开，来到萧家武馆的时候，萧云龙与萧万军都怔住了，萧家武馆前竟然围了好几圈人，他们一个个热情高涨，手中拿着一份表格，要递交上去。而萧家武馆门口处，吴翔、李漠、上官天鹏、铁牛、陈启明他们忙得焦头烂额，正在应付着这些人。

萧云龙与萧万军走下车，萧云龙喊道："翔子，这是怎么回事？"

正忙着的吴翔他们循声看到萧万军与萧云龙后心中大喜，说着："师父，萧大哥，你们回来了。"

围拢着的人群立即朝着萧万军看了过来，有人认出了萧万军，立即高喊着："萧师父，我是来报名萧家武馆的。请收下我吧，我想修炼武道，强身健体。"

"这就是萧师父？萧师父，我也是来报名的，请收下我吧。"

"萧师父，收下我吧，你看我体格健壮，能够吃苦耐劳……"

"萧师父，我家人说我骨骼清奇，适合练武，求萧师父收容指点。"

一时间，这些人全都朝着萧万军围了过来，他们一个个大声喊着，非要加入萧家武馆。萧万军与萧云龙这才算是看出来了，这些人全都是过来要加入萧家武馆的。

"诸位，诸位，你们先安静。你们想要加入萧家武馆，从我个人角度而言，我很高兴。不过武馆也有武馆的规矩，加入武馆需要考核。因此大家不要急，也不要喧闹，我会做出安排。"萧万军当即开口说道。

萧万军此话一出，总算是让这些人安静了下来，他们带着崇敬的目光看向萧万军，在萧万军的指挥下自觉地站成了一排排。

萧云龙大概数了一下，这些想要加入萧家武馆的人数起码有一百多号人，他们中有十五六岁的少年，也有二十多岁的年轻人，甚至还有三十多岁的中青年人。

萧云龙走到吴翔他们的身边，一番了解之后才知道，今天前来加入萧家武馆的人数还算是少的。就在武道大会比试结束，萧家保持全胜的第二天，有将近三百人围在萧家武馆门前，纷纷要加入萧家武馆。之后的每天，都会有上百人前来萧家武馆，要加入萧家武馆中习武。

而那时萧云龙已经随着罗老带着萧万军前往东山城去寻找医怪治病，对于这个情况他们并不知情。吴翔、李漠他们心知萧万军是去医治体内暗伤，因此这个情况他们暂时瞒了下来，目的是不想让萧万军因为武馆这边的情况而分心，以便于让萧万军能够安心地医治养伤。

"萧哥，看来武道大会一战，我们总算是打出威风，战出威名来了。否则怎么会吸引这么多人过来加入我们萧家武馆？"上官天鹏嘿嘿笑着说道。

"天鹏说得是。武道大会一战，萧家武馆的名声空前高涨。特别是萧家武馆在武道大会上的全胜纪录更是震动全江海市，吸引了不少喜欢武道的人。这些前来加入我萧家武馆的人员中，就有不少曾经是别家武馆的弟子，他们都想跳槽加入萧家武馆。"吴翔接着说道。

"我们萧家武馆总算是打出风头了，真是大快人心。"陈启明笑着。

"以前我们萧家武馆总是被人看低一等，别家的武馆都比我们武馆弟子多。现在我们终于用实力证明，我们萧家武馆才是最强的。"铁牛瓮声瓮气地说道。

看到如此热火朝天的学员报名的盛况，萧云龙心里面自然是很高兴，但随后他有些担忧，说道："这些前来加入萧家武馆的人数如此之多，而武馆内的空间有限，届时如何容纳得下这么多人？"

吴翔等人听到萧云龙提出的这个问题后脸色纷纷一怔，这还真的是一个问题。萧家武馆有三层，每一层都有不同级别的学员在训练。目前萧家武馆的学员有一百六十名，倘若他们都来训练，萧家武馆这点地方就显得极为拥挤了，如果这一次萧家武馆再招收数百名学员并且都过来训练习武的话，到时候是肯定无法容纳得下这么多人的。而这些学员一旦成功加入萧家武馆，那是需要交学费的。交了学费却没地方去习武，这样的事萧家武馆也做不出来。

"萧哥，你说萧家武馆能不能建一个更大的场地，类似于国内一些武术学校一样。我们建立一个学院，名字就叫作萧家武道学院。只要这个学院建立起来，来再多的学员也能收下。"上官天鹏忽而开口，他接着说道，"我父亲的公司下面有地皮，真要建学院，那地点不是问题，我可以跟我父亲谈谈。"

萧云龙闻言后心中一动，上官天鹏提出来的这个建议的确是很不错，具有建设性。随着萧家武馆的名声远扬，不仅仅是吸引江海市的武道爱好者，还会影响到江海市的周边市区，甚至辐射到全国范围内，届时肯定会有外地人前来萧家武馆报名，那时候萧家武馆的学员就不是以百位来作为计量单位，而是以千以万来作为计量。假如建立起一个学院，有了足够大的训练场地，还有武道楼等设施，这样一来，无论招生多少人都不成问题了。

"天鹏，你这个建议很好。回头我跟我父亲好好谈谈。"萧云龙说道。

"萧哥，目前只有这个办法能够缓解眼下这个问题，并且一旦建立起学院，那萧家武道将会闻名全国。到时候那个什么狗屁的武道宗在我们萧家武道学院面前根本就不值一提，简直是弱爆了。"上官天鹏激动地说道。

"这个建议很好，真要建立起学院，那萧家武道就不仅仅是局限于江海市，这将会面向全国。"李漠说着。

萧云龙点了点头，这个问题他会认真考虑。

萧家武馆门口处，萧万军跟这些怀着万丈热情前来加入萧家武馆的学员讲解了一下萧家武馆的规矩，让他们知道萧家武馆招生一不看金钱，二不看权势，三不看身体条件，需要着重考核的就是品德。品德恶劣、好恶斗勇、欺善怕恶、为非作歹者，萧家武馆一概不收，无论你有多么显赫的权势地位，无论有多少钱财，只要品德不行，那都会被拒之门外。

萧万军一番讲解之后，让这些想要加入萧家武馆的人将所填写的表格交上来。他会亲自审核，接着会以电话的方式通知对方来萧家武馆接受面试考核，只有萧万军亲自考核通过的人才能正式加入萧家武馆。

之后，萧万军让这些人员散场离去，静等电话通知前来面试考核。忙完这些后，萧云龙招呼自己的父亲去武馆后院坐下来谈点事情，萧云龙将上官天鹏的建议说了出来。

萧万军闻言后脸色一怔，他也意识到了萧家武馆场地过小，最多只能容纳下两百名学员，一旦超出这个数，将会拥挤不堪，无法进行正常的训练教导。

"云龙，这个想法虽好，但要实行只怕也不容易，开武馆跟建学院是两回事。一旦建立学院，这是类似于学校的存在，需要教育部门的批准才行。并且，建起学院之后，所授课的范畴就不能仅仅只是武道，而是需要有文化课程了。"萧万军沉吟着说道。

这些萧云龙也想到了，他说道："既然是武道学院，那就应该有武道学院的特色，我们主要传授萧家武道。至于文化课程，我们可以以武道作为切入点。华国武道文化源远流长，可以追溯到上千年前，比方可以介绍武道的传承、武道的分支，以及关于武道文化方面的一些内容。让前来学习的学员，不仅学到一身武道，还能了解到华国武道的发展史。"

萧万军眼前一亮，他点头说道："此法不错。倒也是能够这样。"

"父亲，那此事就这么暂定下来。建立武道学院之事你就不必操心了，我来安排。你就专心考核那些加入萧家武馆的学员吧。"萧云龙笑着说道。

萧万军一笑，真要是就此建立起一家武道学院，那萧家算是开了先河，完成一次壮举了。

接下来，萧万军在萧家武馆看着已经积压将近半米高的报表材料，每一张报表代表着的是一名想要加入萧家武馆的学员，这些报表萧万军需要亲自认真地审核一番。

萧云龙则返回了萧家老宅，骑着他的怪兽前往秦氏集团。算起来他有将近一个月没有去秦氏集团了，他主要想去看看秦氏集团保安部高云他们最近的情况。

再逢警花

秦氏集团。

萧云龙骑着怪兽呼啸而至，他停好车后走入了公司内。

一楼大厅前台的美女们看到萧云龙后，一双双眼眸纷纷晶亮起来。在上次那场危机中，萧云龙最后关头赶至，强势出手镇压，化解危机，并且当时立下大功的秦氏集团的保安能够在面对危险时有如此的反击能力，这都是萧云龙教出来的。如今萧云龙的名声已经传遍整个秦氏集团。

以前秦氏集团的员工都不理解为何保安部会有一名教官存在，经历上次的危机事件后，他们总算是知道了。也幸亏有萧云龙这么一位铁血教官，否则当时的危机事件会造成何等的伤亡情况，真是不敢想象。

萧云龙看到这些美丽的前台小姐一双双美眸盯着他看，他都有些不好意思了。但他仍是朝着这些美丽的前台小姐看去，冲着她们点头微笑，打了声招呼，便走进了电梯内。

三楼，训练室。

萧云龙走了过去，来到门口处他就听到里面传来的训练声响，看来高云他们这些保安趁着午休这个时间都在里面进行训练。

萧云龙走了进去，正看到高云、方侯、张伟、陈德胜、龙飞等人在擂台上两两一对地进行着对战训练，他们很认真，并且出拳出腿的攻势呼啸生风，他们所掌握的仍旧是最为基础的拳道与腿势，可在他们那堪称是完美的发力技巧下，即便是最为简单的基础拳势也能爆发出强悍的威力。

随着萧云龙走进来，场中有人看到了萧云龙，他们惊呼而起——

"萧教官！萧教官回来了！"

高云他们立即转头看过来，看到萧云龙后脸色为之激动，纷纷跳下擂台，围了上来。

"萧教官，你回来了！"高云笑着，整个人激动不已。

萧云龙点了点头，看着众人，他说道："我已经听秦总说了，她要给你们安排假期休假，可你们却拒绝了。伤愈之后第一时间回来上班，而且还自觉地训练，这点很不错，我很高兴。"

方侯一笑，说道："萧教官，公司已经对我们进行嘉奖，还发了丰厚的奖金。公司还有秦总对我们不薄，我们岂能趁机休假偷懒。所以大伙儿都回来上班，为公司尽一份力。我们每天也都在训练，更没有忘记萧教官的教导。"

"你们有这份自觉是极好的。现在，你们已经称得上是战士，不过在我看来，你们的实力还远远不够。你们要想继续变强，还需要一段很长的路要走。所以，这份自觉还有这份韧性要继续保持下去，持之以恒是你们不断变强的基础。"萧云龙开口，他猛地大喝一声，"立正，稍息！"

高云他们一个个立即并排站好，昂首挺胸，立正站稳之后右腿前伸，摆出稍息的姿势。

"我往后还会离开江海市，我也不知道还能教你们多久。如今你们自身的实力较之前已经上了一个大台阶，接下来的训练强度就要继续加强。从今往后，你们的卧推、深蹲都自觉再增加二十公斤以上。扎马步的负重哑铃从十公斤换成二十公斤。"萧云龙开口，继而说道，"力量是一切的基础，你们自身的力量唯有再加强，我才能教给你们更强的搏杀之术。都听明白了吗？"

"明白了！"高云他们大声地喊着，声震如雷。

"那就开始训练，强化你们自身的力量。人体就是一座宝藏，唯有不断超越自己极限，才能将自身潜能都释放出来，从而化为你们自身的力量！"萧云龙大声说道。

高云他们立即行动，依照萧云龙的要求进行自身力量的强化训练，萧云龙也在旁指导着。往后他要是前往龙炎组织担任教官一职，那就无法再训练高云他们，因此这段时间他能够训练多少是多少。

一会儿之后，这三楼的训练室外面，忽而走进来一道身材异常火爆的倩影，随着她走来更是有股英姿飒爽的风情扑面而至。

"萧云龙！"一声清丽的声音响起，这道英姿飒爽的倩影走进训练室后一眼看到了萧云龙，她忍不住喊出声来。

正在训练高云他们的萧云龙脸色一怔，他转过头来，看到了眼前这道身材火爆性感的身影，他笑了笑，说道："原来是叶警官啊。多日不见，叶警官倒是越来越英姿飒爽了。你这是来找我？"

走进来的正是江海市警界中的警花叶曼语，当然，她还有另外一个称号——玉面罗刹！

"对，我是来找你的，可算是逮到你了。"叶曼语开口，她一张鹅蛋脸肌肤雪白，明眸皓齿，美丽动人，偏偏这样一个看着娇嫩欲滴的美女却是江海市黑白两道人人闻风丧胆的玉面罗刹，可见她这美丽性感的外表下蕴藏着的是何等的悍勇手段。

萧云龙脸色一怔，这普通老百姓平生最怕的就是两件事——第一，生病；第二，警察找上门。他印象里自认为并未做出些什么作奸犯科之事啊，怎么刚回来就有警察找上门了？

高云他们也看到了叶曼语，对此他们并不吃惊，高云低声对萧云龙说道："萧教官，这些天叶警官每天都会过来一趟，过来询问我们你回来没有。叶警官应该是有什么事要找你吧。"

萧云龙点了点头，他嘱咐高云他们好好训练，他朝着叶曼语走去，问道："叶警官，找我有什么事？我可是刚回来，就被你气势汹汹地找上门来，我怎么有种不好的预感呢？"

"少跟我油腔滑调的，这不是说话的地儿。找个地方，我要跟你好好谈谈。"叶曼语瞪了眼萧云龙，丝毫不改往日那种彪悍的行事作风，开门见山地说道。

萧云龙笑了笑，说道："行吧，那我们出去。"

说着，萧云龙与叶曼语离开了秦氏集团，走下楼后萧云龙骑着他的怪兽，叶曼语则是骑着她那辆挂着警牌的丰田摩托车。

"喂，去哪儿啊？"萧云龙问道。

"去我办公室。"叶曼语回了声。

萧云龙听到这话差点从车上一头栽倒下来，他苦笑着说道："喂，叶警官，难不成你这是要带我回警局严刑拷问吗？拜托，我可没做什么坏事啊。刚回来就被你喊到警局，多郁闷啊！"

"放心吧，没打算对你严刑逼供，是找你谈别的事情。一个大男人的，这么婆婆妈妈干吗？赶紧跟上！"叶曼语白了他一眼，开口说道。

萧云龙一阵无语，心想警局这种地方谁乐意去啊？就算是要谈点什么事，找个喝茶的地方或者是咖啡厅，不是更好吗？看来这女人真的是一点都不懂得什么叫浪漫，活该找不到男人！

当然，这也只是萧云龙腹诽一声罢了，如果真的当面说出口，只怕凭着叶大警官那火暴的脾气，早就停下车朝着他扑过来拳打脚踢了。

江海市警局。

萧云龙跟着叶曼语骑车而至，停下车后叶曼语朝着警局走去，萧云龙也只有跟在后面。

"叶队。"警局内的警员看到叶曼语后纷纷打招呼，冷不防看到身后跟着走进来的萧云龙，他们脸色一怔，随即也纷纷开口叫着，"萧哥，你来了。"

警局中不少人都认识萧云龙，也纷纷语气恭敬地打着招呼，看来萧云龙在警局中的人缘还是很不错的，但这种人缘是建立在他的实力的基础上。在江海市发生的几起重大事件中，萧云龙展现出来的那股让人难以置信的实力，已经让这些警察从内心感到敬佩。

叶曼语推开自己办公室的门，转过身来看了眼萧云龙，萧云龙笑了笑，快步走了进去。

"砰！"

叶曼语关上门，锁紧，这让萧云龙看着禁不住一阵心惊肉跳——这个女人想要干什么？怎么感觉自己好像进入了狼窝？

"坐吧。"叶曼语开口说道，拿着一次性杯子接了两杯水。

萧云龙走到一张椅子上坐下，他不解地问道："叶警官，你这高深莫测的样子让我有些惴惴不安啊。咱都是心思亮堂的人，还是打开天窗说亮话吧。我想你也不会是因为我长得帅，所以才把我带来办公室独自欣赏的吧？"

"当然不是。"叶曼语开口，她瞄了眼萧云龙，说道，"我是有正事跟你说。"

"好吧，叶大警官有啥事请说。"萧云龙耸了耸肩，笑着说道。

叶曼语顿了顿，她的脸色显得有些低落与沉重，她说道："老李已经下葬了，葬在了江海市的烈士公墓内，政府也给他颁发了一等功的奖励。可人都不在了，这些奖励又有什么用？我还记得葬礼那天，老李的妻子都哭晕过去了。我看着很内疚，我在想老李为什么要救我，他要不是挺身而出地把我推开，也不至于会死。"

萧云龙皱了皱眉，当日所发生之事他还记得，警方的老李在行动中不幸牺牲，用他一命换回了叶曼语一命。

提起此事，萧云龙也不知该说什么好，他唯有说道："曼语，人死不能复生，我知道你心中的悲痛，我也为老李的事感到伤心。但我们这些活着的人仍是需要往前走，往前看。你最好的报答就是做好本职工作，多破案，多打击犯罪分子，维护好社会的安定秩序。"

"不，最好的回报是为老李报仇！那些恐怖分子是叫什么死亡神殿组织对吧？"叶曼语语气一寒，接着说道，"这段时间我一直在调查死亡神殿组织的事情，得知他们活跃在南美洲一带，是一股庞大的黑暗势力组织。唯有把这组织灭掉了，才能算是给老李报仇，才能让他在九泉之下安息！"

萧云龙脸色一怔，他疑惑地看了眼叶曼语，说道："死亡神殿不是你所能对付的，别说你，就算是一个国家的特种部队也无法对付得了。再说了，你能掌握死亡神殿多少信息？你知道他们的总部据点在哪里？什么都不知道，你谈何去对付他们？"

"我承认我目前还很弱，以前我总觉得我足够强大了。但在面对这些境外黑暗势力的强者时，我才知道我在他们面前可以说是不堪一击。"叶曼语开口，她深吸口气，继续说道，"可我并不怕，至少我还可以努力提升自身的实力，这就是我今天找你过来的原因。"

"什么意思？"萧云龙皱了皱眉。

"你很强，不仅拥有强大的身手，还拥有强大的领兵作战能力。所以，我想请你教我，训练我，让我成为一个在战场上合格的战士。我知道你有这个能力，你能将秦氏集团保安部那些原本普通的人训练成骁勇善战的战士，那你也可以训练我。"叶曼语开口，她语气真挚，认真地说道，"我能吃任何的苦，能接受任何程度残酷的训练，只要能够变强，再苦再累我都能承受。"

萧云龙怔住了，他真的没想到叶曼语找他过来谈的竟然是这方面的事情。

"曼语，这方面我帮不了你。"萧云龙稍稍沉默，他开口说道。

叶曼语双拳一握，她大声说道："为什么？难道仅仅因为我是个女人吗？"

不可否认，这的确是其中一个原因，从本意上，萧云龙从未想过要让叶曼语去对付死亡神殿。叶曼语刑警队出身，的确是有一些身手，但这点身手在死亡神殿的高手面前不过是儿戏。再则，叶曼语是江海市的刑警队队员，即便是出现死亡神殿冒犯华国之事，也轮不到叶曼语去对付，而是由国家的私密特战兵去对付。

"每个人在社会上都有自己的定位和职责，你的职责是维护江海市治安，打击犯罪分子。至于对付死亡神殿这种事，并非在你职责范围之内。"萧云龙开口，他站起身说道，"所以，在这个问题上，我帮不了你。"

"你骗人，你说什么帮不了，那是根本不想帮！如果在这次事件中，你身边的亲人在死亡神殿的袭击下不幸遇难，你肯定也会如此憎恨死亡神殿，你也会跟我一样想要去报仇！"叶曼语大声说道。

萧云龙蓦地转身，他眼中的目光凌厉而出，紧紧地盯着叶曼语，散发而出的那股骇人的气息让叶曼语为之一惊，有股莫名的惊悚感。

"我上次离开江海市，我的三名生死兄弟因为死亡神殿而遇难，我比你更恨不得将死亡神殿碎尸万段！报仇不是你想去做就能做得到，悲痛并不能解决任何问题，你所要做的就是好好地做好自身的本职工作。我想，老李要能睁开眼，他也不希望你为了他而以身涉险地去报仇！"萧云龙一字一顿地说着，他打开门走了出去。

叶曼语脸色怔住，她没想到萧云龙身边也有兄弟因为死亡神殿而不幸遇难，回过神来的她追了出去，看到萧云龙骑上了怪兽，她大喊了声："萧云龙，不管你答不答应，我决定的事情不会改变。我会每天去找你，直到你答应为止！"

05　血龙会

醉仙酒楼

萧云龙骑着怪兽离开了警局，他能理解叶曼语的那种心情，老李因为救她而不幸牺牲，她想要为老李报仇，这很正常。问题在于，死亡神殿并非寻常的犯罪团伙，而是黑暗世界中一股强大无比的势力，没人知道死亡神殿的势力究竟有多庞大，也没人知道死亡神殿内的强者究竟有多少，这完全是一个谜。所以叶曼语想要对付死亡神殿，要给老李报仇，这在萧云龙看来简直跟天方夜谭差不多。

萧云龙本身也是恨不得将死亡神殿给歼灭，他的魔王兄弟中有三人因为死亡神殿的阴谋而死，他心中那股怒杀之意更为盛烈。无奈于死亡神殿近段时间完全地销声匿迹，即便是情报女王奥丽薇亚也收集不到有关死亡神殿的任何踪迹。

萧云龙回到秦氏集团的时候已经是下午时分，他去三楼看了眼训练的保安部成员，指点他们一番后他乘坐电梯上楼，来到了秦明月的办公室。

秦明月正在打电话，萧云龙便坐在沙发上，不过听秦明月说话，似乎正在谈一起海外项目合作的事情。

一会儿后秦明月通完电话，她看向萧云龙，说道："你来公司了。"

"我早上就过来了，先去看了看高云他们的训练，后来叶警官找我有点事，我就出去了。"萧云龙说道。

"萧叔身体刚康复，这几天你没事倒也不用往公司里跑，多在家照顾萧叔吧。"秦明月说道。

萧云龙一笑，说道："父亲可是闲不住的人，早上起来的时候我还陪着他去了一趟萧家武馆。真没想到武道大会后萧家武馆的名声变得如此响亮，今早过去一看，萧家武馆门前挤满了要报名加入萧家武馆的学员。"

"真的啊？那这对萧家武馆也是一件好事。"秦明月笑着，旋即她意识到一个问题，说道，"可是萧家武馆的地方也不算太大，万一招收的学员太多了，有足够的地方供给他们习武训练吗？"

"明月你真聪明，一下子就想到了问题的最关键处。当时我也有这样的顾虑，不过天鹏这小子倒是给出了一条中肯的建议，那就是修建一家武道学院，只要修建起学院，就算有再多的学员也不用担心没有场地了。"萧云龙说道。

"修建武道学院？类似于学校这样的存在？"秦明月诧异了声，她认真地想了想，说道，"这倒是一条很好的建议。不过修建武道学院需要地皮，需要选址，这些都定下来了吗？"

"还没呢。天鹏说他父亲的公司旗下有一块地，还说挺适合修建学院，回头我去看看。"萧云龙说道。

"云龙，此事你跟萧叔商量了吗？萧叔是什么想法？"秦明月问道。

"我父亲说也可以尝试，只是真要建起学院的话，那招生就得要有教育部的批准，可能需要走一些程序吧。"萧云龙说道。

秦明月一笑，她说道："这些都不是问题。你去看那块地皮的时候记得叫上我，我跟你一起去，要是觉得合适，就由秦氏集团出资买下来。"

萧云龙脸色一怔，说道："明月，你要由秦氏集团出资买下这块地皮？那怎么行，这……"

"为什么不行啊？只要把此事跟我爷爷还有我父亲一说，他们肯定会全力支持的。萧家跟秦家向来不分彼此，一直都是互帮互助，你就别说行不行的了。"秦明月打断萧云龙的话说道。

"老婆大人说的是。"萧云龙嘿嘿一笑。

下班之后，秦明月想过去看看萧万军的身体情况，便随着萧云龙一起回到了萧家老宅。

萧云龙与秦明月一同走进了萧家，萧万军也是刚回来没多久，他在萧家武馆花了大半天的时间才将那厚厚一沓起码有四百多份申请加入萧家武馆的资料表格认真地看完。

"明月来了。"萧万军看到秦明月随着萧云龙走进来，他一笑，开口说道。

秦明月点了点头，她问道："萧叔，你的身体恢复得如何了？"

"已经好多了，现在可以说是和没事人一样，你无须担心。"萧万军笑着说道。

刘梅也走了出来，看到萧云龙与秦明月，她笑着说道："明月，今晚就在家里面吃饭吧，我这就去做饭。"

"呼！"

刘梅话音刚落，萧家老宅外面猛地传来一声呼啸而至的车声，随后上官天鹏的声音响起："萧哥，萧哥，你在家吗？"

萧云龙转身过去，正看到上官天鹏跑了进来，一看萧云龙还有萧万军他们全都在场，他一笑，说道："见过萧师父。萧师父，萧哥，我父亲说今晚他要请你们全家一起吃个饭。我父亲本来要给萧师父您打电话，我说不用了，我直接开车过来通知你们岂不正好。"

"哦？上官兄说要请我们吃饭？难不成他是有什么事要跟我谈吗？"萧万军问道。

"萧师父，您过去了就知道了。走吧，我们现在就过去，我父亲已经在醉仙楼订好了餐位，就等我们过去了。"上官天鹏笑着说道。

萧云龙闻言后心中一动，隐约猜到上官天鹏的父亲为何要宴请他们，当即他说道："刘姨，那就别做饭了，把灵儿喊上，我们出去吃吧。"

"也好，你父亲邀约我们吃饭，那就过去吧。"萧万军也点头。

"明月，走，一块去吧。"萧云龙说道。

"秦姐那是必须要去的，否则萧哥岂不是要孤单寂寞了。"上官天鹏嘿嘿笑着说道。

"天鹏，你再说信不信我把你嘴给缝上。"秦明月没好气地说道。

上官天鹏讪讪一笑，待到萧家上下都准备好了之后，一起走了出去，开车朝着醉仙楼方向飞驰过去。

醉仙楼在江海市那是极其有名的酒楼，号称神仙下凡品尝到醉仙楼的酒菜也都要只求一醉。事实上，醉仙楼的菜品酒水的确是上佳，这里每天客人都会爆满，除非提前预约，否则直接过去都不会有位置。

醉仙楼一共有六层楼，上官天鹏的父亲定下的是醉仙楼最好的位置——最高的第六层楼，这一层楼不是达官显贵的话，根本无法订下来。

萧云龙他们一行人驱车来到了醉仙楼，停好车后在上官天鹏的带领下坐电梯上了第六层楼。

第六层整个楼层就相当于一个包间，所以只能提供一桌人吃饭，被订下来之后，其他人就无法上来用餐。整个楼层的布置古典而又优雅，颇有种诗情画意之感，外面有一个极大的露天阳台，阳台上种植花草，时不时会有花香袭来，清淡优雅。

萧云龙他们走上楼，便看到靠窗的一张大餐桌上独自坐着一名中年男子，他的年纪与萧万军相仿，穿着很朴素，一张与上官天鹏有着几分相似的脸，但相比上官天鹏，他可要显得沉稳内敛许多。他独自一人坐在那儿，有股不怒而威的气势，但这股气势却是完全内敛的，不显山不露水，而这样的人物才是真正的厉害人物！他正是上官天鹏的父亲上官泓，当今上官世家家主。

萧万军、萧云龙他们走上楼后，上官泓心有所感，他转头一看，看到了萧万军，便站起身来，脸上露出笑意，说道："万军兄，可算是等到你来了。来，来，快入座。算起来跟你起码有大半年没见过面了。"

"上官兄，你要找我有什么事直接去我家就行了，非要把我们请来此地，你太客气了啊。"萧万军笑道。

"你我之间，不存在客气之说。"上官泓一笑，他看向了走过来的萧云龙，眼底似有一丝赞赏之意，他说道，"万军兄，这位就是你那从海外回来的儿子萧云龙了吧？"

萧云龙当即对着上官泓施礼，说道："正是我，见过上官叔。"

"好，好！果真是虎父无犬子。单单看这份气势就知道是一个铁骨铮铮的热血男儿。关于你的事迹我已经听闻许多，却未曾见上一面。我这个不成器的儿子有幸遇到了你，被你屡屡教导，这是他的福气。"上官泓笑着说道。

"上官叔千万别这么说，其实天鹏挺好的，他身上并无富家子弟的恶习，他有自己的原则，也有自己的目标。别看他一天不务正业的样子，其实他真要努力起来可是比谁都勤奋。再则，天鹏为人仗义，这点是我最欣赏的。"萧云龙笑着说道。

"爸，听到了吧。也就你觉得我差劲，连萧哥都夸我了。"上官天鹏喜不自禁地笑起来。

"臭小子，说你胖你就喘上了。来来，都坐下吧。"上官泓说着，招呼大家都坐了下来。

待到众人都坐下后，上官泓看向秦明月，说道："这位是秦家明月吗？你爷爷身体可还好？我跟你父亲也许久不曾见面了，自从你父亲将秦氏集团交给你打理，他就很少在江海市居住了。"

"明月见过上官叔叔。我爷爷身体挺好，多谢上官叔叔的关心了。我父亲在老宅那边照顾我爷爷呢，的确是很少在江海市。不过我可是时常听到我父亲提起上官叔叔，说上官叔叔可有本事了。"秦明月笑道。

"哈哈，我能有什么本事，别听你父亲吹捧。"上官泓大笑。

众人坐定后，上官泓提前点好的菜陆陆续续端了上来，满满一桌，山珍海味应有尽有，这里的菜的确是色香味俱全，让人闻着都要食欲大动。

"灵儿，想吃什么就吃吧，可不要担心，再说了，叔叔也不是外人。"上官泓看向萧灵儿，笑着说道。

"我知道了。"萧灵儿笑着。

上官泓看向萧万军，问道："万军兄，前段时间我听天鹏说你去医治你体内的暗伤了。情况如何？是否已经全都治愈？"

"说起来真是话长，我所幸被介绍到一位世外高人那里去医治，那位高人总算是将我体内暗伤治愈了。"萧万军说道。

"那就可喜可贺了。你这暗伤困扰你多年，你更是因此武道之境未能寸进。如今暗伤痊愈，这是大喜之事啊。来，我跟你喝一杯，我干了，你身体刚恢复，可别贪杯，随意一小口即可。"上官泓说着，端起了面前的酒杯。

"好！"萧万军点头。

随后，萧云龙连敬了上官泓三杯，待到酒过三巡，饭桌上也开始越来越热闹起来。

"上官兄，这次你请我们过来吃饭，想必也是有什么事吧？但请直说，我们也算是认识几十年的老友了。"萧万军说道。

上官泓一笑，他说道："倒也不是什么大事。今日天鹏回来之后跟我说起，自武道大会结束后，前来萧家武馆报名的学员过多，恐怕日后萧家武馆的场地不足以容纳下这么多人，因此有意要选块地来建一座武道学院。我得知此事后，就将万军兄你们请过来一块吃饭，顺便商谈此事。"

萧万军脸色一怔，他笑着说道："天鹏之言的确属实。前来报名萧家武馆的学员很多，凭着萧家武馆目前的场地，确实是容纳不下这么多学员。不过至于修建武道学院之事并非小事，且建立学院跟成立武馆是两个概念，一旦学院成立，没有相关部门的批准，是无法招生的。"

"你所顾虑的都是小事。我倒是觉得，成立这样一座武道学院未尝不可。华国武道是我们先祖传承下来的东西，不能丢失。能够将华国武道推广，让更多的华国男儿走上自强之路，这于国于民，都是大好之事啊。"上官泓说道。

"上官兄真的觉得此举利大于弊？"萧万军问道。

"那是当然！不瞒你说，我本人也喜欢华国武道。我上官家的先祖也是武道出身，只是流传下来的武道不算太强罢了。也正因我本人喜好武道，这才将天鹏送去南少林整整五年，一是让他修心，二是让他接触到南少林那博大精深的武道精神。"上官泓开口，他继续说道，"因此，万军兄你要修建武道学院，弘扬华国武道精神，这一点我是全力支持！"

上官泓说着顿了顿，又继续说道："不瞒你说，我手底下一家地产公司有块地皮，这块地皮就在武道街后面，与武道街相隔一公里左右。这块地很适合修建一座武道学院。我找万军兄过来，就是想谈论此事。"

萧万军脸色一怔，他说道："上官兄，听到你说支持成立武道学院，这倒是给了我一些信心。不过对我而言，要筹划建立武道学院，绝非一朝一夕之事，因此只能容我慢慢来。"

萧万军此话说得足够委婉，他心知要建立武道学院需要一块地，问题是，萧家目前并无多少钱财，哪有资金去购买一块地皮？即便是武道街后面的地皮那也是寸土寸金，没有几个亿甚至数十亿根本买不下来。

"万军兄，这块地皮我打算送给萧家武馆，以此来建立武道学院！"上官泓一笑，一字一顿，语气清晰地说道。

此言一出，满座皆惊。

豪气冲天

萧万军脸色一变，他连忙说道："上官兄，你这是在开玩笑吧？如此一块地皮，岂可拱手相让，说送就送。不可，不可，我不能接受。"

秦明月心中一动，她禁不住问道："上官叔所说的莫非是武道街后面毗邻绿水城的那块地？"

"正是那块地。那块地毗邻武道街，南北纵向，交通便利，用来建立武道学院是极好的。"上官泓说道。

秦明月脸色惊诧了一下，在她印象中武道街后面的地皮是在五六年前公开拍卖的，那时候买下那块地段的地皮估计也就是几亿元，可放到现在，那些地皮没有上十亿根本买不下来。这点从相邻的绿水城这块地皮建成商品楼之后，以一万八每平米的起步价中大概能估算出该地段地皮的价格。上官泓张口就要将这块地皮送给萧家武馆建立武道学院，这份魄力真是让人惊叹与敬佩。

"上官兄，你我是老友，而且我们两家也相交甚好。但交情归交情，那块地是你买下来做生意的，可不是从天上掉下来的。我真不能接受你提出的建议，所以你的好意我心领了。说实在话，冲着上官兄如此支持我建立武道学院，我心中已经极为感激。"萧万军正色说道。

萧云龙心中也是诧异了一下，没想到上官泓开口就要将这块地送给萧家武馆来建立学院。

上官泓一笑，说道："万军兄，你莫要着急拒绝，听我慢慢道来。我上官泓最大的财富并非是我的钱财，或者是权势，而是我的儿子上官天鹏。只要天鹏成器，那即便我散尽钱财，我也毫不心疼。我不求别的，只求天鹏能够把握好自己的人生，认清自己的目标并为之奋斗，而不是像那些纨绔子弟一样只会吃喝玩乐，一事无成。"

"天鹏最大的幸运就是遇到了云龙。这半年来，我每天都会看到天鹏自身的一点一滴的变化。他开始变得勤奋，武道境界也随之提升；他变得更有担当，有勇气，有一股军人般的血性。这些都是在云龙的影响与教导之下逐渐蜕变而成的。如今天鹏加入萧家武馆，成为武馆中的一名弟子，我相信在万军兄你的教导和影响下，他以后会是一个有出息的人，这一点是千金难买的！"

"其次，我手握无尽财富，可这些财富对我来说不过是一个数字罢了。我想着的不是赚更多的钱，而是如何利用自己的财富去回报社会，去做更多有利于社会的善举。建立武道学院，这是功在当下，利在千秋之事。我本人推崇华国武道，因此能够建立武道学院，弘扬华国武道文化精神，这是我全力支持的。"

"综合这几点，才促使我做出这个决定。因此，万军兄，你就不要拒绝了，这是我的心意，也是我的一个心愿。我希望有朝一日，华国的武道精神能够深入到每一个炎黄子孙的精神理念中，让他们自强自立，这样国家才能更加昌盛。"上官泓沉声说道。

萧万军深吸口气，他说道："上官兄如此支持华国武道，我真的很高兴。只是，这样一块地可是几亿甚至上十亿的事情，我真的不能接受，这会让我内心不踏实的。"

秦明月想了想，她说道："萧叔，要不这样吧，由秦氏集团出面，将上官叔这块地买下来，我相信此举会得到爷爷和父亲的支持。"

"不可，不可。明月，这块地若由你们公司买下，再用来建立武道学院，这就违背我的初衷了。建立武道学院，我是支持的，这是我的一个心愿，岂能跟钱扯上关系？那岂非变成一种利益交易了？"上官泓说道。

"萧师父，我爸爸都这样说了，那就答应了吧。建立萧家武道学院，把华国武道文化普及到全国，让更多人了解并且接触到华国武道文化，这多好啊。"上官天鹏在旁边说道。

萧万军摇了摇头，态度很坚决，说什么也不答应。萧万军身为萧家人，有萧家人的原则，他心知上官泓是一片好意，可这样一块价值上十亿的地皮，他无论如何都难以接受，这会让他不安心。这是他自身品德的一种体现，换作是其他贪婪之人，面对天上掉下这么大一块馅饼，早就吞下了。

上官泓沉吟了声，他说道："要不这样吧，万军兄你的武道学院建立起来之后，我以这块地的价值入股，占据一定的股份，这样你也能心安理得了。"

"入股?"萧万军脸色一怔。

秦明月眼眸一亮，她说道："上官叔的这个提议也行。武道学院建立起来之后设立股份制，成立股东会，上官叔占据一定股份，享受股份分红。上官叔既然送出这块地，那就由我秦氏集团来负责施工建立起这座武道学院。"

"这个……"萧万军皱了皱眉，他仍是难以接受。

"父亲，上官叔如此诚心，那就接受了吧。上官叔也是想为国武道发展而献出一份力量，这与金钱无关，而是一种信仰一种心愿。"萧云龙缓缓说道。

上官泓点头，他一笑，说道："云龙说得对，这的确是我的信仰和心愿。万军兄，我话都说到这个分上了，你再拒绝，那我们这数十年的老友关系只怕是无法维持下去了。"

"上官兄，你这是在逼我啊。"萧万军苦笑了声。

"哈哈，我知道你是一个真正的君子，从不贪图名利。因此我要送你这块地，你肯定不由分说地要拒绝我。但我送出这块地，完全是为了建立武道学院，弘扬华国武道文化，这是我的心意，我的心愿你可要替我达成啊。"上官泓笑着，继而说道，"再说了，我都以入股的方式送出这块地了，你就别再有什么不安心的想法了。"

萧万军深吸口气，他缓缓说道："好，那我就答应了! 上官兄如此信得过我，只要萧家武道学院成立，我萧某人必然会鞠躬尽瘁，用毕生之力来好好发展武道学院，弘扬武道文化!"

"我费尽口舌，就等你这句话了！来，干了这杯！"上官泓笑道。

"上官叔如此大气之举让我由衷敬佩，我敬上官叔一杯。"萧云龙站起身，诚声说道。

"云龙坐下，坐下，无须如此客气。说起来我还要感谢你呢，在你的影响与教导下，天鹏这小子倒是让我越看越顺眼了，这都是你的功劳啊。"上官泓笑着，与萧云龙举杯而饮。

此事谈妥之后，上官泓兴致极高，频频端起酒杯畅饮。席间他还邀请萧云龙抽空随上官天鹏去他家里做客，他要在武道方面跟萧云龙进行切磋与交流。

萧云龙自然是一口答应了，他主要陪上官泓喝，使酒桌上的气氛变得极为热烈。一直到了晚上九点半钟左右才散席。

上官泓已经有了醉意，他心情舒畅，因此多喝了两杯。他约萧万军两天后商谈这块地的武道学院规划建设问题，萧万军也应允了下来。

萧云龙认为上官泓的确是一个热衷且推崇华国武道之人，且他看到自己的儿子上官天鹏这段时间的蜕变之后，更是高兴，这才促使他将这块地皮送出来建立武道学院。诚如上官泓所说的，财富对他而言仅仅是一个数字罢了，达到他这种地位的人更多的是想着如何为社会创造更多的财富，如何做更多有利于社会的事情。不过，当今世上像上官泓这样的人已经很少。

众人走出了醉仙楼，上官泓有些醉意，萧云龙便让上官天鹏送他父亲回去休息。萧万军没怎么喝酒，自然还是清醒着的。随后，萧云龙护送萧万军、刘梅、灵儿他们回萧家老宅。

"明月，你先回明月山庄吧，我送父亲他们回去。"萧云龙对着秦明月说道。

秦明月点头，她嘱咐萧云龙路上小心一些，而后她坐上车先回明月山庄了。

萧云龙与萧万军他们回到了萧家老宅，刘梅让萧灵儿先去洗澡，然后早点休息。萧万军则与萧云龙坐在大厅喝着茶。

"云龙，你说为父答应了上官兄这个要求是不是有些不妥？这块地可是价值上十亿，上官兄就这样送给我们萧家武馆建立武道学院，这份大礼真的太厚重了，我真是无法承受。"萧万军开口问道。

萧云龙沉吟了声，他说道："上官叔是真心想要弘扬华国的武道文化，想要让已经逐渐没落的武道精神重现生机，这是一件好事，也是一件善举。我也知道我们萧家从来都不接受别人的恩惠，可上官叔此举谈不上是恩惠，而是和我们一起完成弘扬华国武道文化的壮举。由我们萧家武馆出力，上官叔送出地皮来建立武道学院。再则，武道学院建立起来之后，让上官叔多占些股份，往后的股份分红或许能够让上官叔收回这块地的成本。"

萧万军脸色一怔，他诧异地问道："这建立武道学院，收入来源无非就是收取学员一定的学费。即便是股份分红，也分不了多少钱吧？再说建立武道学院可不是为了赚钱。"

"父亲，这你就不懂了。无论是什么，只要打出了名气，那商机将会源源不断。这些你不用去管，我想上官叔会知道这是如何运作的。"萧云龙笑着说道。

萧万军点了点头，他说道："也罢，其他方面我的确是不太懂，那我就不去瞎掺和了，我做好自己的分内之事就行。对了，云龙，我现在身体无恙了，你也不用在家里面陪着我，你还是去明月山庄多陪陪明月吧。"

"好！"萧云龙点头，话音刚落，他的手机忽而响起。他一看，竟然是铁牛打过来的。

萧云龙走出去才接了电话，铁牛这么晚打电话过来，想必是真有什么急事，如若真的有事，那就由他出面即可，不用让萧万军得知后去担心。

"喂，铁牛，什么事？"萧云龙走到外面的院子，接电话后问道。

"萧大哥，金刚大哥现在在武馆，说找你有要紧之事。"铁牛电话中语气急促地说道。

"金刚找我？四爷跟他在一起吗？"萧云龙问道。

"四爷没在，只有金刚一个人行色匆匆地过来了。"铁牛说道。

"我知道了，你让他先等着，我马上过去。"萧云龙开口，说完后他走进大厅跟自己父亲打了声招呼，说道，"父亲，那你好好休息吧。我出去一趟，晚上顺路就去明月山庄了。"

"好，好，你去吧。"萧万军点头说道。

萧云龙骑上怪兽，朝着武道街方向风驰电掣而去，一路上他的速度极快，怪兽的引擎声轰鸣咆哮，四根直插上天的排气管喷出的尾焰让人心惊。在强大的动力驱使之下，怪兽的车速达到了极致，朝前飞奔而去。

金刚一直以来都跟在乔四爷身边，今晚金刚独自一人前往萧家武馆找他，此事就透着一种蹊跷感，因此他急于赶到萧家武馆去看看具体的情况。

血龙会

萧云龙晚上十点多赶到了萧家武馆，他停下怪兽，一个箭步冲进了萧家武馆。

"萧大哥！"金刚正在萧家武馆内，看到萧云龙走进来，他一下子站起身来，脸上显现出一股焦急之色。

吴翔、李漠、铁牛、陈启明他们陪在金刚身边，看到萧云龙后他们也纷纷招呼了声。

"金刚，你找我有急事？四爷呢？怎么没跟你一起？"萧云龙问道。

"四爷今晚去阻止血龙会的人了，时隔五年，血龙会的人再度卷土重来，妄图在江海市的地下势力中称霸，四爷得知风声后立即前往阻拦。这一次血龙会来势汹汹，四爷孤掌难鸣，因此我特地跑来找萧大哥你去帮帮忙。"金刚语气着急地说道。

"血龙会？"萧云龙皱了皱眉，他并不知道这股势力，一听乔四爷有难，他沉声说道，"那就无须多言，金刚你前面带路，带我去找四爷。"

"萧大哥，我们也跟着去吧，说不定还能帮得上忙。"吴翔开口说道。

"你们——"萧云龙皱了皱眉。

"萧大哥，武道大会对战中我们受的那点伤已经没事了，你不用担心我们的伤势，现在我们都挺好的。四爷有难，我们说什么也要帮上一把。"吴翔说道。

"行，那就走吧！"萧云龙点头说道。

得知乔四爷有难，萧云龙不用多问，直接前往救援。一如当时萧家武馆遭到青龙会的青龙血卫围杀的时候，乔四爷得知消息后就立即赶了过来，并且随同他一起杀上了青龙山庄；也一如当初死亡神殿分子入侵江海市的时候，乔四爷第一时间带着金刚与张傲来支援。

滴水之恩当涌泉相报，这是萧云龙一个在世的做人道理，姑且不说他遇到危急事情的时候乔四爷能够奋不顾身地挺身而出，仅仅是冲着乔四爷与他结交成为兄弟，那他也会在第一时间冲过去支援，即便是上刀山下火海也在所不辞。

跟随出来的吴翔、李漠、铁牛、陈启明四个人坐上了金刚开过来的吉普车，萧云龙则骑着怪兽。两辆车子呼啸而起，消失在了茫茫夜色中。

在开车行驶的过程中，萧云龙与金刚保持着电话通讯，金刚简单地跟萧云龙讲解了乔四爷与血龙会之间的恩怨问题。

血龙会属于北方的一股庞大的地下势力，五年前血龙会妄图侵占江海市，当时江海市的地下势力在血龙会面前不堪一击，节节败退。眼看着江海市即将落入血龙会之手，被血龙会霸占的时候，乔四爷挺身而出，主动约战血龙会的老大李风云。乔四爷与李风云在江海市北郊之外的憾龙山之巅展开对决，那一战没有人去见证，只知道那一战过后，血龙会老大李风云率领血龙会退走，返回北方，就此缓解了江海市地下势力被侵占的危机。

如今，江海市的三大地下势力青龙会、铁狼帮、江山会已经逐一被瓦解，血龙会的人觉得这是一个大好良机，于是卷土重来，要借机称霸江海市的地下势力。乔四爷得知了这个消息后，他便义无反顾地动身去阻拦血龙会的下手。只因乔四爷觉得这是他身上的一种责任，当年他阻止过血龙会入侵，这一次血龙会再度卷土重来，那他就要再一次挺身而出。这是一种侠义之举，更是一种勇于担当的大无畏精神。

憾龙山位于江海市北郊之外，憾龙山形似龙首，盘踞当空，显得巍峨磅礴，大气浩荡，故有憾龙之名。山下有一条通往江海市的主通道，从北方前来江海市，走陆运的话，这条通道是最主要的通道之一。

此刻，憾龙山山脚下停着五辆外形一样的吉普越野车，二十名男子站成一列，身披甲衣，脸色冷峻，肃穆森严的气息弥漫在空中，有股狂暴浓烈的杀意席卷当空。在他们的前面，站着两名男子，为首的一人面容冷峻，身上有股磅礴威势，他独自一人站着，犹如一座大山般横亘在这二十名男子的面前，让人感到难以逾越。这名男子正是乔四爷，在他的身边站着一个脸色沉稳，身上透出一股铁骨傲气的中年男子，这正是张傲。

乔四爷冷眼看着面前的这二十名杀气腾腾的男子，他脸色岿然不变，开口淡漠地说道："血龙会的血龙甲卫，不知你们如此大张旗鼓地前来江海市意欲何为？如今江海市难得恢复平静，如若你们抱着称霸江海市地下势力的目的而来，那我乔四就请你们回去吧。江海市地下势力不愿再掀起腥风血雨，也希望你们不要无端挑事。"

"乔四，我们又见面了！"对方一个站在中间的男子走了出来，三十岁出头，身材雄伟，体格健壮，他直视着乔四爷，丝毫不掩饰他眼中的那股强烈的敌意，而且从他的身上有股逼人的气势在空中弥漫，一看就知道是一个强者。

"原来是血龙会八大堂主之一的刚熊，的确有多年未见了。你们血龙会的老大李风云呢？为何不见他现身？"乔四爷看向这名男子，语气淡漠地问道。

"面对你，还不需要我们老大出面吧？"刚熊开口说道。

"五年前李风云败北而退，在我面前他没有自傲的资本吧？"乔四爷冷笑了声。

刚熊的目光陡然一沉，他冷冷说道："五年前那是我们老大重承诺、守信义！否则你真以为当时凭你的一己之力就能够逼退血龙会？如果当时我血龙会的甲卫一齐杀上，就算是十个乔四也要被镇杀！"

乔四爷眼中精光闪动，他心知刚熊所言属实，当年他约战李风云，提出的条件就是，李风云要是战败那就无条件地退出。结果李风云的确是战败了，他也信守承诺地率领着血龙会退出江海市。当时如若李风云反悔，那人数众多的血龙会一齐杀上，乔四爷的确是无力阻拦。

"李风云信守承诺、战败而退，我很欣赏他说到做到的作风。如今你们再度卷土重来，如果还想要侵占江海市的地下势力，那我是绝不会答应的。"乔四爷开口，他深吸口气，说道，"这一次，你们就算是一起上，我乔四也要跟你们战斗到底！"

"哈哈，那你真的是太过于自傲了！李老大五年前败于你，他回去之后闭关修炼了整整三年，早已突破了他自身的境界。如今李老大的实力难以估量，你根本就不是李老大的对手，更无法阻挡李老大的脚步！"刚熊忽而狂笑而起。

"无论成败，我都会站出来阻止！再则，事在人为，我既然能够阻止你们一次，为何就不能阻止第二次？旧江海市的地下势力挑起争端好不容易平息，恢复了良好的秩序。我乔四是在这座城市长大的，因此我绝不能看着你们胡来，让江海市的地下势力再度陷入到血雨腥风当中。"乔四爷冷冷说着，语气坚决如铁。

"如今江海市的地下势力群龙无首，青龙会、铁狼帮、江山会这三大地下势力已经覆灭。我血龙会接管江海市的地下势力是顺势而为，也是大势所趋。乔四，我奉劝你还是认清现实，凭你一人之力根本无法阻止我血龙会的脚步。如果你识时务，站在我血龙会这一边，那李老大不但会不计前嫌，而且会对你委以重任。这岂非是一举两得的好事？何乐而不为啊！"刚熊劝告道。

"我心意已决，今晚你们要么退，要么战！"乔四爷开口，态度不容改变。

"可恶！看来我是白费口舌了！好，既然你想死，那我们成全你！"刚熊暴喝而起，一股内敛着的杀机席卷而出。

一直未开口的张傲冷笑了声，他说道："口气真大，也不怕闪了自己的舌头。就让我看看你们这些血龙甲卫到底有什么过人的能耐！"

"战！"刚熊不再多言，他冷喝出口，右手一挥，身后站列着的一个个血龙甲卫纷纷出动，如同出动掠食的凶兽般朝着乔四爷与张傲扑杀而上。

"战！"乔四爷冷喝，他身形展动，施展出了自身的形意拳，拳随意动，意随心动，轰击而出，迎战上了扑杀而上的这些血龙甲卫。

另一边的张傲也遭到了一部分血龙甲卫的联合围杀，张傲特种兵出身，算是一名战场上的老兵了，他沉着而又内敛，身上有股雄浑的气势，面对这些血龙甲卫的围杀，他不慌不乱，沉着应战。

乔四爷走如犁地，落地脚生根，他的步伐极稳，就此冲杀而上，一拳就将眼前扑杀而来的一名血龙甲卫逼退。这时左右两侧又传来两道刚猛的劲风，他暴喝出口，自身那股强劲无匹的气劲之力迸发而出，左右出拳迎击而上。

"砰！砰！"

在乔四爷形意拳中蕴藏着的那股刚猛气劲之力的轰击下，这两名血龙甲卫被震退，可他们一退，立即又有四名以上的血龙甲卫从不同的方位袭杀而至。他们之间的行动配合已经达到了极为惊人的默契程度，并且这些血龙甲卫自身的实力还很强大，也许单打独斗之下他们远不是乔四爷或是张傲的对手。可他们一旦联手，就会形成一股极为强大的力量，源源不断，层出不穷，让人难以防范。

张傲那边也遇到了跟乔四爷一样的情况，这让他很是火气，他暴喝一声，朝着眼前一名对手冲上去，对方一拳轰杀过来，他反手擒住，不料身侧有人的腿势横扫而至。张傲目光一沉，他扬腿而起，迎击上了身侧袭杀而来的横扫腿势，接着他反手钳住眼前那名男子，一个过肩摔将对方摔飞到地上。

"呼！呼！"

刹那间，张傲的后背上有数道凌厉无匹的拳风轰杀而来，他猛地转身，出手格挡，可仍是有一名血龙甲卫的拳势打在了他的身上。张傲身体挨了一拳，他整个人仍旧是岿然不动，眼中凶光毕露的他右腿横扫而出，"轰"的一声也横扫在了那名对手的身上，将其逼退。

在这短短一瞬间，又有五名血龙甲卫彼此配合着冲杀而上，拳势狂暴，腿势刚猛，全都笼罩向了张傲。

魔王降临

"嗖！"

突然间，场中一直还未出手的刚熊动了，他的速度极快，犹如一头狂暴的黑熊般冲向了乔四爷。

此时的乔四爷正被十名血龙甲卫所围攻，乔四爷刚将眼前一名血龙甲卫的拳势封杀，接着又一拳穿过了这名血龙甲卫的拳势防守，打在了他的胸膛之上，最后，这名血龙甲卫吐血倒地飞出。

也就在这时候，一股狂暴凶猛的劲风传递而来，刚熊瞬间冲杀而至，他一拳恰到好处的出击，携带着一股压倒性的刚强气劲之力轰向了乔四爷的脸面，这一拳竟然内蕴着六阶的气劲之力！

而乔四爷未曾想到刚熊自身的气劲之力竟然修炼到了六阶的境地，这有些出乎他的意料。不过乔四爷身经百战，他并未慌神，随即施展出了形意拳，轰然一声攻杀而上，与刚猛的拳势轰打在了一起。

"砰！"

一拳之下，刚熊口中闷哼了声，他身形微微晃动，从乔四爷拳势上传递而来的那股拳道罡气竟震得他气血翻腾起来。

乔四爷并未来得及对刚熊进行攻杀，只因一拳过后，一个个血龙甲卫再度冲杀而上，他们悍不畏死，有点像此前青龙会的那些死士——青龙血卫！但这些血龙甲卫比起青龙血卫可要强大得多，且彼此间的战术配合更是娴熟，通过战术配合的围杀，使他们爆发出的战力节节攀升，稍有不慎就会被他们袭杀击中。

"白鹤亮翅！"乔四爷暴喝出口，将形意拳中八大式的白鹤亮翅一招施展而出。

只见乔四爷的双臂一展，如白鹤双翅展动般，沿着一个半弧形的姿势横击而出，双臂横击之势宛如抱圆，内蕴着的那股气劲之力席卷出击，将身侧三名血龙甲卫联手攻杀而来的拳势全都挡开了。与此同时，乔四爷的另一侧方位上又有一名血龙甲卫一拳突袭而来，直击向了乔四爷的腰侧肋骨部位。

"并步盖掌！"乔四爷双腿合并，化拳为掌，一掌朝着右侧拍杀而出，掌风雷动，恍如内蕴着风雷之势。

"啊——"一掌击下，那名血龙甲卫口中发出惨号之声，被乔四爷这后发先至的一掌击中，口中吐血，倒在了地上。

"乔四，今晚我必取你命！"刚熊的暴喝之声传来，他再度冲了过来，狂暴又刚猛的拳势压塌而至，他全力催动自身的气劲之力，使他的拳势内蕴着的那股杀伐之力更加凌厉骇人，轰杀而至的拳头携带着阵阵拳风，瞬间临近乔四爷的脸面。

"退步钻拳！"乔四爷临危不乱，他从容地后退一步，将形意拳中的另一式拳势施展而出，他拳头上凝聚而起的拳风宛如一根钻头般的钻杀而上，那股钻动而起的拳道劲风锐利如刀尖。

"砰！"

一拳之下，乔四爷的钻拳绞杀而上，破解了刚熊的拳势，逼得刚熊朝后"噔噔噔"后退，乔四爷一个箭步冲上去，再度出手一拳轰向了刚熊。那一刻，一个个血龙甲卫不要命地扑杀向乔四爷，漫天的拳势腿影笼罩而下，覆盖向了乔四爷的全身。乔四爷不管不顾，出手一拳仍旧是轰杀向了刚熊，刚熊心中一惊，奋力抵挡，可仍旧被乔四爷这一拳击中，他口中闷哼了声，魁梧的身体跟跄后退。至此，乔四爷这才逐一化解了铺天盖地般朝着他轰杀而下的拳势腿影。

"砰！砰！砰！"

乔四爷震开了三名血龙甲卫，可他仍旧被两名血龙甲卫的拳势击中，这让他的身形也不由倒退了数步，脸色也微微苍白起来。

"吼！"

另一边，张傲怒吼出口，他接连出重拳将两名血龙甲卫击倒在地，然而他也被其他数名血龙甲卫的拳道腿势所击中，他口中闷哼了声，嘴角隐有一丝血迹溢流而出。

刚熊嘴角泛起一丝狰狞笑意，他冷眼盯着乔四爷和张傲，说道："就凭你们两人也想阻挡我血龙甲卫的脚步，简直是痴人说梦，今晚就让你们有来无回！"

"轰！"

刚熊话音刚落，冷不防地，前方竟传来一声声宛如巨兽在咆哮般的引擎声，那引擎声由远及近，回荡在这片夜色之中。

乔四爷听到这声引擎声后脸色一怔，随即禁不住自语了声："怪兽？萧老弟来了？"

想到这，乔四爷的心头泛起了一丝暖意，自身的那股战意变得更加炽盛浓烈。不为别的，只因为兄弟来了！

刚熊的脸色微微一变，随着那怪兽般咆哮怒吼的引擎声越来越近，当中还伴随着一股恐怖滔天的威压气息，恍如一尊大魔王要降临般，让人内心有一种沉甸甸的压制感。

"轰隆隆！"

刚熊正想着，这时那咆哮的引擎声如同雷声滚动，一辆造型彪悍的巨型机车呼啸而至，紧接着"吱"的一声，这辆彪悍霸道的机车刹车停下，一个身躯挺拔、气势如山的年轻男子从机车上走了下来。

"萧老弟！"乔四爷看过去，他语气一喜，张口喊了声。

走下车的萧云龙朝着乔四爷走去，他说道："四爷，金刚去武馆找我，说你这边有点事，我就赶来了。"

说着，萧云龙抬眼朝着刚熊以及那些血龙甲卫看去，说道："这些就是血龙会的人？"

"不错，他们就是血龙会的人。时隔五年，他们妄图再度侵占江海市的地下势力。"乔四爷说道。

"就凭他们这几个人也胆敢前来江海市撒野？依我看是活腻了吧。"萧云龙冷笑着，眼中的目光从刚熊他们身上扫过，未曾将他们放在眼里。

"来了一个帮手？那也不能改变什么事实。"刚熊说道。

"呼！"

刚熊话音刚落，前方又有一辆车子开了过来，是一辆军绿色的吉普车，这辆吉普车开过来后停稳，车门打开，金刚以及萧家武馆的吴翔、李漠、陈启明、铁牛他们五人走了下来，与乔四爷、萧云龙、张傲他们站在了一起，他们冷淡无比地看向刚熊他们，那股凝聚而起的气势让刚熊感觉到心中像是压上了一座大山般的沉重。

"带着这点人马过来就想要霸占江海市的地下势力，吃了熊心豹子胆了吧？还是真觉得江海市没人了？任由你们侵占？"萧云龙眼中目光一沉，冷冷说道。

刚熊看向萧云龙，他张了张口，想要说什么却又没有足够的底气。出于一种对强者的感应能力，他看得出来眼前的萧云龙绝对是一个恐怖无比的强者，仅仅是那股弥漫而出的滔天威势就让他感觉到自身的灵魂都要随之战栗，这是何等的威势！刚熊在面对乔四爷的时候都未曾有这样战栗心悸的感觉。

刚熊深吸口气，缓缓说道："血龙会要接管江海市的地下势力，这是大势所趋。没有人能够阻止，就算是你们也不例外！"

"真是嘴硬！胆敢跑来江海市撒野，先把你狗腿打断！"萧云龙开口，他冷笑了声，举步朝着刚熊走了过去。

萧云龙每一步踏下，自身那股气势都会激荡而起，他步伐从容地朝前走着，他说要打断刚熊的狗腿就一定会做到，像是这世上已经没有任何人能阻止他的决心。

"上去，拦住他！"刚熊忍不住大叫出口，脸上出现一丝骇然之色。

"嗖！嗖！"

当先的两名血龙甲卫身形一动，朝着萧云龙冲了过来。

这两名血龙甲卫从两侧发起了进攻，瞬间冲上来后握拳轰杀而出，拳势凌厉而又刚猛，从左右两边夹击轰向了萧云龙的脸面。

"找死！"萧云龙冷喝了声，他双拳齐出，一股锐利的杀机从萧云龙的拳势上爆发而出，那股恍如尸山血海般的血腥气味弥漫当空，笼罩全场，使那些血龙甲卫恍如置身于修罗地狱般。

"砰！砰！"

萧云龙自身凝聚着杀人之道的拳势轰杀而出，对轰上了这两名血龙甲卫攻杀而至的拳势，爆发出了砰然声响，紧接着——

"咔嚓！咔嚓！"

两声刺耳的骨折声传来，伴随而来的是那两名血龙甲卫撕心裂肺般的惨号声。

"滚吧！"萧云龙冷喝，右腿横扫而出，自右向左，将右边那名血龙甲卫横扫而起，撞上了左边那名血龙甲卫，将他们两人强势无比地横扫而飞，倒在了远处。

"上！"乔四爷开口，他向前疾冲而上。

张傲、金刚还有萧家武馆的吴翔、李漠等人也纷纷出动，朝着这些血龙甲卫冲杀而上。

有了萧云龙、金刚以及萧家武馆弟子前来支援，这些血龙甲卫再也无法对乔四爷进行联合围杀，他们的阵形被冲散开来。而一旦落单或是两个人对上乔四爷，都将会面临被轰击倒地的结果。

金刚体格魁梧，犹如一座小山般的庞大，他大步流星般地朝前走去，每一步踏下，整个地面似乎都会震动一下，他怒吼一声，身体上一块块肌肉虬结而起，内蕴着他自身的那股狂暴力量。他冲向了前面的两名对手，一出手便是八极拳中八大招的立地通天炮的拳势。

"轰！"

金刚那硕大的拳头携带着自身的那股爆发力量，一拳而出，犹如一枚炮弹轰杀而上，四周的虚空在他自身那股狂暴的拳道力量之下都被压爆，发出了"呜咽"声响。

"啊——"

金刚这一拳之下，将眼前一名血龙甲卫的拳势破杀，那硕大的拳头轰在了对方的胸膛上，将其击飞而起。

紧接着，金刚的右腿横扫而出，这一腿之力重如山峦，就此碾压而上，横扫向了另一名血龙甲卫。

另一边，吴翔、李漠、铁牛、陈启明他们也迎战这些血龙甲卫。

这些血龙甲卫一个个都是训练有素且经历过厮杀的狠角色，不过现今在战斗方面吴翔他们也不再是新手，他们在萧云龙的教导下，还跟随着萧云龙参加过对战青龙会的战斗，使他们在这种类型的战斗中的经验大幅增涨。

吴翔迎战上了一名对手，他施展出了盖手六合拳的拳势，这覆盖八方的拳势将对手完全笼罩在内，在吴翔那沉稳的打法下，这名对手根本无机可乘，反而是被吴翔的拳势彻底地压制住。

陈启明催动炮拳而上，刚烈悍勇的炮拳怒杀当空，带着陈启明自身的那股无畏的气势，轰向了一名血龙甲卫，对方的拳势被他完全破解，同时也被他那刚猛暴烈的炮拳所逼退。

铁牛的攻势相对简单许多，他怒吼着，犹如一头蛮牛般向前冲撞，他无惧对方轰杀而来的拳头，皮糙肉厚的他用自身的身体扛住对方一拳，接着他的右肩冲顶而上，狠狠地撞击在了对方的胸膛上，打得这名对手口中吐血。

李漠在萧家武馆的弟子中实力是最强的，打黑拳出身的他骨子里有股狠劲，再经过萧云龙的调教，如今的他更是脱胎换骨，比起以往更为强大。李漠朝着这些血龙甲卫疾冲而上，他施展而出的拳势看着简单，但往往能够寻找到对方的薄弱环节，一拳而出就逼得对方一阵手忙脚乱。同时，李漠趁机将破手震山拳的拳势爆发而出，一举将眼前的对手轰击倒地。

场中的血龙甲卫被乔四爷、金刚、张傲以及萧家武馆的弟子所牵制，因此刚熊身边并没有其他的血龙甲卫。萧云龙就此走到了刚熊的面前。

"你，你——"刚熊面对眼前的萧云龙，感应着从他身上散发而出的那股骇人气势，竟心生一股无能为力之感，仿佛面对眼前的萧云龙他根本没有一战的资格。

"我说过要打断你的狗腿，你是自己来还是让我动手？"萧云龙开口。

"你狂妄！"刚熊大怒，萧云龙这话让他心中燃起怒火，这话说得完全就是不将他放在眼里，像是他自己不堪一击般，好歹他也是血龙会八大堂主之一啊。

"看来你是想让我亲自动手了！"萧云龙开口，语气淡漠地说道。

"让我看看你有什么资格如此狂妄，杀！"刚熊被激怒，他暴喝出口，身形一动,朝着萧云龙冲了上来。

刚熊全力出手,将他自身那股高达六阶的气劲之力悉数爆发而出,狂暴的气劲之力凝聚在了他的拳头上,轰向了萧云龙的脸。

"给我趴下!"萧云龙冷喝,他右臂上青筋毕露,自身的那股爆发力量随着他的拳势而轰杀出手,一股凌厉的杀伐之气席卷向了刚熊。

那一刻,刚熊整个人忍不住地一阵心惊肉跳,他突然间有种错觉,仿佛萧云龙轰杀而至的不是一拳,而是一枚出膛的炮弹!

"砰!"

两人拳势对轰,刚熊凝聚起的那股高达六阶的气劲之力全部被破杀,他根本无法对抗萧云龙的爆发力量。接着,萧云龙以杀人之道的拳势长驱直入,重重地轰在了刚熊的胸膛上。

"哇——"

刚熊一张口,忍不住咳出了一口鲜血,他倒飞而出,被打趴在了地上。

"嗖!"

萧云龙身形一动,他朝着刚熊疾冲上去。

刚熊心中大骇,他急忙站起身来,百忙中他奋力出手,不顾一切地将他自身的拳势轰杀而出,笼罩向了萧云龙。

萧云龙施展出了萧家的千影擒拿手,其中融入了反关节技的技巧,探手而上,钳住了刚熊拳头的手腕,化解了对方的拳势,紧接着——

"呼!"

萧云龙的右腿横扫而出,一腿扫向了刚熊的左腿膝盖。这一腿速度太快了,根本不让刚熊有丝毫的反应机会,待到刚熊反应过来的时候,他的左腿膝盖已经传来了一阵锥心刺骨的痛感。

"咔嚓!"

清晰的骨折声响起,萧云龙这一腿下去都能够将一段直径四十厘米的木桩踢断,更别说刚熊的右腿膝盖了。

这还没完,萧云龙扣住刚熊的身体,一脚朝着刚熊的左腿狠狠地踩了下去。

"啊——"

刚熊那撕心裂肺的惨号声响起，萧云龙那一腿踩下去，刚熊的左腿也被踩折了。

萧云龙一松手，刚熊整个人瘫倒在了地上，犹如一摊烂泥，双腿都被打断的他根本无法站起来，只能倒在地上。并且那一阵阵痛彻心扉的感觉传遍了他的全身，让他额头直冒冷汗，心底更是有股极度恐惧的感觉。

萧云龙懒得再去看刚熊一眼，他环眼四顾，发觉场中的战局已经被彻底控制下来，那些血龙甲卫几乎全都被击倒在地了，仅有的几个血龙甲卫在金刚、张傲、吴翔、李漠等人的围攻之下也扛不了多久。

在乔四爷、金刚、张傲以及萧家武馆弟子的联合之下，那些血龙甲卫被逐个击倒在地，他们也没死，只是受了重伤，而且是起码要在床上躺三个月才能好的重伤。

"四爷，这些人怎么处置？"萧云龙看向乔四爷，开口问道。

"犯不着杀了他们，只要阻拦他们的达成目的就行。血龙会的人要是知难而退最好，如若他们不懂得知难而退，那就一战到底！"乔四爷冷冷说道。

"乔四，我们不过是先发部队，李老大他们随后就到。一旦李老大来了，你们这里的人想跑也跑不掉！竟敢将我血龙会的人都打倒，你们会不得好死！"刚熊叫嚣了起来，他得知乔四爷并无杀他之心，因此他倒是死猪不怕开水烫了，大声叫喊着，语气还很嚣张。

"聒噪！"萧云龙开口，右腿抬起，一脚朝着刚熊的脸上踩了下去。这一脚下去，把刚熊的口鼻都踩出血来，一张脸血肉模糊，使刚熊差点晕厥过去。

刚熊整个脑袋昏昏沉沉的，脑海里仍是尚存一丝理智，也正是这一丝理智的存在让他感到耻辱，更是感到颜面无存——他堂堂一个血龙会八大堂主之一的存在，在萧云龙面前却形同一只蝼蚁，说踩就被踩在脚下，丝毫脸面都不给他，这让他痛恨万分。不过刚熊恨归恨，他也很清楚地意识到他与萧云龙之间的差距，他自身可是拥有六阶气劲之力，即便如此，他在萧云龙面前也是显得如此不堪一击，这真是让他感到惊惧万分，无法想象萧云龙一身实力究竟强大到何等程度。

"李风云随后就会赶到？"乔四爷目光一沉，盯住了刚熊。

刚熊没有回应，此时的他已经没法开口，被萧云龙一脚踩着，憋着一口怒气在胸口，哪还能说得出话？

"这家伙刚才的确是说他们的老大随后到来。既然如此，那我们不妨等等，看看来的人是不是有三头六臂。"萧云龙语气淡然地说道。

"好，那我们就等着吧！总之，我绝不能让血龙会的势力渗入江海市。江海市如今好不容易才平静下来，一旦血龙会的势力渗入，将会重新引发一场战斗，到时候会掀起多少腥风血雨就说不准了。"乔四爷说道。

萧云龙掏出包烟，拆开后分给场中的乔四爷、张傲、金刚、李漠他们，他自己也点上了一根，抽了一口，徐徐吐出一口烟气，他说道："这个血龙会的消息倒也挺灵通，江海市这边原有的三大地下势力被瓦解之后他们就趁机而来，这是想要趁着江海市地下势力群龙无首而取而代之？"

"五年前可以把血龙会打回去，现在也能行！"金刚瓮声瓮气地说着。

乔四爷深吸口气，说道："我曾预感到血龙会还会再度卷土重来，这一天果真是到来了。血龙会对五年前在江海市失利一事一直耿耿于怀，心有不甘。这一次他们卷土重来，只怕绝不简单，肯定已经做好了充分的准备。"

"管他们有什么准备。只要来了，那就打回去！"张傲抽了口烟，语气狠狠地说道。

这时，萧云龙看着前方苍茫的夜色，说道："有车子开过来了，也许我们等的人来了！"

其余人也听到了远处传来的车声，由远及近，没一会儿，五辆车子呼啸而至，那明晃刺眼的车灯照射而来，车里面的人显然是看到了萧云龙跟乔四爷他们，也看到了那些倒在地上的血龙甲卫，刹那间，车内似有一股股冲天而起的强横气息，如翻涌而起的海潮般席卷向了萧云龙他们。

幕后主使

"吱——"

这五辆车子开过来后纷纷刹住了车，车身停稳之后，中间一辆福特锐界越野车的车门打开，先是有两名男子走下车来，这两名男子身上散发着一股强横的气息，双眼中有凌厉的锋芒在闪动。

这两名男子拉开了车后座车门，车内一名男子走了下来，这名男子三十四五岁，穿着一身剪裁合体的黑色西装，一米八左右的身高，身形极为挺拔，给人一种英伟的气势，他面容俊朗，却又带着一股威霸之意，眼中的目光深沉宁静，下车之后他抬眼就盯住了乔四爷。

随着这名身穿黑色西装的男子走下车，其他车辆上也有一名名男子相继走下车来，他们面容冷峻，带着一股寒意，特别是看到刚熊被萧云龙踩在脚下，他们中有几人的眼中忍不住流露出了一股森然的杀意。

"原来是乔四，五年不见了，别来无恙啊。"黑色西装的男子盯着乔四爷，开口淡然地说着，他脸色极为从容，而这种从容也彰显出了他自身的那股自信之感。

"李风云，李老大，五年未见了！我真希望你永远不要再踏足江海市。说起来，我敬你是一个人物，真的不愿我们再度交战，可你最终还是来了。"乔四爷看着这名男子，沉声说道。

毫无疑问，这名身穿黑色西装的男子正是血龙会的老大李风云！一个在北方的地下势力中掌握着巨大拳势，可以指点风云的大人物。

说话间，李风云乘坐的那辆车内，又有一名男子走了出来，他很瘦，头发稀疏，年纪看着像是三十岁，又像是四十岁，他身上穿着一件青灰色的武士服，腰侧别着一柄武士刀，脚下穿着木屐，整个打扮看着就像是一个东洋人。他走下车后与李风云站在了一起，他的神情脸色极为倨傲，那双灰蒙蒙的目光不带丝毫的情感，尽显冷漠地瞄了萧云龙他们一眼。

李风云微微一笑，他看着乔四爷，说道："乔四兄，你这句话让我听得有些不明白。为何我就不能踏足江海市？我是华夏人，有华夏的居民身份证，况且我并未有罪在身，这华国大地任何一处地方我都有资格前往吧？难道乔四兄还要限制我前来江海市考察游玩？"

乔四爷脸色一怔，他没想到李风云会这么说。

李风云眼中的目光一转，看着倒在地上的血龙甲卫还有被萧云龙踩着的刚熊，他问道："我倒是奇怪了，乔四兄为何无缘无故地将我手底下这些人都打伤了？这可不是待客之道。"

乔四爷目光一冷，说道："李风云，你就别装了。这一次你前来江海市不就是想要卷土重来，意图霸占江海市的地下势力吗？这些人是你的先行部队，他们也承认了是要占据江海市的地下势力。冲着这一点，我就要出面阻止。江海市好不容易恢复了平静，我不能让你再掀起腥风血雨。"

李风云皱了皱眉，说道："这只怕是个误会吧？我手底下的人不懂事，胡言乱语，这你也信？至少这样的话从未从我的口中说出来不是？我此番来江海市是为了考察江海市这边的市场，打算过来投资做生意……对了，我身边这位是从东洋远道而来的贵客，东洋恒索集团的副董事长井野先生。井野先生也想考察江海市的商业环境，因此我就跟着他一起过来了。这跟侵占江海市的地下势力有什么关系？反而是乔四兄无辜伤人，居然还想妄图阻止我前往江海市，这才让人觉得不可思议呢。"

乔四爷皱了皱眉，李风云一口咬定他是来江海市考察做生意的，并非为了争夺江海市地下势力而来，那他还真的是没有任何理由能够去阻止。从身份上来说，李风云是华国居民，他要去华国境内任何一个地方都没有人能够有权力去阻止，这是华国任何一个公民最基本的人身权利，谁也无法剥夺。是以，李风云这话说出口后，乔四爷真的是不知如何去回应。

萧云龙却是冷笑了声，说道："只怕是以前来商业考察为借口，妄图悄悄入侵江海市的地下势力吧？"

"阁下是什么人？现在你踩着我手底下的人，这是何意？"李风云看向了萧云龙，冷冷问道。

萧云龙淡然一笑，他说道："我是什么人你不用知道。总之，如果你有意要在江海市掀起腥风血雨，那我也会把你踩在脚下！"

"看来此事只有让江海市警方来插手解决了。警方来了之后，我倒是要问问你们有没有权力阻止我前往江海市。井野先生身份高贵，准备来江海市投资，此事已经征询了江海市政府的同意，江海市政府也高度重视。如果因为你们而毁掉了对于江海市的发展极为重要的招商引资，这样的责任你们承担不起吧？"李风云冷笑着。

"就这个东洋人？真的是来江海市投资的？"萧云龙冷眼看向了站在李风云身边的井野。

"八嘎！"井野猛地冷喝一声，身上有股凌厉的气势陡然攀升，他显然听得懂华国语，因此听到萧云龙那质疑的口吻，他为之动怒。

"不就是一个东洋人吗，在我面前收起你那不知所谓的种族优越感，你若真是来江海市投资的，那我无话可说。如果抱着不轨的目的而来，我第一个镇杀你！"萧云龙语气一寒，冷冷说道，显得无比强势。

"锵！"

抽刀声响起，井野腰侧的武士刀出鞘，那刀的锋芒森寒锐利。

井野，东洋恒索集团高层，同时他也是一个推崇东洋武士道的武者，曾在东洋各大武道派系中学习过武道，融合了各家武道绝学的他自身的实力深不可测。也许井野一直以来高高在上惯了，也许他从未将华国之人放在眼里，因此听到萧云龙的话后他心中大怒，手中的武士刀出鞘一半，露出来的雪亮刀身刺眼夺目，更是有股森寒冷意扑面而来，那股锐利的杀机让人心惊胆战。

萧云龙脸色一沉，身上有股深沉如渊般的气息在弥漫，恍如一尊魔王释放出了滚滚魔威，他盯住了井野，一字一顿地说道："你想要一战？"

说着，萧云龙双拳一握，指关节咯咯作响，他朝前走去，那股逼人的气势磅礴无比，巍峨如巨山，就此碾压而下，让李风云那边的人感到莫名心惊，感受到了一股莫大的压力感。

李风云瞳孔陡然缩小，萧云龙身上的这股气势让他为之震惊，拥有如此气势的人必然不凡，那一身实力让他无法看透。李风云阻止了身边的井野，在他耳边低声说了几句。井野冷哼了声，显得极不情愿地将出鞘一半的武士刀插回了刀鞘内。

"你们还要继续阻止我进入江海市吗？谁给你们的权力？"李风云看向乔四爷，冷冷问道。

乔四爷眼中精光闪动，他的确是没有权力阻止李风云前来江海市，如今李风云以商业投资的身份而来，并且身边还带着来自东洋的井野，井野明着的身份是东洋一家跨国集团公司的副董事长，也是以投资的名义前来江海市。那乔四爷能以什么借口阻拦呢？

乔四爷盯着李风云，说道："希望真的如你所说，你是来江海市做生意，而不是来插手江海市地下势力的。你在江海市期间的所有行动我都会盯着，只要你有任何想要插足江海市地下势力的念头，我都会立即站出来！"

说完后，乔四爷叫上萧云龙、张傲等人准备离开。

"你们无缘无故出手打伤了我身边的人，就想这样一走了之？"李风云眼中的目光一沉，冷冷问道。

萧云龙回头，盯着李风云还有他身边的井野，狰狞一笑，说道："打了就是打了，怎么，你不服气？你要不服气那你可以替你手底下的人找回场子，我不介意再跟你们打一场，如何？"

李风云瞳孔闪烁的光芒冷若尖锋，不过他并未回应什么。

"不敢打那就给我闭嘴！"萧云龙说着，与乔四爷他们上车，就此离去。

"乔四兄，后会有期了！"李风云开口，冷冷说道。

"轰！"

萧云龙骑上怪兽，一拧油门便发出了野兽咆哮般的声音，湛蓝尾焰喷涌而出，犹如那离弦之箭，就这样呼啸远去。

"李先生，这些人不仅侮辱到我本人，也侮辱到了你，甚至你手底下的人都被他们打伤了，这口气你咽得下？"井野看向李风云，用一口还算流利的华夏语说道。

"井野君，小不忍则乱大谋，别忘了我们来江海市的目的是什么。总有一天，我们今晚遭遇到的耻辱，会让他们百倍偿还！"李风云冷笑了声，无比自信地说道。

井野目光一沉，他那单薄的嘴唇扬起一丝阴冷的笑意，说道："李先生，那就先预祝我们的合作愉快，能够取得成功。"

"肯定会成功的。只要井野君将贵国的强大武者请来江海市，那江海市中有哪家武馆的武者能够抵抗？在贵国强大武者的实力之下，他们将会彻底溃败！"李风云说道。

"哈哈，那是当然的！我东洋帝国尊贵的北辰武圣阁下立志要将东洋武道弘扬全世界，让全世界见识到东洋武道的强大与高深。"井野开口，接着说道，"在你们国家有很多人都认为东洋武道是你们国家在唐朝时传入东洋国的，这是在羞辱我东洋武道，因此，北辰武圣阁下有意要在你们国家展现我东洋武道的强大之处。而你们华夏国的江海市被誉为武道之乡，有诸多武道世家在此地，所以我第一站才选择了江海市。"

如果萧云龙在场听到井野这句话，那他一定会震惊，北辰武圣的名头他可是听说过，等同于死亡神殿的死神、圣殿之主、撒旦、屠夫等这种级别的强者的存在。

"贵国的武道我是见识过的，的确是很强，特别是北辰一刀流流派的剑道更是高深莫测，让人折服，我相信井野先生此行必然能够达成心愿。"李风云说道。

井野听了李风云这番话后，他那原本阴沉的脸才稍微缓和下来，他说道："方才那个冒犯我的男子是谁？"

井野并未忘记萧云龙与他对峙的那一幕，当时他手中的武士刀出鞘一半，他确实有种想要与萧云龙一战的冲动。

李风云的目光微微一眯，说道："如果我猜得不错的话，他应该就是萧云龙！在江海市赫赫有名、搅动八方风云的萧云龙！同时，江海市的青龙会、铁狼帮、江山会的覆灭都与他有关。果真是百闻不如一见啊，他自身的那股强横无比的气势让人印象深刻，难怪能够搅动八方风云！"

"总有一天，我要将他击败，血洗今晚之辱！"井野冷冷说着，身上的杀气很重。

"井野君，走吧，往前没多远就是江海市了，已经有人在江海市等着接待我们了。"李风云说道。

　　至于血龙会中那被击倒在地的刚熊还有其余的血龙甲卫，李风云吩咐身边的人将他们扶上车，先到江海市，再做下一步的治疗。

　　看着手底下的人被击伤倒地，李风云并未当场爆发，因为他不是一个有勇无谋只会斗勇之人。此行前来江海市，他有着自己的目的，因此今晚的遭遇他暂且忍了下来，图谋的是往后更大的收益。

　　江海市，萧家武馆。

　　萧云龙、乔四爷等人来到了萧家武馆，正在后院中喝茶。

　　乔四爷眉头微皱，说道："李风云的确是很狡猾，我坚信他此行的最终目的就是江海市的地下势力，可他却打着商业考察的目的前来江海市，这让我们没有理由去阻拦。"

　　萧云龙他们心中也有同感，当时李风云按兵不动，即便是看着他手底下的人被击倒在地，他也没有要出手的意思，摆明了就是要以商人的身份前来江海市。因此在那样的情况下，萧云龙他们的确是不好出手，一旦出手，李风云就会报警，而一旦惊动警方，那乔四爷、萧云龙他们率先出手打伤人，情况反而是不利于萧云龙他们的。当然，只要乔四爷他们不再动手，李风云也没有打算要报警，从他个人的身份与背景而言，他也不愿跟警方打交道。所以，乔四爷与萧云龙他们唯有离开，静观其变。

　　"四爷，不用着急。狐狸总会露出尾巴的，我们姑且按兵不动，看看李风云在江海市到底想要做什么，看看他能掀出什么浪花来。"萧云龙语气淡然地说道。

　　乔四爷点了点头，说道："眼下也只能先这样了。不过我会一直监视李风云在江海市的动静，他要是想在江海市招兵买马，霸占江海市地下势力，我会第一时间去阻止，与他开战！"

　　"江海市算是难得回归平静，我也不愿看到江海市道上再起风云。"张傲说道。

　　"哈哈，放心吧，有我们在，江海市不会乱的。"萧云龙笑道。

　　乔四爷看向萧云龙，诚声说道："萧老弟，今晚真是谢谢你了，能够及时赶到支援。"

　　"四爷，你这话说得就太客气了。当初你随我杀上青龙山庄，我都没来得及说上一个谢字。"萧云龙说道。

"哈哈，过往之事不必再提。以后，我们继续并肩作战就是。"乔四爷笑着，接着他又说道，"对了，我已经听闻武道大会的事情了，恭喜萧家武馆勇夺第一，真是可喜可贺。"

"这倒是一件振奋人心之事，武道大会总算是将萧家武馆的声威打了出去。"萧云龙笑着说道。

萧云龙与乔四爷等人一番闲聊后，已经是深夜，他们止住了话题。随后，乔四爷他们离开了萧家武馆，萧云龙也独自骑上怪兽，朝着明月山庄方向疾驶而去。

06 力量的启示

龙炎组织

明月山庄。

萧云龙驱车归来，车子停在了前院。

秦老爷子他们已经返回老宅，明月山庄内只有秦明月一人。萧云龙看着楼上的灯光已经熄灭，想来明月已经入睡了。

秦明月也没想到今晚萧云龙会回来睡，因此她结束了在醉仙楼的饭局后，回来洗了个澡就睡了。

萧云龙坐在客厅的沙发上，独自抽了根烟，他想起了血龙会，想起了李风云，他有种预感，李风云这次重返江海市肯定不简单。不过冥冥中让萧云龙最为担心的不是李风云，而是那个叫井野的东洋人。井野表面的身份是东洋国一家集团公司的副总，可他却又是一名东洋武者，这两种身份同时出现在一个人的身上未免有些奇怪。

目前为止，萧云龙不知道李风云联合这个东洋人前来江海市的目的，不过有一点是可以肯定的——李风云跟井野在合作，那等同于李风云正跟东洋那边的武者在合作，如此一来他们所谋之事只怕非同一般。

"如若胆敢在江海市撒野，我就让你们有来无回！"萧云龙心中暗想着，眼中的目光锐利而起。

一根烟抽完，他去洗了个澡，吹干头发之后就回到自己的房间躺下休息了。

翌日清晨，萧云龙打算出门的时候，他的手机突然响起，来电显示竟是一个陌生号码。他想了想还是接了电话，反正接电话又不花钱。

"喂，谁啊？"

"云龙，是我。"

"啊？罗老？是您啊。"萧云龙脸色一怔，给他打电话过来的居然是罗老。

"你现在有空吗？有空的话可以来武警部队基地这边，我想跟你进一步地谈谈龙炎组织的问题。"电话中罗老说道。

萧云龙当即说道："我有空，那我现在过去。"

"好，到了之后小肖会接你进来。"罗老说道。

萧云龙应了声，挂电话后他骑着怪兽出去，朝着江海市武警部队基地飞驰而去。

江海市，武警部队基地。

萧云龙骑着怪兽呼啸而至，看到了正站在门口处的肖鹰。肖鹰也看到了萧云龙，他听着怪兽那咆哮怒吼般的引擎声，再看看眼前这辆造型彪悍的巨型机车，他的嘴角忍不住轻轻地抽搐了一下。他有种预感，即便是部队中的装甲战车只怕在各种性能上都要被这辆巨型机车给完爆。

"肖兄！"萧云龙在肖鹰面前停下来，打了声招呼。

"罗老正在里面等着。不得不说，你这辆车可真是够拉风的啊。"肖鹰笑着说道。

"拉风只是一方面，关键是这车跑起来动力十足。"萧云龙说道。

肖鹰看着怪兽那四根直插入天的排气管，说道："看出来了，男儿在世，理应开最快的车，喝最烈的酒。萧兄在这点上真的是身体力行啊，我可是很敬佩的。走吧，罗老正在里面等着。"

萧云龙点头，在肖鹰的带领下走进了武警部队基地内。

肖鹰带着萧云龙来到了一栋行政楼前，走进行政楼内的一间会议室，推门而入，正看到罗老独自一人坐在里面。

"罗老。"萧云龙打了声招呼。

"云龙你来了，过来坐吧。"罗老热情地招呼着。

罗老要与萧云龙谈事，肖鹰就退了出去，随手将会议室的门关上。

"来，先喝杯茶。"罗老笑着，朝萧云龙面前的茶杯倒上了茶。

"罗老，不敢当，应该我给您倒茶才对。"萧云龙连忙说道。

罗老摆了摆手，说道："无须这么客气，这样反倒显得生分了。你也知道我今日找你过来谈话的内容。你肯担任龙炎组织的教官，那这事就变得好办多了。今日找你谈话之后，我就会赶回京城，与各大军区的司令员开始着手部署成立龙炎组织的相关事宜。同时也会开始龙炎组织的人才选拔工作。有个问题想问你，一旦龙炎组织成立，会确定一个训练总部，你希望这个训练基地在哪儿？这个训练基地一般都会考虑在国内各大军区的范围内，这样会方便许多，有很多现成的训练场地。"

萧云龙想了想，说道："如果可以选择，我自然是希望选择一处距离江海市近一些的训练基地。这样，倘若江海市这边有什么事发生，我也能够及时赶回来。"

"那就选择在飞龙特种部队。飞龙特种部队是距离江海市最近的军区训练基地，直线距离三百多公里。"罗老沉吟了声说道。

距离三百多公里那的确是不算太远，开车四五个小时。

萧云龙点了点头，说道："那就多谢罗老了，军区训练基地距离江海市近一些，就是对我最好的帮助。我需要什么时候动身前往飞龙特种部队？"

"别急，等我将龙炎组织的成员都挑选出来，之后让他们前往飞龙特种部队集合，到时候我会派人来通知你，并带你前往飞龙特种部队基地。"罗老开口，他接着说道，"龙炎组织不属于飞龙特种部队，相反，龙炎组织一旦成立，那龙炎组织的级别将会高于任何一个特种部队。在必要的条件下，龙炎组织中任何一个军官、战士都能够直接领导任何一个特种部队。从这点而言，你身为龙炎教官，级别可是很高的。"

萧云龙笑了笑，说道："罗老，我可没有任何从军的经历，您给我这么高的职位，万一别人不服气，那如何是好？"

罗老淡然一笑，说道："你是我任命的龙炎教官，谁敢不服？不过倘若龙炎组织的战士质疑你的能力，那我可帮不上忙，一切靠你自己。军人，以强者为尊。我想你应该知道怎么做。"

"好吧。"萧云龙笑了笑。

罗老喝了口茶，接着说道："接下来说说人选的问题。第一批入选龙炎组织的战士大概在二十人。往后会陆陆续续地输入战士，让龙炎组织的力量不断地壮大。人选方面你有什么好的建议吗？"

"这方面我想罗老应该比我更有经验吧？如果将龙炎组织定位为国家一柄最为锋利的利剑，那入选龙炎组织的战士不能仅仅是考核他们的实力，他们的品德性格方面更是重中之重，这就需要有莫大的毅力、坚定爱国、悍不畏死等这些品质才行。"萧云龙沉声说道。

罗老点了点头，说道："这些都会在我的着重考察范围之内。你这边我可以给你3~5个人选的名额，如果你发现你身边有适合的人选能够加入龙炎组织，那你就介绍进来，我相信你的眼光。"

萧云龙脸色一怔，罗老此话有些出乎他的意料。罗老给他3~5个人选的名额，意味着他能够动用这个权力，将他认为有条件加入龙炎组织的人直接选入龙炎组织，这也意味着罗老对萧云龙是百分之百的信任。

罗老顿了顿，接着又说道："我知道你在海外有一批生死兄弟，既然他们能够与你在海外行动征战，那他们的实力肯定是不容置疑的。不知他们是否有意愿加入龙炎组织？如果他们愿意，那我这边可以做出安排，龙炎组织也欢迎他们。"

萧云龙一笑，说道："多谢罗老，我想他们暂时不会回国，因为他们身上还有未完成的任务。不过罗老你放心，如果日后龙炎组织的战士需要外出执行任务，我海外的那些兄弟能够帮上忙的，我会让他们和龙炎组织的战士联手一起行动，也算是间接地为国效力吧。"

"好，好。你能这么说那我就放心了。"罗老笑道。

萧云龙想了想，问道："罗老，还有一个问题。那就是我担任这个龙炎教官之后所拥有的权力多大？打个比方，如果在训练过程中有些战士军官违抗命令，不遵守法纪，我是可以直接处置他们，还是需要通报上级后再做决定？"

"如果有这样的情况发生，你当然可以直接做出处置决定，不用向任何人上报。龙炎组织一旦成立，不会设有太多的军官职位，官场里那繁杂的一套不会出现龙炎组织中。你身为龙炎组织的教官，那你在龙炎组织的级别将会是最高的。如果有什么重大的事情，你可以直接向我当面呈报，由我来做出决定。"罗老开口说着，他一顿，接着说道，"云龙，既然我选择相信你，那自然就给你完全地放权，让你放开手脚无所拘束地去做你所想做的，唯有这样，你才能展现出你全部的实力。"

萧云龙点了点头，他看向罗老，语气郑重地说道："多谢！"

这一句"多谢"谢的是罗老那百分百的信任与器重。

罗老接着说道："云龙，我知道你是一个孝子，也是一个重情义的男人。因此，你不用担心你一旦离开江海市之后有人去对付萧家或者你身边的人。有我在，没有人敢去动你的家人，这点你百分百放心。"

萧云龙一笑，说道："我会放心的，不仅是因为罗老您的话，另一方面萧家也有萧家武馆的弟子在，就算是有人想要趁着我离开江海市而谋算些什么，那也需要掂量一下自己的分量够不够。"

罗老点了点头，他与萧云龙又闲聊了一会儿。最后说道："此次我回京城，在一个月之内会把龙炎组织成立的事情定下来。到那时你也可以前往龙炎组织报到，正式成为龙炎教官了。"

"好，我很期待。"萧云龙说道。

罗老笑着说道："那也没什么事了，往后有什么事，你可直接与我联系。对了，你父亲的身体状况怎么样了？"

"我父亲身体很好，目前也没什么事了，和没事人一样。还真的是多亏罗老介绍医怪前辈医治，否则我父亲就只有一年的寿命，那真的是让人无法接受。"萧云龙说道。

"没事了就好，往后让他好生休息，人生在世，能够拥有一副好身体才是最重要的。"罗老说道。

萧云龙点头，说道："我会将罗老的话转达给我父亲的。"

两人又闲谈了一会儿，罗老眼看着已经到了他要赶回京城的时间，他便说道："云龙，我马上就要乘机返回京城，有什么事随时可以跟我联系。此外，你见了秦老代我跟他说声，行程紧张，我就不跟他当面道别了。"

"好，我记下了。"萧云龙说道。

随后萧云龙告别了罗老，离开了武警部队基地，他骑上怪兽，朝着萧家老宅方向疾驶而去。

萧云龙回到了萧家，停下车后走了进去，刘梅与灵儿并不在家，应该是出去了。王伯正在院子内打扫，看到萧云龙后他一笑，说道："少爷，你回来了。"

"王伯，这些活儿你让下人做就行了，你年纪都这么大了，别太劳累。"萧云龙说道。

"没事，没事，一点都不累，也算是活动活动筋骨。"王伯笑着，他说道，"少爷你是要找老爷吧？老爷正在东院的演武场上呢。"

"父亲在演武场？"萧云龙脸色一怔，难不成父亲这是开始准备修炼自身的武道本源了吗？

萧云龙抱着这个疑问朝着东院的演武场走去。

力量的启示

东院，演武场。

萧云龙走了过去，果真看到萧万军穿着一身白色的长衫立于场中，他白衣飘飘，神情自若，给人一种一代宗师的感觉，有种说不出来的气质。

萧云龙走了过来，并未打扰萧万军，而是在一旁看着。

萧万军立于演武场上一动不动，紧接着，他忽而开始演化萧家的武道传承，从八荒破军拳第一式一荒风云起再到最后一式八荒我为尊，将八荒破军拳的拳势全都施展而出。不过如今的他已经没有任何的内家气劲，因此他演化而出的萧家武道的拳势自然没有那种搅动风云磅礴的气势，不过却多了一丝灵性。

如果武道宗主凌云看到刚刚这一幕，他肯定会大吃一惊，因为只有他那种境界的武者才能看得出来萧万军施展的拳道已经开始接触到通达之境。这是一个步向宗师境界的起端，可惜的是萧万军自身没有丝毫的内家气劲，他自身的气劲之力跟不上，也就无法发挥出这所领悟到的通达意境的拳道威力。

萧云龙看了一会儿后走了过去，他对拳道的境界并不是很了解，他所专注的是自身的杀人之道的拳势，加上他并未修炼气劲之力，因此他所走的武道路数与萧万军乃至所有修炼内家之气的武者是不同的。

"云龙，你来了。"萧万军看到了萧云龙，他收起了拳势，笑着说道。

萧云龙说道："父亲，你仍是打算要修炼出自身的武道本源？"

萧万军点了点头，他脸色坚决，说道："既然医怪前辈说我能够重修自身的武道本源，那我就试试。只要有一丝希望，我绝不会放弃。萧家是武道世家，承载着的是萧家代代相传的武道精神。我身为萧家家主，要是就此止住自身的武道修为，沦为一个寻常之人，我心有不甘，也愧对萧家先祖！萧家立身的基础就是萧家武道，如果我真的没有丝毫机会重修自身的武道本源，那我再不甘心也只能接受现实。但现在，我还有希望，只要有希望，我都会尽一切努力去争取这个希望！"

"医怪前辈说父亲你能够破而后立，只是要想重新修炼，想必极为艰辛困难。父亲你已经年迈，如果真的太过于艰难那就别强求自己。萧家还有我，还有萧家武馆的弟子们。"萧云龙说道。

他的本意是不愿萧万军太过于劳累，毕竟萧万军已经不再年轻，就此颐养天年倒也是一个不错的选择。如今他回来了，肩负起了自己身上的责任，他有自信能够将萧家扛起来。

萧万军能够理解萧云龙话中的一片心意，他看向萧云龙，笑着说道："云龙，我明白你的意思，你不愿看我太累，想让我好好养老，一切由你来扛着。不过为父这一生中大半的时光都奉献给了武道，倘若真的不能修炼武道，我心中总有些遗憾。眼下既然有这样的一个机会，那我就要去试试。试过之后才不会留下遗憾，不是吗？"

萧云龙点了点头，说道："也好，不去试一试，怎么会知道成败？就如当时父亲决定医治一样，有一线的生机希望，那就去医治，九死一生换来往后数十年的时光，冥冥中预示着天无绝人之路。父亲专注于武道，那就再试一次，要是真能重新修炼出武道本源，那真的就是破而后立了。"

萧万军听到萧云龙也支持他的决定，他为之一笑，更是增添了一份自

141

信感。

"我看刚才父亲施展萧家武道，没有气劲之力相助，却是有股难以言喻的灵动之气，莫非父亲已经逐渐找到了一些重新修炼自身武道本源的方法？"萧云龙问道。

萧万军摇了摇头，说道："仍旧是没有丝毫头绪。我将萧家的内家拳道的功法修炼了上百遍，可仍旧感觉不到丝毫的内家气劲，像是缺少了一丝契机一般。我在想，是不是我的办法不对？想要破而后立，依照以往的修炼内家拳的方法，只怕是不得其解啊。"

"当今世上有过破而后立的先例吗？就是再度修炼出武道本源的先例。"萧云龙问道。

"这我倒是从未听闻过。我咨询过医怪前辈，他说他曾在一部医书上看到过这方面的记载，说有人成功过。然而现实中的实例，他并未遇到过。因此，医怪前辈也没有什么好的建议给我。"萧万军说道。

这等于说所有的一切只能依靠萧万军自己去摸索了，没有现成的实例来供他参考。虽说以往曾记载"破而后立"这条路有人成功过，但那年代恐怕有些久远了，摆在萧万军面前是一片茫然的未知。在未知中思考探寻自己的武道之路，可想而知，这将会是何等之艰苦，所要付出的代价也会很大。相应地，一旦成功，所取得的回报也将会是惊人的，等同于萧万军这几十年来的厚积薄发之下，将会一举冲上极高的武道境界。

"我在想，如若我舍弃内家气劲，走肉身修炼之路，将会如何？"萧万军忽然提出这个问题。

萧云龙脸色一怔，他看向萧万军，他问道："父亲的意思是跟我一样，仅仅是凭借肉身的力量？这条路只怕不适合父亲，肉身力量需要经过强化的训练一点一滴地凝聚而成。父亲你年岁已大，仅仅是肉身的力量只怕连一个寻常的成年男子都比不过。因此仅仅依靠自身的力量是不行的。"

"你说得也对，为父从未走过肉身修炼这条路，所以我自身的力量自然不够强，也无法承载起萧家武道的施展，发挥不出应有的威力。"萧万军开口，他稍做沉默，而后抬起头，眼中闪过一丝坚决之意，他沉声说道，"不过，为父一定会克服眼下的困难，重新修炼出武道本源，我有这个信心！"

在这方面萧云龙的确是没有什么能够帮忙的，他从未修炼过内家气劲，对于内家气劲一窍不通，他问道："父亲，内家气劲之力能够不断地进阶，我想人体的力量应该也可以吧？这段时间我一直在思考这个问题，因为内家气劲与肉身力量，都是力量的不同体现。既然内家气劲能够进阶提升，肉身力量是否也可以？"

萧万军脸色一变，他像是想起了什么来，说道："云龙，说起这个问题有件事我差点忘了跟你说。我与医怪交谈的时候曾问过他关于爷爷的一些事情。医怪前辈跟你的太爷爷是一个时代的人，他们都认识。而你太爷爷当时走的正是肉身修炼之路，凭借的就是自身的肉身力量。"

萧云龙闻言后心中一动，忍不住问道："当时医怪前辈怎么说？"

"医怪说你太爷爷当年已经走到了肉身力量的极尽，再无寸进。之后你太爷爷也曾有你这样的疑问，想要在极尽的肉身力量这条路上有所突破。到了你太爷爷晚年的时候，他悟出了能够突破极尽力量之法，也提出了一个设想，那就是多重力道！"萧万军说道。

"多重力道？"萧云龙脸色一怔，他仿佛抓到了一些什么，却又不太确定。

"没错，就是多重力道！气劲之力可以随着内家气劲的进阶而提升，而这种提升说白了就是气劲之力的不断累积与叠加。"萧万军开口，他接着说道，"故此，你太爷爷想着人体肉身之力是否也可以通过这种累积叠加从而不断增强？按照你太爷爷的设想，肉身力量也能够通过叠加来增强，通过叠加，形成多重力量，等同你自身的力量不断地叠加在一起。"

萧云龙听着还是有些不太明白，他问道："问题是，这人体自身的力量如何叠加？"

"你目前一拳打出去，这只能是一重力道。而多重力道的含义就是，你这一拳打出去，第一重力道生成，紧接着控制自身的肌肉群，再次生成第二重力道，而后这第二重力道与第一重力道叠加在一起，这就形成了二重力道。"萧万军说道。

萧云龙脸色一震，如果真的能够这样，那这将会是他突破自身极限力量最好的办法。这等于让萧云龙看到了一条能够突破自身极限力量的道路，他受到了极大的启发，他有种预感，顺着这条路走下去，那人体肉身的力量将会得到源源不断的挖掘，那将会是无穷无尽的恐怖巨力！

萧云龙脸色激动地问道："那太爷爷他当年是否成功地修炼出多重力道呢？"

萧万军叹息了声，他说道："根据医怪前辈所言，虽然你太爷爷他当年提出了这个构想，但可惜那时候的他已经年老气衰，没有足够的精力去验证。不过在你太爷爷看来，这条路是可行的，只是极为苛刻，寻常之人难以成功。"

"多重力道……太爷爷真的是给了我极大的启发。既然太爷爷说这条路走得通，那我就去试试。太爷爷毕生未能实现的愿望，由我来完成，我要练出多重力道！"萧云龙双拳一握，眼中目光坚定，自信地说道。

他心中有股振奋之感，气劲之力是通过修炼内家气劲不断地累积叠加后进阶变强，那肉身力量也可以累积叠加，不过力与气毕竟还是不同，气可以进阶，力则不能直接体现出进阶效果，而是转化成为另一种方式——多重力道！

肉身的力量通过生成、叠加，从而形成多重力道，如今萧云龙自身的极限力量已经极为恐怖。可以想象，如果他自身的极限力量可以叠加成为二重力道，那将会是何等强大的存在，届时抗衡九阶气劲之力只怕是绰绰有余了。

不过多重力道这条路从未有人走过，即便是萧云龙的太爷爷萧山河，也是在他晚年的时候提出这个设想，并没有机会去实践。因此萧云龙想要走通这条路，难度之大根本不亚于萧万军的破而后立，甚至有过之而无不及。至少萧万军的破而后立，过往的时代曾有人成功过，且被记载了下来。而多重力道却从未有人成功地实践过，具体的办法与步骤一无所有，只能依靠萧云龙自己去探索。

相应地，一旦萧云龙真的在这条路上成功了，那将会是开宗立派级别的宗师人物，其影响力和意义将会极为重大，说不定会影响到整个华国武道的固有格局。

如此一来，萧云龙与萧万军如同站在了同一条起跑线上。萧家父子两人在武道上都尝试进行突破与创新，他们中任何一个人能够成功，所造成的影响将会极为巨大；倘若他们都成功了，那他们父子两人在武道上将会取得极为耀眼的辉煌成果。

萧云龙与自己的父亲在武道方面交谈了一会儿，直至临近中午太阳高照的时候他们才回到大厅中坐着喝口茶。

"对了，父亲，我回来之前去跟罗老见了面。罗老与我见面后就直接返回京城了，罗老离开之前还问了你的身体状况，我说挺好的。"萧云龙接着说道，"大概一个月的时间，罗老将一切事情安排好后，我差不多也要去军中了。"

"哦？那挺好的。云龙，如今我身体无碍，到时候你放心地随着罗老去军中。能够为国效力，尽自己的一份责任，这是每一个华夏男儿的职责。没有国何来家，无论何时，我们应该把国家放在首位。"萧万军语重心长地说道。

萧云龙点头，说道："我知道。我会尽力的。"

"对了，父亲，关于建立武道学院，你还有什么构想？就是关于武道学院的规划问题。"萧云龙问道。

萧万军想了想，说道："云龙，你真觉得建立这个武道学院是适合的？"

"我想应该是适合的。能够弘扬萧家武道文化，使华国武道重现辉煌，这也是一件好事。只要我们开了先河，就会有别人跟上我们的脚步，等到越来越多的武道世家站出来，弘扬自己的武道文化的时候，华国武道必然能够再次在全世界绽放光芒。"萧云龙沉声说道。

"好，那我们就将此事做好！关于武道学院的规划问题，我也没有太多的建议，云龙你这边呢？"萧万军问道。

"我觉得武道学院既然要弘扬华国的传统文化，单单是武道就有些过于简单，不妨加入诸如茶道、书法等内容。父亲您觉得呢？"萧云龙问道。

萧万军闻言后点头说道："云龙你这个建议很好，这些的确是华国文化沉淀几千年的精髓。加入这些古文化也是可行的，让学院内的学员在接受武道文化的同时，也能接触到其他的古文化熏陶。"

"那行，回头我跟明月商量一番。至于武道学院的规划建设，我会跟明月请设计师先做出设计图，再拿给你看看是否合适。"萧云龙说道。

"好！"萧万军点头。

中午时分，刘梅与萧灵儿回来了，萧灵儿看到自己的哥哥在家，她很高兴，拉着萧云龙说起了她最近在学校里发生的一些有趣事情，还谈及她参加了学校组织的一个舞蹈团，每天都在排练，半个月后将会在全市范围内的初中舞蹈艺术比赛中竞演。

"哥哥，到时候你一定要去看我的表演哦，是在市里的紫荆大剧院进行表演，到时候我会送哥哥门票的。"萧灵儿笑着说道。

萧云龙捏了捏萧灵儿的小脸，笑着说道："放心吧，到时候哥哥一定会去看，我想到时候灵儿将会是舞台上最美丽也是跳得最好的一个。"

萧灵儿展颜欢笑，她说道："那就这么说定了，嘻嘻。"

刘梅去张罗午饭，萧云龙就在家里面吃了午饭。

吃过午饭后萧云龙出门，他脑海中想着多重力道之事，他有些兴奋之余想要去尝试一下，就骑着怪兽来到了北莽山，并将怪兽停在了山脚下。

北莽山一如往昔，群山莽莽，连绵不断，透出一股磅礴大气，就像是一道天然屏障，将江海市守护在内。

萧云龙只身一人走上了北莽山，他对于北莽山已经极为熟悉，此前曾多次带着高云、龙飞这些保安还有萧家武馆的弟子前来北莽山进行拉练式的训练。

萧云龙一路走上了北莽山的一处空地，四周古木参天，芳草碧绿，空气中透出一股草木的清新气味。

"多重力道，一重力量之后再度爆发出第二重力量，叠加在一起，突破极限力量！可是，这第二重力量如何爆发出来？控制手臂的肌肉群？"萧云龙自言自语，这方面的问题没人能够给他准确的答案，一切只能依靠他自己去摸索，这将会很难。

"开始吧，既然有这样一条路，我就要去尝试！太爷爷能提出这样的设想，必然有他的道理，他当年肯定是坚信这条路能够走得通。我身为他的后人，理应继承他的武道理念，真正地走通这条路。这样太爷爷地下有知，也会欣慰！"

萧云龙说话间将身上穿着的上衣脱下，露出他那身肌肉线条层次分明的身体，小麦色的皮肤显得阳光健朗，线条分明的肌肉彰显出一股阳刚之气，他深吸口气，双拳紧握，双臂上青筋毕露，宛若虬龙。

"轰！"

萧云龙蓄力一拳朝前轰击而出，结结实实地轰在了身前的一棵大树上，爆发出轰然之声。一拳之下，这棵大树的树干微微晃动。

"这只是一重力量，想要再激发出第二重力量，到底怎么做才行？控制自身的肌肉？人体力量由肌肉收缩而形成，是不是可以控制肌肉收缩震动的频率来生成第二重力量？"萧云龙陷入了沉思，思考着如何激发出自身的第二重力道。

这注定是极为艰难的一条路，所谓万事开头难，萧云龙要想突破自身极限，寻找到一条增强自身力量的道路，这是何其之难。不过萧云龙是一个永不言弃的人，他有着坚定的信念，更有着坚决的自信，他认准了这一点就绝不会放弃。

萧云龙不断出拳，他的拳速或快或慢，出拳的频率也大为不同，他正在细细感应，感应着每一拳出来时那力量的变化，他开始控制自身手臂上的肌肉，肌肉张弛之间感受着力量的变化，再慢慢地去寻找那一丝控制住肌肉收缩频率的感觉。

练习到最后，萧云龙脑海中闪过一个念头——第一重力道是手臂肌肉收缩之后释放出来的力量，那能否控制手臂上的肌肉进行第二次收缩再释放出力量？

归根结底，还是要控制住肌肉收缩频率的问题，只要能够做到这一点，那爆发出多重力道就不再是一个遥不可及的梦。想通了这一点，萧云龙无比兴奋，至少他已经开始理出头绪，并找到了一个明确的目标。

理出了这个头绪之后，接下来萧云龙所要做的就是重新淬炼自身的肌肉，这将会是一个艰巨且残酷的过程。因为每一次肌肉的淬炼所带来的是痛楚难以承受的，唯有忍受过去，才能将自身的肌肉淬炼出所想要的效果。

"只要将自身的肌肉淬炼到张弛有度、收缩自如的程度，那爆发出多重力道根本不是问题！太爷爷的设想是对的，按照这条路走，就能够实现人体自身极尽力量的突破！"萧云龙自语，心中喜不自禁。

此刻的他汗流浃背，方才一次次的练习消耗极大，可他却很激动，因为他已经开始摸索出了"多重力道"的一些门路。萧云龙停下自身的训练，他看到四周天色被那即将西下的残阳笼罩上了一层血色金辉，现在居然已经到了傍晚时分。

萧云龙没有再继续练下去，忘记带瓶水过来的他喉间非常干渴，他走下了山，骑上怪兽向萧家武馆方向飞驰而去。因为方才他看到了吴翔等人发过来的短信，说武道街那边有情况，因此他想过去看看。

北辰武馆

萧云龙一路极速开车，半小时就到了武道街。

他骑着怪兽驶入武道街，一眼就看出来这里发生了一些变化，原本属于武家的武氏武馆此刻里里外外站着不少工人！不仅如此，毗邻武氏武馆的两家小武馆也同样站着不少工人。

这些工人竟然正在拆除这些武馆门面，无论武氏武馆还是另外两家小武馆的牌匾都早就被摘下，想来是被武家跟另外两家小武馆的人亲自过来取走了。而且各自的武馆中都看不到任何一个武师跟弟子出现，这让萧云龙感到极为诧异。

这是怎么回事？难不成武氏武馆要就此退出武道街？所以这武氏武馆要易主，成为别家的武馆？那会是哪一家前来接手？

"萧大哥！"吴翔的声音响起，前方吴翔跟李漠等人走了过来。

"翔子，你短信中说武道街这边有情况发生，就是这个情况？"萧云龙问道。

吴翔点了点头，说道："武氏武馆跟另外两家小武馆要退出武道街了，那另外两家小武馆其实就是依附武家的末流武道世家。武家如今已经没落，武震一身修为全废，他的儿子也成了废人。武家如今没有任何人能够挑起大梁，索性就趁机将武氏武馆转让出去，就此退出武道街。否则即便他们继续留在武道街，也会沦为一个笑柄，因为不会再有弟子去他们武馆学艺了。"

萧云龙点了点头，他并不在意武氏武馆是否退出武道街，反正在他眼中武家已经不值一提。他所关心的是何人来接手的问题，随即他问道："可打听到是哪一家武馆接手了武氏武馆？"

李漠等人闻言后纷纷摇头，李漠说道："我们问过这些工人，他们也不知道情况。反正他们从早上开始就在施工了，并且施工的工人很多，看样子应该是要赶在一天内完成装修。"

"也许他们就是要赶在一天之内完成装修！"萧云龙的目光一沉，开口说道。

"真是奇了怪了，我们询问过武道街上不少人，并未听到有什么风声，其余各大武道世家之人都是一头雾水，也不知道到底是什么人来接手武氏武馆。"陈启明开口说道。

"难道是有外地人过来接手武氏武馆？"吴翔说了声。

"外地？"萧云龙眉头一皱，他隐约想起了什么。

"轰！"

这时，有车子的声音响起，武道街前方有一列车队缓缓行驶而来，打头的是一辆宾利慕尚，后面跟着五辆宝马，这阵势看起来豪华大气。

宾利车在原先的武氏武馆门口停了下来，车门打开，走下来一位英伟挺拔的男子，看到此人后，萧云龙脸色顿时微微一沉，他昨晚见过这个人，正是李风云，血龙会的老大。

此时的李风云穿着一身黑色西装，显得更加英挺俊逸，他环视了一下当场，看到一旁的萧云龙后他淡然笑了笑，说道："又见面了，萧家少主。"

萧云龙不语，从李风云的话中得知对方已经知道自己的身份。

说话间，宾利车的后车座车门打开，走下来一个东洋武士装扮的男子，他很瘦，头发稀疏，脸色却很傲，薄薄的嘴唇宛如两片刀片，此刻的他双手捧着一块牌匾，牌匾上盖着一块红布，举步朝前走去。

"是他们！"李漠的目光一沉，说道，"是血龙会的李风云跟那个东洋

149

人井野。"

"难不成是他们买下了武氏武馆？他们这是什么意思？想要在武道街开设武馆？"吴翔疑惑地说道。

"真是奇怪，昨晚他们不是说要来江海市投资商业的吗？怎么一转眼却变成来武道街开设武馆了？"陈启明也是有些不解。

萧云龙不语，冷冷地看着朝前走去的井野，他想看看对方究竟想要搞些什么。

后面的车子也陆陆续续走下来人，他们都是血龙会的人，这些人站成一排，一个个身上有股凌厉的气势在弥漫，逼迫人心。而原本正在忙碌的工人也已经退下，随之，井野走到了装修好的武馆前面。

这边的动静已经引起了武道街中各大武道世家之人的注意，当即各大武道世家的武师、弟子纷纷走了出去，起码有上百人围着，想要看看昔日的武氏武馆改头换面之后要挂上什么牌。

"挂牌！"井野忽而开口。

这时，旁边有人将人字梯拿过来，架在了他的面前。井野顺着人字梯爬了上去，站在高处后他将手中端着的牌匾挂在了武馆的上方。

"即日起，我北辰武馆正式入驻武道街！"井野开口，猛地一伸手，将这块牌匾上的红布掀开，牌匾上呈现出了四个东洋文字体，字体下面还有一行华夏文——北辰武馆！

紧接着，血龙会的人点了鞭炮，噼啪的鞭炮声响起，庆祝北辰武馆正式挂牌成立。

四周正在围观着的各大武馆之人都在议论纷纷：

"北辰武馆？怎么看着像是东洋人开的武馆？"

"这本来就是东洋人开的武馆！真没想到原来的武氏武馆竟然被东洋人买去了，并且在这建立东洋武馆，我总觉得这是对我们华国武馆的一种挑衅，一种耻辱！"

"只怕是来者不善啊！东洋人前来此地开设武馆，他们是什么意思？是要跟我江海市的各家武馆一较高下吗？"

"哼！他们真的以为我们容易欺负的话，那他们可就错了！东洋那边的武道不是从华国传入的吗？他们在我们面前有什么优势可言？”

“话虽如此，但我们不可夜郎自大。东洋武道历经发展之后已经形成了各大派系，他们的武道绝对不容小视。姑且看看这北辰武馆意欲何为，有什么目的再说吧。”一个老武师沉声说道。

鞭炮放完，井野环视当场，看着围观的各大武馆的武师跟弟子，最终他的目光落在了萧云龙的身上，瞳孔间的锋芒隐隐乍现出来，他并未说什么，嘴角扬起一丝冷笑之意。

萧云龙神情自若，他倒是想看看井野煞费苦心地到武道街开设北辰武馆是抱着什么目的。而且李风云与井野走在一起，这就显得更不简单了。

“我是来自东洋帝国北辰一刀流流派系的武者井野。今日起，北辰武馆坐落武道街，秉着武道文化交流的目的而来。这有利于促进我们两国武者之间的交流，从而弘扬武道文化。日后还望诸位以及各家武馆的同仁赐教。”井野用华夏语流利地说道。

因此，井野这话说出口后，场中有些武馆的武师脸上已经呈现出一丝怒意，这不是明摆要来欺压江海市武道街各大武馆吗？还说什么武道文化交流，这不过是表面上的话，实则就是想要打压江海市各大武道世家的武者，从而展示他们东洋武道的厉害过人之处。

“敢问你们北辰武馆这是什么意思？要过来跟我们江海市的各大武馆切磋交流？就只有你一个吗？未免也太狂妄了！”一个武师忍不住开口说道。

井野那阴森的目光朝着这名武师看了眼，他冷笑了声，说道：“狂妄？狂妄也要有实力作为后盾！阁下无须理会是不是只有我一个人，如果场中有人看不惯我北辰一刀流流派在武道街开设武馆，那可以上前来比试一下。”

“好，那我就试试你们北辰武馆到底有什么过人之处！”这个武师张口大喝，他举步而上，冲向了井野，浑身散发出一股刚猛之气，凝聚而起的拳头上释放着气劲之力，他一拳轰向了井野的脸面。

井野动也不动，似乎看不到这名武师一拳轰杀过来一般。最终，待到这名武师一拳临近的时候，只见井野的身体朝右侧一折，竟以一个极为不可思议的角度避开了这一拳。

"嗤!"

空气中隐有刀风之声刮带而起,井野的右掌并起,形成掌刀之势,一掌朝着这名武者的胸膛横切而上。

"砰!"

这名武者被井野这一式掌刀横斩而中,这看着轻轻的一记掌刀,竟让这名武者如遭雷击般身形极速倒退,口中更是忍不住"哇"的一声喷出一口鲜血。

"你太弱了!"井野语气冷漠而又不屑地说道。

这名武师被井野一招之间击退,口中咳血,明显受伤不轻。

场中其余的武师脸色一变,方才被击退的那名武师在武道街中小有名气,一身实力虽说谈不上高手,却也有几分真功夫,可竟然一个照面就被井野击退,可见井野那身实力之强简直是难以想象。

"你出手未免也太重了些,竟然把人打出血了,你是存心的吧?"有人呵斥他。

井野不以为然,他说道:"他还能活着,这已经体现了我的仁慈,若非我手下留情,他还能站着吗?"

"你——"那名被击退的武师脸色震怒,可他却也无法反驳什么,他技不如人,心知多说无益,唯有不甘的愤怒。

"你也别太嚣张了,华国武道源远流长,博大精深,你们东洋武道即便是有过人之处,却也未必能够在我华国大地上横行。"一名武师开口说道。

井野冷笑了声,他说道:"不出几日,我东洋武者将会陆续前来北辰武馆。到时候,我东洋武者会逐一向各大武馆的高手讨教,看看贵国的武道是如何的博大精深。"

"萧家的人要是出面,恐怕你都不能站在这里说话了。萧家被尊为江海市武道世家之首,萧家弟子出面一定能战胜你。"有人忍不住大声说道。

"萧家?那我倒是很期待了。"井野冷笑道。

场中围观着的各大武师突然意识到萧云龙与萧家武馆的弟子吴翔、李漠等人也正在场中，这些武师朝萧云龙他们看了过去，一名武师说道："萧家少主，你武艺高强，关于你的战绩我们全都听说了。如今这东洋人前来武道街开设武馆，分明是要挑衅我们江海市各大武道世家，还望萧家少主为我们江海市的武者出一口气，争一回光。"

"对，萧家少主，只要你一出手，保准能够将这个狂妄的东洋武者打趴下去！"

"还请萧家少主出手，灭一下这个东洋武者的威风！"

"萧家一直都是江海市各大武者心目中最强的武道世家，还请萧家少主出面，为我们争口气！"

场中的武者纷纷附和说道。

萧云龙微微叹了口气，对于这些武者他不知道该抱着一种什么样的心态，面对井野所代表的东洋武者在武道街设立武馆的扬言挑衅，他们同仇敌忾，要捍卫华国武道的尊严，这点是难能可贵的。可是，他们又何尝不是一种弱者心态呢？自己打不过别人，却只能求助于他人，并且那些话等于硬生生地将萧云龙推了出来，也不管萧云龙答不答应。

面对那些希冀的目光，萧云龙需要做出一些表态，再则他对于井野刚才那种目中无人的态度极为反感。

"李风云是吧？堂堂一个华国人，身体内流着炎黄子孙的血液，却成为一个东洋人的走狗！"萧云龙看向李风云，接着说道，"我记得你不是说这个叫什么野的东洋人不是来江海市考察市场，准备投资商业的吗？怎么突然来武道街开设武馆了？"

李风云听着萧云龙这带着讽刺的话，他不喜不怒，显得极为平静，他说道："井野先生的确是要来江海市投资的，不过华国与东洋两国之间的武道交流也在其中。事实上，井野先生还有另外一重身份，那就是东洋武道文化的大使。而江海市被誉为武道之乡，这里武道世家众多，武者辈出，井野先生以武道文化大使的身份在这里开设武馆，增进两国之间的武道文化交流，这是无可厚非的。"

萧云龙冷笑了声，说道："只怕井野真正的目的是要弘扬他们的东洋武道文化吧？东洋武道的确是有独特之处，但华国武道源远流长，在我看来不是东洋武道所能够媲美的。真要是前来进行武道交流可以，但如果你是抱着要打压江海市各大武馆的目的而来，那将会适得其反，搞不好最后'偷鸡不成蚀把米'，可就得不偿失了。"

井野勃然大怒，他盯住了萧云龙，喝声问道："你什么意思？"

萧云龙看了眼井野，说道："意思就是，你要时刻记住，你目前脚下站着的这块土地是属于哪里的。这里不是你的东洋小国，所以不要得意忘形，也不要过于嚣张，这里不是你能来撒野的地方！"

"看来你是不服气了。你就是江海市被誉为武道世家之首萧家的少主？既然你们萧家能够被誉为武道世家之首，想必是有极为强大的实力吧？那不妨我来讨教两手！"井野说道。

萧云龙笑了笑，说道："你把我当什么人了？你想要跟我战我就答应跟你打？我是有出场费的好吗？想让我出手教训你一顿也可以，先把上百万美元打到我卡里，我就勉强出手教训一下你。"

"八嘎！"井野为之震怒，萧云龙的话让他脸色铁青，就像是在玩他一样，这样的耻辱他还真的是从未遇到过。

井野在愤怒之中身上弥漫着杀机，李风云见状后走上前拉住了井野，说道："井野先生，不用动怒。贵派其余武者还未抵达江海市，等他们都到了，要想跟萧家弟子切磋一番，以后有的是机会。"

"哼！很快，我北辰武馆会正式向你萧家武馆下战书！"井野对着萧云龙毫不客气地说道。

"来到我华国大地还如此气焰嚣张，真以为你们东洋武道天下第一了？别招惹到我们，否则让你们输得五体投地！"李漠怒声说着，他性子本来就是直来直去的，看不惯井野那目中无人的德行。

"就是。胆敢招惹我们萧家武馆，必然打碎你们的招牌！"陈启明补充说道。

井野心高气傲惯了，他被誉为北辰一刀流流派中这一代最为杰出的弟子，甚至还得到了北辰武圣的亲自指点，使他自身的武道修为一日千里地精进，这养成了他那目中无人的性格，特别是面对华国武者，他更是不屑一顾，认为东洋武道才是最强的。因此，听到萧家武馆的弟子这样直截了当而又强势无比的话，他感到震怒无比。不过他仍记得李风云提醒过他"小不忍则乱大谋"，因此并未当场发作。

"走吧，回我们武馆。"萧云龙对吴翔他们说，随后他向其他围观的各大武馆的武师弟子说道，"诸位同仁，都散了吧。我们华国人历来都有好客之道，对方不管怎么说也是东洋过来的客人，我们要保持起码的礼节风度。武道文化交流这是好事，能够让我们了解到他国的武道文化。当然，如果对方抱着打压华国武者的目的而来，那我萧家身为武道世家，必然会站出来捍卫华国武道的尊严！"

其他武师闻言后纷纷点头，觉得萧云龙言之有理。这话也让场中的武师放心下来。

自萧家武馆在武道大会中勇夺第一后，萧家武道的声威达到了一个高峰，成为各大武馆的武师心目中武道世家之首，因此有萧家武馆坐镇在武道街，还真的是让他们放心不少。

而刚才萧云龙那一番不卑不亢，有理有据，且又透出一股强硬态度的话，让武道街中小部分原本对萧家武馆有些敌意的武馆武师改变了一些看法，心悦诚服地觉得无论是萧家男儿还是萧家武馆的弟子真的是顶天立地、敢作敢为、勇于承担的大丈夫！

西方美女

萧家武馆。

萧云龙与吴翔他们走了回来，李漠与陈启明他们心中仍愤愤不平，他们觉得刚才井野那番扬言要向萧家武馆下战书的话太过于狂妄自傲，应该当场给他点颜色瞧瞧。

对此，萧云龙淡然一笑，说道："你知道如何才能将一个对手的自信心彻底地毁灭吗？"

李漠他们闻言后转头看向萧云龙，等着他接下来的话。

"那就是等对手人多势众、自信心爆棚、狂妄无边的时候，再采取雷霆手段，将他们全都打倒，那他们的自信心就如同从天堂坠入地狱般，彻底被摧毁，从而在精神意志上成为一个备受打击的废人！"萧云龙说道。

李漠、吴翔、陈启明他们听了之后眼中露出一丝醒悟之色，他们随即一笑，说道："萧大哥，明白了。意思是等北辰武馆叫嚣声最大时，觉得他们天下无敌，自信暴涨的时候给予致命一击，将他们从天堂打入地狱！"

萧云龙笑了笑，表示不可置否。

走进了萧家武馆，萧云龙询问了一下吴翔他们自身的武道进展情况，叮嘱他们无时无刻都不能放松，要时刻训练才能百尺竿头更进一步。

萧云龙在萧家武馆待了一会儿，正准备要离开的时候，冷不防地，他的手机响起，他拿出手机一看，神情愕然。

手机上的来电显示是黑暗世界的情报女王——奥丽薇亚！

萧云龙走到萧家武馆后院去接了电话，他说道：

"喂，奥丽薇亚？"

"嗨，亲爱的魔王先生，你不准备来接我吗？"电话中，传来一声魅惑的声线，极尽撩人的声音。

萧云龙听得出来这正是奥丽薇亚的声音，他脸色一怔，忍不住下意识地问道："接你？什么意思？"

"我现在就在江海市国际机场，刚下飞机，坐了七八个小时的飞机，好累。"奥丽薇亚开口，她笑着说道，"人家一个人孤身在机场，举目无亲，无依无靠，唯一认识的人就是你了，你要不过来，我可真的要露宿街头了哦。"

"什么？！"萧云龙惊叫而起，他脸色诧异，眼中满是意外之色，脑海中闪过一个念头——奥丽薇亚来到了江海市？就在机场？她怎么不提前给我打声招呼呢？

萧云龙深吸口气，他平静下来，认真地问道："奥丽薇亚，你真的就在江海市国际机场？没跟我开玩笑吧？"

"喂，魔王，你什么意思啊？我坐了七八个小时的飞机过来江海市，是在跟你开玩笑啊？真是的！"奥丽薇亚语气不满地说道。

萧云龙顿时一阵头大，他真的不知道这个情报女王突然间跑来江海市到底是为什么，不过既然来了，他也只有去接应。

"你在机场等着，我马上就到！"萧云龙说道，他挂了电话，走出萧家武馆后骑上怪兽朝着江海市国际机场方向飞驰而去。

夜幕已降临，华灯初上，万家灯火，璀璨亮眼。

萧云龙将怪兽的车速开到了极速，呼啸飞驰，巨大的引擎声回荡在这片夜空中，经久不息。

半小时后，萧云龙抵达了江海市机场，他在停车场停下车，朝着机场中的国际出口方向走去。

国际出口的站口上源源不断地有旅客走出，当中也有不少前来江海市旅游的外籍人士，萧云龙拿出手机，正欲给奥丽薇亚打个电话。冷不防地，他看到出口处右边方位俏生生地站着一个高挑性感的西方女郎。她独自一人俏生生地站着，右手拉着一个棕色的 LV 皮箱，艳丽动人的脸上戴着一副茶色墨镜，大波浪的金色秀发披散而下，显得极为时尚，她左顾右看，像是在找人。

看到这个性感艳丽的西方女郎，萧云龙禁不住在心中轻叹了声——果真是奥丽薇亚！这是萧云龙第一次在现实中看到这个情报女王，以往都是通过虚拟的网络视频来跟她见面通话，此时此刻给他的感觉就是，这个女人比起在视频中所看到的还要更加性感诱人，这简直就是一个迷死人不偿命的妖精了。

萧云龙朝着奥丽薇亚走过去，奥丽薇亚并未发觉萧云龙走过来，反而是四周一些走出来的男性旅客发觉她后那目光都挪不开了，一双双眼睛直钩钩地盯着她看。

"嗨，美女，在等人吗？"萧云龙走到奥丽薇亚的身后，伸手在她的肩头上拍了拍。

奥丽薇亚的身躯微微一颤，她猛地转过身来，看到了站在她面前的萧云龙，那张线条刚硬的脸，那双深邃的眼睛，那嘴边挂着的一丝坏坏的笑意，以及身上散发而出的那股阳刚霸道的气息——这不就是魔王吗？活生生的魔王，不再是屏幕上的一个虚影头像！

"魔、魔王——"奥丽薇亚看着萧云龙，她伸手将脸上戴着的墨镜摘下，她那双蓝色的大眼睛中闪动着激动喜悦的光芒，她突然间张开双臂，抱住了眼前的萧云龙。

萧云龙有些愕然，有些难以置信，这个女人居然在大庭广众之下明目张胆地抱住了自己。西方美女就是这样火辣热情吗？问题是我是有老婆的人啊！

萧云龙哭笑不得，说道："我说奥丽薇亚，你不远千里飞来江海市找我，该不会就是为了抱一抱我吧？那这一抱的价值是不是太高了？"

奥丽薇亚没有松手，反而抱得更紧了，她说道："反正你看过我的身体了，人家可是一个保守的女人，你看过我，那你就是属于我的。我抱自己的男人不是很正常吗？谁让你一直以来都是有色心没色胆，让你去找我，你不敢去。只好我来找你喽。"

萧云龙脸色惊变，他连忙说道："喂喂，话可不能这么说啊，谁说我是你的男人了？我什么时候看过你的身体——呃，那是你自己脱的好吧？谁让你睡觉的时候不穿衣服，跟你视频的时候你又掀开被子，这不怪我吧？"

"哼，你看过了还想抵赖是不是？还装无辜，你分明就是故意的。明知道那个时间点我在睡觉，你还要找我。我一看是你，知道你有急事，当然就点开通话视频喽，我当时可没有意识到我是在睡觉——你看，我是多么为你着想，在支持你的工作的同时还不小心被你看了身体，你占了便宜还不承认！"奥丽薇亚轻咬红唇，显得极为恼怒地说道。

"……"

萧云龙为之无语，心知这个话题真的是不能跟她争下去了，否则将会越描越黑。

"能松开手了吗？你看，周围这么多人，太不好意思了。"萧云龙一本正经地说道。

奥丽薇亚用一种像是发现新大陆般的眼神盯着萧云龙，她说道："咦？你居然也会不好意思？这不可能吧！我可是记得你脸皮很厚的。"

萧云龙苦笑了声，带着奥丽薇亚走到了停车场，他将这个皮箱挂在了怪兽那庞大的车身上。

"哇……好帅的机车！我喜欢！"奥丽薇亚看着怪兽，忍不住开口说道。

萧云龙坐上车，怪兽的引擎在启动后轰鸣咆哮而起，他说道："上车吧。"

奥丽薇亚一笑，她伸手扶住萧云龙的肩头，抬起她的大长腿，坐上了车。

"轰！"

萧云龙一拧油门，怪兽呼啸而飞，向着前方疾驶而去。

"吃过饭了吗？"萧云龙问道。

"没有呢。"奥丽薇亚说道。

"那先带你去找吃的吧。"萧云龙说道。

"好啊！这里有什么美食？"奥丽薇亚眼眸晶亮，流露出丝丝期待之意。

"看你想吃什么了。吃海鲜如何？"萧云龙问道。

"我听你的！"奥丽薇亚笑着，她双手搂住了萧云龙的腰身，显得很自觉。

江海市，板桥路。

这里是江海市最大的海鲜市场，最好吃的海鲜楼也汇聚在此。

萧云龙带着奥丽薇亚过来，一条路过去都是林立而起的各式各样的海鲜楼，各家海鲜楼的服务员都站在街头上拉拢客人，逮到一个客人就抓住对方的手臂极力宣扬自己的海鲜楼如何味美价廉等。

萧云龙曾来这里吃过海鲜，他选择了以往吃过的那家海鲜楼，走进去后要了一间包间。

萧云龙点好了菜品，就等着上菜即可。

奥丽薇亚坐在萧云龙的身边，她笑着说道："闻到香味了，似乎很新鲜，也很香。吃海鲜不会变胖吧？"

萧云龙点上根烟，抽了一口，看了眼奥丽薇亚，说道："海鲜又不是肥肉，吃再多也不会胖。再说了，你这身材能胖到哪去？"

"真听不出来你这话是在夸赞我还是在贬低我。"奥丽薇亚瞪了眼萧云龙，她一笑，说道，"魔王，你真的比视频中看上去还要帅呢，有股让人心动的男子气概。"

"你可不是那种会犯花痴的女人。这次来江海市不是为了找我吧？说吧，是不是黑暗世界那边发生了什么事？"萧云龙的眼睛一眯，开口问道。

奥丽薇亚一笑，她看着萧云龙，说道："就算是有什么事，难道不应该等我吃饱了再说吗？再说了，这里好像不是说话的地方。反正我现在就在你的身边，我也不会再担心什么了，有你在，我总会有足够的安全感。"

"有人想要对付你？"萧云龙闻言后眼中锋芒毕露，目光森冷而又骇人。

奥丽薇亚感受到了从萧云龙身上散发而出的那股凌厉骇人的威势，她心头一暖，心知萧云龙这是关心她的表现。

"魔王，先吃饭吧。回头我再跟你细说，好吗？"奥丽薇亚说道。

萧云龙点了点头，没一会儿，点的菜已经陆陆续续呈上来了，一只龙虾，一份帝王蟹，一条清蒸石斑鱼，还有炒的各式海螺等，当中还有一锅海螺汤，一些鲜美的小海鱼可以放入汤锅内煮着吃，极为鲜美。

奥丽薇亚还是第一次以这种方式吃海鲜，她品尝了一下，觉得味道很不错，当即胃口大开，津津有味地吃了起来。

萧云龙还没吃晚饭，他也大快朵颐，边吃边与奥丽薇亚聊着黑暗世界的一些事情。

"我以前忙着收集各种情报，都难得出来散散心。这一次来华国，也算是出来玩玩吧。"奥丽薇亚开口，性格开朗的她在萧云龙面前丝毫不考虑所谓的吃相优雅与否问题，抓起一只蟹腿就开始啃着，接着说道，"不过，你可要给我当向导哦。"

"说得你好像是来旅游似的。"萧云龙说道。

"嘻嘻，你说对了，我还真的就是来旅游的呢。怎么，难道你不欢迎我啊？"奥丽薇亚狠狠地盯着萧云龙。

"岂敢岂敢，女王驾到，必然举双手欢迎。"萧云龙笑着说道。

"这还差不多！"奥丽薇亚笑着，啃完了蟹腿，她也吃得差不多饱了，胃口大好的她真的吃了不少。

萧云龙也吃饱喝足了，买单之后说道："走吧，给你安排个地方住。"

奥丽薇亚站起身，她眼神略显迷离地看着萧云龙，笑着说道："安排我去你住的地方？我不介意的……你住的地方肯定很乱吧？我可以帮你打扫房间，算是用劳动来支付房费吧，如何？"

萧云龙吓一大跳，他住在明月山庄，而明月山庄内有自己的未婚妻，他怎么可能将奥丽薇亚带回去？至于萧家老宅……那就更不能了，冷不防地带回一个高挑性感的西方美女，他都不知道如何向自己的父亲解释，也根本解释不清。

"你想多了，今晚先给你安排一间酒店的房间。如果你要在江海市待一段时间，我会给你找一间房子。"萧云龙看着奥丽薇亚，接着说道，"至于我住的地方……你还真的不适合去住。"

"为什么啊？"奥丽薇亚睁大眼眸，好奇地问道。

萧云龙笑了笑，说道："因为那是我未婚妻的房子。"

"啊？未婚妻？"奥丽薇亚惊呼而起，她感到很意外。

"别这么大惊小怪的行吗？这门婚事是我的爷爷跟我未婚妻的爷爷两个老一辈的人定下来的，说得通俗一点就是指腹为婚，我跟她还在娘胎里的时候这门婚事就定下来了。"萧云龙说道。

奥丽薇亚脸色恍然，她说道："原来这样啊……这么说你已经是有老婆的人了哦，好像跟有老婆的人偷情挺刺激的呢。"

萧云龙额头直冒黑线，说道："你能认真点吗？"

奥丽薇亚闻言后立马摆出一副认真的脸色，极为认真地说道："那我想去看看你老婆，不可以吗？"

萧云龙说道："只要你在江海市，总会能见到。至于今晚，我还是先带你去酒店好好休息吧。你坐了七八个小时的飞机，也应该累了。"

"好吧。"奥丽薇亚笑着接受道。

萧云龙与奥丽薇亚走出了这家海鲜楼，萧云龙骑着怪兽载着奥丽薇亚朝君悦大酒店的方向飞驰过去。

特殊情报

君悦大酒店。

萧云龙骑着怪兽呼啸而至，停好车后带着奥丽薇亚走了进去。

奥丽薇亚高挑艳丽，又自信无比，昂首挺胸地与萧云龙走入酒店大堂，引得君悦大酒店内外的保安纷纷侧目，再看看陪在身边的萧云龙，他们满脸的羡慕嫉妒恨。

萧云龙用自己的身份证给奥丽薇亚开了间房，拿了房卡之后与她上了电梯到了第九层楼。

萧云龙订的是一间豪华单间，房间号9026，一路走去终于找到了这间房，萧云龙用房卡打开了房间门，奥丽薇亚走了进去。

房间宽敞，装饰豪华，有独立的套房，外面是一间客厅。

"好累——"奥丽薇亚开口，她将脚下穿着的高跟鞋脱了下来，就这么光着脚在套房客厅的地面上走着。

萧云龙看着奥丽薇亚这样子还真是有点担心她会不会顺势将身上的衣服也脱下来，那真的就让他很尴尬了。

"奥丽薇亚，可以跟我说说你为何突然间来江海市找我了吗？黑暗世界那边到底发生了什么事？或者说，你发生了什么事？"萧云龙问道。

"转过身去！"奥丽薇亚忽而说道。

"嗯？什么意思？"萧云龙诧异了声。

"我先洗个澡，你看我一身汗，又累又困，需要洗个澡才能舒服。"奥丽薇亚说着，说完她就开始脱衣服了。

萧云龙脸色一怔，赶紧转过身去。

"你给我洗快点，赶快出来，有正事要问你。"萧云龙没好气地说道。

"好吧，这就出来……胆小鬼！"奥丽薇亚哼了声。

没一会儿，奥丽薇亚走了出来，身上裹着一件白色的浴袍，将她那曼妙曲线包裹在内。

"真舒服!"奥丽薇亚开口说了声,手中拿着一块毛巾擦拭着她那一头湿漉漉的秀发。

"过来,坐下!"萧云龙喝声说着。

奥丽薇亚妩媚一笑,她走过来,坐在沙发上,不满地说道:"这么凶干吗?我可是很听你话的。"

"说吧,到底发生了什么事。"萧云龙沉声问道。

奥丽薇亚深吸口气,她看向萧云龙,说道:"我有麻烦了。"

"什么麻烦?"萧云龙走过来坐在了奥丽薇亚的对面。

"我一直在帮你调查死亡神殿的消息。大概一个礼拜之前,我偶然查到一个著名的生物学博士跟死亡神殿的人之间有来往。我立即追踪这个生物学博士的相关信息,并且成功入侵了他的私人电脑。没想到对方的电脑戒备极为严格,遭到入侵之后启动了自毁程序。不过在这台电脑程序自毁之前,我还是截获到了一段重要的资料片段。"奥丽薇亚开口,说到这里,她的语气已经开始变得凝重,她接着说道,"从我截获的资料片段中我看到这个生物学博士正在与死亡神殿进行一项研究,从中我看到了注入改造基因、融合血脉等这些相关字眼。"

"改造基因?融合血脉?"萧云龙皱了皱眉。

奥丽薇亚点头,她说道:"那篇重要的资料论文的题目是《关于基因战士的改造计划》。所以不难看出,这个生物学博士与死亡神殿所要秘密研究的是基因战士方面的课题。"

"基因战士?"萧云龙脸色动容,他表示震惊。

他记得罗老跟他提起过海外有一些恐怖势力正在暗中非法研究基因战士的问题,不承想此事是真的,难不成死亡神殿正在暗中进行反人类的基因战士方面的研究?当初罗老提到有境外势力开始研究基因战士的事情,这已经引起了他的注意,如今从奥丽薇亚口中得知死亡神殿竟然暗中在研究基因战士,这更加坚定了他去龙炎组织担任教官的决心。

萧云龙看向奥丽薇亚,说道:"后来呢?"

"后来死亡神殿那边的黑客高手追踪到了我这里,得知是我入侵了那名生物学博士的私人电脑。那名生物学博士还有他的妻子孩子在一夜之间被人转移走，想来应该是死亡神殿的手段。"奥丽薇亚开口，她继续说道，"两天后，我手底下的一个线人被死亡神殿的人追查到，他们逼迫这名线人说出我的下落，不过我下面的线人都不知道我的行踪，因此他们问不出什么来，最终这个线人被他们杀害。"

"接下来的几天，相继有三名我手底下的线人惨遭杀害。所以我只好让我的线人全都停止工作，让他们暂时离开了原来的居住地。"奥丽薇亚说道。

"你的意思是说死亡神殿的人盯上了你？"萧云龙的眼睛一眯，冷冷问道。

奥丽薇亚点了点头，说道："是的，毕竟我知道了他们的这个大秘密。死亡神殿正在暗中收集全世界最顶尖的黑客高手，全天 24 小时不间断地破解我以前发出去的信息源代码，以此来查出我的具体住址。他们要是这样查下去，迟早会查出我的住所。因此，我将我在英国的电脑信息全都销毁，将以前发出去的信息源代码也封死，然后我就过来找你了。就算他们最后找到我住过的地方，那也不过是一间空房，跟几台报废的电脑。"

"我跟你说过，你在外面遇到任何事情，可以第一时间找我，也可以第一时间找我的兄弟老穆他们。老穆跟那些魔王兄弟离你近一些，出什么事他们会第一时间赶过去。"萧云龙开口，他接着说道，"不过你现在来找我，这是一个明智之举。你就留在江海市，该做什么就做什么。放心吧，有我在，别说死亡神殿，就算是天王老子也动不了你。"

"我就喜欢你这句话！"奥丽薇亚笑着，她慵懒地靠在了沙发上。

"从你所截获的资料中，你还看到了些什么？死亡神殿对于基因战士的研究已经到了哪一步？"萧云龙沉声问道。

奥丽薇亚想了想，说道："我所截获的资料片段很少，信息不全。不过看着像是死亡神殿也没有真正地研究出基因战士，好像说在血脉融合方面遇到了瓶颈。对了，其中有一句话提到要想突破血脉融合的瓶颈，需要当今世上一些古老而又强大的血脉作为药引。"

"古老而又强大的血脉……"萧云龙咀嚼着这句话，猛然间，他霍然起身，忍不住脱口而出："我明白了，终于想明白了！"

奥丽薇亚诧异于萧云龙的反应，她不由得问道："你明白什么了？"

"前段时间死亡神殿的人围杀魔王佣兵团的兄弟，对方更是潜入江海市，妄图在江海市制造恐怖袭击事件，试图将我激怒。当时我想不明白死亡神殿的人为何这样做，现在我终于想明白了。"萧云龙冷冷说道，声音中透出一股森然凌厉的杀意。

古老而又强大的血脉……这个世界上还有哪种血脉比古兰斯特黄金家族的黄金血脉更加古老与强大？

在血战之岛的时候，萧云龙曾与血色曼陀罗对战过，当时他逼问过曼陀罗死亡神殿到底怀着什么目的，曼陀罗并未直言，但暗示了萧云龙死亡神殿的真正目的是古兰斯特黄金种族的现任圣女！

黄金种族的黄金血脉古老而又高贵，更是强大无比。在古老的年代，黄金种族的黄金战士曾席卷横扫当今世上的所有强者，成就了黄金霸主的地位，让后代之人难望其项背。而一个拥有纯血的黄金种族之人，其生长的潜力更是不可估量。

古兰斯特黄金种族现任圣女尤朵拉，她复苏了始祖血脉，身体内流淌着的是黄金种族最为纯净的血脉，几乎可以跟黄金种族的始祖相提并论。因此，不难看得出来，死亡神殿此前屡屡针对魔王佣兵团，不惜一切代价逼迫萧云龙现身，其真正的目的是黄金圣女尤朵拉，因为只有萧云龙曾接触过尤朵拉。五年前萧云龙接受黄金种族的委托，从一股武装分子手中救下尤朵拉，并将她一路护送了回去。

死亡神殿想要擒获萧云龙，从而得知黄金种族的下落，意图染指尤朵拉，用尤朵拉身体内那纯净的黄金血脉来进行基因战士的研究。

"可恶的死亡神殿，总有一天我要将你们连根拔起，彻底歼灭！"萧云龙冷冷说道，身上弥漫出的那股杀机恐怖骇人。

奥丽薇亚心中微惊，她走过来拉住了萧云龙的手臂，说道："魔王，你冷静一些。我知道你心中的愤怒，你也请放心，我会帮你将死亡神殿的下落给查出来。如今死亡神殿研究基因战士的这个秘密泄露，被我得知，他们肯定坐不住。只要他们开始大范围的活动，我就能够找得到他们的行踪。"

萧云龙点了点头，他眼中杀机盛烈，心中却开始隐隐担忧着尤朵拉那边的情况。他觉得有必要将这个情况告诉黄金种族的人，特别是负责保护尤朵拉的银狮菲克，他更是应该知道，好让他们加强防范，绝不能让尤朵拉落入死亡神殿的手中，否则真的很危险！

萧云龙真的是没有想到死亡神殿的野心如此之大，居然想要研究出基因战士，这样的野心会危及整个世界的安危。这样一来，死亡神殿的死神终极目的也呼之欲出，他就是想要掌控整个世界，主导这个世界，他想要让这个世界按照他既定的规则来运转。

萧云龙想起罗老当时说的有几股恐怖势力在研究基因战士，除了死亡神殿之外还有哪些势力？

忽然间，萧云龙脸色微微一变，他想起在血战之岛的时候，当今世上的那几尊绝世强者比方北极之王、南洋霸主、夜之女王都有意邀请他过去做客，他们的目的是什么？不会也是有意于着手基因战士的研究吧？倘若真的如此，那事情就变得极为严重了。

那几尊绝世强者全都霸占一方，手底下势力超群，强者如云，倘若他们也有意于研究基因战士，从而横行全球，那只怕多国政府联合起来的军队都难以将他们镇压。

"奥丽薇亚，你今晚先在这里好好休息吧。明天我会给你安排一间房子，你就暂时住在江海市。此外，你需要什么我都可以给你提供。"萧云龙看向奥丽薇亚，沉声说道。

奥丽薇亚眨眼看向萧云龙，说道："今晚只有我一个人睡在这里吗？"

"不然你以为呢？"萧云龙无语地说道。

"如果按照我的想法，当然是你留下来陪我。"奥丽薇亚笑着，她抱着萧云龙的右臂，整个娇躯顺势倒入了萧云龙的怀中。

萧云龙真的是无语了，他看着奥丽薇亚那张精致的面容，说道："奥丽薇亚，我有未婚妻了！"

"那又怎么样？我认识你比她认识你早，不是吗？我可不会在意你有没有老婆，我在意的是，你看过我的身体，你就要对我负责。"奥丽薇亚振振有词地说道。

萧云龙顿时头大，说道："我怎么感觉你好像是赖上我了呢？"

"我就是赖上你了。好不容易遇到一个我喜欢的男人，我为什么要放手啊？喂，这可是人家的初恋，你能不能认真一点？"奥丽薇亚不满地说道。

"我怎么认真？"

"你就不会主动地抱抱我啊？"

萧云龙无言以对，他只有抱住奥丽薇亚，用力地抱着，勒得奥丽薇亚都要窒息，脸色潮红。

之后，萧云龙松开手，说道："好了，已经给你一个拥抱了。好好休息吧，明天我再过来找你。"

说着，萧云龙走了出去。

"喂，魔王，你——"奥丽薇亚还想说什么，可萧云龙已经走出了门。

萧云龙骑着怪兽离去，一路上他心事重重，死亡神殿正在着手研究基因战士这个消息让他震惊，同时心中也不免对尤朵拉有些担忧。

萧云龙脑海中浮现出了在血战之岛看到已经长大了的尤朵拉的画面，她是那样的美丽无瑕与单纯善良，如果她遭遇到死亡神殿的毒手，被抓去当研究的牺牲品，那将会是何等的残忍。想到这，萧云龙心中憋着一口暴戾之气，真想立即将死亡神殿的人全部镇杀。因此，萧云龙决定回去之后找一下能够联系得上黄金种族的办法，想办法告知银狮菲克，让他做好准备，提防死亡神殿的人。

"轰！"

萧云龙一拧油门，朝着明月山庄方向疾驶而去。

滨海大道。

这是骑车回明月山庄的必经之路，萧云龙已经骑着怪兽开到了这条大道，就在他骑着怪兽呼啸而过，刚冲过滨海大道的一个十字路口时，突然，有一辆摩托车也呼啸地从旁侧飞驰而过，刚好拦截在了他的前面。

"吱！"

萧云龙连忙踩住了刹车，怪兽那粗大的前后车轮抓地能力极强，很快就停了下来。

他看清楚前面那辆摩托车上的人后，脸色为之一怒，说道："姓叶的，你疯了吗？老子要是刹不住车，你知道会有什么后果吗？我这辆怪兽将会把你连人带车给撞飞的！你疯了吗？大晚上的拦我路！"

"我就是疯了，你能怎么着？你为什么不撞过来啊？你刹什么车呢？"叶曼语从车上走了下来，她语气凶狠地说道。

"真是不可理喻！"萧云龙将怪兽停在路边，他怒声说道。

"你说什么？你说谁不可理喻？"叶曼语一个箭步冲了过来，大声质问道。

"我说你，怎么了？"萧云龙冷冷说道。

"我看着怎么你这么欠抽！你这个混蛋！"叶曼语心中莫名一怒，她冲了过来，抬起粉拳就朝着萧云龙砸了上去。

"你可打不过我！你想被教训一顿？好，我成全你！"萧云龙冷声说道，他今晚的心情本来就有些沉重，憋着一口恶气，因此叶曼语如此蛮不讲理地半路拦截，彻底将他那股憋着的火气引爆了。

萧云龙抬拳而上，出手一拳就将叶曼语的拳势逼了回去。

叶曼语右腿猛地横扫而来，这一腿之势势大力沉，携带着狂暴的劲风，然而在萧云龙的眼中，这一腿就如同是花拳绣腿般不值一提，他右手朝前一伸，也不见怎么发力就握住了叶曼语横扫而来的右腿。接着，萧云龙稍稍用力地朝前一推，叶曼语身形不稳，被萧云龙推倒在地。

"可恶！"叶曼语站起身来，发疯般地朝萧云龙冲了过来。

"够了，别再挑战我的耐心！"萧云龙暴喝，他施展出反关节技，扣住了叶曼语的手腕，将她整个人制服。

"你到底想要干什么？有火气也别往老子身上撒，我不是你的出气筒！"萧云龙冷冷说道。

叶曼语粗重地呼吸着，她双眼通红，盯着萧云龙，突然间反手抱住了萧云龙，那火辣辣的娇躯贴靠在了萧云龙的身上，同时她那柔软红唇也堵住了萧云龙的嘴，竟然无比疯狂地亲吻了他。

萧云龙愣住，当场石化，他一天之内居然被两个女人强吻，这算是什么事？

　　叶曼语的吻很生硬，也很茫然，明显是一个毫无经验的新手，只怕这是她的初吻吧？更要命的是，这可是在大公路上，身边一辆辆车呼啸而过，她怎么好意思做出这样的事情？这也太过于开放了吧？如此的热情，让萧云龙无法承受。

　　萧云龙双手握住叶曼语的双肩，将她推开，怒声问道："你不仅是疯了，还傻了是不是？你这是在干什么？你不爱惜你自己也就算了，你把我当什么人了？"

　　"我就是疯了，我就是傻了，我就是想让你训练我，我要为老李报仇，可是这有那么难吗？为什么你不能答应我的要求？为什么？"叶曼语大声地喊着，双眼通红的她眼眸中溢出了泪花，一颗颗晶莹的泪水夺眶而出，流淌而下。

　　"我说过我会再来找你，直到你答应我的要求。你不是住在明月山庄吗？我不好意思去打扰秦明月，我就站在这里等，从中午等到下午，从下午等到晚上。你是不是觉得我疯了？对，我就是疯了！我每天睡觉只要梦到老李惨死的那一幕，我仿佛就能听到他在我耳边说小叶你要为我报仇……我每天都在自责，都在痛恨我自己，为什么我这么没用？为什么？你告诉我啊……呜呜呜！"叶曼语坐在地上，掩面痛哭起来。

　　萧云龙顿时沉默，他不知道该说什么好，也不知道该如何去安慰叶曼语。老李为救她而死，她心怀愧疚，一心想着要为老李报仇，就算是死她也不怕。她的想法就是这么简单，就是这么直接，也许这种想法在很多人看来很傻，很愚蠢，可是，谁又能否认她那股义气？她那股执着的精神？她自身那伸张正义的决心呢？

　　"我不知道怎么做你才能答应我，我没有钱给你，我想你也不会缺钱的，你未婚妻是秦氏集团的董事长，你又是萧家少爷，你怎么会缺钱？"叶曼语仍是在哭着，她断断续续地说道，"我只有身体，我只有我这副干净的身体，所以我想把我的身体给你，换来你答应训练我的要求，这是我唯一能够给你的代价。可是，如今你连我的身体都嫌弃吗？那我真的没有什么还能给你了……"

169

"你——"萧云龙只觉得心里面堵着口气，他很想破口大骂一番，骂她傻，骂她蠢，骂她不可理喻，但话到嘴边，他却无论如何也骂不出口。

当今世上，这样又傻又蠢却坚持自己心中的信念更懂得感恩的女人真的太少了。

"曼语，你先起来。"萧云龙深吸口气，轻声说道。

"我不起来，我为什么要听你的话……"叶曼语仍是坐在地上，她轻声啜泣。

"你不愿意起来那我陪你坐在地上吧。"萧云龙开口，他也一屁股坐在了地上，随手掏出根烟点上，深深地吸了一口。

萧云龙看着黑沉的夜空，无星无月，显得极为压抑，他开口说道："你了解死亡神殿是一股怎样的势力吗？他们凶暴残忍，嗜杀成性，一个个都接受过极为严格的训练。你是一个女人，你要去面对他们，那你所面临的危险将会很大。"

"所以我才要你训练我，让我变强！"叶曼语抬起头，一双眼噙着泪花，她咬牙看着萧云龙，雪白的鹅蛋脸上充满坚决。

萧云龙说道："就算你变得再强，也挡不住一颗子弹，更扛不住一枚炮弹的轰杀。所以，有些事不是你想得那么简单，不是说你变强了，就能够去给老李报仇。"

"我明白，但变强了岂非机会更大一些吗？我不怕死，面对这些恐怖分子，我豁了命也要跟他们决战到底！"叶曼语说道。

"你真的已经做出了决定？"萧云龙问道。

叶曼语眼眸顿时一亮，点头说道："对，我已经做出了决定！你……这是要答应我了？你答应我的要求了？你要训练我？"

"我的训练将会很苦，也很累！"

"我说了，老娘我不怕苦不怕累！"

"也许你会跟一帮男人一起训练，我也不会因为你是一个女人而对你另眼相看优先照顾。在我眼中，只要是学员一律平等对待。别人负重五十公斤跑五公里，那我绝不会给你把负重袋减轻到三十公斤。"

"我从来不觉得我会比男人差，你们男人能够做的事情，我也能做到！"

叶曼语大声地说道。

萧云龙点了点头，他说道："如果，我是说如果你有机会加入一个国家组建的组织，这个组织是专门负责打击恐怖势力的。你愿意加入吗？"

"你、你什么意思？"叶曼语怔住了，感觉到萧云龙话里有话。

"到时候，我可能会去这个组织担任总教官。如果你加入这个组织，那我就会把你跟其他战士整合在一起进行特训。训练的项目将会很多，搏击、潜行、爆破、狙杀、射击等，那将会很辛苦，会让你有种在地狱中历练般的痛苦感觉。你确定你能坚持下去？"萧云龙问道。

"我、我真的可以加入吗？如果我可以，那我愿意，我愿意加入！我说了，我不怕苦更不怕累，别人能做的，我也能做！你不需要对我有特别照顾。"叶曼语语气不由激动起来。

萧云龙所说的那个组织自然就是龙炎组织了，罗老给他一些权限，因此萧云龙有权力让一些他认为有潜力有能力的人加入龙炎组织。萧云龙看着叶曼语如此有决心，且又屡屡缠着他让他对她进行强者训练，这让他想到或许动用他手中的特权将叶曼语带入龙炎组织会是一个不错的选择。

07　黄金种族

古老的血脉

其实从内心而言，萧云龙是不希望叶曼语加入龙炎组织的，一旦加入龙炎组织，那叶曼语往后的人生轨迹将会被定型下来，那就是——战斗，战斗，除了战斗还是战斗！她注定无法跟普通的女人一样，在繁华的大都市中过着悠闲的生活，注定无法闲暇时逛街购物，甚至无法结婚生子。

一旦进入龙炎组织，那她将会接受残酷如同地狱般的训练，她的战场将会是在深山野岭、瘴气沼泽、茫茫荒漠等一些充满了硝烟与死亡的战场，其中的艰苦可想而知，特别是对于一个女人而言。一旦上了战场，她将会面临死亡的威胁，有可能战死，也有可能被擒。如果战死那还好一些，倘若被敌人擒拿，她身为女人，那她将会遭遇到何等残忍的蹂躏与伤害，那简直难以想象。

基于以上的原因，萧云龙这才没有想过要训练叶曼语，更没有想过要让她去对付死亡神殿。可是现在看着叶曼语有如此大的决心与信念，他已经根本无法劝说叶曼语什么，这个女人一旦认准了这件事还真的是百折不挠，任谁去劝说都没用。因为老李之死已经在她的心里面落下了一个心病，只要这个心病不除，她这一生都不会过得安心。

叶曼语看着萧云龙，如果这个世界上还有一个人能够帮得到她，或许就只有眼前的萧云龙了。她知道萧云龙很强大，更是有着不同寻常的过往，她希望萧云龙帮她实现自己的心愿。

"萧云龙，你能够帮得到是不是？你刚才提到的那个组织是什么？我

172

能加入吗？只要能加入，只要能够变强，吃多少苦我都愿意，我绝不会比其他男人差！"叶曼语的眼中闪过一丝激动炽热的光芒，像是一个溺水者抓到了一根救命稻草一般。

萧云龙抽了口烟，将只剩下烟屁股的烟头熄灭，他说道："等我的消息吧。一个月以内上面的人会给我回复。当然，在这段时间内你也可以好好地再考虑一下。如果你觉得没必要考虑，那也至少跟你的家里人交代一下，因为你一旦走上这条路，那就成为一个战士，战士就随时都会有战死的可能，这点希望你清楚。"

"其实我已经想得很清楚了。"叶曼语开口，她看着萧云龙，说道，"这么说你答应帮我了，是吗？"

"先等消息吧。你有如此决心，我可以对你进行训练。但最后你能否成为一个合格的战士，这不是我说了算，主要在于你。"萧云龙说道。

"我不会让你小瞧我的，哼！"叶曼语有些赌气地说道。

萧云龙淡然一笑，他站起身，说道："好了，先回去吧。这大半夜的，总不能一直坐在这里聊天吧？还有，像今晚这样的事情我不希望再看到第二次。当然，也包括你的强吻……至少你要征询一下我的同意。"

"姓萧的，你混蛋！你以为我想、我想——"叶曼语激动得一下子站起来，她怒声说着，脸色却涨红起来。

萧云龙笑了笑，他没再说什么，走到怪兽车前坐上去，启动车子后说道："我走了，你等我消息就是。"

"喂，姓萧的——"叶曼语喊着，还想说什么，可萧云龙已经骑着怪兽呼啸而去。

"混账！"叶曼语跺了跺脚，忍不住嗔怨了声，不过想起方才她对萧云龙的那番主动的拥吻，一丝红晕已经爬上了她的双颊。她也是走投无路想不到什么好办法了，才会采取这样的举动，不过事后想想真的是太羞人了，她都感觉不好意思了。

明月山庄。

萧云龙骑着怪兽而回，车子停在了前院，走入大厅内看到秦明月正坐在沙发上，旁边放着五六本书，她一边阅览书籍一边在茶几上的一张图纸上勾画着。

"明月，在忙什么？"萧云龙忍不住问道。

秦明月抬起头看了眼萧云龙，又继续低头看书，她说道："我已经拿到上官叔那块地的地形图了，我正在想着怎么设计才能够充分地利用这块地来修建武道学院。"

萧云龙一怔，忍不住问道："这、这些不应该由设计师来做的吗？"

秦明月又抬头看了眼萧云龙，霸气十足地说道："我就是最好的设计师。"

萧云龙顿时老脸一阵羞愧——看看自己的未婚妻多么有才，能管理偌大的一个秦氏集团，还会建筑设计、唱歌跳舞、弹琴画画、温酒煮茶。更重要的是，她还如此美丽，真是一个完美的女人啊！相比之下，自己除了打打杀杀还真的没什么擅长的事情了，这真是莫大的差距。真的是太感谢自己的爷爷了，自己还在娘胎里的时候就把这门亲事定下，把如此完美的一个女神预订成萧家的媳妇了。

"……呃，那一会儿我来看看你的设计草图。"萧云龙说着，他走回了自己的房间，将门关上。

萧云龙将自己的一个箱子抽出来，打开之后翻找出一张名片，这张名片是当时在血战之岛他与尤朵拉见面的时候，尤朵拉塞给他的，上面有可以联系到尤朵拉的方式。

萧云龙看着这张名片，上面有一个私人的手机号码，他立即拿出一个开通了国际长途的手机拨打了这个手机号。

手机打通了，萧云龙耐心地等候着。

手机响了四五下，有人接了电话：

"Hello？"

"尤朵拉，是我。"萧云龙沉声说道，听出了电话中传来的那声美妙悦耳的声音就是尤朵拉。

"啊？萧哥哥？真的是你啊？我就说怎么会有个不认识的电话号码打进来。萧哥哥，你终于给我打电话了，自上次离开之后，我可是一直盼望着你给我打电话呢。"电话中，尤朵拉的声音激动而又兴奋。

萧云龙有些汗颜，事实上如果没什么事他不会给尤朵拉打电话，主要因为尤朵拉的身份太敏感了，尽量地避免通信联系就是对她最好的保护。

"你现在还好吗？在家还是在学校？"

"离开血战之岛后我就回古兰斯特城了，我现在跟我的族人还有我的父母他们在一起呢。"

"那就好。对了，菲克在吗？我想跟菲克说些事情。"萧云龙说道。

"萧哥哥，难道你给我打电话就是为了找菲克叔叔的吗？"尤朵拉的语气中带着一丝忧伤。

萧云龙一怔，连忙笑着说道："那当然不是，主要是我想听你的声音了，找菲克只是顺带的事情而已。我要是单纯为了找他，那我打他的电话好了。不是吗？"

"也对。那萧哥哥你等着，我马上叫来菲克叔叔。"尤朵拉的语气又变得欢喜起来。

萧云龙心里有些过意不去，实际上他并没有银狮菲克的联系方式，只好拨打了尤朵拉的电话。不过面对当年的小女孩那忧伤的语气，他也不好意思直截了当地说他主要目的就是找菲克。

过了一会儿，萧云龙的手机中传来菲克那浑厚的声音："魔王，你找我？"

"对，菲克，你避开尤朵拉，我有要事要跟你说。"萧云龙沉声道。

电话中菲克的声音稍微停顿了一下，随后他说道："魔王，有什么事就说吧，我已经走出来了。"

"菲克，最近这段时间，你一定要加强对尤朵拉的保护。在原有的保护强度上进行升级，尽一切的力量来保护她。"萧云龙低沉说道。

"魔王，出什么事了？莫非有人要针对圣女？"菲克的声音一惊，急声问道。

"我刚得到一个消息，死亡神殿正在研究基因战士，他们需要古老而又强大的血脉作为药引，才能成功地研究出真正的基因战士。上次我的魔王佣兵团遭遇到死亡神殿的围杀，他们的目的就是为了引我现身。而引我现身的原因就是为了尤朵拉，因为当年我接触过尤朵拉，他们想通过我来得知尤朵拉的下落，并妄图擒获她。"萧云龙缓缓说道。

"什么？你的意思是死亡神殿的人想要擒获圣女，用圣女纯净的黄金圣血来研究出基因战士？他们真是太大胆了，真是找死！"菲克语气震怒，他说道，"此事太重要了，我需要立即找族长汇报。"

"死亡神殿极为残暴，为了达到目的会不择手段。简言之，你们要保护住尤朵拉。你们所在之地极为隐蔽，我想死亡神殿的人也发现不了。平时多注意一下，他们的阴谋不会得逞的。"萧云龙说道。

"魔王，谢谢了。你给我带来了一个极为重要的消息。"菲克说道。

"不必言谢！以后有什么情况可以随时联系我，特别是死亡神殿的人要是真的出现了，妄图攻击你们，你们一定要第一时间告知我。我与死亡神殿之间不死不休，只要他们出现，我必然会将他们歼灭！"萧云龙冷冷说道。

"好！魔王，那我不跟你多说了，我先去找族长谈事。"菲克准备挂了电话。

萧云龙应了声，而后他挂断了电话。

黄金种族

古兰斯特城。

这是一座古老的城区，占据一方之地，四面环海，城池内一座座古老的建筑物拔地而起，在这里看不到太多现代化的东西，一切都极为古老，恍如回到了古时候，到处弥漫着一股弥久岁月的历史沉淀感。由于这座古老的城池内规定不得开车，因此城内没有一辆车子的身影，赶路都是通过古代宫廷那种古老的马车来代步。这里就是黄金种族的栖息地，世间鲜为人知，他们能够自给自足，有专门的负责人跟外界接触。

别小看这么一座城池，它可是拥有着自己的电力、电信、网络等种种设备。黄金种族的族长拥有着庞大的资产，而这些资产也是交给专门的负责人打理，以隐形人一般的身份投资着世界上各个领域的行业。

整座城池中居住的只有一百多户人家，都是黄金种族一脉的人，总人数也就是三百来人，并不多。只因这个种族的生育能力太过于低下了，每一年的新生儿能有十几个就已经很不错了。血脉越强，繁衍后代的概率就越低下，这似乎已经成了一个定律。

这里的黄金种族之人生活也极为优越，当今世上能够与古兰斯特城交往的都是各个国家的王室，或是当今世上的各大古老家族。

城池南面耸立着一座恢宏的宫殿，整座宫殿以金色的大理石堆砌而成，在阳光的照耀下闪闪发光，折射出一股炫眼夺目的金色光辉，彰显出一股大气雄浑而又金碧辉煌的高贵气派，让人看一眼都会心生庄重。

这时，一辆马车飞驰而至，停在了这座宫殿前面。马车内，一名银发魁梧的老者走下车，他走进了这座宫殿，脸上带着一份虔诚。

这名银发魁梧的老者正是银狮菲克，而眼前这座宫殿正是整座古兰斯特城池中象征着至高无上的权力与荣耀的黄金圣殿。黄金种族的现任族长，也就是尤朵拉的父亲正是居住在这座圣殿。

黄金圣殿内有侍卫把守，菲克与这些侍卫已经是很熟悉了，他快步走来，对一名侍卫首领沉声说道："比恩，请速速去禀报族长，我有急事求见于他。"

侍卫首领比恩身躯魁梧，有将近两米高，他一张脸刚硬如岩石般，浑身的古铜色皮肤却又泛着一丝金色的光芒，那一块块虬结而起的肌肉极为强横，内蕴着无穷的巨力。这就是黄金种族一脉的战士，天生神力，成年的黄金种族战士拥有着搏杀虎豹的力量，并且他们的身体强度极为可怕，体内流淌着的黄金血脉更是让他们在受伤的时候伤口愈合速度比其他人要快一倍以上。基于这种得天独厚的基因条件，黄金种族中每一个战士放到外面，都绝对是一个个至强无比的高手。

比恩迈开大步朝着宫殿内走去，向黄金种族的族长汇报菲克来见。

过了一会儿，比恩再度走出来，说道："菲克叔，族长有请，跟我来吧。"

菲克点头，与比恩朝着黄金圣殿里面走去，一路走到了圣殿大堂内，这里更是显得富丽堂皇，奢华高贵中又透出一股气派庄重之感。

圣殿大堂的上方有一张王座，王座上坐着一个五十岁左右的男子，他一头金发，相貌堂堂，鼻梁高挺，双目如内蕴雷电般，开阖之间有股逼人的锋芒在闪动。

王座下还坐着两个人，右边坐着的也是一名跟王座上那名男子年纪相仿的中年男子，他身上披着暗金色的袍子，端坐在侧，隐隐有股惊人的威压在弥漫。他的身边坐着的则是一名二十岁左右的年轻男子，这名年轻男子高大挺拔，继承了黄金种族一脉的优良基因，因此长相极为俊美，淡金色的眼眸中有着锋锐的光芒在闪动，显得英姿勃发，气势不凡。

"菲克见过族长！"菲克走上前，对坐在王座上的那名男子恭敬地说道，接着他看向在右侧坐着的那名身披暗金色袍子的中年男子，也语气恭敬地说道，"见过大长老！"

这王座上坐着的这名男子正是黄金种族的族长圣里奥，圣里奥下方右侧坐着的那名男子则是黄金种族一脉的大长老奥布里，他旁边坐着的那名气势非凡的年轻男子则是他的儿子奥古斯。

"菲克，无须向我多礼，你多年来一直守护在尤朵拉身边，守护着她的安危，这可是很大的功劳。"王座上，圣里奥一笑，他接着说道，"你这么急来找我有什么事？莫非尤朵拉她又无理取闹了？想要离开古兰斯特城，去那个神秘的东方国度去找魔王？"

也怪不得圣里奥会这么问，只因当初尤朵拉从血战之岛回来之后，她第一时间就向自己的父亲圣里奥提出要去东方的华国找魔王的要求。

不用说，圣里奥当然是拒绝了，他认为尤朵拉这是在胡闹，说什么也不允许她前往华国。甚至为了防止尤朵拉偷偷逃跑，圣里奥都没让她去学校，而是让她在古兰斯特城内待着。自五年前尤朵拉发生过一次被武装分子劫持的事件后，圣里奥真的是不敢再进行任何冒险的活动，他要确保在尤朵拉彻底成长，觉醒自己的血脉能力之前，不允许她有任何的差错与危险存在。

在圣里奥看来，最安全的莫过于留在古兰斯特城了。因此圣里奥看着菲克急匆匆地赶来，以为尤朵拉又在闹着要去华国。

菲克说道："并不是因为此事，我刚得到一个消息，这件事会对圣女的人身安全存在莫大的威胁，我这才急忙地赶来求见族长。"

"什么？能够威胁到尤朵拉的人身安全？菲克，你给我好好说说，这是怎么回事？"圣里奥的目光一沉。

下方坐着的奥布里、奥古斯父子两人的眉头微微一皱，齐齐看向了菲克。

尤朵拉现今是黄金种族中最为重要的人，身体内流淌着最为纯净的黄金血脉，被尊为古兰斯特的圣女，接受整个黄金种族的跪拜与祈福，从象征意义而言，她的重要性甚至超过了圣里奥。因此，听闻到尤朵拉存在人身安全方面的威胁，牵动了圣里奥的内心。

菲克看向了奥布里，显得欲言又止。

"有什么事但说无妨。大长老是我身边最值得信任的人，与我一起守护治理整个古兰斯特城。奥古斯是年轻一代中，除尤朵拉之外，自身的黄金血脉最纯的战士。甚至，奥古斯自身的血脉纯度都要超越于我。因此，奥古斯是最有希望成为我们这一族中的圣战士。有什么事直接说吧。"圣里奥沉声说道。

菲克点了点头，说道："这个消息是魔王刚刚跟我说的。黑暗世界中的一股势力死亡神殿正在暗中进行非法的基因战士的研究，而研究基因战士需要古老而又强大的血脉作为药引。因此，死亡神殿的人盯上了圣女。前不久，死亡神殿的人手通过各种手段逼迫魔王现身，他们的目的就是想要擒住魔王，妄图从魔王的身上得到圣女的下落。"

"什么？！"圣里奥猛地站起身，他身姿雄伟，此刻脸上浮现出一丝怒气，有股惊人的威压在弥漫。

"菲克，这个消息属实？"奥布里抬眼看向菲克，沉声问道。

菲克说道："从魔王口中说出来，应该不会有错。魔王也是刚知道这个消息，此前他并不知道死亡神殿要将他激怒的真正原因。而今，他掌握了一段资料，资料显示死亡神殿已经跟国际上的一些生物学家进行合作，就是要研究出基因战士。"

"死亡神殿胆敢打我女儿的主意？他们这是在找死！"圣里奥双拳一握，怒意高涨，他说道，"尤朵拉现在在房中吗？"

"圣女正在她的房间内，并未外出。"菲克说道。

"菲克，从现在开始，你全天候守住尤朵拉。我给你加派一队圣骑护卫，务必保证尤朵拉的安全。在古兰斯特城内，没有任何敌人能够闯进来。"圣里奥开口，他很果断，得知这个消息后他要开始做出相应的部署。

圣里奥接着说道："至于古兰斯特城之外，我会派人密切关注死亡神殿的一切动静。如有必要，可以将死亡神殿的人全部镇杀！胆敢染指我的女儿，他们这是在找死！"

"族长，死亡神殿的人嗜杀成性，极为凶残。我想我们还需要做出更为详尽的部署。"菲克说道。

圣里奥点了点头，说道："我知道。菲克，你先下去吧。你的任务就是保护好尤朵拉的安全，其他的你不用管。我与大长老商议如何应对此事。"

"是！"菲克点头，他退出了黄金圣殿的大堂。

"大长老，关于此事你有什么看法？"圣里奥看向奥布里，开口问道。

还不等奥布里开口，一旁的奥古斯说道："族长，有句话我不知道该不该说。"

"莫非你有什么好的建议？如果有，那但说无妨！"圣里奥说道。

"我觉得最好的办法莫过于将魔王杀掉，永绝后患！"奥古斯说道。

"奥古斯，你说什么？"圣里奥听到奥古斯的建议后脸色一怔，显得有些意外。

"族长，我说将魔王除掉，这是保护尤朵拉最好的一个办法！"奥古斯面对站在王座前的圣里奥，他并不畏惧，开口说道。

圣里奥没有说话，他看向奥古斯，奥古斯提出这个建议肯定有他的想法，他想听听奥古斯的想法。

奥古斯接着说道："外界中唯一接触过尤朵拉的就只有魔王，并且当年魔王曾将尤朵拉护送来古兰斯特城，他知道我们黄金种族的居住地，难道这不是一个危险的讯号吗？只要魔王愿意，他可以泄露出我们黄金种族的居住地，也能泄露出尤朵拉的行踪。那外敌就能够轻易地找到我们，从而对尤朵拉下手。所以，只要将魔王除掉，那就没人知道古兰斯特城在哪里，更不会找到尤朵拉。"

圣里奥摆了摆手，沉声说道："魔王对尤朵拉有救命之恩，他曾救下尤朵拉，这份功劳无人可替代。他是我们黄金种族一脉的重要恩人，我们怎么能反过来对我们的恩人下手？这不符合我们黄金种族的信念。"

"当年魔王出面救尤朵拉，在于我们给他足够的报酬，我们黄金种族并不欠他的。如今死亡神殿准备通过魔王来查出古兰斯特城的下落，从而对尤朵拉不利。在这样的情况下，除掉魔王能够保住我们黄金种族一脉的传承，这不是很好的办法吗？任何潜在的能够威胁到我们黄金种族的人，都应该除掉，只有如此，我们黄金种族才会足够安全。"奥古斯说道。

"魔王我见过，他是一个重情义的人，我相信他绝不会出卖我黄金种族，更不会出卖尤朵拉。"圣里奥开口，他看着奥古斯还想说什么，他伸手示意说道，"别说了，关于除掉魔王这件事不要再提起，我黄金种族一脉做不出来恩将仇报之事。再则尤朵拉这些年来一直对魔王心怀感激之情，一旦让她知道我们对魔王出手，那会引发什么后果，真的难以想象。"

奥布里看向自己的儿子一眼，说道："奥古斯，族长所言极是。我们都知道你是出于对黄金种族的安危考虑才提出这样的意见，这个出发点是好的，说明你重视黄金种族和尤朵拉圣女的安危。不过我们黄金种族一脉对于恩人都是敬重有加，岂可反过来恩将仇报？此事不容再提，我会跟族长商量出对策，绝不允许任何势力来入侵我们古兰斯特城。"

奥古斯没再开口，他看起来有些不甘心，不过再怎么不甘心，他也不敢当着圣里奥的面发泄出来。随后，奥古斯借机离开了黄金圣殿，走出了黄金圣殿的他深吸口气，将心中那股滋生而起的莫名怒火给压制下去。

原本这次奥古斯与他的父亲前来面见圣里奥是打算提出他与尤朵拉之间联姻的事情，谁知此事还来不及说出口，菲克就匆忙赶来，从而打乱了他的计划。

事实上，奥古斯也曾让他的父亲在私底下跟圣里奥提起过他与尤朵拉之间联姻之事，在奥古斯看来，当今世上能够配得上尤朵拉的男人只有他一个。不过圣里奥对于奥古斯与尤朵拉之间的联姻持有保留意见，他认为尤朵拉还未长大，自身的血脉能力还未复苏，因此婚姻之事暂且搁浅，待到日后再说。

奥古斯却很着急，他急于想通过自己父亲大长老的身份，尽早将这门婚事给定下来，因为他知道，在尤朵拉的心中一直住着一个男人，这个人正是魔王。这也解释了为何奥古斯在黄金圣殿内会提出将魔王除掉这样的建议，只是因为他心中的妒火。

"不管如何，尤朵拉最终只会跟我在一起。我将会是族中最强大的圣战士，而尤朵拉是圣女，我们两人的结合是众望所归，是理所应当，没有人能够阻止，没有！"奥古斯心中自语，他朝着黄金圣殿右侧的一处行宫看去。

那处行宫正是尤朵拉的居住地——圣女殿！

奥古斯朝着圣女殿走去，城池街头有巡逻的圣骑护卫，他们看到奥古斯时都会停下脚步，致意问好。对此，奥古斯表现出了应有的礼节与风度，他不骄不傲，也同样还以礼节，这样做能够使他获得良好的名声。

奥古斯身材高大挺拔，一头金发金光璀璨，俊美得无可挑剔的脸上永远带着一丝温和的笑意，使圣女殿内一些圣骑护卫或是佣人看到他后都会有种如沐春风之感。在他们心中，奥古斯简直跟圣女一样伟大，他们也坚定地认为，最后能够站在圣女身边的那个男人必然就是奥古斯。

奥古斯走进了圣女殿深处，银狮菲克现身而出，看到来人是奥古斯后他恭声说道："奥古斯少爷。"

"菲克叔叔，尤朵拉呢？我找她说说话。"奥古斯说道。

"公主正在画室内绘画。"菲克说道。

"哦？那太好了。正好我最近的画技大涨，还想找机会跟尤朵拉进行画技方面的交流呢。"奥古斯笑道。

"那奥古斯少爷请进吧，我在外面看守着。"菲克说道。

自尤朵拉回到古兰斯特城后，奥古斯每天都会来找尤朵拉，因此菲克已经司空见惯了，所以不会阻止奥古斯与尤朵拉相见。

奥古斯别过菲克，朝着里面走去，他知道尤朵拉绘画的那间画室在哪里。只是，奥古斯从菲克身边擦身而过的瞬间，他那张原本带着微笑的温和俊脸上立即乌云密布，一张脸彻底地阴沉下来，眼中蕴含着一丝压抑不住的森寒冷意——又在画室绘画？又是在画那个该死的魔王吧？可恶！

　　奥古斯走到画室门前的时候，他已经平息了心中的那股妒火，原本阴沉的脸上乌云散开，又恢复到了原先那温润如玉的脸色。

　　奥古斯推门而入，整个画室很大，几乎等同于一个小型的宫殿了。画室的中间，架立而起的画架前安静地坐着一个少女，她一头金色的长发顺着后背披散而下，眉目如画，绝美如玉，她的美丽不沾尘俗，无瑕无垢，找不出丝毫的瑕疵，她手提画笔，正在认真而又忘神地绘画着。

　　画室内的墙壁上，挂着用金色相框装裱起来的一张张画像，这些画像的表情不一，或冷峻或凝眉或微笑，唯一相同的是这些画像永远都是同一个人——当世大魔王，萧云龙！如果萧云龙置身于此的话，只怕连下巴都要惊掉下来，这里面竟然挂满了他各式各样的画像，仿佛这里面有着成千上万个他一样。

　　奥古斯走进来的时候，坐在画架前的尤朵拉刚好画完了这幅画，画纸所画的仍是萧云龙的头像，棱角分明的脸型、深邃的目光、嘴角留着的胡楂，将萧云龙的那份成熟与刚硬的气势淋漓尽致地勾勒而出。

　　尤朵拉听到推门声，她转头一看，看到奥古斯后她盈盈浅笑，说道："奥古斯哥哥，你来了。"

　　"是啊，我来了。"奥古斯微微一笑，他走到了尤朵拉的面前。

　　奥古斯身材高大，英姿伟岸，俊美不凡，这样的男人放到外面必然是无数少女心目中的白马王子，可尤朵拉对他似乎并不感冒，仅仅是将他当作一个哥哥看待。

　　"怎么又在画这个男人？"奥古斯看了眼画架，虽说他心中已经做好准备，可看到画架夹着的画纸上勾勒出的萧云龙头像时，他心中仍旧是滋生起了一股无边妒火，可他的脸色却平静如常，笑着说道，"尤朵拉，你什么时候也能给我画一张人物画像呢？这个要求我可是提起过很多次了。"

　　"对不起奥古斯哥哥，我只会画他。"尤朵拉一双清澈纯净的眼眸看向奥古斯，语气认真地说道。

圣女之心

——我只会画他！

这是尤朵拉给出的答案，而这个"他"代表的是谁已经不言而喻，整个画室都是他。

奥古斯的脸色顿时一变，即使他涵养再好，伪装得再出色，容忍力再强，听到尤朵拉这句话的瞬间，他那张原本温和的俊脸上出现了一丝阴沉之色，他盯着画架上萧云龙的画像，他忍不住喝声问道："为什么？就因为他曾救过你？五年前我还未成年，自认没有能力去保护你。但现在，我已经长大，我有足够的能力保护你，我能做到的比他强一百倍！现在守护在你身边的是我，而不是他！你为什么还要对他念念不忘呢？"

尤朵拉看着奥古斯，她有些惊讶，那双泛着淡金色光芒的眼眸更是有些不解，她说道："奥古斯哥哥，你这话是什么意思？我怎么发觉你今天有些不一样？"

"我只是不理解你为何要这样。他是救过你没有错，但他是一个外人，他救过你，我们族给他支付足够的报酬，此事就两清了。你为什么不能忘记他？难道你还不明白吗？我们跟他是两个世界的人。我们出身高贵，拥有着古老高贵的血脉，而他算什么？不过是佣兵头目罢了！最值得你去珍惜的人就站在你身边，你为什么心里面一直装着他？你跟他是不可能的！"奥古斯大声说着，语气中已经带着一丝控制不住的怒气。

"奥古斯！"尤朵拉猛地直呼奥古斯的名字，她身上散发出一股不容置疑的威严气势，圣洁而又高高在上，不容亵渎，她说道，"你说什么我都不在意。但是，我不允许你侮辱他！我只知道，要是没有萧哥哥，那我就不可能活下来！我不要求你能跟我一样尊敬萧哥哥，但我绝不允许你这样侮辱他！我从来不觉得我身为黄金种族的一员而有什么身份上的高贵与优越感，我只是一个人，世界上千万人中的一个。难道萧哥哥不是我们族人，他就要被你看低一等吗？我觉得你这样的想法真是可怕，不可理喻。"

"尤朵拉，你——"奥古斯还想说什么，突然间他眼角的目光一瞥，赫然看到正前方的墙壁上悬挂着两幅画，这两幅画并非是单纯的头像，而是人物的全身画像，并且其中一幅画内居然还有尤朵拉！

奥古斯的注意力被吸引了过去，他盯着这两幅画，左边的一幅画是萧云龙的个人画像，这幅画正是萧云龙当日在血战之岛与尤朵拉相见的时候，他站在帐篷内由尤朵拉画出了他的整个画像，画得是惟妙惟肖，彰显出了萧云龙自身那股阳刚威霸的气势。

右边的那幅画像画的是一男一女正在相拥的画面，男的自然就是萧云龙了，他张开双臂，而被他轻轻地抱在怀中的正是尤朵拉！画像中，尤朵拉依偎在萧云龙的怀中，她的脸面轻轻地枕在萧云龙的右肩上，虽然仅仅露出一个侧脸，可从她的眉眼中却能看到一丝满足与欢喜的表情。这就是当日尤朵拉所画的第二幅画像，也是她没有给萧云龙看的那第二幅画像。

奥古斯双拳紧握，指关节咯咯作响，脸色一阵铁青，心中那股压制已久的妒火犹如火山般爆发而出。

"你还真的去了血战之岛？还真的跟他见面了？"奥古斯一字一顿地问道。

当时尤朵拉非要去血战之岛找萧云龙之事都惊动到了圣里奥，奥古斯也知道此事。最终圣里奥允许了尤朵拉前往血战之岛与萧云龙见面。

"对啊，我去血战之岛跟萧哥哥见面了。我欠他一句谢谢，一句当面跟他说的谢谢。"尤朵拉说道。

"这两幅画是怎么回事？你给他画画？而且你们还抱在了一起？"奥古斯的目光越来越森寒，越来越阴冷，他开口问道。

尤朵拉微微皱眉，她问道："这是我的私事，我认为你还没有权力管我个人的私事。"

奥古斯阴沉着脸，他说道："尤朵拉，你不要忘记了你的身份，你可是黄金种族一脉的圣女，你神圣不可侵犯，你怎么能够跟这样的俗人抱在一起？这是对黄金种族一脉的亵渎，这将会是你人生中的一个污点！"

"够了！我不想听到你这样说萧哥哥！你给我出去，我这里不欢迎你！"

尤朵拉有些生气地说道。

"你为了一个外人竟然要把我赶走?"奥古斯显得难以置信,他说道,"尤朵拉,要怎么说你才能够明白我的心意?这个世界上注定要跟你在一起的人是我!他算什么东西?也胆敢染指你?尤朵拉,你最终是属于我的,我们在一起是众望所归,也是整个族人所愿意看到的,你明白吗?"

尤朵拉吃惊地看着奥古斯,她说道:"你、你在胡说什么?我怎么会跟你在一起?我一直把你当作是哥哥来看待,有的只是兄妹之间的情义,怎么会有男女之间的情感?"

"你只是把我当成哥哥?哈哈哈,真是可笑。我喜欢你这么多年,你只是把我当成你的兄长来看待?那你喜欢的人是谁?魔王吗?他一个外人,你认为你们能够在一起吗?别忘了黄金种族的祖训和誓言!"奥古斯怒声说道。

尤朵拉的一张脸为之苍白起来,听到奥古斯提起黄金种族一脉的祖训与誓言,她的目光变得黯淡起来。

尤朵拉深吸口气,说道:"不管如何,我跟你是不可能的。我一直以来都把你当作兄长,并没有其他多余的感情。就算我被推上圣女的位置,终身不能嫁给一个外人,那我宁可孤独终老,也不会跟你在一起。奥古斯,我希望你明白,感情是无法强求的,你更不能强求我对你的兄妹情分转变成为夫妻情分,这是不可能的。"

"都怪这个魔王,都怪他!我就说了,应该把魔王除掉,这对我们黄金种族一脉才是最有利的!族长应该听从我的建议,应该把魔王除掉!"奥古斯脸色有些狰狞起来,他逐渐丧失了理智,只因他的内心已经被一团熊熊燃烧着的妒火所占据。

"奥古斯你说什么?你疯了!你竟然想要除掉萧哥哥?谁给你这样的权力?"尤朵拉脸色惊变,语气愤懑地说道。

"我疯了?不,我没有疯,我所做的一切都是出于对我们这一族的利益。"奥古斯开口,他盯着尤朵拉,说道,"这个世界上没有什么东西是注定无法改变的。如果族长同意我们之间的婚事,那你又岂能反抗?我注定是黄金种族未来的圣战士,只有我才能配得上你!我将会是你的男人,我将会守护整个黄金种族！"说着，奥古斯朝着尤朵拉一步步走了过来。

尤朵拉看着走过来的奥古斯，觉得他已经得了魔怔般，她心中一紧，喝声说道："奥古斯，你给我停下，你想干什么？"

"你说我想干什么？"奥古斯一步上前，伸手抓住了尤朵拉的手腕。

尤朵拉脸色一怔，真没想到奥古斯胆敢这样做，不过她并未慌乱，而是变得无比冷静，她那张绝美无瑕的玉脸恍如笼上了一层神圣的光辉，她语气平静却又神圣无比地说道："奥古斯，你知不知道你正在做什么？你想让你们全家都上火刑场吗？亵渎圣女，这是何罪，你很清楚！"

在尤朵拉那平静的话语和神圣的气息威压下，奥古斯浑身一个机灵，他回过神来，看着眼前的尤朵拉，眼中的目光变得复杂无比。最终，奥古斯缓缓松开了抓住尤朵拉手腕的手，他深吸了口气，说道："尤朵拉，这一生你注定无法摆脱你自己的命运的安排。就算你心里面装着魔王也没用，你想跟他在一起，那就是叛族，违背祖训，后果如何惨烈你自己也知道。等我成为真正的圣战士的那一天，你就是我的女人！"

说完，奥古斯转身走了出去。

直至奥古斯离开，尤朵拉宛如虚脱了般，一下子坐在了画架前的椅子上，她双肩微动，双眼湿润而起，像是有泪花浮现。

尤朵拉转头看向画架上所画出来的萧云龙的画像，她深吸口气，努力地展颜一笑，她轻声自语："萧哥哥，记得你以前护送我回来的时候曾跟我说过，人活在世上一定要坚强，只有坚强起来才能去面对眼前的一切困难！我已经长大，我会学着去坚强！我不会让我的族人去伤害到你，绝对不会！"

奥古斯满脸怒火地走了出来，看到了前面的菲克，他忽然收敛起怒气，他走过去说道："菲克叔叔，当初在血战之岛你看到了魔王，对吗？你能告诉我魔王究竟有多强吗？"

菲克脸色一怔，问道："奥古斯少爷，你为何要问这个？"

"没什么，我只是想知道魔王到底有多么强大。"奥古斯说道。

菲克沉吟了声，他说道："魔王很强，他的强大无法衡量，可以说是深不可测。更可怕的在于，他还很年轻，他的实力还有很大的进步空间。"

"如果，凭我目前的实力与魔王一战，胜负如何？"奥古斯问道。

"你？"菲克摇了摇头，说道，"奥古斯少爷，恕我直言，如果您跟魔王一战，那毫无胜算可言，一丝机会也没有。"

奥古斯脸色一沉，他点了点头，没再说什么，举步离开了圣女殿。

"魔王很强？菲克不会骗我，看来他真的很强！我一定要变强，我一定要杀了魔王！可我如何才能迅速地变强？我已经没有时间等下去……基因战士？血脉融合？死亡神殿的人不是研究血脉融合吗？如果他们能够提纯我体内的黄金圣血，甚至比尤朵拉的血脉还要纯，那我岂不是成了黄金种族的掌控者？那时候，尤朵拉还能逃出我的手掌心吗？"奥古斯心中自语，眼中的目光也阴森起来。

嫉妒，有时候能够让一个人陷入疯狂之中。

08 武道之战

狼狈为奸

江海市，明月山庄。

萧云龙并不知道在极其遥远的古兰斯特城中所发生的一切，更不会想到他出于好意将这个消息告诉菲克并且提醒他注意保护尤朵拉的安全之后，由这个消息所引起的一系列的情况变化是如何巨大，远远超乎他的想象，甚至已经引发一场灾难。

萧云龙洗过澡后走到了客厅，看到秦明月仍在忙着设计图纸，他走过去一看，秦明月已经在图纸上大致地设计出了一个学院应有的雏形。

"已经设计出来了？"萧云龙坐在秦明月的身边，诧异地问道。

"你这是什么口气？好像很吃惊的样子，设计这些本身就不是很难。"秦明月说着，她兴许是有些累了，伸手揉了揉肩头，说道，"大体的设计图我能够设计得出来，就是还差一些细节方面的东西。"

萧云龙一笑，他站起身，绕到了秦明月的身后，说道："累了？我帮你揉揉吧，顺便跟你说说关于武道学院的一些想法。"

说话间，萧云龙也不等秦明月是否答应，他的双手已经搭在了秦明月的双肩上。秦明月脸色微红，她张了张口，本想出声拒绝，可话到嘴边却又咽下去了。

萧云龙按揉着秦明月的双肩，开口说道："我今天与父亲谈过，武道学院主要的目的是弘扬华国的武道文化。而武道是华国的一种古文化，既然如此，为何不能弘扬其他的古文化呢？比方说茶道、书画、书法等这些古文化。因此，武道学院的规划建设中不妨也加入学习茶道、书法等方面的楼层。让武道学院内的学生学到的不仅仅是武道，还有其他的古文化。"

秦明月眼眸立即一亮："云龙，你的这个提议非常好。比如你所说的茶道文化，这的确是华国源远流长的一道古文化。可惜现如今，能够懂得茶道文化的人太少了，甚至让东洋国的一些研究茶道文化之人声称他们的茶道文化才是正宗的，这让人觉得不甘心。"

秦明月本身也热爱茶道，秦老爷子喜欢喝秦明月所泡的茶就是因为她自身的茶艺的确是有些造诣，所以当她听到萧云龙提起在武道学院中加入诸如茶道这些华国的古文化课程时，她很感兴趣，自然也是大力支持。

"尽可能地多加一些古文化课程，那武道学院的教程内容也会显得丰富一些。"萧云龙说道。

"对，你说得不错。那我就按照这个构思重新进行布局方面的设计。"秦明月说着，她又问道，"你还有什么想法吗？"

"学院文化课程的教学楼、练武场、实战对战室、后勤楼、宿舍楼……"萧云龙开口说道，将他与萧万军对话中大体的一个武道学院的规划建设说了出来。

秦明月在进行规划设计的时候也参照了国内一些武术学院的设计图纸，如今再听着萧云龙的话，她心里面也大体有了一个设计轮廓，她拿起画笔开始进行构思设计。

这时她突然感觉到在萧云龙的按摩揉捏之下，原本双肩上的酸痛之感正在逐渐消失，使她肩部原本紧绷的肌肉得到了缓解，这种感觉很美好，也很舒坦。看来这家伙的按摩还是有用的。

秦明月又忙了将近三小时，这才将一个设计草图给画出来，萧云龙看了之后觉得很不错，决定明天拿过去给父亲看了再做定夺。

忙完之后秦明月一看时间，都已经是过了凌晨，不知不觉她都忙了一整晚。

"明月，很晚了，先去休息吧。你看你白天忙，晚上又忙于设计，这要是累坏了身体，秦老爷子可是要拿我是问的啊。"萧云龙说道。

秦明月瞪了眼萧云龙，说道："才不会呢，爷爷这么偏袒你，私底下还一个劲地劝说我要'跟你和睦相处，不要欺负你'之类的话……我真是无语了，到底是谁欺负谁啊？"

萧云龙呵呵一笑，说道："秦老爷子这是爱屋及乌，再怎么说我也是他的孙女婿不是？"

"你的脸皮不能再厚了吧？哼，我上楼休息去。"秦明月脸色微红，起身朝着楼上走去，走了两步，她转身过来看着萧云龙，说道，"你也早点休息吧，晚安。"

"未来的老婆大人，晚安。"萧云龙丝毫不将脸皮当回事，笑着说道。

秦明月为之无语，脸颊微微滚烫的她快步朝楼上走去。

萧云龙也有些犯困了，走回房间准备休息，只是一想起奥丽薇亚这个情报女王就在江海市，不知怎么的，他隐隐有些头疼，因为这个情报女王真的一点也没有女人应有的矜持，简直是热情得让人无法承受。

江海市，西月湖。

西月湖是江海市最大的一个自然湖泊，有着悠久的历史。自然的美景吸引着无数人前来游玩。特别是在夏季，前往西月湖的游客更多，还有附近的一些居民也会来西月湖纳凉闲聊，一些孩童围着西月湖边上的几棵古老的大树玩捉迷藏，嬉闹声、说话声交织成一片，点缀着夏季的夜空。

临近西月湖东侧有一栋小楼，名为西月楼，楼高九层，这是一处高档会所，没有一定的身份根本无法入内。而登顶西月楼，可以将西月湖的美景尽收眼底，若能在此楼上一边与老友饮茶畅谈一边欣赏西月湖月夜之美，倒也不失为一种享受。

西月楼六层，一个贵宾包间内，一名中年男子独自坐在窗前，目光顺着窗外看向了繁华盛景的西月湖，在夜色的笼罩下，四周的灯光折射而下，西月湖的湖水碧波荡漾，波光粼粼，时不时还会有清风从湖面吹来，让人心旷神怡。

这名男子五十岁左右，按理来说，这应该是一个精壮之年，可他却有着满头白发，他双目阴沉，盯着窗外，不是在看景而是满怀心事。

"咚咚咚！"

这时，包间的门口处传来叩门声。

这名男子回过神来，他走过去打开了门，门外站着两个男子，一个穿着西装，身姿英伟，另一个男子则是穿着一身灰色的东洋武士服，腰别武士刀，脚穿木屐。这两人竟是李风云与井野。

"林家主是吧？久仰！初次见面，请多指教。"李风云一笑，伸手与这名满头白发的男子握在了一起。

"李先生，井野先生，两位里面请。"白发的中年男子开口，在包间的灯光下也看清了他那张沉稳中带着憔悴的脸，那竟然是林家家主林威！

一段时间不见，林威竟失去了往昔身为林家家主的风采，不仅脸色憔悴了许多，连头发也白了，像是受到了什么打击一般。

事实上，最大的打击莫过于他的儿子林飞宇身死之事了。当初林飞宇在添香阁中不明不白地死去，林威请来许多权威法医鉴定，基本都定论为死于纵欲过度，严重耗损体内精气而亡。对于这个结论，林威一直都不信，可不信归不信，连法医都鉴定不出林飞宇死于他人所杀的致命伤，他又能做什么？没有致命伤，也就排除了他杀，那就无法立案调查，所以他只有将林飞宇下葬。

然而，在林威的心中，他认定自己的儿子是被人谋杀，而这个谋杀者就是萧云龙。林威苦于找不出任何证据指明林飞宇的死与萧云龙有关，所以表面上他无法对萧云龙做些什么，但不代表暗中他没有任何的举动。

蛰伏了一段时间后，林威就在此地与李风云、井野私密会面，开始了他酝酿已久的阴谋。

包间的门关上后，李风云沉声说道："林家主，我得知你的儿子不幸去世，对此我深感心痛，望你节哀。"

"此事已经过去了，哀莫大于心死，现在的我已经走出了心中的阴影。我毕生所愿就是把萧家从江海市中除名。"林威冷冷说道。

"所以林家主才找我们合作？"李风云问道。

林威的目光一沉，说道："我知道李先生的血龙会势力强大，多年前李先生就想要将血龙会的势力入驻江海市。而今，我能够帮李先生达成这个愿望。林家会给你提供足够的资金支持，也会帮你打通一切关系。我唯一的要求只有一个，杀了萧云龙！"

"至于井野先生，贵公司一直想要开拓江海市的海港运输方面的业务，这点我的威胜集团能够与贵公司达成合作。而且井野先生不是一直希望在江海市的武道街开设武馆吗？我已经买下了武氏武馆，不知井野先生对于这个武馆是否满意？"林威转而看向井野，问道。

井野点了点头，说道："林家主很有诚意，所赠予我的武馆我很满意。"

"萧家的萧家武馆也在武道街，我希望井野先生开设起来的武馆能够力压萧家武馆，最好是将萧家武馆彻底击败，让萧家武馆从武道街中消失。"林威语气阴冷地说道。

井野说道："明日我东洋武者将会赶到江海市，东洋武道至强高深，不需要林家主提醒，我北辰武馆也会挑战武道街中的各家武馆，其中萧家武馆首当其冲。我北辰武馆定会将萧家武馆击败的。"

"好，井野先生这么有信心，那我就放心了。"林威开口，他嘴角扬起一丝笑意，显得疯狂而又残忍。

他就只有这一个儿子，等林家也只有一个后人，但现在他的儿子死了，而且死得不明不白。虽然他找不到自己儿子的死因，但他坚信自己的儿子是被谋杀的，而凶手就是萧云龙，因此他要报仇，疯狂地报复萧云龙。在他蛰伏的这段时间内，他联系上了李风云，得知李风云五年前曾率领血龙会妄图攻占江海市的地下势力，最终却是铩羽而归。他也打听到李风云并未因此而罢休，而是想着有朝一日能够掌控江海市的地下势力。

因此，他觉得这是一个机会，所以联系上李风云后，他答应给李风云提供足够的资金和人脉方面的支持，帮助李风云在江海市成立自己的霸业，唯一的要求就是让李风云手中的势力将萧云龙除掉。恰好那时井野也来到了华国，他与李风云早就认识，井野想要在华国推行东洋武道，李风云与井野商议一番，决定以考察商业的身份前来江海市，暗中却是跟林威进行合作，利用林威提供的便利条件来达成他们各自的野心。

"林家主，如今江海市的警方对地下势力打压严重，我血龙会要想入驻谈何容易，有些形势可不是单单是用钱就能够解决的。"李风云开口说道。

　　林威听得出来李风云的话中之意，就是林家光有钱，那不一定能够帮李风云的血龙会实现在江海市的霸业，毕竟有些关系不是用钱能打通的。一股势力要想占据一个地方的地下势力，需要有一个能够倚靠的深厚背景，否则根本无法立足。

　　对此，林威淡然一笑，说道："你放心吧，林家背后还有大人物撑腰。所以，你大可以不必担心。我背后的大人物也对萧家不满，若没有背后那位大人物的支持，单单是凭我林家，也无法帮得到你。"

　　"有林家主这句话，那我也就放心了。"李风云说道。

　　"那就预祝李先生和井野先生能够实现自己的目标，也祝我们合作愉快。"林威笑着说道。

　　"合作愉快！"井野语气低沉地说道。

　　很显然，林威这是在借用他人的势力来对付萧家，对付萧云龙。他的儿子已经死了，他可以说是生无可恋，林家坐拥庞大的资产也没有后人能够继承，他的妻子在生林飞宇之前曾流产过一次，好不容易怀上林飞宇并顺利生下来，之后他妻子的子宫膜已经很薄，无法再受孕。林威又不想再另娶他人，或者是找个女人来生子延续林家后代，在这样的情况下，林家到他这里就绝后了。

　　正因如此，林威心中才会如此悲愤，他即便是耗尽全部家当，也要搞垮萧家，他认定了萧云龙就是谋害他儿子的凶手。他绝不会相信林飞宇真的是纵欲过度而亡，那只是表面上的一个掩人耳目的手段。所以他要报仇，报复萧家，报复萧云龙，即便是报复错了对象他也不在乎，反正之前萧家跟林家之间已经有了间隙纷争。

　　说白了林威现在的心态已经有些疯狂，他急于为自己儿子的死寻找一个宣泄口，宣泄出他内心的仇恨。

　　林威、李风云、井野三个人加在一起，或许能够搅动一些风波，可对于经历了无数大风大浪的萧云龙而言，这点小风波只怕他都不放在眼里。

　　清晨，萧家老宅。

　　萧云龙骑着怪兽赶回来了，他手中拿着一份设计草图，这是昨晚秦明月花一整晚时间设计出来的关于武道学院建设规划的草图方案，他准备拿过去给萧万军看看。

由于最近萧灵儿忙于期中考试，因此很早的时候刘梅就送灵儿去学校了。

萧万军刚吃过早餐，正在喝着早茶看报纸，接着便看到萧云龙行色匆匆地走了进来。

"云龙？怎么这么早回来？"萧万军诧异地开口问道。

"父亲，这是明月设计出来的武道学院规划建设的草图。我拿过来给你看看，看看还有哪些需要改进或补充的。"萧云龙说着，他走了过来，将手中的那份设计草图递给了萧万军。

"明月设计的？"萧万军脸色一怔，他顿时感兴趣了起来，拿着设计草图走进了大厅，在大厅的茶几上铺开来，认真地看着。

"明月已经拿到了那块地的地形图，因此就以这块地的地形图来进行规划设计。父亲你看，这是最主要的教学大楼，教学大楼内分为文化授课和武道施展授课两大区域。教学大楼后面是一栋训练实战的室内训练室。此外，还有场外的训练场地。并且我们加入的茶道、书画、书法等古文化课程的授课楼层也规划了出来。"萧云龙指着设计草图逐一向萧万军解释着。

萧万军边看边点头，他说道："设计得非常好，没有想到明月还能进行建筑规划方面的设计，真的是多才多艺。这个设计图我看着很不错，极为合适。你看这楼层的规划和间隔，还有场外训练场地的选址，都充分地利用到了每一寸土地，而且绿化方面的规划也做得很好。我觉得明月的这个设计图已经不需要再修改什么了，就这样挺好。"

"这么说父亲你也没什么意见了？"萧云龙笑着问道。

"哈哈，当然是没什么意见。难得明月有这份心了，真的是一个很好的女孩。云龙，你可要加把劲了。"萧万军笑着说道。

萧云龙说道："我与明月之事，父亲不用担心。既然父亲没什么建议，那我去找上官叔一趟，这份设计草图也要给他看一下才行。"

"对对，的确是应该给你上官叔过目过目。"萧万军点头说道。

萧云龙旋即告别了自己的父亲，他骑着怪兽离开，中途给上官天鹏打了电话，说要去他家里找他父亲。上官天鹏闻言后自然很高兴，非要过来接萧云龙，于是他们在一个折中的路口相约见面。

萧云龙骑着怪兽加速，很快就来到了与上官天鹏约好的路口，没一会儿，就看到前方一辆迈凯伦豪华跑车呼啸而至，简直是拉风得不行，让路边走着的一个个美女侧目而视。

萧云龙骑着怪兽，跟在上官天鹏这辆迈凯伦身后，随他一同前往上官世家的别墅。

大概半小时后，萧云龙随着上官天鹏来到了一处高档的别墅区，一块单独的区域前有五间联排别墅，这就是上官世家的府邸，果真是大气恢宏。

上官天鹏领着萧云龙走进了联排别墅区，在一个地面上修建的巨大车库内停了车，来到这个车库，萧云龙也看到了上官天鹏的其他跑车，法拉利、兰博基尼这样的豪车应有尽有，看来这小子没别的爱好，平时就是喜欢玩车了。不过这玩车可是极为烧钱的，并非人人都能玩得起。

上官天鹏领着萧云龙走进了主厅，上官泓得知萧云龙要过来，已经在主厅内等着，看到上官天鹏领着萧云龙走进来，上官泓呵呵一笑，站起来说道："云龙你来了。来来，过来坐着喝茶。你这是第一次来我这里吧？往后可要常来啊。"

"会的。"萧云龙一笑，他走过去说道，"上官叔，明月已经将武道学院的规划设计图设计出来了。我今天过来主要就是给你过目一下这份设计草图。"

"哦？我来看看。"上官泓说道。

萧云龙便将那份设计草图递给了上官泓。

上官泓摊开来看了一眼，他眼前一亮，说道："设计得很不错，看来明月在建筑设计方面的能力很强。这建筑设计，第一就是要格局，格局设计得大气且合理，又能充分地利用土地，那么这份设计图就是合格的。"

上官泓的公司也涉及地产开发，因此他看到过的关于建筑方面的设计图纸成千上万，早就养成了极好的眼力，所以他一眼就能看得出来这份设计图纸的好坏。

"格局大气，细节方面也很好，明月真的是很用心了。"上官泓说着，而后他话锋一转，说道，"云龙，依我看不如我们亲自去那块地皮看看。对照着那块地皮再看这份设计草图，那就显得更为直观一些。"

"好，这样的确是更直观一些。"萧云龙点头。

"那我们走吧。"上官泓笑着，他站起身来。

上官天鹏也跟着自己的父亲和萧云龙走了出去，准备去这块用来建立武道学院的地皮上亲自看看。

江海市，武华路。

一辆造型彪悍的巨型机车跟一辆宾利慕尚豪华轿车呼啸而至，骑着机车的自然就是萧云龙。宾利车内上官天鹏开着车，副驾驶座上坐着的正是上官泓。

两辆车开到了武华路前面的一处空地上停了下来。

上官泓走下车，指着眼前这处空地，说道："这就是那块地皮。往上大约一公里就是武道街。武华路跟武道街距离很近，一旦这里修建起武道学院，那跟武道街的萧家武馆也能遥呼相应，并且还能将武道街的武道文化延伸到这里来，说不定最后这一大片区域内都会被政府作为开发武道文化的一个景点。"

萧云龙点了点头，他拿着手中的设计草图对着眼前的这块地，草图上的地形与眼前这块地的确是一模一样。这块地的总面积两万多平米，在这建立一座武道学院倒是绰绰有余。

"按照明月的这个规划设计图，主楼就是位于中间的这个位置，坐北朝南，方向很好。主楼两侧有两栋多功能实战楼，与主楼相互对应，暗合三阳开泰的寓意，这样的设计是极好的。"上官泓指着设计草图，开口说道。

萧云龙点了点头，他与上官泓对应着设计草图，看着这块地皮上规划而起的一块块区域，发觉秦明月还真的是极为用心，基本上将这块地皮充分地利用起来了。

不过上官泓参与过的建筑楼房的设计太多了，有着独到的经验，因此在实地考察的时候，他提出了不少改进的建议，他把这些建议都标注在了设计草图上。设计草图的整体格局不变，但经由上官泓一些细节上的建议修改之后，看上去更加合理，也让这份设计草图趋近于完善。

萧云龙与上官泓他们在这里逗留了一小时左右，经过一番讨论之后，武道学院的规划建设草图基本成型，只要秦明月回头将这份设计图稍微改动一下，基本上就可以开始动工了。

而后，上官泓要去公司一趟，上官天鹏则要去萧家武馆，反正武道街距离此地很近，开车几分钟就到。于是，上官天鹏坐上萧云龙的怪兽，上官泓独自驾车前往他的公司。

萧云龙启动怪兽，载着上官天鹏朝萧家武馆的方向飞驰而去，他问道："天鹏，你在江海市还有别的房子吗？除了你家之外，你在江海市的一些商品楼房之类的。"

"萧哥，你问这干吗？"上官天鹏诧异了声。

"呃……我有一个朋友来江海市找我。她暂时没住的地方，所以我就问问你。你要是有就给她住段时间。要是没有，那我给她物色套房子，让她租着住。"萧云龙说道。

上官天鹏一笑，他说道："房子当然有，萧哥你有朋友来江海市，岂能让对方去租房子住？我在名爵世纪住宅区有一套房子，大概三百平米吧。就让你朋友去住吧，反正我基本都不去住，不过那房子每个礼拜都会有清洁工去清理打扫，所以很干净。"

"行，那就让她去住你这套房子吧。天鹏，多谢了啊。"萧云龙说道。

"萧哥，当小弟的难得为你做回事，你居然说谢谢，太打击我的积极性了。"上官天鹏叫嚷起来。

"别贫嘴了。你带钥匙在身上没？我把我朋友现在就接过去。"萧云龙说道。

"钥匙没带身上，不过有把钥匙放在保洁公司保管。过去了直接喊保洁公司的人拿钥匙就行。"上官天鹏说着，他像是想起了什么，问道，"对了，萧哥还没问你，你那个朋友是男的还是女的？"

"女的。"萧云龙说道。

"女的？这事儿嫂子知道吗？"上官天鹏叫了起来。

"你叫个毛啊？你嫂子知不知道有什么影响？"萧云龙没好气地说道。

"萧哥，大家都是兄弟，你就别藏着掖着了。人家一个女人不远千里来江海市找你，这里面有啥猫腻，你以为我不知道？"上官天鹏嘿嘿笑着。

"根本不是你所想的那样，我跟她真的只是朋友。"萧云龙开口，他接着说道，"我们先去接她吧，现在她应该醒了。"

"好嘞，萧哥，你放心，我绝对会对嫂子保密的。"上官天鹏拍着胸脯说道。

萧云龙一阵无语，不知道该说什么好。

君悦大酒店。

萧云龙载着上官天鹏而至，停下车后他们两人走进了君悦大酒店内。

电梯门打开，两人走入电梯，到了第九层楼。

萧云龙走到了9026房间的门前，他按了下门铃。

奥丽薇亚在昨晚萧云龙离开之后就休息了，一觉睡醒的时候天色已经大亮，不过她习惯了赖在床上躺一会儿，因此即便是醒来了也没有起床。

她拿出手机，正准备给萧云龙打电话，门铃声骤然响起。

"魔王？"奥丽薇亚心中一喜，她从床上跳了下来，但发现自己浑身一丝不挂的，她随手拿起床头的那件浴袍裹住了身体，便走到了门口处。因为她来江海市也只有萧云龙知道，所以她觉得现在过来按门铃的，除了萧云龙之外不会有他人了。

"哐当！"

奥丽薇亚打开了门，她语气激动地叫了起来："魔王，你来了。"

萧云龙正站在门口，奥丽薇亚一看真的是萧云龙，她笑靥如花，伸手直接拉住了萧云龙的手臂，这一举动无疑显得无比亲昵。

上官天鹏可还站在旁边呢，奥丽薇亚这一举动被上官天鹏看在眼里，这让萧云龙觉得他真的是无法解释了。

一旁的上官天鹏看得目瞪口呆，他盯着眼前性感艳丽的奥丽薇亚，一时间都不知道该说什么好。他真的是没有想到萧云龙的这位朋友居然是一个西方女郎，而且还如此性感艳丽，再看奥丽薇亚拉着萧云龙手臂那无比自然而又亲昵的举动，要说萧云龙跟奥丽薇亚之间没有关系，打死他都不信。

"咦？这个人是谁？"奥丽薇亚这时也看到了一旁站着的上官天鹏，她好奇地问道。

"他是我的朋友上官天鹏。"萧云龙说着，看向有些发呆的上官天鹏，他说道，"天鹏，这位就是我的朋友。"

"哦……你好，你好。欢迎来到江海市。"上官天鹏回过神来，他用一口还算流利的英文说道。

"原来是魔王的朋友啊。小帅哥，你好。"奥丽薇亚笑着，伸出手，跟上官天鹏握了下。

"先进去再说吧。"萧云龙说道。

萧云龙说着走进了房间里，上官天鹏也跟着走了进来，他看向萧云龙的目光立即变得无比敬佩——真不愧是萧哥啊，魅力大到这种程度，居然能够让一个如此性感的洋妞不远万里地找上门来了。

"奥丽薇亚，你收拾一下你的东西，我给你找好了住的地方。那间房子就是我这位朋友的，他平时都不住，正好可以让你住里面。"萧云龙说道。

"真的啊？小帅哥，太感谢你了哦。"奥丽薇亚笑着说道。

"不谢不谢，应该的。"上官天鹏笑着说道，他看着奥丽薇亚，试探性地问道，"看样子你跟萧哥应该认识很久了吧？"

"你说魔王吗？我跟他认识有五年还是六年？反正是很久了。"奥丽薇亚说道。

"哦——"上官天鹏看向萧云龙，立即发出了恍然大悟的声音。

萧云龙摇头苦笑，他何尝听不出上官天鹏话中之意，他也懒得解释什么，催促奥丽薇亚说道："赶紧换上你的衣服，收拾好了就走。"

"好嘛，好嘛，这么着急干吗？不过我就是喜欢你这份霸气。"奥丽薇亚笑着，她拿起衣服，走进了洗手间。

"萧哥，牛！"上官天鹏立即对着萧云龙竖起了大拇指。

"她是热情了点，但西方女郎都这样，你别往心里去。我跟她真的是纯洁的男女关系……"萧云龙说着，可他怎么都觉得自己的解释显得如此苍白无力。

"萧哥果然是不走寻常路，都男女关系了还纯洁，啧啧。"上官天鹏笑着说道。

"你小子思想不纯啊！"萧云龙唯有笑骂了声，他点上根烟抽着。

过了一会儿，奥丽薇亚走了出来，一件超短的泛白牛仔热裤，上身是一件白色的无袖 T 恤，脚下穿着一双高绑带式的高跟鞋，时尚而又艳丽，恍如 T 台秀场上的名模，艳丽全场。

"走吧。"萧云龙说道。

奥丽薇亚拿起收拾好的行李箱，让萧云龙帮她提着，三个人走下楼。萧云龙去退了房卡，这才离开了君悦大酒店。

"萧哥，要不我回家拿钥匙吧，索性也把我车子开出来，今天要用车的。你先去名爵世纪等我，我家离名爵世纪也很近。等你到了，我也差不多到了。"走出来后，上官天鹏说道。

萧云龙的怪兽后座差不多只能坐下一个人，挤两个人是没问题，关键在于奥丽薇亚是女的，上官天鹏也不好意思跟着她挤在怪兽后面坐着，这才提出回家取钥匙顺便开车出来。

"也好，那你把名爵世纪的位置图发给我。"萧云龙说道。

上官天鹏用手机搜查名爵世纪的路线图，发到了萧云龙手机上。

"那我先过去了，你小子动作快一点啊。"萧云龙说道。他招呼奥丽薇亚坐上车来，启动油门之下率先呼啸而去。

奥丽薇亚坐在怪兽车后面，她拿出茶色墨镜戴上，双手搂着萧云龙的腰身，怪兽呼啸飞驰之下，吹来的劲风将她那一头棕色秀发吹扬而起，露出一张艳丽绝伦的西方美女的面孔。她那双修长玉立的大腿更是无比显眼，加之她穿在身上的超短裤真的是太短了，两截雪白美腿彰显而出，所经之处都会引来旁人侧目。

原本萧云龙骑着的这辆怪兽回头率已经是百分之百，再加上身后坐着如此一个性感艳丽的西方女郎，那就更加引人注目了，男人看了羡慕嫉妒恨，女人看了恨不得自己能够取代奥丽薇亚的位置坐在萧云龙的身后。

半个多小时后，终于来到了名爵世纪小区，这是一座高档住宅区，这里的房价都是两三万元起步，说是住宅区，其实跟别墅楼也差不太多。

来到此地，萧云龙在名爵世纪那气势恢宏的大门前等着。

十分钟后，上官天鹏那辆迈凯伦的引擎声由远及近，轰鸣而至，很快这辆玄黄色的迈凯伦跑车开了过来，"吱"的一声停下，上官天鹏走了下来。

"哇，好炫的车。"奥丽薇亚笑着说道。

"嘿嘿，跟萧家这辆彪悍机车比起来，我这辆算不上什么。"上官天鹏笑着，他说道，"走吧，我们进去。"

上官天鹏是这里的业主，拿出业主卡后领着萧云龙他们走了进去。名爵世纪内的环境规划得很好，里面的中庭位置还有一个偌大的人工湖，湖水清澈，波光潋滟，四周绿树成荫，环境怡人。

上官天鹏走进了一栋楼，乘电梯上了第六层，这一层只有两户人家，上官天鹏的房子是601号房间。

"就是这间。平时没人住，我自己也没来住过，里面的一切都是新的。虽说没人住，但每周都会有清洁工来打扫。所以奥丽薇亚小姐你放心地在这里住着，不会有人来打扰。"上官天鹏说着，他用钥匙打开了房门。

走进去一看，这三百多平米的房子的确是很大，单单是客厅都有上百平米，还有一个露天的大阳台，无论是朝向还是采光都极好。整个房子的装修风格偏欧式，因此显得奢华高贵，这样的装修风格倒也符合奥丽薇亚的审美观，毕竟她以前都是在欧美那边居住。

"房子真大。这么大的房子难道就只有我一个人住？"奥丽薇亚问道。

"不然你还想让谁来住？"萧云龙好奇地问着。

奥丽薇亚咯咯一笑，说道："魔王，其实你没事的时候也可以过来住的嘛，我一个人要是担惊受怕了怎么办？"

"你还会担惊受怕？"萧云龙突然有种无言以对的感觉，堂堂一个情报女王，要说独自一人还会担惊受怕，这可真的是天方夜谭了。

"那啥，萧哥，房间钥匙我就放在茶几上了。你跟奥丽薇亚先聊，我就不打扰了。我先回武馆了，最近武馆那边挺忙的，有些新的弟子已经陆续加入进来了，翔子、李漠他们都忙不过来，我得去帮忙。"上官天鹏说着，他放下钥匙后离开了。

上官天鹏觉得自己真的是不好意思继续留下来了，人家老情人相会，自己傻乎乎地站在那儿当电灯泡真的是太不和谐了。所以上官天鹏急忙离开，也想把今日之事跟吴翔、李漠他们分享分享。

萧云龙何尝不知道上官天鹏这小子心里面在想什么，但他现在是百口莫辩。他坐在沙发上，看向奥丽薇亚，说道："这个住的地方还满意吧？"

"当然满意。"奥丽薇亚走过来，靠着萧云龙坐下来，她说道，"我一直梦想着在一个舒适安宁的城市中，住着一间大房子，然后每天都可以看到你，那就是最美好的生活了。你看，现在我的这个愿望实现了，你说我能不满意吗？"

萧云龙点上根烟，说道："我想你这段时间也不光是来度假的吧？也是要工作不是？回头你需要什么设备跟我说，我帮你采购过来。"

说起这个，奥丽薇亚眼眸一亮，她点头说道："我需要几台超级电脑。不过这种型号的电脑可不好买，需要跟专门的厂家预订。可是死亡神殿的人盯上了我，他们会密切关注这种类型的超级电脑的流向，所以我只怕无法出面购买。"

"不需要你出面。你将你所需要的超级电脑的型号告诉我，我来帮你搞定，而且不会有人怀疑到江海市这边。"萧云龙说道。

"好啊。"奥丽薇亚笑道。

接下来，萧云龙又跟奥丽薇亚谈了一些关于黑暗世界的其他问题。自从得知死亡神殿正在秘密研究基因战士的消息后，他突然间有些关心当今世上诸如夜之女王、北极之王、大地之怒梵蒂冈战神、陆战之王海狼这几个绝世强者的动向与消息，便向奥丽薇亚打听着。

萧家武馆。

上官天鹏驱车而来，停下车后他跑进武馆内，扯开喉咙喊着："翔子、李漠、阿明、铁牛，快出来，有大新闻啊，关于萧哥的绯色新闻。"

吴翔他们正在指导新加入的弟子进行训练，冷不防听到了上官天鹏的喊声。

吴翔、李漠、铁牛、陈启明他们立即走了过来，看着满脸激动之色跑进来的上官天鹏，他们心中不免感到好奇，李漠问道："天鹏，啥事让你这么激动？就跟打鸡血了一样。"

"走，走，我们后院里说。"上官天鹏开口，拉着吴翔他们走进了武馆后院。

"提前说一声啊，一会儿所说的事情必须要对明月嫂子保密，否则萧哥肯定要削我的脑袋。"上官天鹏说道。

"那当然。"吴翔他们点头。

"你们还不知道吧？有个洋妞不远万里地从国外来江海市找萧哥了，萧哥还跟我要了一间房子给这个美女住。你们没看见，那个洋妞真的是太性感艳丽了，萧哥真是艳福不浅啊！"上官天鹏绘声绘色地将刚才的事给说了出来。

"萧哥以前不是在海外待过吗？他在海外有一些什么美女之类的，这也正常吧？不过能够让对方来江海市找他，可见萧哥的魅力真不是盖的。"李漠说道。

"要是让明月嫂子知道了怎么办？"铁牛问着。

"到时候再说呗，反正现在我们别把这事说出去就行了，能瞒多久是多久。"上官天鹏说着，顿了顿，他想起了什么，奇怪地说道，"不过让我感到奇怪的是，那个美女一直喊萧哥为魔王。"

"什么？！"此言一出，李漠就如同被踩着尾巴的兔子一般跳了起来，他看向上官天鹏，急不可待地问道："天鹏你刚才说什么？那个美女喊萧哥什么？"

"魔王啊，我也好奇呢，难道萧哥的外号叫魔王？"上官天鹏不解地说道。

"魔王？魔王教官？难道萧哥真的就是魔王教官？对了，一定就是！萧哥精通杀人之道，并且对于黑拳界的事情了解得那么透彻，更是精通各种黑拳搏杀之术，除了那位传说中的魔王教官之外，还能有谁？我真笨，我应该早就想到的，没想到我毕生所崇拜之人就在眼前，哈哈哈哈……魔王教官，我的偶像啊，哈哈哈！"李漠情绪激动，手舞足蹈，自言自语，一会儿疯狂大笑，一会儿呢喃自语，看着就像是疯魔了一般。

"李漠这是怎么了？"陈启明诧异地问道。

"他好像在发疯，像是被刺激到了一样。"上官天鹏煞有介事地说道。

"这的确像是有点疯魔的状态……问题是刚才还好端端的，怎么就疯了？"吴翔满脸不解。

上官天鹏想了想，很是认真地说道："极有可能是被萧哥刺激到了……你们想想，李漠这家伙以前也是在海外混的吧？看看人家萧哥，回到江海市之后立马有个性感艳丽的西方美女找上门来。再看看李漠，别说有美女从海外不远万里地来找他了，就连大街上路边的大妈都懒得看他一眼。所以，就这样被刺激到了呗。"

"哦——"众人恍然大悟，纷纷觉得上官天鹏的这个分析是合情合理的。

李漠手舞足蹈了好一会儿，激动亢奋得不行，回过神来后他立马跑到上官天鹏面前，语气激动难耐地说道："萧哥在哪里？快，告诉我萧哥在哪里，我要去找他！"

"萧哥正在跟美女在一起，你让我带你去找他？你想死我可不想死。"上官天鹏白了李漠一眼，语重心长地说道，"李漠，我知道你心里受到了很大的打击，但看开一点吧，谁让你没有萧哥的魅力大？你要有萧哥一样的魅力和骚气，保准也有个西方美女过来找你不是？"

"天鹏说得是，咱不能跟萧大哥比。"陈启明也点头说道。

"嘿嘿。"铁牛憨厚地笑着。

李漠一时间怔住，他疑惑地看着天鹏等人，诧声问道："你们这是在说什么跟什么啊？"

"李漠，天鹏说你因为有个西方美女来江海市找萧哥，所以你被刺激到了，都有些疯癫了。难道不是吗？"吴翔笑着，打趣说道。

"这是谁说的？天鹏？你这家伙就损我吧，我怎么可能会因为这样的事情？"李漠一阵无语，他说道，"我刚才的失态完全是因为萧哥，我真没想到萧哥的真实身份竟然是这个。太让我激动，太让我兴奋了，那可是一个传奇啊，不可逾越的传奇！"

上官天鹏、吴翔、陈启明等人面面相觑，有些听不懂李漠的话。

"李漠，你这话是什么意思？什么萧大哥的真实身份？"陈启明诧声问道。

上官天鹏想了想，他眼前一亮，说道："李漠，难不成是那个美女喊萧哥为魔王，你这才如此激动亢奋？"

"对，就是魔王！"李漠无比激动，他接着说道，"你们并不知道，在海外的黑拳界中提起魔王教官，那将会是何等轰动。在黑拳界中，西伯利亚的地狱训练营简直就是一个圣地，一个源源不断地培养出黑拳界至强拳王的圣地，而这一切都是因为魔王教官的存在。但凡经过魔王教官训练并且成功毕业出来的黑拳高手，他们都在黑拳界的各大赛场上绽放光芒，战无不胜，所以魔王教官被称为黑拳界的一个传奇！"

吴翔、上官天鹏等人闻言后一个个脸色都怔住了。

"天鹏，你还记得我刚回来的时候跟萧哥一起吃饭，我提起过在中东的魔王赛场刚结束的一场黑拳顶级赛事的事情吧？当时的'战斧'安格斯击杀了'狂魔'巴克，坐上了魔王赛场的至高宝座。而安格斯正是魔王教官训练出来的弟子。还有，我回来之后不是跟郑武对战了一场吗？当时也是萧哥一句话提醒，让我反败为胜，将郑武击倒。"李漠开口，他接着说道，"后面萧哥开始训练我们，教给我们一击必杀的应敌之道，当时我就觉得萧哥这种训练方法与那残酷的黑拳训练有些相似。没想到，萧哥原来真的就是魔王，就是那位传说中的顶级强者！"

上官天鹏咂吧了一下嘴角，说道："萧、萧哥这么厉害？"

李漠激动地笑着，语气兴奋地说道："那是当然，否则岂能拥有魔王之名？我早该想到了，萧哥是从海外回来的。恰好萧哥回来的这段时间，我听到风声说西伯利亚地狱训练营的魔王教官已经离开了。当时我就应该想到萧哥就是魔王了，唉，我这脑袋瓜子真是笨！"

"这么说萧哥在海外还有着一段不为人知的传奇经历啊，这次回江海市，简直就是王者归来！难怪那些什么青龙会、铁狼帮、江山会什么的，在萧哥面前都不堪一击，说灭就灭。"上官天鹏禁不住说道。

"萧哥真的是太低调了，这么久了都没有跟我透露过他的身份。要知道我最崇拜的人就是魔王教官啊！"李漠极为激动，他说道，"我毕生的梦想就是有朝一日能够得到魔王教官的指点。不承想，我一直都被魔王教官指点着，只是我身在福中不知福。"

"得了吧，告诉你了又能如何？难道你要去给萧哥暖床？只怕萧哥会一脚把你踢飞。"上官天鹏调侃着说道。

"别说风凉话了，萧哥呢？我真想现在就见到萧哥。"李漠说道。

"等等吧，萧哥今天会来武馆的，但不是现在。"上官天鹏开口，他说道，"人家一个大美女万里迢迢地前来江海市找萧哥，我们得给别人一个独处的机会不是？哪有你这样不解风情地要去打扰的？小心萧哥罚你面壁思过。"

"好吧，那我就在武馆等着吧。哈哈，我真的很高兴，终于如愿以偿地见到了心中的偶像。萧哥真的就是我的偶像啊，魔王教官，威名赫赫，让人心生向往。"李漠开口说道。

话音刚落，武馆中有几名学员跑了过来，其中一个说道："翔哥，正好你们都在。武馆外面来了好几个人，说要看看我们武馆。"

"什么人？"吴翔脸色诧异，他说道，"走，出去看看。"

东洋武者

吴翔、李漠、上官天鹏、陈启明、铁牛等人朝着萧家武馆外面走去，走到武馆门口，竟看到武馆门外站着一个个身穿武士服的男子，一共有八个人，他们神色不善，盯着萧家武馆的牌匾看着，那脸色仿佛像是恨不得砸了萧家武馆的牌匾一样。

"东洋武者？"吴翔皱了皱眉，他看着眼前站着的这些人，穿着东洋武士服，脚穿木屐，穿着打扮分明就是东洋人。

"你们是什么人？在这里干什么？"李漠喝声问道。

"你们就是萧家武馆的弟子？"为首的一个男子开口，他说的是华夏语，他接着说道，"我叫石天章六，是东洋帝国北辰一刀流流派的武者。我北辰武馆已经在武道街成立，听闻武道街中最强的武馆就是你们萧家武馆，因此我们过来看一眼。"

"原来是刚开的那家北辰武馆的东洋武者啊。"上官天鹏开口，他冷笑着说道，"我们萧家武馆当然是最强的。我们不介意你们过来顶礼膜拜，如果你们要是想对我萧家武馆的牌匾进行三跪九叩，那欢迎至极。"

这些东洋武者中有些人听懂了上官天鹏的话中之意，顿时，一股股凌厉的气息从他们的身上弥漫出来，当中更是有着一股股不加掩饰的敌意与杀气。

"这里是我萧家武馆的地盘，还容不得你们来撒野。真把这里当成你们的东洋国了？给老子滚远点，别影响了我们武馆的弟子训练。就你们站在这里，我萧家武馆还怎么招人？别的学员想来我们萧家武馆，都被你们挡在门外了。"李漠直接毫不客气地说道。

"萧家武馆果然是很蛮横！也不知道你们的实力配不配得上你们的这份蛮横粗野！"为首的那名东洋武者石天章六冷笑着说道。

"你们一个个都围着我们萧家武馆了，还想让我们对你们客气点？是不是还要给你们端茶倒水，你们才觉得合乎情理？真是奇了怪了。"李漠说道。

"我们是秉着武道交流而来，听闻萧家武馆最强，自然是要过来看一番。"石天章六说道。

"你们的意思是想要开战？"陈启明开口问。

"你们敢吗？"石天章六眯着眼，语气轻佻地问道。

"有什么不敢的？萧家武馆怕过谁？人不犯我，我不犯人！你们找上门来挑衅，真以为我们会怕？小心我们把你们北辰武馆的招牌给砸了，让你们滚回东洋国！"李漠怒声说道。

"胆敢侮辱我北辰武道，找死！"石天章六身边一个男子开口，语气冰冷地说道。

"找死的是你们吧？"上官天鹏也看不下去了，对着眼前这些东洋武者怒喝道。

石天章六这些东洋武者勃然大怒，他们自视甚高，认为东洋武道是至强武道，北辰一刀流的武道更是没有任何武道所能够比拟，因此看着吴翔、李漠等胆敢与他们强势顶撞，也彻底地激怒了他们。

眼看着事态剑拔弩张，一触即发，吴翔连忙站了出来，他拉住上官天鹏、李漠等人，沉声说道："我们先别冲动，一切等萧大哥过来了再说。"

吴翔性格沉稳，虽说他也看不惯这些东洋武者咄咄逼人的气焰，可他也心知眼下还不是冲动交手的时候，说不定对方这些人就是心怀目的而来，想要借机激怒萧家武馆的弟子。

名爵世纪。

萧云龙仍在房间内与奥丽薇亚攀谈，他询问奥丽薇亚关于黑暗世界中最为顶尖的那几尊强者，诸如夜之女王、北极之王等人的动向。只可惜奥丽薇亚这边也没有太多关于他们动向的最新消息，不过却隐隐知道夜之女王、北极之王、大地之怒等这些绝世强者他们手底下的人近期的活动比以往要活跃得多，像是都在准备着什么。

萧云龙的眼睛微微一眯，他总觉得黑暗世界那边要有大事发生了，或许跟夜之女王、北极之王这些绝世强者有关。这些强者已经沉寂了很长一段时间，也许他们是要出来展现他们的最强实力了。

正聊着，萧云龙的手机响起，一看是吴翔打过来的：

"喂，翔子，什么事？"

"萧大哥，北辰武馆的东洋武士围在了我们萧家武馆门前，屡屡出声挑衅，态度还很蛮横，扬言要挑战我们萧家武馆！"

"哦？少安毋躁，我这就去武馆看看。"萧云龙说道。

挂了电话后，萧云龙站起身说道："奥丽薇亚，我该走了，你先休息吧。回头我会找人帮你将所需要的超级电脑型号送过来。"

"魔王，你要去哪里？我也跟你去。"奥丽薇亚也站起身，开口说道。

萧云龙脸色一怔，他看向已经快步跟上来的奥丽薇亚，诧声说道："你也要跟我去萧家武馆？"

"那当然，你休想把我一个人扔在这里。我一个人在这里干什么啊？难道大白天让我睡觉？"奥丽薇亚没好气地说道。

萧云龙想想也是这么回事，奥丽薇亚在江海市这边人生地不熟的，唯一认识的人就只有他，要是把她一个人扔在这房间内，她的确是够无聊的。

"行吧，你可以跟我去，但你可不能闹。"萧云龙语气认真地说道。

"闹？闹什么啊？"奥丽薇亚一愣，旋即她仿佛想通了什么般，展颜露出了一个妩媚风情的微笑，说道，"你是担心别人误会我们的关系啊？放心吧，到时候我离你远一点就是了。"

萧云龙还能说什么，遇到这样的女人足以让任何一个男人为之头疼。

武道街，萧家武馆。

以石天章六为首的那些北辰武馆的武者仍围在萧家武馆门外，他们一个个神色冰冷，眼中带着一股怒火燃烧般的战意，他们盯住了吴翔、李漠、上官天鹏等人，现场的气氛极为紧张，就像是随时随地都会引发一战般。

石天章六他们出身于东洋国的北辰一刀流流派，从他们修炼武道的那一天开始，就被灌输一种思想，那就是：北辰武道是当世第一，当今世上没有任何一种武道能够与北辰武道比拟。再加上北辰一刀流流派中有北辰武圣这尊强者坐镇，更是让北辰一刀流的武者们自视甚高，不将其他的武道放在眼里。特别是华国武道，他们心中有意要挫败华国武道的强者，粉碎关于东洋武道的起源来自华国武道的说法。

石天章六他们带着一种高高在上的态度前来萧家武馆，与其说是看看萧家武馆的情况，不如说是前来耀武扬威来了。岂料上官天鹏、李漠、陈启明等人根本无所畏惧，更不会因为石天章六他们身为东洋武者而有所客气。

这也吸引了武道街中不少武馆的武师弟子前来围观，他们围在萧家武馆外围，部分人得知事情的起因在于这些东洋武者前来围住萧家武馆，一个个耀武扬威，态度还很蛮横，更是有种自视甚高的感觉，不将他人放在眼里。因此，萧家武馆的弟子才跟他们起口舌冲突。

"这些东洋武者也太横了吧？前来堵在萧家武馆的门口，还想让别人对他们和颜悦色？他们把自己当作什么了？天王老子吗？"

"就是！竟然欺负到我们武道街的武馆上来了。一个个气焰如此嚣张，不可一世，真以为他们北辰武馆天下无敌了？"

"是可忍孰不可忍！一定要让他们见识到我们华国武道的强大之处！"

"华国武道，源远流长，岂是他们东洋武道所能比拟的！"

"支持萧家武馆，把这些东洋武者赶出去，围堵在别人家门口还不让人说了？"

一时间，种种议论声此起彼伏，各大武馆的武师、弟子全都同仇敌忾，站在了萧家武馆这一边。

也许平时各家武馆都存在竞争关系，偶尔也会有点小摩擦，但在这事关民族大义的问题前，以往的种种小摩擦完全可以忽略不计，他们全都联合了起来，共同捍卫华国武道的尊威。不为别的，只因他们都是炎黄子孙，他们的身体内流淌着的都是龙的传人的血液。

"轰！"

就在这时，一声轰鸣而起的机车声远远地传过来，只见萧云龙骑着怪兽正沿着武道街飞驰而至，车后面载着奥丽薇亚。

轰鸣而起的机车声回荡在了武道街四周，引得众人纷纷侧目观看，当看到是萧云龙后，原本围观着的各大武馆的人群犹如流水般朝着两边散开，让出一条道来。他们知道，正主来了！他们更是知道，萧云龙从来都不是一个软脾气的主，当初武家少主上门来挑衅，都被他打废了踢出去。而今北辰武馆的武者前来围堵萧家武馆，又将会引发什么事端呢？

"萧哥，萧哥来了！"

"萧大哥！"

"萧哥，我的偶像！"

上官天鹏、吴翔、李漠等人看到了萧云龙，纷纷喊出声来，语气惊喜万分。

"吱！"

萧云龙踩住了刹车，他脸色铁青，双目抬起，看向了石天章六等八名北辰武馆的武者，一股浓烈得恍如从地狱深处弥漫而出的恐怖气息笼罩向了石天章六等人，就像是一尊魔王复苏，正在人世间走动，所带来的是一股让人为之战栗的无边魔威。

萧云龙走下车，盯着石天章六等人，说道："就是你们围堵我萧家武馆？"

"你是谁？"石天章六开口问道，眼中却满是警惕之色，只因他感受到了从萧云龙身上散发而出的那股无上魔威极为可怕，竟让他都有种心惊之感，也让他意识到了眼前的萧云龙绝对是一个可怕的强者。

"给老子滚蛋！就凭你也有资格问我是谁？你知道你现在所站的地盘是哪里吗？这是我萧家武馆的地盘，你们胆敢前来围堵？不要命了吗？"萧云龙双目一沉，眼中隐有杀伐之气在弥漫。

"你——"石天章六心中震怒，他什么时候被人如此呵斥过？他正想说什么，忽然看到前方有人走过来，他脸色顿时一喜。

"萧少主的口气真是大啊，竟敢让我北辰武馆的人滚蛋？"随后，一声冷漠无比的声音传来。

萧云龙转身一看，看到井野正脸色阴冷地走过来。

井野穿着木屐，每踏下一步，都会与青石板路相击，发出"嗒嗒"的声音，他身上凝聚了一股气势，凌厉如刀，一如他腰襟别着的那柄武士刀的刀锋一般，割人面疼。

"井野君！"石天章六开口，语气充满了敬重之感。

北辰武馆开设，那井野就是北辰武馆的馆主，再则井野自身的实力也很强，更是得到过北辰武圣的亲自指点，石天章六他们对井野极为敬重。

"原来是你啊，我就说萧家武馆门前怎么有几条狗在吠叫，原来背后是得到了你的指使？"萧云龙冷笑了声，不紧不慢地说道。

"八嘎！你让我愤怒了！"井野怒喝出口，盯着萧云龙的双目几欲喷出火来。

萧云龙方才那句话无疑是将石天章六这些人形容成了狗，如何不让井野震怒？

"你放肆！"萧云龙暴喝，他盯着井野说道，"萧家武馆不允许任何人来撒野！别说是你，就算是北辰武圣过来了，也要给我乖乖地趴着！你又算是什么东西？今天来我萧家武馆门前吠叫，一个个气焰嚣张，真当我萧家武馆好欺负？"

"竟敢出言侮辱武圣大人，你这是在找死！"石天章六开口，那语气中已经内蕴着一丝杀机。

"武圣大人要是亲临，抬手间就能够将你等镇杀！你们还不值得武圣大人看一眼！"另一个东洋武者也开口说道。

在他们心中，北辰武圣是犹如神一般的存在，萧云龙却丝毫不将北辰武圣放在眼里，也难怪他们会如此震怒了。

萧云龙冷笑了声，他虽说从未跟北辰武圣交过手，但北辰武圣自身的声望与死亡神殿的死神、黑十字圣殿的圣殿之主、地狱组织的撒旦、杀手圣堂中的屠夫等人齐名，自身的实力也跟这些人差不多。所以，即便是北辰武圣亲临，萧云龙也无惧跟他一战。

"这世上还没有谁说能够抬手之间将我镇杀。按理说你们远道而来，我们武道街各大武馆理应尽地主之谊。我也想对你们客气一点，但你们这分明就是给脸不要脸，一个个自视甚高，以为你们北辰武馆天下第一了。今日竟敢围堵我萧家武馆。说吧，你们想怎么样？想开战吗？"萧云龙喝声问道。

"战就战！今日，我北辰武馆正式向你萧家武馆下战书！哪一方输了，就砸掉对方牌匾！"井野冷冷说道。

"有意思！以武馆的牌匾来作为比试对战胜负的筹码。"萧云龙笑着，盯着井野那张脸，眼中的目光颇为玩味。

"对！怎么，你不敢吗？还是说害怕了？"井野冷笑着说道。

"砸掉牌匾等同于砸掉了一家武馆！华国的武道武馆中，各家武馆之间的对战都不会以自家武馆的牌匾来作为胜败筹码，即便是有深仇大恨也不会这样，这是对一家武馆最起码的尊重。而你一开口却是以砸武馆牌匾来作为筹码赌注，看来你的本意就是想要来砸我萧家武馆！好，很好！"萧云龙开口，喝声说道，"这一战，我萧家武馆接下了！战败者，砸牌匾，滚出武道街！"

萧云龙没有丝毫的犹豫，他接受了井野朝萧家武馆所下的战书。面对这样的挑战，萧云龙第一反应就是愤怒，如此明目张胆地想要过来砸掉萧家武馆的牌匾，要说背后没有什么内幕，他是绝不会相信的。既然对方都找上门来了，还意欲砸掉萧家武馆的牌匾，萧云龙自然不会忍，也无须忍！

原本对于北辰武馆，萧云龙打算抱着不闻不问，不主动冒犯，也不主动接触的心态，他想看看北辰武馆到底想要怎么发展，抱着什么目的。如果对方真的是抱着武道交流的心态而来，这倒也不是什么坏事，武道无国界，华国武道与东洋武道之间能够切磋交流，倒也是一种美谈。可事实证明，萧云龙的想法算是一厢情愿了，井野就没想过要进行所谓的武道交流，而是抱着打压萧家武馆的目的而来，更是妄图砸了萧家武馆的牌匾，迫使萧家武馆退出武道街。

人不犯我，我不犯人，人若犯我，虽远必诛！这是萧云龙一直秉承的信念，故此，对于井野咄咄逼人的挑战，他欣然答应。

"翔子，你去把我父亲接过来。"萧云龙对着吴翔说道。

吴翔脸色一怔，随后他反应了过来，他点头说道："好的，萧哥，我现在就去。"

萧万军是萧家武馆的馆主，如今北辰武馆约战萧家武馆，并且以各自武馆的牌匾作为胜负的赌注筹码，此事当然要告知萧万军，并且让他来现场坐镇目睹整个过程。

萧云龙转眼看向了井野，问道："你想怎么个比试法？"

"轮番对战，直至一方武馆的弟子全都战败，或者直至一方武馆认输。在这个过程中，战败者不能继续再战。"井野说道。

"可以！场地呢？"萧云龙问道。

"为了公平起见，这个比试的场地不能在萧家武馆，也不能在我北辰武馆。最好是在一个公共的擂台场上。"井野提出了他的要求。

"那就去演武楼吧。演武楼内的擂台就是一个公共的擂台赛场。"萧云龙沉声说道。

"可以！"井野答应说道。

"呼！"

这时，一辆红色的保时捷911跑车呼啸而来，萧云龙抬眼一看，他认出来这辆车子是唐果的座驾。正好此件事完了，他也准备有事找唐果。

武道之战

这辆保时捷跑车停下，车门打开，唐果走了下来，随同唐果走下来的是柳如烟。

"云龙哥。"唐果一看到萧云龙，她为之欣喜，开口喊了声。

"你们怎么来了？"萧云龙问道。

"我是武馆的弟子，我过来训练不可以啊？"唐果白了眼萧云龙，接着她嘻嘻一笑，又说道，"至于如烟姐嘛，她可能是想你了呗。"

"果儿，你胡说什么？"柳如烟脸色一红，她恼嗔地说道。

虽说她与萧云龙之间已经有着实际性的关系，但并未公开不是？因此听到唐果这样的话语，她还是有些不好意思。

"魔王，莫非这位美女就是你的未婚妻？"奥丽薇亚走了过来，她看向柳如烟，好奇地问道。

奥丽薇亚随萧云龙来武道街后一直没有说话，她听不懂华夏语，但她看得出来萧云龙他们跟井野这些东洋武者之间剑拔弩张的气势。她心中不以为然，因为她很了解萧云龙自身的实力是何等之强，根本不是这些东洋武者所能抗衡的。

唐果与柳如烟过来的时候却引起了她的注意，唐果青春靓丽，身上散发出一股青春活力，且精致又美丽；至于一旁的柳如烟则是妖媚撩人，有股浓郁成熟的女人风情，一颦一笑间有股千娇百媚的迷人魅力。因此，奥丽薇亚以为柳如烟就是萧云龙的未婚妻，从年龄来看柳如烟可能性大一些，毕竟唐果还显得太小。

柳如烟听得懂英文，是以听到奥丽薇亚这句话后她脸色猛地一红，转眼看向了奥丽薇亚。

萧云龙表情颇为尴尬，他唯有笑着说道："奥丽薇亚，她们是我的朋友。"

215

"哇，这位姐姐好性感，好高挑啊！"唐果盯着奥丽薇亚，她比奥丽薇亚起码矮了一头，奥丽薇亚可是一米七出头的身高，加之她身段曲线浮凸有致，的确是性感曼妙，诱人眼球。

"呃……忘了跟你们介绍，她叫奥丽薇亚，是我的朋友。昨天从国外过来江海市游玩，我顺便招待了她。"萧云龙对着柳如烟与唐果说道。

"你好，我叫柳如烟。"柳如烟一笑，用英文跟奥丽薇亚打招呼。

"你好，你可真漂亮。"奥丽薇亚也笑着说道。

"你也是。"柳如烟说。

这会儿萧云龙周旋在这几个大美女身边，这让井野看着勃然大怒，他冷冷说道："萧少主，我北辰武馆与你们萧家武馆的比试绝非儿戏。你这样的态度简直是对武道的一种侮辱！如果你们萧家武馆不敢战，那就不妨认输。要战，那就尽快，磨磨蹭蹭，是想要拖延时间吗？"

"拖延时间？真是可笑！既然你们皮痒了，巴不得快一点被教训，那我可以成全你们！"萧云龙冷冷说道。

"那你还在等什么？要战那就现在战。"井野说道。

"等我父亲过来。我父亲才是萧家武馆的馆主，这一战事关萧家武馆的声誉与存亡，自然需要我父亲过来亲自坐镇。"萧云龙说道。

也就是在这时，吴翔此前开出去的那辆别克轿车开回来了，显然是把萧万军接了过来。

别克车开过来后停下，副驾驶座的车门打开后，萧万军急忙走了下来，他看到了萧云龙，立即问道："云龙，这是怎么回事？"

萧云龙看向井野，他说道："这位是北辰武馆的馆主，他代表北辰武馆向我萧家武馆下战书，且以武馆牌匾作为赌注，我接受了他的战书。"

"竟有此事？真是狂妄！竟然以武馆牌匾作为胜负赌注的筹码！简直是欺人欺上头了！好，那就一战吧，让他们看看我华国武道的真正实力。"萧万军冷冷说道。

"阁下就是萧馆主？久仰了！既然萧馆主也同意一战，那就开始吧！"井野冷冷说道。

"那就去演武楼吧。"萧云龙开口，他将萧家武馆的吴翔、李漠、陈启明、上官天鹏、铁牛等人带上，前往演武楼，准备与北辰武馆之间一决胜负。

萧家武馆对战北辰武馆的消息瞬间传遍了整个武道街，武道街上各家武馆的武师、弟子全都涌了出来，足足数百号人，全都朝着演武楼方向走去。他们都是抱着同样的目的而来，那就是希望萧家武馆将北辰武馆给打败，为武道街的各大武馆出口气，也为华国武道争口气。

柳如烟、奥丽薇亚、唐果也跟着走进了演武楼，柳如烟与唐果没想到刚过来找萧云龙就遇到这样的对战事情，唐果很兴奋，柳如烟却有些担心，或许她心里太过于在乎萧云龙了吧。至于奥丽薇亚，她全然不担心什么，她很清楚萧云龙的实力，因此她也就是抱着看看热闹的心态而来。

当初武道大会就是在演武楼内举行，如今时隔没多久，演武楼的擂台场上又迎来了一次极为重要的对决。这是萧家武馆与北辰武馆之间的对决，也是华国武道与东洋武道之间的交锋。

自萧家武馆在武道大会中勇夺第一后，萧家武馆俨然已经成为江海市各大武馆之首，而萧家更是被尊为江海市武道世家第一，这绝对是实至名归的。可以说，这次萧家武馆勇于站出来迎战北辰武馆，是众望所归。各家武馆都希望萧家武馆能够为他们争口气，狠狠地打压北辰武馆的嚣张气焰。

走进了演武楼内，萧家武馆与北辰武馆各自占据一方，北辰武馆那边的井野正在跟石天章六等东洋武者商量，讨论着先派谁上场进行第一战。

萧家武馆这边，吴翔语气坚决地开口说道："师父，萧大哥，我身为萧家武馆的大弟子，第一战我先上。"

萧云龙看向吴翔，他点了点头，说道："好，那第一战你上去。记住，无论面对什么样的对手，你自己绝不能乱，不能先乱了自己的阵脚。"

"萧大哥，我记住了。"吴翔说道。

这时，北辰武馆那边也选出了第一名对战的武者，这名武者名为江口健治，脸色沉稳，目蕴精芒，一看就是一个沉浸武道多年的强者。

江口健治走上了擂台，显得气势沉着，抬眼朝萧家武馆这边看了过来。

吴翔脸色从容，他朝着擂台上走去，这第一战由他上场。

"两方交战，分出胜负即可，不可伤及性命！"萧万军开口，这擂台场也有擂台场上的规矩，擂台对战，并非生死之战，分出胜负，一方倒地或者口头认输了，那就此止住。

"开始吧！"井野沉声说道。

江口健治盯着吴翔，他双腿并立而站，双手握拳，有股沉稳内敛的气势在弥漫。

从江口健治的起手式中能够看得出来他自身的武道走的是沉稳厚重的类型，这样的对手绝对是难缠的，因为他们足够沉稳，不冒险也不冲动，稳扎稳打，不急不躁，而一旦让他们寻找到一丝机会，那他们将会犹如鲨鱼闻到血腥味般地扑杀而上。看来井野派出江口健治第一个登场对战也是出于一定的考虑，他想要第一战求稳。

凑巧的是，吴翔自身的武道路数走的也是稳健的类型，两个武道路数大体相同的人对战，那比拼的就是各自的耐心和招式之间的攻防转换了。

"嗬！"

江口健治一声暴喝，冲步而上，率先发起了进攻。江口健治施展而出的是空手道的前踢，一脚前踢而至，直取向了吴翔的脸面，腿势如风，迅猛异常，夹带起了一股凌厉的腿势劲风，内蕴着十足的力道。

说起来日本的武道也是练气，由气生力，类似于华国武道中的气劲之力，不过日本武道的气劲分级是用段来分的，比如一段气劲，二段气劲。从江口健治那凌厉的腿势力道来看，他起码修炼到了四段以上的气劲之力，这已经很强了。

吴翔的目光一沉，他不慌不忙，右臂抬起，横挡而上，招架向了江口健治前踢而至的这一腿。

"砰！"

吴翔一挡之下，手臂微微发麻，对方腿势传递而来的那股力劲极为强横，冲击了他全身。不过吴翔的马步扎得极为沉稳，身体岿然不动，接着他开始反击，一拳而出，爆发力十足，轰向了江口健治的胸膛。

江口健治的右拳也随之出击，于瞬息间跟吴翔的右拳拳势对轰在了一起，紧接着江口健治的攻势猛地一变，转换成为掌刀之势，右手掌刀前切，横斩向了吴翔的脖侧。

吴翔右腿朝前横跨一步，他的左臂横挡于前，招架向了江口健治的掌刀，随后他的右手一肘攻向江口健治的咽喉位置。

江口健治侧身闪躲，同时身形"嗖"的一声朝前一冲，随即他猛地刹住脚步，一记空手道中的回旋踢狠狠地朝着吴翔的腰侧横扫而去。

吴翔显得有些猝不及防，但他并未乱了阵脚，抽身拧腰，双臂横挡，于千钧一发间挡住了对方这势大力沉的一腿横扫之势。

"轰！"

吴翔身形微微晃动，朝后倒退了两步，可见江口健治的这一腿横扫之力何等之强大。

江口健治目光阴冷，显然这一次攻击未能取得他料想中的成果。吴翔那偏向于沉稳的打法让他受到了一定的阻碍，江口健治本身也是这种武道套路，可不知怎么的，此刻的他心中有些窝火。兴许他觉得他身为北辰一刀流流派的传人，所被灌输的思想就是东洋武道第一，久攻不下，这是对他的一种耻辱，因此他有些窝火。

江口健治一怒之下再度疾冲而上，他这一次施展出了北辰一刀流流派的武技。

"嗤！嗤！"

江口健治以掌为刀，在他自身的那股气劲的催动之下，隐有恍如实质般的刀气破空之声传递而来，斩杀向了吴翔。

"战！"

吴翔暴喝，他凝聚自身的气劲之力，悍然地将盖手六合拳施展而出。大开大阖的盖手六合拳全面施展，密不透风，更是有股威慑六合八荒的磅礴气势彰显而出，狂风暴雨般地迎战向了江口健治的掌刀之势。

"砰！砰！砰！"

瞬息间，擂台场上吴翔与江口健治剧烈地厮杀在了一起，江口健治主攻，吴翔主防。

两人出招、拆招的对打过程显得极为精彩，直让场下围观着的各大武馆的武师、弟子们都看直了眼。然而，场下的井野脸色却有些阴沉，因为他看得出来江口健治的攻势有些急了。

江口健治最大的特点是稳，而不是急。现在江口健治却被逼急了，这可不是什么好兆头。再则井野也没有想到吴翔自身的攻防如此的沉稳老练，竟能够弥补他自身拳势上的破绽与漏洞，使身上几乎没有任何的破绽可循，这让人感到吃惊。

殊不知这一切都是受萧云龙的指点所致，使萧家武馆的弟子都认清了他们攻势上存在的破绽，如此一来他们在对战的时候就能够有意地去弥补自身的攻势破绽了。

萧云龙盯着场上的对战情况，他的脸色渐渐地放缓下来，江口健治越急，吴翔就越稳，如此下去，场上的局势将会极大地有利于吴翔。

不得不说，江口健治的掌刀攻势极为凌厉，饶是吴翔的盖手六合拳全力施展之下，也有多次被逼得险象环生。这主要在于吴翔从未接触过北辰一刀流的武技，难免有些不适应。但同样地，对方岂非也没有接触过华国武道？

一念至此，吴翔像是有了应对之策，当对方又是一记掌刀自上而下地斩杀而下时，吴翔看着就像是来不及闪躲般，他身形朝后一退，这一退之下使他原本的盖手六合的连贯拳势被中断了，且倒退的身形更是露出了一丝破绽。江口健治一直都在寻找吴翔自身的破绽，之前吴翔沉稳的防守之下让他无机可乘，眼下看着吴翔身形一退，露出了这一丝破绽，使江口健治像是一头闻到了血腥味的鲨鱼般，他暴喝一声，右掌如刀，直取而上，横切向了吴翔的腰侧部位。

然而，待到江口健治这一击掌刀直取而来的时候，吴翔后退的脚步猛地站稳，暗中早就蓄力的拳势突然间爆发而出，这一刻，他原本露出的那一丝破绽赫然消失得无影无踪，不复存在！

"气吞八荒！"吴翔暴喝，这是盖手六合拳中的一式，而这一式"气吞八荒"是一记由退而进的拳势，先退后进，先抑后扬，才可气吞八荒！所以，方才吴翔那一退之下露出的一丝破绽根本就是一个假象，一个迷惑江口健治的假象。如若换作熟悉华国武道的华国武者，或许能够看得出来吴翔那一退之下的拳势变化，可惜江口健治从未接触过华国武道，因此他看不出来，他上当了。

"吼！"

江口健治猛然怒吼，随着吴翔右侧部位的那一丝破绽突然间消失的时候，他意识到他上当了，他想要抽身而退，却已经来不及。

"砰！"

吴翔这暗中蓄势已久的"气吞八荒"的拳势先于江口健治的掌刀一步，结结实实地击在了他的胸膛上。这一拳中灌注着吴翔最为强横的气劲之力，只见对方张口"哇"的一声，吐出了一口口鲜血，倒退数步。

"嗖！"

吴翔疾冲而上，接连催动拳势密集如雨地攻杀而上，江口健治奋力抵挡，可最终还是被吴翔一拳击中，就此倒在了地上。

吴翔看向江口健治，并未乘胜追击，体现出了应有的风度。江口健治嘴角溢血，他努力地站起来，可身形却是摇摇晃晃，显然已经无法再继续战斗下去了。

"江口君，退下！"擂台下，井野脸色阴沉如水，冷冷说道。

很显然，这一战他们输了，吴翔赢得了这一战的胜利。

"啪啪啪啪！"

刹那间，场中围观着的各大武馆的武师弟子们全都起立，掌声如雷，使人振奋不已。

"首战告捷，萧家武馆好样的！"

"不愧是江海市第一的武馆，果然厉害，第一战就把东洋武者打趴了，哈哈哈！"

"看得真爽，出了口恶气！萧家武馆威武，就是要灭他们的威风！"

"对！让他们见识一下华国武道的厉害，省得他们一个个自视甚高，全然不将别人放在眼里！"

演武楼内，各家武馆的武师脸色激动，纷纷叫喊起来。

这一刻，他们激发出了一股同仇敌忾的团结之心，萧家武馆第一战的胜利仿佛就是他们的胜利一样，让他们感到激动与自豪。

"翔子，这一战打得漂亮！"待到吴翔走下场后，萧云龙笑着对他说道。

萧万军也点了点头，微笑着说道："最后那别胜的一式'气吞八荒'运用得恰到好处，非常之妙。"

吴翔也很高兴，但他并不自傲，而是说道："其实我也是有点取巧之意。对方并不了解华国武道，这才上当了。实话说，对方的武技真的很强，如果他不是急于取胜，那这一战的最终结果很难说。"

萧万军眼中露出一丝赞许之色，说道："翔子，你胜而不骄这很好，这样的本性继续保持。不管如何，这一战你胜了，这是事实。你认清到对方的强项，这是好事，日后你可以加以针对性的练习，从而再度提高你的武道修为。"

"是，师父。"吴翔点头说道。

"这一战谁来应战？"这时，一声冷喝声传来，北辰武馆中的石天章六走上了擂台，他脸色冰冷，目光森然，看向了萧家武馆这边。

霸气登场

"我来！"李漠开口，他朝着擂台场上走去。

今日石天章六带人围堵萧家武馆门口的时候，李漠与他针锋相对、剑拔弩张，因此一看到石天章六上场，李漠心中就憋着一口气想要跟他一战。

李漠已经走上了擂台，准备与石天章六对峙而战。

石天章六看着李漠，他冷冷说道："我北辰一刀流的武道精华在于剑道与刀道，因此，这一次我们以兵器对战！"

"锵！"

说着，石天章六将他腰襟的武士刀拔了出来，握在手中。

"兵器对战？"李漠的目光微微一冷。

"不错！你放心，即便是兵器对战，我也是点到为止，不会真的取你性命。"石天章六自傲而又自负地说着，仿佛以为以冷兵器对战他就铁定赢了李漠一般。

"好，那我们就以兵器对战！"李漠开口，他朝着这个擂台场旁边一个专门摆放十八般武器的区域看了过去，他走过去，挑中了一根一米多长的铁棍，握在手中。

石天章六盯着李漠，目光渐渐泛冷。

"开始吧！"石天章六开口，他手中的武士刀挥舞了两下，锐利的刀锋在空中发出了"嗤嗤"的声响，有股森然的杀气在场中弥漫着。

"呼！呼！"

李漠用力地挥动手中的铁棍，呼啸生风，他盯着石天章六，怡然不惧，冷兵器方面的对战技巧他也曾练习过，更是向萧云龙讨教过。说白了，冷兵器的对战也适用于杀人之道的攻势，完全可以将杀人之道的招式融入其中。

"嗤！"

石天章六率先发起了攻击，他手中的武士刀一扬，已经化作一道流星般直取向了李漠，刀势凌厉，且极为迅速，一闪而逝。

李漠的目光一沉，手中的铁棍也挥舞而上。

"当！"

两人的兵器交接，传递而来的那一声交击声极为刺耳，震人耳膜。

"呼！"

紧接着，李漠抡起了手中的铁棍，在虚空中掠起了层层虚影，这势大力沉的一棍朝着石天章六的脸面横扫而去。

"喝！"

石天章六暴喝，手中的武士刀横斩而去，招架住了李漠的一棍横扫，接着石天章六的手腕一动，于瞬息间反手握住刀柄，一刀自下而上，切向了李漠的身体。这是北辰一刀流刀道中的"撩天式"，极为阴险毒辣，往往能够杀对手一个措手不及。

李漠脸色一怔，他感觉到那股锐利的刀芒之意袭杀而来，仓促间他只有侧身闪躲，堪堪避过了石天章六这一式刀招的袭杀。

然而，还不等李漠站稳身体，石天章六的刀式已经交织成了一张刀网，铺天盖地地朝着李漠当头笼罩而下。交织而成的刀网凌厉万分，内蕴着变幻莫测的刀式以及那股凌厉的杀机，这样的刀式分明是想要置李漠于死地，而不像是在进行武道切磋。

在擂台下，萧云龙皱了皱眉，对于石天章六这样的攻势打法他心中有些恼火，如此不遗余力地出手，只怕无法做到收放自如，一旦李漠稍有差错，就会被那柄武士刀给伤到，甚至会致命。

李漠也有些怒了，面对这排山倒海般笼罩而下的刀式，他猛地将打黑拳那种杀人之道的攻杀之势融入到了铁棍中，他自身那股强悍的爆发力量施展而出，手中的铁棍挥舞间大开大阖，呼啸生风，将眼前笼罩而下的刀式全都给破了。

"呼！"

接着，李漠手中的铁棍直取而上，就像是一记轰杀而出的直拳般，攻向了石天章六的脸面。这看着没有什么招式，实际上也不存在任何招式，有的仅仅是快、狠、准，这是杀人之道的精华所在，也是萧云龙教导他们的时候所提倡的不需要死板地固定于招式的攻击，只要能够运用最简洁最有效的手段将对手击倒，那就是最好的招式！

李漠这一棍直取而来，石天章六脸色微微一怔，他手中的武士刀横刀而出，瞬间抵挡向了李漠的这一棍。

"呼！呼！"

李漠这一棍被石天章六横挡，可他的攻势并未停下来，他手中的铁棍极速挥舞，或横击、或横扫、或直取、或抽打，没有任何固定的招式可循，看着像是杂乱无章地出招，可当中却是内蕴着一股凌厉无比的杀人之道的气势。

石天章六忍不住皱了皱眉，李漠的这种攻击打法让他感到极度不适应，因为李漠的出招杂乱无章，没有丝毫的轨迹可循，这与他所熟悉的一招一式的招式变化全然无关，是以在李漠这凌厉的杀伐攻势下，石天章六竟开始有些慌乱起来。

"呼！"

李漠又是一棍横扫而至，铁棍所向，碾压空气，发出了接连不断的爆破声，横扫向了石天章六的胸膛。

石天章六心中一惊，来不及做出反击的他将手中的武士刀横挡于胸。

"当！"

两人的兵器立即紧贴在了一起，爆发出了刺耳的声响。

"吼！"

李漠一声怒吼，手中的铁棍抵着石天章六的武士刀，他腿部发力，顶着石天章六朝前冲过去。

"轰！"

在这个过程中，李漠的右腿横扫而出，攻向了石天章六的腰侧。石天章六无法闪躲，只有抬腿迎接，"砰"的一声，两人腿势对撞在了一起，在李漠那凌厉的腿势横扫之下，石天章六的身形微微晃动。

就在这时，又是"砰"的一声，李漠的额头狠狠地朝前一顶，撞击在了石天章六的脸面上，这一击将石天章六撞得头晕脑涨。

石天章六何曾想到李漠还会用头部作为攻击手段？

事实上，在打黑拳的时候，黑拳选手的全身上下都可作为攻击的手段，双手双脚、手肘、膝盖、头部，甚至是牙齿等，只要能将对手打倒，无论用什么方式都可以。

石天章六头晕脑涨之际，李漠的左手一拳已经趁机而出，一拳轰杀而至，没入了石天章六的胸腔内。

石天章六口中闷哼了声，他身形朝后倒退。

"呼！呼！"

李漠一冲而上，手中的铁棍扬起，朝着石天章六当头镇杀而下。石天章六毫无反击之力，只有奋力地提起武士刀横挡而上，招架向了李漠手中的铁棍。

"当！当！"

李漠手中铁棍内蕴着的那股强横的爆发力量席卷而下，震得石天章六虎口生疼，手中握着的武士刀险些握不住，都快要脱手而出，就在这时——

"呼！"

一声极为锐利的呼啸之音响彻而起，李漠手中抡起的铁棍朝着石天章六的右侧脖颈横扫而来，这一棍石天章六毫无反应之力，竟木然石化般地站在了原地。

"嗤！"

最终，李漠猛地收回了力道，他手中的铁棍临近石天章六的脖侧时硬生生地停住了，那冰冷的铁棍贴在了石天章六脖颈的皮肤上，让石天章六感觉到一股刺骨的森冷之意。

"你输了！"李漠盯着石天章六说道。

石天章六咬了咬牙，脸色一阵铁青，他嘴角翕动，想要说什么却根本说不出口。毫无疑问，如果是生死对战，任由这一棍横扫向石天章六的脖侧的话，他的脖子早已被砍断。

"哐当！"

李漠将手中的铁棍扔在了擂台场上，他转身朝着擂台下走来，这一战胜负已分，无须再多说什么。

那一刻，石天章六死死地盯着李漠的背影，眼中糅合了愤怒、耻辱、不甘与憎恨！这种负面情绪让他为之发狂，极度的愤恨与仇视吞没了他的理智，心里面一直有个声音在呼喊——我怎么会输？我怎么能输？北辰一刀流的刀道不是最强的吗？怎么会输？一定是他那种杂乱无章的打法扰乱了自己的心神，否则自己绝不会输！再说北辰武馆已经输了第一场，这一场不能再输了！

极度的仇恨与愤怒下，石天章六猛地握紧了武士刀的刀柄，身上一股凌厉的杀机弥漫而出，他猛地暴喝一声：“受死吧！”

"嗖！"

石天章六身形一动，他一跃而上，竟朝着李漠疾冲了过去，手中的武士刀已经扬起，那尖锐的刀口朝着李漠的后背直刺而去。

"哗！"

突生变故，现场中响彻起阵阵哗然之声，没有人能够想到在这最后一刻，石天章六明明是败了，居然还会从背后偷袭，并且一出手就是置人于死地的杀招！

"小心！"萧家武馆中的上官天鹏、陈启明等人见状后忍不住惊呼出口，声音又惊又怒，这一切来得太快了，让他们根本没有任何的反应机会冲上去化解李漠此刻所面临的危机。

李漠已经觉出了些异常，随后更是感觉到一道锋利无比的锋芒从他的身后传递而来，内蕴着一股森然的杀机。李漠蓦地转身回头，他眼中的瞳孔骤然冷缩，石天章六已经冲到了他的面前，那柄寒光闪闪的武士刀的刀锋更是距离他的胸口近在咫尺！

李漠全身僵硬，这一刻，他已经来不及做出任何的反应能力，甚至他都已经感觉到那柄武士刀的刀尖刺入了他胸前的衣服，接触到了他胸口的肌肤，一股死亡之意瞬间笼罩了李漠全身！

场中的情况极度危急，李漠危在旦夕！

"啊——"

柳如烟与唐果眼睁睁地看着这一幕，她们花容变色，忍不住惊呼出口，像是不敢看接下来所发生的一切般，她们都忍不住要伸出手去捂住双眼。

"别闭眼！"奥丽薇亚的声音忽而传来。

"呼！"

突然间，擂台场上，有风起！一股不知从何处刮来的劲风将此刻早已经手足无措的李漠的头发吹扬而起，一只沉稳有力的手猛地伸探而出，在千钧一发间扣住了那只持刀的手腕，那柄刺向李漠胸膛的武士刀竟无法再前进哪怕是一寸，恍如就此定格住。

时间也仿佛在这一刻凝固住了。全场一片鸦雀无声，一双双目光都朝着擂台上看了过去，他们看到一道身影以不可思议般的速度冲到了李漠的身前，也看到了一只沉稳有力的手伸探而出，扣住了那只握住武士刀的手腕。接着，这只手扣着对方的手腕朝上一托，使那柄武士刀的锋芒离开了李漠的胸膛，就此化解了李漠那形如定局一般的死亡危机。

"那是、那是……萧家少主！是萧家少主！"

"没错，真的就是萧家少主，他化解了这场危机！"

"天哪，太不可思议了，简直就是神奇！这是何等的速度和反应能力才能化解这样的危机！"

"萧家少主果然好样的，让人敬佩！"

现场恍如陷入了沸腾状态，无数人欢呼而起，只因他们看清楚了冲上擂台化解了李漠那死亡危机的人影究竟是谁。

"是萧哥，哈哈，是萧哥出手了！"上官天鹏喜极而笑，激动万分。

"萧大哥！"吴翔、陈启明、铁牛他们纷纷开口，又惊又喜，兴奋不已。

"是云龙哥，他、他好厉害……"唐果口中呢喃。

"云龙！"柳如烟也轻声自语，嘴角带着一丝笑意。

然而，擂台场上的这一切还未完，只见萧云龙扣住了石天章六持刀的手腕，拖着他朝右侧一带，石天章六只觉得一股巨力传递而来，他的身体不由自主地被这股巨力所牵引着，朝着右边方位跟跄而去。与此同时，萧云龙的左手搭在了石天章六手臂的肩关节上，他施展出了反关节技中的三段折。

"咔嚓！咔嚓！咔嚓！"

三声极为刺耳的骨折声几乎同一时刻传递而来，石天章六的手臂先是手腕，接着肘关节，最后是肩关节，悉数折断！

"啊——"

石天章六口中忍不住爆发出了一声痛苦万分的惨号声，手中握着的武士刀也铿锵掉地。

萧云龙于反手间握住了石天章六的左臂，反关节方向一拧——

"咔嚓！"

又是一声刺人耳膜的骨折声传来。

这还未完，萧云龙的目光一沉，有股骇然的威势爆发而出，他双腿横扫而出，重于千钧，看着就像是两根巨大的钢铁般朝着石天章六的左右双腿的膝关节横扫而出，那股刮带而起的腿风足以让人心惊胆战，为之恐惧。

"咔——嚓！"

随着清脆的骨折声，还有石天章六那宛如杀猪般的惨号声，双腿尽折的他扑通倒地，犹如一摊烂泥般趴在地上，口中不断地发出痛苦万分的呻吟惨号声。

"砰！"

萧云龙的右腿抬起一脚踩在了石天章六的胸膛上。

场中一双双目光盯着擂台场上这一幕，他们看着傲立场中，一脚踩着石天章六的那道身影，恍如一尊魔王，又像是一尊神祇！

"哗——"

短暂的沉寂后，场中响起了排山倒海般的呼喊声，掌声如雷，轰动全场，各大武馆的武师、弟子们全都亢奋不已，浑身热血贲张，这一幕让他们看着太热血、太解气了，有种出了口恶气的感觉。

"萧云龙，你放开我的人！"擂台下，井野反应过来，他脸色阴沉而又铁青，他暴喝出口，瞬间冲上了擂台。

"放人？这个狗杂碎战败之后却从背后袭杀，一刀刺向我萧家武馆的弟子，这是置人于死地！若非我出手，那我萧家武馆的弟子早就身亡！如此心思歹毒、心胸狭隘之辈，留之何用？他玷污了'武道'这两个字！"萧云龙盯着井野，一字一顿地说着。

说话间，他踩着石天章六胸膛的右腿猛地发力，开始碾压着石天章六的胸骨。

"咔嚓！咔嚓！"

密集的骨折声持续不断地传递而来，让人听着都要头皮发麻。

萧云龙右脚用力之下，将石天章六胸口的胸骨一根根地踩断，只有如此才能平息他心中的怒火。方才李漠真的是险之又险，他反应要是稍微慢半拍，那此刻李漠早就被那柄武士刀给刺穿了。

当李漠战胜石天章六，他转身走下擂台的时候，萧云龙敏锐地感觉到了石天章六身上出现的那股杀机，他都来不及出声提醒李漠，第一时间就朝着擂台上冲了上去。果然，石天章六身上的杀机闪现而出后，他一跃而起，手持武士刀朝着李漠突袭刺杀而去。萧云龙正是提前做出判断，及时冲上擂台，这才能在千钧一发间阻止了石天章六的袭杀，也阻止了一场悲剧的酿成。

石天章六如此举动让萧云龙怒火高涨，若非顾及场中这么多人，他早就把石天章六的脖子给拧断了。

井野的脸色一阵铁青，他无法反驳萧云龙的话，他心知石天章六战败之后进行突袭刺杀的确是违反了武道精神，他深吸口气，缓缓说道："石天章六方才的举动的确是不妥，而你出手打断他的手脚，这也让他付出了代价。接下来，我要正式向你挑战。因此，请你放人！"

"你要与我一战？"萧云龙冷冷说道。

"对！我，代表北辰武馆的馆主，正式与你一战，一战分胜负！"井野沉声说道。

"好，那就一战吧！至于这个狗杂碎，姑且就留他一条狗命残喘于世！"萧云龙说着，足尖一挑，将石天章六的身体踢飞下了擂台。

"李漠，你没事吧？"萧云龙看向站在场中有些回过神来的李漠，开口问道。

"啊？萧哥，我、我没事。"李漠连忙说道。

"刚才那一战你做得很不错，没事那就下去先休息吧，接下来由我来战。"萧云龙说道。

李漠点头，他走下擂台。

萧万军起身迎接，伸手拍了拍李漠的肩头，随后他看向了场中。

场下所有人也全都盯住了场中的情况，他们心知，接下来这一战将会是北辰武馆与萧家武馆之间最强的对战与碰撞。

井野将身上披着的那件灰色的武士袍脱下，认真地叠好，放在了擂台的边角位置，他的脸色显得很郑重，也很认真，因为这一战很大程度上将会决定北辰武馆与萧家武馆之间的最终胜负。

井野深吸口气，转身盯住了萧云龙，身上的气势凝聚而起，聚而不散，隐而不发，可见井野对于自身的那股"气"已经掌控到了极为娴熟的地步，这绝对是一个高手！

萧云龙的脸色无波无澜，平静至极，他从来都不惧强敌，对手越强反而越能够激发出他身体内潜藏着的那股斗志。再则，眼前的井野虽强，但在他看来，也还未达到顶尖的程度。

"请赐教！"井野看着萧云龙，开口说道。

"来吧，看看你能撑多久。"萧云龙语气显得轻描淡写地说道。

井野眼中燃起了一团怒火，身上有股狂暴的怒意，他身为北辰一刀流流派这一代中最为杰出的弟子，一身实力强大无比，可居然不被眼前的萧云龙放在眼里，这如何不让他动怒？

可是怒归怒，井野知道愤怒不能解决任何问题，唯有依靠自己的实力将对手击倒在地，才能证明自己，证明东洋武道！

"嗖！"

井野双足蹬地，他身上爆发出了一股雄浑厚重的气劲，使他犹如一头充满了力量的猎豹般，一跃而上，朝着萧云龙扑杀了过去。

井野并掌如刀，一股雄浑强大的劲力从他的掌刀中迸发而出，恍如在虚空中凝聚成了一柄气劲之刀的雏形，看着就像是一柄刀从上而下，当头斩杀向了萧云龙！这一击之势极为凌厉，也极为凶险，不仅仅是快，其中内蕴着的那股气势更是震骇人心。

一刀两断，断生，断死！这正是北辰一刀流流派中赫赫有名的"一刀两断诀"，一刀而下，可断生死，是最为凌厉的攻杀之道。

就在井野这一式刀诀启动的时候，萧云龙的右手一拳猛地轰杀而出，他这是要打断井野这一式刀诀的节奏，因为他看得出来这"一刀两断诀"肯定还有后招，一旦让井野顺利地施展而出，那将会给他带来一定的麻烦。所以，萧云龙动用杀人之道的拳势，一拳轰杀而出，简单的拳势中内蕴着的那股杀伐气势凌厉至极，像是一枚出膛的炮弹直取向了井野的脸面。

井野脸色微微一变，这时，他一刀两断的掌刀之势已经劈杀而下，迎上了萧云龙杀人之道的拳势。

"轰！"

井野的掌刀之势被萧云龙这一拳所挡，未能按照他的预期般斩杀而下，不过一刀两断的刀诀变化无穷，最为强大的一个特点就是能够根据对手的招式来变化自身的攻势。因此井野自身的攻势并未停下，反而是变得更加凌厉，掌刀之势顺势横斩而上，攻势笔直得如同一条直线，就像是一截袭杀而上的刀锋，笔直而又锋锐。

怒砸牌匾

"三荒八方雷!"萧云龙暴喝出口,猛地将"八荒破军拳"的拳势施展而出。

"轰隆隆!"

萧云龙这一拳的拳势施展而出,恍如有闷雷之声轰鸣而起,响彻在了整个演武楼四周。这恍如内蕴着八方雷动的拳势攻杀而出,内蕴着一股刚猛暴烈的气势,席卷而上,吞没了井野施展而出的一刀两断刀诀。

擂台场下围观着的人群都忍不住纷纷发出了惊呼声,他们都是各家武馆的武师,对于武道有着一定的见解,因此看着萧云龙如此攻杀而上,深深地震撼到了他们的心:

"这就是萧家的'八荒破军拳'?果然强大惊人!"

"如此拳势的确是够恐怖骇人的,太强大了,难怪萧家武馆能够在武道大会中夺魁,靠的的确是足够强大的实力!"

"萧家能够有此子,必然能够将萧家武道再度发扬光大!这是我们江海市武道的福音,也是一种骄傲啊!"

"说得对!让我们看着萧少主怎么将这个东洋武者击败吧!"

场中议论如潮,他们看向萧云龙的目光中充满了一股敬畏与折服之意。

"不错,不错!云龙对于'八荒破军拳'有自己独到的见解,以肉身的力量来催动这套拳道跟以气劲之力来催动是截然不同的,或许以纯粹的肉身力量来催动,更加能够体现出这套拳道的惊人威力!"萧万军点了点头,语气赞赏有加地说道。

"萧哥的拳势就是霸气!每次看萧哥对战,都会让人热血沸腾。"上官天鹏语气亢奋地说道。

"不仅如此,看着萧哥的对战,往往还能够学到很多东西。以前我不知道萧哥就是魔王教官,现在知道了,看着萧哥对战更是激动万分。魔王教官，那可是活着的传奇啊，哈哈。"李漠语气亢奋而又激动地说道。

"也不知道这个井野能够抵挡萧大哥多少轮的攻势。"吴翔说道。

他们丝毫不担心萧云龙的情况，在他们心目中，萧云龙之强难以想象，他们对萧云龙有着一种盲目的自信感。

"云龙哥真的好厉害啊，真不愧是我认定的师父。"唐果笑着，一双宛如月牙的双眸都要冒出小星星了。

柳如烟一语未发，丹凤双眸却是紧盯着擂台上的萧云龙，不经意间她的眼眸中流露出了丝丝爱意。擂台上这个散发出一股不可一世的磅礴气势的男人正是她心中的挚爱，此刻亲眼目睹着自己所深爱着的男人展现出了强大霸气的一面，她心中如何不欣喜？只要是个女人，都会希望自己的男人强大，越是强大才能愈加带给她们足够的安全感。

奥丽薇亚微微一笑，说道："之前我让你们别闭上眼，你们可明白我的意思了吧？魔王是我见过的最强大的男人，我见证了他的成长史，强势而又霸道，不断地成长，不断地变强，总会在别人意想不到的情况下创造出不可思议的奇迹。"

柳如烟闻言后脸色一怔，她看向奥丽薇亚忍不住问道："奥丽薇亚，你所说的魔王就是萧云龙？你跟他认识很久了？"

"对，就是他。我跟他认识有五六年了吧。不过这是我第一次跟他在现实生活中见面。以往我们都是通过网络视频通话，我主要是给他提供一些情报消息什么的。"奥丽薇亚笑着说道。

"哦，原来如此。"柳如烟一笑，她感觉到奥丽薇亚应该很不简单，不过她眼下也没有去过多地追问奥丽薇亚的具体身份。

"轰！"

这时，擂台场上传来一声轰然之声，只见萧云龙的拳势与井野的掌刀再度轰击在了一起。

井野自身的那股武道气劲迸发而出，排山倒海般地汹涌，萧云龙拳势上内蕴着的那股爆发力席卷而出，如山崩海啸，震荡向了井野。井野掌刀之势戛然而止，在萧云龙施展而出的霸道十足的八荒破军拳面前非但不占任何的优势，而是被震得身形微微晃动。

"四荒破敌杀！"萧云龙再度暴喝，将八荒破军拳中的这一式施展而出，拳势上旋转而起的劲风刮人面疼，像是一柄钻头钻杀而上，内蕴着一股破杀强敌的锐利之势，就此轰向了井野的脸面。

"喝！"井野暴喝出口，他的双臂交叉在了一起，双手手掌并指如刀，于瞬息间朝着萧云龙这一拳迎击而上！

十字刀！北辰一刀流流派中的另一种至强武技，犹如一柄十字刀锋般迎杀而上，与萧云龙的拳势对击在了一起。

"砰！"

一击之下，井野身退，只因萧云龙拳头上内蕴着的那股破杀强敌的气势太过凌厉，饶是井野的十字刀已经足够锋锐，可在这一拳的轰杀之下仍旧是崩溃瓦解，并且那股内蕴着的拳道力量更是震得他无法站稳身体，连连倒退。

"啊？这、这怎么可能？"擂台下，北辰武馆的其他武者一个个纷纷惊呼出口，他们难以置信，在他们心目中井野极为强大，按理说应该能够轻而易举地将萧云龙击败才对。可他们所看到的却是井野被萧云龙的拳势逼退了，这让他们不敢相信，也无法接受这样的结果。如若井野战败了，那这一次的对决他们可就输了。

"井野大人还有更强大的手段，井野大人一定会取得最终的胜利！"一名东洋武者说道。

"对！井野大人一定会获胜！"另一名武者也开口，他们以此来坚定自己的信念。

擂台场上，萧云龙并未追击，而是站在原地，他看向井野，冷冷说道："你就这点实力？那太让我失望了！"

井野为之震怒，他竟被萧云龙给小瞧了，事实上他方才被萧云龙的拳势逼得跟跄后退，的确是落于下风，这让他极为不甘，更加激起了他心中的那团怒火。

"萧云龙，你很强，说实在的，你并未让我感到失望。不过，接下来才是真正的战斗！你以为这就是我全部的实力了吗？我会让你见证北辰一刀流流派真正至强无敌的武道！"井野盯着萧云龙说道。

"哦？是吗？那我就拭目以待吧。"萧云龙冷笑着，仍是表现出一副不以为然的神色。

井野怒火攻心，有种羞辱感，他身为北辰一刀流流派这一代最为杰出的弟子，他有着属于他自己的骄傲，此前他还夸下海口要将江海市各大武者给击败，丝毫不将华国武道放在眼里。但现在，他们北辰武馆前两战皆输，而他上台之后更是被萧云龙逼退，如若这一战他不能挽回北辰武馆的颜面，那可谓是一败涂地了。是以，井野深吸口气，要将他自身最强的实力展现出来。

"战吧！"井野开口大喝，如今的他看着就像是一头负伤的野兽般，脸上有股狰狞可怖之意，他逐渐变得通红的眼睛盯着萧云龙，带着森冷的杀机与战意在弥漫。

井野大步地朝着萧云龙冲了过去，他身上的那股气势接连攀升，显得极为恐怖骇人，像是有股毁灭性的气息在弥漫。

"嗬！"

井野怒喝，以掌代刀，一股恍如来自修罗界般的气势迸发而出，他自身的掌刀朝着萧云龙当头斩杀而下，刀势凌厉，携带着一股森然而起的刀气风声。明明是一双肉掌，竟然能够施展出恍如真实般的刀势攻击，可见井野这一击的威力是何等的骇人，这也意味着他在刀道上的修为达到了一个极为惊人的地步。

擂台下，萧万军脸上的神色变得微微凝重了起来，从井野此刻的攻势来看，他看得出来东洋国的北辰一刀流的武技确实有其过人之处，确实是很强大，让人为之惊叹。

"毁灭修罗刀？"

"对，这正是毁灭修罗刀！是武圣大人传给井野君的至强刀诀！"

"真是厉害，不愧是武圣大人至强的武道刀诀。井野君学会了这套刀诀，这个萧云龙肯定要被击败，毫无悬念！"

"没错！毁灭修罗刀，那可是我们北辰一刀流流派中两大至强武技之一，施展而出，谁人能挡？"

"就让我们看着井野君如何将这个萧云龙击败吧！"

　　北辰武馆中，一个个东洋武者为之雀跃，为之兴奋。他们认得出来井野此刻施展而出的武技正是北辰一刀流流派中一门至强无比的武道刀道——毁灭修罗刀！这是北辰一刀流中的镇派之宝，是北辰武圣最强的武技之一，因此他们认为井野肯定能够借此来击败萧云龙，从而一雪前耻，让他们北辰武馆反败为胜。

　　擂台上。

　　"有点意思！"萧云龙开口说了声，他双拳一握，手臂上青筋毕露，一根根肌肉线条从他的手臂上彰显而出，宛如一条条依附在上面的虬龙一般。

　　萧云龙将自身的极限力量爆发而出，他与井野对战至今的目的就是想要看看北辰一刀流流派中有哪些至强的武技。如今井野将"毁灭修罗刀"刀诀施展而出，那他就没必要拖下去，而是速战速决，一举将井野击败，并摧毁他的自信。

　　"轰！"

　　萧云龙身形展动，魔威滚滚，他以自身的极限力量催动出了杀人之道的拳势，一股凌厉无边的杀意从他的身上爆发而出，这一拳正朝着井野"毁灭修罗刀"刀式的薄弱环节中轰杀而去。

　　"砰！砰！"

　　一声声接连不断的砰然之声响彻而起，井野的毁灭修罗刀凌厉无边，内蕴着一股毁灭性的威势，使人如同置身于修罗地狱场中一般。所以，萧云龙这杀人之道的拳势如破竹般地轰杀而上，抵挡住了井野毁灭修罗刀的刀式。

　　"毁天灭地，修罗刀诀！"井野暴喝，身上的气势再度暴涨，一股狂暴的携带着毁灭与修罗气息的威势在弥漫，他并指如刀，双手掌刀急速舞动，形成了一记记凌厉无比的刀式锋芒，携带着阴森无比的修罗气息，就此层层笼罩向了萧云龙。

　　"六荒杀龙手！"萧云龙猛地一声暴喝，他齐聚自身的力量于拳头之上，极限力量悉数爆发，震动虚空，发出了阵阵呼啸之音，宛如狂龙在怒吼。

　　这是八荒破军拳中最具杀伤力的一拳，号称杀龙手，有着博龙威势。并且在萧云龙自身的那股极限力量的催动之下，足以让这一拳的威势达到摧古拉朽所向披靡的地步。

只见井野交织而出的层层刀网中，萧云龙这杀龙手的一拳轰杀而上，赫然穿过了眼前的层层刀网，在那股狂暴的极限力量的催动之下，层层密集的刀网赫然崩溃瓦解，被萧云龙这一拳的拳势直接轰爆。这才是真正摧枯拉朽的一拳，才是真正至强霸道的一拳！

“砰！”

一声轰然巨响，萧云龙拳势破刀，与井野这毁灭修罗刀的刀式轰击在了一起，竟震得井野身形巨震，几欲站不稳。

“萧家横连腿！”萧云龙冷喝，井野还未站稳，萧云龙的双腿腿势已经扬起，接连不断的腿势横扫而出，内蕴着横断山峦、横荡千军的威势，每一腿之势都重于千钧般，以骇人的威势碾压向了井野。

“我不信，怎么会如此！”井野喉间发出了歇斯底里的嘶吼声，他不信邪，再度将“毁灭修罗刀”刀诀施展而出，一股毁灭修罗的气息再度弥漫，席卷向萧云龙，攻杀向了萧云龙施展而出的萧家横连腿的腿势。

然而，任凭井野的掌刀刀式再如何凌厉无比也罢，仍旧是无法破杀萧云龙那连绵不断的腿势。萧家横连腿，一经施展，连绵不断，内蕴着极限力量的腿势沉重如山峦般地碾压而下，逼得井野连连倒退，险象环生。

“给我倒下！”萧云龙忽而间大喝一声，他收起了双腿腿势，刹那间，那漫天的腿影收敛得无影无踪，取而代之的只有一腿——

“呼！”

萧云龙一腿横扫而上，灌注了全身的力量般，使这一腿之势碾压虚空之下接连爆发出了密集的音爆声，看着就像是一座巨山朝着井野整个人压塌而下，如此威势让人心惊胆战！

井野心中大骇，这一腿太快了，内蕴着的那股杀伐之力太过于恐怖了，在如此力量之下，一切都显得极为渺小，一切都形如虚设一般。

“啊——”井野大叫出口，疯狂地催动毁灭修罗刀的刀式格挡而上，然而又岂能抵挡得住这一腿的横扫碾压？

“咔嚓！”

一声刺耳的骨折声传来，井野横挡而上的右臂给打断了，且这一腿连同井野折断的右臂横扫向了他的身躯，将他整个人横扫击飞，朝着擂台上前面的缆绳撞了上去。

"砰！"

井野的身体撞上了缆绳，在缆绳自身的弹力之下他的身体又朝前弹飞而至。

"呼！"

萧云龙一个箭步冲了上去，一拳而出，击向了弹飞而来的井野。

"砰！"

这一拳，结结实实地轰在了井野的胸膛上，将井野击飞而出，恰好倒在了北辰武馆那些全都目瞪口呆的东洋武者的面前！

场中，萧云龙傲然而立，如魔王临世，俯视众生，威霸绝伦！

全场一片死寂！

骄横得不可一世的井野就这样被萧云龙轰飞下了擂台，摔了个四脚朝天，那姿势有多丑就有多丑，哪还有半点的尊严可言？哪还有此前那种咄咄逼人不将华国武者放在眼里的倨傲气势？就像是一条死狗一样地趴在地上，徒增几声痛苦的呻吟声罢了。

北辰武馆的武者全都傻眼了，一个个目瞪口呆、石化木然般地站着，他们脸色变得阵青阵白，有股莫大的恐惧感在他们的心间弥漫，他们像是被吓傻了一般，眼睁睁地看着趴倒在地上的井野，没有一个人伸手去扶起来。

他们中就数井野的实力最强，如今井野都被萧云龙击飞倒地，那还有谁能够抵挡萧云龙？没有！一个都没有，甚至他们有种错觉，即便是他们所有人联合一起冲杀上前，也都会被萧云龙一个个地击倒在地。

擂台场上，那道魔威滚滚、傲然而立的身影就如同一座巨山般横亘在他们面前，不可逾越，不可撼动，更无法战胜。

"你们还有谁要上场？全都给我上来！"萧云龙看向了北辰武馆的武者，喝声说道。

萧云龙一声大喝，使这些东洋武者如梦方醒，他们噤若寒蝉，在萧云龙这股震慑人心的威势面前，他们终于收起了原先的那种倨傲无边的态度，一个个低着头，丧气垂头的样子，都不敢迎接萧云龙的目光。

"没人敢上场了吗？你们之前不是挺嚣张的吗？怎么现在一个个都成哑巴了？"萧云龙冷笑了声，他跳下了擂台，走到了北辰武馆的这些东洋武者面前，他盯着他们，冷冷说道，"没人敢上场那就是你们败了！按照约定，战败一方的武馆牌匾可是要被砸的！"

"你——"一个东洋武者脸上露出了一丝怒容。

砸匾？那等同于砸掉了北辰武馆，也等同于狠狠地打了北辰一刀流流派极为响亮的一巴掌！

"你不服？不服那就来战！"萧云龙语气一冷，他朝着这名东洋武者疾冲而上，一拳轰杀而出，势大力沉，强势绝伦。

"八嘎！"这个东洋武者怒喝一声，他倾尽全力地出手，将他自身的拳势施展而出，抵挡向了萧云龙这一拳。

然而，在萧云龙这杀人之道的拳势面前，他如何抵挡得住？萧云龙这一拳轰杀而上，破杀了他的拳势，接着萧云龙的右腿横扫而出，呼啸而起的腿风刺人耳膜，让这个东洋武者想要抵挡都来不及，被萧云龙这一腿横扫而飞，口中吐血。

这些东洋武者一个个脸上浮现出极度的震惊之感，至此他们才认识到他们引以为傲的武道实力在萧云龙面前根本就是形如虚设，不堪一击！这样的认知让他们感到很痛苦，也沉重地打击到了他们的自信，毕竟他们此前可是一直推崇东洋武道，认为东洋武道才是第一，远胜于华国武道。事实证明，他们错了，这一战他们遭遇了惨败！

"你、你欺人太甚——"一个东洋武者脸色铁青，忍不住说道。

"欺人太甚？真是可笑。你们怎么不反省反省你们之前的行为举动？送给你们四个字——罪有应得！"萧云龙冷笑着说道。

北辰武馆的武者一个个脸色铁青，却无法反驳，这一次他们真的是自己打自己的脸了。

"既然战败了，那就按照事先约定的赌注来办事！"萧云龙盯着北辰武馆的武者，语气淡漠冰冷，他接着说道，"所以，你们北辰武馆的牌匾我现在就去砸！"

说着，萧云龙转身面对场中坐着的各大武馆的武师、弟子，他大声说道："诸位，你们也曾听到了，北辰武馆向我萧家武馆下战书，赌注就是各自武馆的牌匾，输的一方武馆牌匾被砸！如今，北辰武馆已败，那就要兑现他们提出的赌注要求——砸匾！"

"砸！该砸！"

"砸匾！谁让他们如此嚣张！"

"可不是嘛！真没听说有哪家武馆之间的对战会以武馆牌匾来作为赌注。他们提出这样的赌注是居心不善，妄图砸掉萧家武馆的牌匾，岂料最终搬起石头砸自己的脚！"

"所以说支持萧少主的决定，砸掉北辰武馆的牌匾！"

"走，我们也看看去！"

场中各家武馆的武师们纷纷说着，他们站起身，随着萧云龙、萧万军、萧家武馆的弟子一同走出了演武楼。

萧云龙走到了北辰武馆的门前，有人送来了梯子，他顺着梯子爬上去，将北辰武馆的这块牌匾摘了下来。

北辰武馆的东洋武者也跟着走了过来，井野被两个人扶着，他还能活着自然是得益于萧云龙手下留情，此刻他看着萧云龙将北辰武馆的牌匾拿在手中，他脸色大变，急促不已地说道："不、不要……请、请手下留情。"

"呼！呼！"

数辆车子飞驰而来，在人群前停下，车门被打开，李风云走了下来，其他的车子上纷纷走下一个个血龙会的弟子。

李风云快步走过来，一眼看到了身负重伤被人搀扶着的井野，也看到了北辰武馆前面萧云龙高举起那块牌匾，正欲砸烂。

李风云脸色一怔，他急忙暴喝出口："萧云龙，你给我住手！"

萧云龙瞥了眼李风云，他冷笑了声，双手握着这块牌匾的两边，猛地朝下一砸，同时他右腿的膝盖朝上冲顶而起。

"砰！"

先是一声沉重无比的砰然之声响起，接着传来了"咔嚓"之声，这块牌匾已经从中间裂开，断为两半。

萧云龙随手将这折断的牌匾扔在了地上，伸脚踩住，盯着井野，说道："我记得曾跟你说过，你脚下所站着的是华夏的土地，并非你的国土。因此，这里绝非你撒野放肆的地方！事实证明，你的东洋武道也不过如此，往后收起你那份高姿态，华国武道源远流长，你可以不尊重，但绝不能看低！"

井野一张脸阵青阵白，他的心在滴血，牌匾被砸这意味着什么不言而喻。要知道井野前来江海市的武道街设立北辰武馆，这本身就是代表了北辰一刀流流派，如今牌匾被砸，这等于北辰一刀流战败被辱，这是井野所无法接受的。可这又能怪谁？这个赌注本身就是他提出来的。

"萧云龙，你好大的胆子，竟公开地砸了北辰武馆的牌匾。你可知道这意味着什么？无故砸掉一个武馆的牌匾，你这是无视武道规则的存在，这会触犯众怒！"李风云大声地叫喊道。

萧云龙犹如看白痴般看了李风云一眼，冷笑着说道："李风云，你管得可真是够宽的啊。你怎么就不问问井野我为什么要砸掉北辰武馆的牌匾啊，愿赌服输，北辰武馆战败了，就要接受这个结果。"

说着，萧云龙淡漠地看了眼井野，他没再说什么，也不愿在此地停留，招呼自己的父亲还有萧家武馆的弟子朝着萧家武馆方向走去。

"萧家武馆好样的，为我华国武道争光！"

"萧少主果真是少年英勇，神威无敌，让人敬佩！"

"哈哈，不管如何，我们武道街的各家武馆这一次总算是扬眉吐气了，哈哈哈！"

围观的人群一个个喜不自禁，有种总算是出了口气的畅快感觉。

待到四周的人群渐渐散去，李风云上前扶住了井野，他忍不住问道："井野君，这是怎么回事？萧云龙他怎么胆敢砸了北辰武馆的牌匾？"

"他怎么会这么强？怎么会如此之强大？我怎么会败？不可能，这不可能……"井野盯着地面上断成两截的牌匾，他呢喃自语，失魂落魄，面如死灰般的沉痛。

李风云见状后唯有先让人扶着井野走进了北辰武馆内。

最终，李风云了解到了整件事情的经过，得知是井野主动向萧家武馆

241

下战书，并且以武馆牌匾来作为赌注，这才有了方才萧云龙怒砸牌匾的那一幕。

李风云气急败坏，脸上带着一股怒气，如果当时他在场，那他肯定会阻止井野这样做。今天他独自去处理点事情，与井野暂时分开，谁承想这才一下午的时间，井野居然会冲动到如此地步，不等他回来商讨，就向萧家武馆下战书，导致战败之后自家武馆的牌匾被砸。

如此一来，李风云已经部署好的计划都被打乱了，这让他极为恼怒，说道："井野，此事你为何不跟我商量一声？你这样做会让我们陷入极为被动的局面，我的一切计划都被打乱了。"

"商量？我做事凭什么要跟你商量？你不是说萧家武道不堪一击吗？你不是说我北辰一刀流的武技无人能及吗？我岂会想到萧家武馆这么厉害？哪里想到那个姓萧的如此之强？我只想早点将萧家武馆击倒，将他们逐出武道街，这难道有错吗？"井野怒声说道。

"现在争吵已经没有什么用，还是想想接下来该怎么办吧。"李风云说道。

"怎么办？我还有脸面待在江海市吗？北辰武馆的牌匾被砸，这是对我北辰一刀流的极大侮辱！我要立即回国，我要请武圣大人出面！只要武圣大人出面，必可轻而易举地将萧家武馆给抹杀，从而血洗今日之辱！"井野语气森冷，一字一顿地说道。

"什么？你要离开？"李风云诧声而起，脸色显得意外至极。

如若井野就此带人离开返回东洋国，那李风云辛辛苦苦暗中谋划的一切计划真的是要付诸东流了。

09　旗开得胜

旗开得胜

萧家武馆。

一战而胜后，萧家武馆内并未充斥着太多兴奋的情绪，萧家武馆的弟子不会被一次胜利就冲昏了脑袋，他们会反思，会回味，会去清楚地认识对手的强项与长处，从而才能够认识到他们的不足。只有如此，他们才能够在武道之境源源不断地取得进步。

但无论如何，这一次萧家武馆将北辰武馆击败，这是值得高兴的事情，因此萧家武馆的弟子吴翔、李漠、上官天鹏等人脸上都带着笑意，他们用实际的战斗证明了华国武道并不弱于东洋武道。

萧万军在后院与萧家武馆的弟子闲聊，他看向吴翔、李漠等人，点头说道："你们真的是发生了一些蜕变，不仅武道修为大涨，对战方面的经验也十足丰富，这真是一件大好事啊。看来云龙回来之后，教给了你们很多东西。你们也要记住人外有人这句话，要胜不骄、败不馁，坚持自己的武道，才能更好地提升自身的实力。"

"师父，您放心，我们一定会继续努力！"吴翔等人纷纷说道。

萧万军点了点头，他看向萧云龙，早就注意到了一旁的奥丽薇亚，之前没机会询问，这会儿他忍不住问道："云龙，这位是？"

"哦，父亲，她是我以前在海外认识的一个朋友。现在我回来了，她从未来过华夏国，得知我在江海市，就过来这边玩玩。"萧云龙说道。

"原来如此。既然是你的朋友不远万里地从海外过来找你，你就好好招待人家吧。"萧万军微笑着说道。

萧云龙应了声，随后看向奥丽薇亚，向奥丽薇亚介绍了萧万军。

其实奥丽薇亚已经猜出了萧万军就是萧云龙的父亲，直至萧云龙方才的介绍后她才肯定自己的猜测，她冲着萧万军一笑，说道："萧叔叔，你好。"

萧万军不擅长英文，但日常简单的用语他还是听得懂的，他也回应着说道："你好，你好，欢迎来到江海市。"

李漠走向萧云龙，拉着萧云龙走到一旁，激动难耐地说道："萧哥，你就是我的偶像啊，请收下我的膝盖吧！"

萧云龙一脸狐疑地看着李漠，不解地说道："你这小子发什么疯呢？"

"萧哥，我今天才知道原来你就是黑拳界中那位传奇的魔王教官！你都不知道，自我打黑拳开始，魔王教官就是我的偶像啊！"李漠激动不已地说道。

萧云龙闻言后脸色一怔，他从未刻意隐瞒自己身为魔王的身份，但也不会刻意地去提起，因此听了李漠的话后他倒也不回避，诧声说道："你是怎么知道的？"

李漠也不隐瞒，将上官天鹏跟他说过的话原原本本地说了出来。

"天鹏这小子——"萧云龙咬牙切齿地暗自嘀咕了声，他真没想到上官天鹏居然跟吴翔、李漠他们谣传他跟奥丽薇亚之间的绯闻，看来得找个机会修理一下这个家伙了。

"我也不是有意要隐瞒你们我这个身份，只是我回来了，算是跟以往的生活告一段落，所以没必要提起。不过你知道了也不要到处声张就是了。"萧云龙说道。

"那是必须的。萧哥，我真的很激动啊。我最大的梦想就是有朝一日能够得到魔王教官的指点。没想到我是身在福中不知福，一直以来都接受你的指点呢。"李漠咧着嘴傻笑着。

萧云龙拍了拍李漠的肩头，说道："你自身的底子是不错，如果往后你想去黑拳界的那些死亡之场顶级赛场中对战，我可以帮你圆梦。只不过，要想达到能够登上顶级赛场的要求，你要接受的训练将会极为残酷。有信心吗？"

李漠眼前一亮，他激动不已地说道："有信心！有萧哥指点，我当然有信心。"

"那就好。"萧云龙点头说道。

看着武馆已经没什么事了，萧云龙招呼上奥丽薇亚还有唐果、柳如烟她们离开，他有事要找唐果谈谈。

"云龙哥，你找我有事啊？"唐果看向萧云龙，好奇地问道。

"对，我找你有点事。我们找个地方谈话吧。"萧云龙说道。

"那去哪里好呢？"唐果嘟了嘟嘴。

萧云龙想了想，说道："要不就去奥丽薇亚现在住着的地方。我找你谈的事情跟她有关。"

"也好啊，我反正没什么意见。"唐果说道。

萧云龙看向柳如烟，说道："如烟，要是没什么事就一块过去吧。"

"可以。"柳如烟点头。

"果儿你知道名爵世纪住宅区吗？就是奥丽薇亚目前住在这个小区，她住的是天鹏给提供的房子。你要不知道这个小区，那就跟在我车子后面。"萧云龙说道，他骑过来怪兽，招呼奥丽薇亚坐上车。

奥丽薇亚坐上了怪兽的后车座，萧云龙一拧油门，怪兽朝前呼啸而飞。

唐果开着她那辆保时捷跑车载着柳如烟跟了上去。

"如烟姐，我看奥丽薇亚跟云龙哥很熟的样子呢……呜呜，我都没有坐过云龙哥的这辆怪兽，好羡慕她啊。"唐果说道。

一旁的柳如烟语气平静地说道："她跟萧云龙都认识好几年了，当然很熟。你想坐萧云龙的这辆机车啊？那你跟他说一声呗。"

"如烟姐你就不想坐？"唐果狡黠一笑，转眸看向了柳如烟。

柳如烟脸颊一红，她瞪了眼唐果，没好气地说道："果儿，你这是什么意思？怎么老把我往这家伙身上扯啊？"

"人家只是感觉你跟云龙哥之间有点、有点……怪怪的，嘻嘻。"唐果笑着。

"好啊你，竟敢编排起我来了，看我不掐死你。"柳如烟语气微恼地说道。

"不要啊，人家还要开车呢。"唐果连忙叫喊起来。

半小时后，萧云龙他们抵达了名爵世纪高档住宅区，等到唐果也开车过来，他们一起走进了一栋楼，乘电梯而上，奥丽薇亚拿出房门钥匙打开了601号房门。

"哇，这房子还挺大呢。这是上官天鹏的房子啊？"唐果走进房间内开口说道。

"天鹏基本没来住过，就让奥丽薇亚住一段时间。"萧云龙说道。

"你们喝点什么呢？冰箱里有饮料。"奥丽薇亚问道。

"随便拿点饮料吧，其实也不是太渴。"柳如烟莞尔一笑，说道。

奥丽薇亚点了点头，从冰箱里拿了好几瓶饮料过来放在了客厅的茶几上。

"云龙哥，你找我到底有什么事啊？你快点说吧，搞得人家好紧张。"唐果催促着说道。

萧云龙一笑，他看向奥丽薇亚，说道："奥丽薇亚，她叫唐果，刚成年。同时她也是一个计算机领域的超级天才。我跟你说过死亡神殿的人曾来江海市制造恐怖袭击之事吧？当时就是靠果儿通过电脑追踪锁定，我才找到了那些犯罪分子。并且她最终还接触了一个武器控制系统，成功地化解了那一次危机。果儿的这份功劳无人能及啊。"

"云龙哥，难道你找我来就是为了夸我的嘛，那你私下跟我说好了，当着这么多人的面，多不好意思啊。"唐果用一口流利的英文说道。

萧云龙笑了笑，说道："果儿，奥丽薇亚其实也是计算机领域的天才。说起来，奥丽薇亚在计算机领域的能力比你都要强。"

"啊？真的吗？"唐果诧异了声，转眸看向了奥丽薇亚。

奥丽薇亚一笑，走到唐果身旁坐下，说道："看不出来呢，你也喜欢计算机编程啊？那我们算是同行了。"

唐果眼眸一亮，她看着奥丽薇亚，问道："你能破解V病毒吗？"

V病毒是黑客界中放出来的一种攻击电脑程序类型的木马病毒，极难破解，当下世界上各个国家的电脑黑客都以能够破解V病毒为自豪。唐果一听萧云龙介绍说奥丽薇亚在计算机领域比她还强，她就试探性地问道。

"V病毒？这个木马病毒是从三年前的R病毒演变而来。而R病毒当年是我编写而成，去攻击一家黑客联盟的数据库。后来R病毒的编写代码流传出去，被一些黑客利用。V病毒主要部分的源代码仍旧是R病毒的本体，你说，我能破解吗？"奥丽薇亚笑着说道。

"什么？当年的R病毒就是你编写出来的？"唐果脸色震惊，她一下子站了起来，盯着奥丽薇亚，激动万分地问道，"难道你、你就是那个情报女王？"

萧云龙脸色一怔，他看向唐果，说道："你、你怎么也知道情报女王？"

"真的是你吗？情报女王可是我的偶像啊，我可是一直以情报女王为自己的榜样。难道我真的见到情报女王了？"唐果激动地站起来。

奥丽薇亚一笑，大大方方地承认道："是我。不过你可要为我保守这个秘密哦。目前我正被人追查，所以来江海市这边暂避风头。你能够保密的，对吧？"

唐果点了点头，她说道："当然能，也一定能！"

"咳咳——"萧云龙干咳了声，他说道，"果儿啊，我找你呢主要是在于奥丽薇亚急需几台超级计算机，而她又不方便出面购买。所以只能通过你，以你父亲公司的名义去购买。再则你也精通于超级计算机这一块，所以我就找你过来谈。"

"这样啊，没事没事。我跟奥丽姐姐谈就是了。"唐果说着，她拉着奥丽薇亚的手，亲昵而又高兴地问道，"奥丽姐姐，你需要哪些型号的超级计算机？我都能为你搞定。你住的这里好大啊，以后我过来跟你住好不好？我想跟你学一些东西呢……"

"当然没问题，我正愁着上哪儿找个伴呢。"奥丽薇亚开心地说道。

"耶！太好了，那我们来谈谈超级计算机的事情吧。"唐果说道。

她们两人说起这方面的事情，萧云龙与柳如烟根本不了解，也插不上嘴，两人对视了眼，暗暗笑着，却有微妙而又温馨的情意在流转。

看着她们两人聊得不亦乐乎的，萧云龙便开口说道："果儿，那奥丽薇亚所需要的超级计算机就交给你了啊。"

"嗯嗯,我知道了,我一定会给奥丽姐姐采购最顶级的超级计算机。"唐果点头说道。

"行,你们聊吧。反正你们之间聊的话题我也插不上话,我就先走了,有什么事就给我电话。"萧云龙说道。

"云龙你要走啦?那我跟你一起吧。我正好也要回公司了。"柳如烟也站起身说道。

"如烟你要回公司?行吧,我送你过去。"萧云龙开口。

奥丽薇亚看向萧云龙,问道:"魔王,你这就走啦?那我怎么办?"

萧云龙闻言后一阵无语,心想着难不成还要我陪你二十四小时不成?

"奥丽薇亚,你先跟果儿聊。有什么事给我打电话就是了。"萧云龙说道。

"好吧,晚上我要找你吃饭哦。"奥丽薇亚笑着说道。

萧云龙没有接话,拉着柳如烟就走了出去。

"轰!"

萧云龙启动怪兽,柳如烟坐了上去,双手轻轻地搭在了萧云龙的双肩上,脸颊微微有些滚烫发红,就像是个怀春的少女。

即便她与萧云龙之间的关系已经很亲密,可每次与萧云龙单独在一起,她仍会有种心跳加速的感觉,仿佛流淌在心中的那份情意会一直永葆青春一样。

"如烟,这段时间我会很忙,所以陪你的时间不多,你可不要见怪。"萧云龙柔声说道。

柳如烟芳心一暖,她笑着说道:"我怎么会见怪呢?不会的,只要我知道你在这座城市,我有事情的时候能够找得到你,那我就感到很满足了。"

"你这么容易满足啊!"萧云龙一笑,而后骑着怪兽呼啸飞驰,朝着银飞大厦的方向飞奔而去。

力量突破

萧云龙将柳如烟送到银飞大厦后独自骑车来到了北莽山，走上了半山腰，来到上次修炼的那处空地。

他想要练成多重力道！他知道这将会很难，这条路从未有人走通过，这只是他的太爷爷当年留下来的一种推论，理论上可行，但却没有人实践过。

萧云龙本身也做好了迎接万难的心理准备，他目前自身的力量已经达到了一个极限，要想继续增强一分都极为艰难。所以，他想要寻求突破，找到一条能够媲美气劲之力可以不断进阶的力量增强的道路。

多重力道是眼下最好的选择，倘若能够修炼出多重力道，二重以上的力道重合在一起，那爆发而出的力量强度堪比现在的两倍之多！

两倍以上的力量……

这只是想一想就足够让人感到激动与振奋了，目前萧云龙爆发而出的极限力量已经相当恐怖，起码能够抗衡七八阶左右的气劲之力，一旦他成功地练成二重力道，一下子可以爆发出现在力量的两倍，那抗衡九阶的气劲之力根本不在话下。

"来吧，无论多艰难，我都要将这条路走到通走到底！"萧云龙眼中闪过一丝坚毅之色，他脱掉上衣，开始出拳训练。

"轰！轰！"

萧云龙每一次出拳都如同一枚重型炮弹呼啸而过，他的拳势太重了，像是内蕴着万钧之力，而且拳速又太快，像是达到了一个人类极限的出拳速度。不过萧云龙此刻的出拳明显跟以往有些不同，他仿佛仍留有余力般，一拳而出后，他手臂上的肌肉赫然再度贲张而起，像是要再度涌出一股新生的力量。

但在他一次次的尝试之下全都失败了。萧云龙并未气馁，再说这多重力道岂会是这么容易练成的？不说别的，仅仅是控制身体肌肉这一块，没有数月甚至数年反反复复的练习与淬炼，休想能够控制住自身的肌肉群。因此，萧云龙并不急，实际上相比昨天的训练而言，他这一次已经有了很大的进步，至少第一重力道轰杀而出的时候，他已经能够尝试性地去控制自身手臂上的肌肉群了。

"我自身的肌肉淬炼得还不够，一拳而出，第一重力道爆发的时候，未能有效彻底地控制住肌肉群的收缩，所以还不能爆发出第二重力道。不过凡事都需要一步步地来，只要我持续不断地练下去，总有一天能够控制住手臂的肌肉群，从而爆发出第二重力道！"萧云龙自语，他眼中闪过了一丝坚定之色，他坚信这条路能够走通，坚信自己能够修炼出多重力道。

萧云龙就在这北莽山上持续不断地出拳，以高频率的出拳速度来使自身的肌肉发生震荡，从而慢慢地开始去掌控自身的肌肉群。

萧云龙练习了将近两小时，挥出的拳头上千次，他不断地压榨自己的力量，也在不断地感应自身力量的频率变化，他要抓住这种频率变化的规律，才能控制住自身手臂上的肌肉。

练习到最后，萧云龙双臂的肌肉都酸胀起来，毕竟一次次地控制淬炼着他的手臂肌肉，时间久了，肌肉肯定会很酸痛。而肌肉酸痛，代表了有效果，起到了淬炼的目的，这让萧云龙感到很欣慰。

"淬炼肌肉还需要借助器械的辅助。如果能在魔王佣兵团的训练基地就好了，那里有完善的训练设备。算了，我还是去一趟秦氏集团吧，看看高云他们的训练情况，同时也在训练室中借助器械来淬炼自身的肌肉。"萧云龙心中暗想着，他结束了在北莽山的训练，穿上衣服后走下山，骑着怪兽朝秦氏集团方向飞驰而去。

秦氏集团。

萧云龙骑着怪兽而来，停好车后他走进了公司内，如今他也不是每天都会来秦氏集团了，或许也正是这个原因，每一次他来到秦氏集团的时候都会引起公司内无数美女的关注。

没办法，现在萧云龙在秦氏集团内的知名度太高了，一个阳刚霸气而又强大无比的铁血教官对很多女人有着极为致命的吸引力。

"萧、萧教官——"萧云龙一走进去,公司前台的那几名青春靓丽的前台小姐纷纷微笑着跟他打招呼,一双双眼眸显得极具热情之态地看着他。

"嗨,你们好。"萧云龙笑着回应了声。

"萧教官你有两天没有来公司了哦。今天过来是要去训练保安部的成员吗?"一个前台小姐笑着问道,她肤色白嫩,水灵俏丽,正是当初死亡神殿的人冲入秦氏集团时一个黑袍武士劫持住的那名前台小姐,名叫李曼。

"那当然,秦总雇我为保安部的教官,每个月都要拿工资,我当然得尽到自己的责任。"萧云龙说着,他按了电梯,等着电梯下来。

"那我们可以去看萧教官你的训练情况吗?"李曼她们忍不住问道,脸上满是激动之色。

"这个当然可以……只要不影响到你们工作就行。"萧云龙一笑,恰好电梯门也打开了,他朝着这些青春靓丽的前台小姐挥了挥手,就走进了电梯内。

很快电梯就升到了三楼,他走了出去,径直来到了位于三楼的训练室。

"所有人都动起来,绝不能偷懒,压榨我们身上最后一丝力量,这样才能蜕变!方侯,你的负重扎马步把重量提到十五公斤!"

"还有龙飞,你的卧推今天挑战一百公斤!"

"张伟,你的深蹲再来一组!"

"大家一起随着我动起来,萧教官不在,我们理应更加努力勤奋,理应更加努力地提升我们的实力,好让萧教官过来的时候能够切实地看到我们自身实力的长进,只有如此才能对得起萧教官!"

"苦一点怕什么,累一点又算什么?只要能够变强,一切都是值得的!继续吧,加大力度地训练下去!"

萧云龙刚走到训练室门口,冷不防听到里面传来高云等人的喊话声,充满了热血,充满了自信,更是充满了一股坚定的信念。

推开训练室的门走进去,一眼就看到了高云正在带领着龙飞、方侯、张伟、陈德胜等保安部的成员积极努力地训练着,他们热火朝天,勤奋不已,都在开发着自己身体内的潜能,以便于将身体内更大的潜能激发出来。甚至吴小宝也在场中跟着训练,先前他受伤,骨头折断过,因此错过了萧云龙指导保安部最初的训练。现在吴小宝的伤势早已经彻底痊愈，所以他也加入到了训练当中，由高云来负责他的训练情况。毕竟吴小宝的训练进度跟其他人不同，他需要从最基础的训练做起。

"你们倒是越来越像样了！我很高兴！"萧云龙走进来，张口就说道。

"萧教官——"

"萧教官，你来了！"

一声声惊喜的声音传来，高云、龙飞、方侯、吴小宝等人全都转身过来，看向萧云龙的目光充满了激动之感。

"别停下来，继续训练。我过来跟你们一起训练。"萧云龙笑道。

"萧教官要跟我们一起训练？哈哈，那我们就算是想偷懒都不行了。"方侯笑道。

"你小子还想偷懒啊？要不要给你单独开开小灶？"萧云龙笑道。

方侯连忙摆了摆手，说道："我哪敢啊，只是嘴上说说而已。不过有萧教官在，我们将会更加有动力与激情。兄弟们说是不是啊？"

"那是必须的啊！"龙飞他们大笑着附和说道。

萧云龙一笑，说道："继续训练吧。在我眼中，你们的力量层次还不够强，等你们自身的力量强度上来了，我会教给你们更强大的搏杀术。至于小宝，你训练的时间比较晚，所以你有什么不懂的，可以过来询问我。"

"是，萧教官。"吴小宝点头，语气激动地说着。

萧云龙督促高云、龙飞他们训练，而他自己也没有闲着，他双手分别拿起六十斤重的哑铃，独自走到一个区域开始练习。

萧云龙双手握着两个都是六十斤重的哑铃，而后开始平直地出拳！

"呼！呼！"

萧云龙每一次平直的出拳都刮起了一阵猛烈的劲风，且拳速极快。这让人难以置信，仿佛他双手握着的加在一起足足有120斤重的哑铃宛如无物般，丝毫不影响他的出拳速度。在这个过程中，他手臂上的肌肉正在不断地收缩紧绷，一收一缩间，他手臂上的肌肉正在按照着他的意愿进行着淬炼与改造。

萧云龙就这样不知疲惫且又显得极为单调乏味地练习着，双臂一次次地出拳，而后再猛地收回，再出击，如此反复，周而复始。

高云他们训练了一会儿后注意到了萧云龙这边的情况，他们脸色吃惊，忍不住围了上来，他们看着萧云龙双手握着重达六十斤的哑铃正在不断地平行出拳，并且出拳的速度极快，仿佛他手中握着的那两个哑铃像是纸糊的一样。

"萧教官这，这也太逆天了吧？"

"好像那是六十斤重的哑铃啊……"

"六十斤重的哑铃啊，我拎起来都费劲，更别说像萧教官这样出拳了。"

"萧教官这样出拳已经有段时间了，居然不知疲惫，这真的是太强悍了，难怪萧教官一直说我们的力量层次不够。的确，如果以萧教官自身的力量来作为参照物，我们跟他比起来真的是差距太大了！"

方侯、吴小宝、张伟等人在旁看着，忍不住议论纷纷。

龙飞尝试性地拿起一个四十斤重的哑铃，他右手握着，勉强能够朝前平行来回推动数次，之后却无法再单手举着这个哑铃平行于胸。而他所拿的哑铃不过是四十斤重，萧云龙所拿的却是足足六十斤，并且在迅猛地出拳，速度之快让人咋舌。这一比较，他们就更加能够直观地感受到萧云龙那股力量的恐怖骇人之处了。

这时，忽而有一阵密集的高跟鞋声音传来，龙飞他们回身一看，竟看到公司内一个个美女朝着训练室这边涌了进来，有那些美丽高挑的前台小姐，也有其他部门的一些美女，甚至人力资源部的部长林晓梦都来了。

芳香扑面，美色当前，一大波美女正在走来。高云、龙飞、吴小宝、方侯等人全都看呆了，平常的时候哪会有这样的待遇？

"萧教官呢？萧教官在哪里？我们要来看萧教官训练！"一些美女开始喊道。

龙飞、方侯等人唯有稍稍让开一条道，同时朝着正在不知疲倦地训练着的萧云龙看去。

这些闻风而来想要看萧云龙热血训练场景的美女朝前一抬眼就看到了萧云龙，看到萧云龙双手握着两个大哑铃正不断地出拳，又猛地收回，一收一缩间，萧云龙双臂上的肌肉线条贲张而起，宛如一条条虬龙盘踞在他的双臂上。

"天哪，这么重的哑铃他是怎么做到的？"

"难道他不会累吗？他这样多久了？"

"应该持续很久了吧，你看，他全身都是汗水……汗水都把他的衣服浸湿了，这身材真的好好哦，有种阳刚的帅气！"

"真的是名不虚传呢，看着萧教官的训练真的是让人感到热血沸腾耶。"

"萧教官真的流好多汗啊，我想去给他擦擦汗呢。"一个美丽的前台小姐说着。

一旁的龙飞闻言连忙说道："小兰，萧教官训练都是进入忘我之境的，你先别去打扰他了。"

"哦，好吧，那我就这样看着他好了，真的很帅呢。"那个叫小兰的女孩说道。

龙飞努了努嘴，想说一声为什么不看看我啊，我可是一直爱慕着你的啊。不过这样的话他还真的不好意思当着这么多人的面说出口。

林晓梦静静地看着萧云龙，她心中真的有些惊诧，她听闻别人说萧云龙在训练保安部成员的时候很热血，很吸引人，她无聊之下也就过来看看了。事实上她曾看过萧云龙的训练，当时还跟方雪一起。

说起她跟萧云龙之间的渊源，在萧云龙第一天来秦氏集团的时候，他们就认识了，并且当时还闹得有些尴尬与不愉快。之后她与萧云龙之间也没有什么交集，仿佛是两个世界的人。

也不知为何，看着此刻萧云龙的训练，林晓梦发觉自己的内心有些微微颤动。

萧云龙并不知道公司中有大批的美女过来看他训练，他所有的心神与注意力全都集中在了挥舞而出的拳头上。他手握哑铃，极速地出拳，牵动着他手臂上的肌肉，而后猛地回收，以此来淬炼他双臂上的肌肉群。

一次次的挥拳，一次次的回收，一次次的练习，他的速度渐渐地放慢下来，他双臂的肌肉也开始酸痛，而这种酸痛又肿胀般的感觉正是他所需要的。

淬炼肌肉将会是一个漫长而又痛苦的过程，唯有坚持下来才能够达到心中的预期，才能够成功。若想练出多重力道，那就要去坚持，就要去努力，就要付出百分之百的汗水！

"呼——"

最终，萧云龙深吸口气，他回过神来，将手中握着的哑铃放在了地面上，此时的他已经汗如雨下，全身浸湿。

"萧教官，给你擦擦汗。"这时，一声甜美的声音传来，接着他眼前出现了一张手帕。

萧云龙也没多想，接过手帕后擦了把脸上的汗水，闻着手帕上传来的淡淡清香，他脸色一怔，立即回头一看，赫然看到眼前围着十几名靓丽动人的美女，都是秦氏集团的员工。

萧云龙吓了一大跳，他说道："你、你们怎么会在这里？"

说着，他这才注意到给他递过来手帕的是公司的一名前台小姐李曼。

萧云龙连忙将手中的手帕还给李曼，说道："谢、谢谢啊……你们不上班吗？怎么来到这里了？难道你们也想健身？"

"萧教官，她们都是慕名而来看你训练的……"龙飞笑着说道。

萧云龙一转眼，看到高云、龙飞、方侯他们全都围着站在一旁，他脸色立即一沉，说道："你们瞎凑什么热闹？有站着看热闹的力气就没有训练的力气吗？一个个全都给我上擂台练习对战训练！"

"是！萧教官！"高云点头，连忙招呼其余人朝擂台走去。

萧云龙而后看向场中的美女，说道："那啥，这里面都是大老爷们，一身臭汗的，没啥可看的。不是说我不让你们看，而是万一要是影响到你们工作，秦总怪罪下来，我可承担不起啊……咦？林部长也在啊，你好你好，好久不见了。"

说着，萧云龙看向了林晓梦，面带微笑。

林晓梦心中没好气地哼了声——现在才注意到我，什么人啊！

林晓梦努了努嘴，正想要跟萧云龙说句什么，忽而旁边一个策划部的美女手中拿着一瓶水走上来，说道："萧教官，你也口渴了吧？来，喝瓶水吧。"

萧云龙一笑，说道："谢谢，谢谢，只是我这里这么多学员，他们也是汗流浃背的，一瓶水可不够啊。"

那名美女脸色一怔，说道："没事，还、还有水呢，我这就去拿过来。"

萧云龙一时间真的不知道该说什么好，眼前一个个美女如此热情让他有点犯晕，怎么突然间这公司里面的美女对自己的训练这么感兴趣了？还免费送水来，更是有人递来手帕擦汗，莫非自己的春天来了？问题是，自己未来的老婆就是这个公司的老总啊，萧云龙岂敢接受她们太多的热情？这真是一个让人为难的问题。

"萧教官，你每天都会这样训练吗？"

"那肯定的啊，你看萧教官体格如此健壮，当然要每天都训练了。"

"萧教官，你看你衣服都被汗水浸湿了……要不萧教官你把衣服脱下来吧，这样会容易感冒的。"

"萧教官，要是我有空了也来训练健身，你会教我吗？"

"萧教官，你也收我们做你的学员吧。"

一个个美女围着萧云龙，纷纷抛出了一个又一个问题，直让萧云龙难以招架。

萧云龙好不容易摆脱了身边众多美女的纠缠问话，他忽而想起方才打过招呼的美女部长林晓梦，转眼看去，正好看到林晓梦独自一人走出了训练室，只留下一个一闪而逝的身影。

萧云龙唯有暗自苦笑了，看来自己方才的没空搭理又要让这个美女部长暗中气恼了。

好不容易等到了上班时间，萧云龙让扎堆在训练室内围观着的各个部门的美女回去工作，他也继续指导着高云等人的实战训练。

萧云龙站在擂台上，他看着高云、龙飞、方侯、张伟、王博等人脸上流露而出的那股迫不及待的激动之意，沉声说道："之前我已经教过你们最基本的拳道与腿势，也教过你们发力的技巧，还有团队配合作战的战术。现在，我教给你们更为强大的搏杀术——连击！"

"连击，顾名思义就是接连攻击，说得直白一些就是将自己的拳道与腿势的攻势连贯起来，形成一连串的攻击手段。连击的基础仍旧是教给你们的基本拳道与腿势。"萧云龙开口，继续说道，"当你与一个敌人对战，你一拳攻打出去，被对方招架住了，那到底是继续出拳还是出腿？出拳怎么出？出腿又如何出？这些都是有讲究的。对战中，我个人从来不提倡保守的打法，所谓保守的打法就是一拳一脚，有板有眼，这缺少了一种灵活的变动。"

"真正的对决中，你们身体的每一个部位都将会是你们的武器，甚至你们的脑袋、你们的牙齿等。连击的作用就在于跟对手对战的过程中，敏锐地捕捉到对手的破绽弱点所在，接连出手，一举将对手击败。"萧云龙顿了一下说道，"接下来我教给你们的是拳势中的三种基本拳道直拳、勾拳、摆拳的切换运用，还有腿势中的踢腿、横扫、前踢等腿势的配合运用。"

"全体都有，立正、稍息！"萧云龙猛地大声喝道。

高云他们一个个全都昂首挺胸地站在萧云龙面前，等待着萧云龙下一步的指示。

"接下来我给你们演示拳道和腿势最简洁有效的连击招式，你们认真地看，然后认真地跟我学。"萧云龙说道。

"是！"高云他们齐声大喊，声音洪亮。

萧云龙开始为高云他们演示基础拳道中的直拳、勾拳、摆拳的组合变化，拳道之间的组合变化并不难，关键在于如何运用起来才能起到化腐朽为神奇的作用，如何才能使得组合运用的拳势达到最强的杀伤力。

事实上，萧云龙所演示出来的暗合杀人之道的拳势，其宗旨就是四个字——简单粗暴！

由于并不难，高云、龙飞、方侯等人认真地看着，随后开始认真地模仿萧云龙的出拳招式。

萧云龙教得很认真，高云他们也学得很认真，在萧云龙的悉心教导之下，他们很快就掌握了这种看似简单却内蕴着强大威力的拳道变化招式。

掌握了不代表能够运用，萧云龙让高云他们在擂台上一遍遍地反复练习。

第一步就是让高云他们熟练掌握这种拳道变化的出拳方式；第二步就是让他们将这种拳道变化的招式运用到实战中。

至于实战，萧云龙打算等到高云等人熟练掌握了，让他们去萧家武馆找吴翔、李漠他们陪练，慢慢地让高云他们能够将这种拳道变化的招式充分地运用到实战中，到时候他们自身的实力将会又提升一截。

萧云龙盯着高云、龙飞他们训练了一会儿，纠正了一些问题，到最后也不需要他一直盯着了，便让他们反复多次地练习着，直到达到娴熟的程度为止。

萧云龙自己也走到了一个单独的区域，他原先训练过后酸胀不已的手臂肌肉这时候已经得到了一些缓解，在刚才他双手握着哑铃迅速出拳的训练中，他隐隐有了一些觉悟，发觉他手臂上的肌肉在一收一缩间的训练下，已经得到了一些控制。这让他很激动，因此他走到一个单独区域的沙包前，先是缓缓地深吸口气，平复自己的心境，随后右手猛地握拳，一拳重重地朝着眼前的沙包轰击而去。

"砰！"

一声巨大的声响回荡在了整个训练室内，让正在擂台上训练着的高云等人都大吃一惊，不过他们看到是萧云龙在对着沙包练拳后就平静了下来。在他们看来，凭着萧云龙那恐怖的神力，不管闹出怎样巨大的声响都是正常的。

萧云龙一拳而出，轰在了眼前的沙包上，这一拳爆发而出的仍旧是一重力道，不过却能够清晰地看到萧云龙右臂上的肌肉在这一拳轰出之后瞬间紧绷在了一起，仿佛像是活过来了一般，正在不断地紧绷与收缩！

在紧绷与收缩的过程中，从他的肌肉中赫然又有一丝力道传递而出，沿着他整只手臂的肌肉线条朝下传递。只是，这一丝力道太过于微弱了，微弱到不认真感应都察觉不到的地步，如此微弱的一丝力道未能有效地顺着萧云龙的手臂传递到他的拳头部位。

然而，萧云龙的脸上却有种欣喜若狂之感，他仿佛呆住了般，傻傻地站着，口中自言自语："刚才那一丝微弱的力道，难道、难道就是二重力道？我成功了？我真的练出了二重力道？"

"哈哈，哈哈哈哈……"萧云龙大笑而起，兴奋异常。

方才他的确清晰无比地感受到他一拳而出后，在手臂上的肌肉再度紧绷收缩之下，滋生出了另外一丝力道，虽说这一丝力道很微弱，可那也是二重力道不是？这证明了萧云龙所走的淬炼道路是正确的，也证明了萧云龙的太爷爷萧山河提出来的多重力道理论是行得通的。

不过方才萧云龙右臂内再度形成的那一丝力道太微弱了，对于战斗于事无补。可这一丝力道却能够通过往后持续不断的淬炼自身肌肉而得到增强，这一丝力道就好比刚出生的婴儿，很幼小也很脆弱，只要给其不断生长的阳光雨露，那就能够慢慢地生长，不断地变强，而所需的阳光雨露就来自源源不断的肌肉淬炼！

"二重力道，那就是二重力道，我成功了，哈哈哈！"萧云龙笑着，内心激动澎湃，恨不得仰天大吼。此刻他心情之激动与亢奋，简直是笔墨难容，这意味着他寻找到了一条能够突破自身极限力量的至强之路。

"再试一次！"萧云龙开口，他的目光变得无比坚定，刚才他是右拳轰出，这一次他换成了左拳。

萧云龙吸气、握拳、蓄力、出击！

"轰！"

随着一声轰然巨响，萧云龙左手一拳重重地轰在了眼前的沙包上，他控制着左臂上的肌肉，使他左手手臂上的肌肉瞬间进行第二次紧绷收缩。那一刻，果真有一丝极为细微的力道产生了，那是真实存在的力道，又一次被萧云龙所感应到。

"就是这一丝力道，这就是一重力道后又一次产生的力道，称为第二重力道。只要前后两次的力道重合叠加起来，就是真正意义上的二重力道！所以，现在我还未能真正地修炼成二重力道，只是摸索到了这个门槛！不过这也是一个巨大的突破了，我有信心能够真正地练成二重力道！"萧云龙心中欣喜若狂，不停地呢喃自语。

眼下凝聚而出的第二重力道很微弱，他有信心通过不断的肌肉淬炼来增强第二重力道，从而突破目前的极限力量，真正掌控二重力道这一恐怖骇人的发力技巧！

男人的魅力

秦氏集团，董事长办公室。

秦明月近期一直在策划秦氏集团的业务发展到海外的计划，数个月前她就已经跟当今世上最为著名的金融家族之一罗斯才尔德家族的代言人商谈合作的事宜。

秦明月是打算借助罗斯才尔德家族在欧美乃至全世界的影响力来打开秦氏集团的海外市场，此前这名罗斯才尔德家族的代言人一直都没有给予秦明月明确的答复。但今天出乎意料的是，这名代言人答应带领商业团队前来江海市当面考察秦氏集团，从而再决定是否跟秦氏集团展开合作。

秦明月心中自然很高兴，她与对方定下了行程，一个礼拜后这名代言人亲自来江海市。接下来秦明月得开始着手准备招待这名罗斯才尔德家族代言人的事情了，这关系到这一次与罗斯才尔德家族的合作最终能否谈成。

秦明月冲了杯热咖啡喝了一口，开始思量着如何部署招待的事情，不过眼下还有一个星期的时间来做准备，倒也不必着急。

秦明月稍稍放松一下，她拿过来手机，打开微信。秦氏集团有个微信群，秦明月特地注册了一个小号加入了这个微信群中，因此微信群中加入进来的秦氏集团的员工都不知道她这个小号，自然也就不知道他们的老总没事会看着微信群里面的动静，看看他们的聊天。

其实秦明月此举也并非要监视什么，而是想看看微信群里面一些公司员工聊起公司的事情时有些什么想法，或者有些什么要求，这能够让她直观地看到秦氏集团的员工对于公司的一种看法与期望。

秦明月登上微信后，猛地看到微信群里面的聊天记录多达上千条，她脸色诧异了下，虽说平时群里面的公司员工聊得都挺热闹，可类似今天这样聊天记录如此之多的现象并不常见。她心想着，莫非公司内发生了什么事？因此引起了广泛的讨论？

秦明月点开这个微信群看了一下，竟看到群内有不少女员工正在热火朝天地聊着，甚至还有一张张照片发了出来，她一看群内发的这些照片，脸色怔住，只因这些照片大部分是萧云龙的！

秦明月怔住了，她上翻记录，看着这些照片，基本都跟萧云龙有关。有些照片中萧云龙正在握着沉重的哑铃在平行于胸地来回出拳，这样的照片让人看着心中都感到震撼。如此沉重的哑铃，拎起来都很费劲，而这个家伙居然正在握着哑铃练拳，这到底是多变态的力量才能如此？有些是萧云龙结束训练后的照片，从照片中能够看到萧云龙身上的衣服都被汗水浸湿了，浸湿的上衣紧贴在他身上，隐现出了他那堪称完美的肌肉线条，一根根的肌肉线条彰显而出，内蕴着一股爆发力量，显得极为阳刚霸气。

秦明月看到这些照片后心中有些诧异，再看看一条条聊天记录：

"萧教官真的是很 Man 啊！这才是一个真正的男人，跟外面那些千篇一律的柔弱男生太不一样了，他身上充满了一股阳刚的美感。"

"可不是嘛，特别是萧教官在训练室训练的时候，简直是帅呆了！"

"萧教官的身材真的好棒，只有这样的男人才会带给人安全感，我好喜欢！"

"你别花痴了，你喜欢人家，人家未必喜欢你呢。"

"好像萧教官一直都没有女朋友呢，是不是啊？反正都没有看到他跟什么女人在一起过……"

"你不会春心大动了吧？要不你去跟萧教官表白试试看？"

"也不知道明天萧教官还来公司不，他要是还过来训练，那我就还去看。"

秦明月看着这些聊天记录，简直是诧异得说不出话来。之前她曾听自己的秘书苏雪提起过，公司里的训练室都成为一道靓丽的风景线了，只要萧云龙过来训练，都会在公司范围内引起一场不小的轰动，各个部门的单身美女都会跑去观看一番。起初秦明月听到的时候不以为然，这会儿看着微信群里这些女员工的议论，她真的信了。

"这家伙哪有这么大的魅力？"秦明月忍不住嘀咕了声，同时心里面泛起了一种难以言喻的复杂感觉。

她名义上是萧云龙的未婚妻，此刻却看着微信群里面自己手底下的一个个女员工正在热火朝天地议论着萧云龙，并且有几个还很明显地对萧云龙流露出了一些好感，这让她总感觉有些怪怪的。也不知道有朝一日公司里的这些女员工知道她们的老总就是萧云龙的未婚妻后会作何感想。

不管如何，萧云龙是她的未婚夫，自己的未婚夫在公司内如此受到欢迎，心中自然是高兴的。不过这也成了让秦明月感到头疼的问题，公司内的单身美女可是有不少，并且当中不乏一些靓丽性感的女员工。这样的事态要是无法得到控制，天知道后面会不会惹出什么事来？

那能怎么办？公开自己跟萧云龙之间指腹为婚的关系？想到这，秦明月脸色羞红而起，就眼下而言她还真是没有足够的勇气公开她与萧云龙之间的关系。并非是她不愿意，而是她还没做好足够的心理准备。

想了想，秦明月还是决定给萧云龙打个电话，让他上来谈谈。

秦明月拿着手机拨打了萧云龙的电话。

萧云龙正在训练室内对着沙包练习二重力道，他练了三四十下，竟感觉有些疲惫，浑身的力量仿佛被掏空了一般。这让萧云龙有些惊诧，凭着他的体能与自身的力量，即便是连续挥拳练习数百次都不会有这种疲惫感。他立即意识到修炼二重力道所消耗的体能是平时的四五倍，这意味着他就算是最终掌握了二重力道，每一次施展出二重力道的攻击所消耗的体能速度也会是平时的四五倍，甚至更高。

这并不难理解，毕竟二重力道一旦修炼成功，爆发出来后的威力将会是一重力道的两倍，与此相应，所需要的体能必然是施展一重力道的数倍才对。否则，施展二重力道所需要的体能跟施展一重力道一样，那就不合乎常理了。

萧云龙想通这点后发觉自己引以为傲的体能还是不够用，至少对于施展二重力道而言真的是远远不够，看来往后还需要加强体能方面的训练才行。

萧云龙浑身疲惫，正想休息一下，顺便观看高云、龙飞他们的训练情况，这时他的手机响起，他一看来电显示是秦明月打过来的，连忙接了电话：

"喂，明月，找我有事？"

"你是不是在公司的训练室？你来我办公室一趟。"

"嗯？真的有事啊？行，我现在就上去。"萧云龙说道。

萧云龙收起了手机，他经过擂台的时候看着高云、方侯、龙飞他们练习连击之术，已经有些雏形了，比刚学会的时候连贯了许多，但还远远达不到娴熟的地步。

萧云龙嘱咐了几声，让他们反复地练习着，而后他走出了训练室，乘电梯而上，前往秦明月的办公室。

电梯升上顶楼，萧云龙走出电梯，来到了秦明月的办公室，他抬手敲了敲门，随后推门而入。

"明月，找我什么事？"萧云龙走了进来，随手将门关上，看向了前面坐在办公椅上的秦明月。

秦明月在萧云龙过来之前已经斟酌了一下措辞，她抬起头，看着走过来的萧云龙，注意到他身上穿着的衣服胸前湿了一大块，明显是被汗水浸湿了，且远远地就有股发酸的汗臭味飘过来。

秦明月柳眉微蹙，她说道："你怎么不换件衣服啊？你这衣服都浸湿了，公司里又都是冷气，你也不怕着凉感冒？"

萧云龙呵呵一笑，走到秦明月面前的皮椅上坐下，不以为然地说道："没事的，我身体能扛得住。找我过来不会是为了说这个吧？"

"当然不是！"秦明月没好气地白了一眼萧云龙，这才说道，"听说你今天在训练室训练的时候吸引了很多人过去观看，其中基本都是公司内的女员工。"

萧云龙脸色一怔，知道此事真的是瞒不住秦明月，不过他自认身正不怕影子斜，因此立即义正言辞地表态说道："确有此事，我也没想到咱们公司的女员工对于训练健身抱着如此大的热情。她们的确是过去看我训练了，但我与她们交流的仅仅局限于训练健身方面的内容。明月你请放心，我跟她们是一清二白的，现在不会有任何关系，以后也绝不会有任何关系……所以，你也犯不着吃醋。"

吃……吃醋？！秦明月脸色恼羞而起，心中无端地滋生起一股恼怒的火气，萧云龙这番话算是说中了她心中所想所忧，且这家伙又是如此信誓旦旦地表态，一下子让她心里组织好的语言没法说出口了。

萧云龙仿佛没有看到秦明月此刻那恼羞万分的脸色，他显得毫不知情，看着秦明月前面放着的一杯冒着热气与浓香味的咖啡，他随手拿了过来，喝了一口，咂吧着嘴说道："这咖啡真香，不过好像解决不了口渴的问题啊。"

"那是我泡的咖啡！"秦明月看着萧云龙居然端起她的咖啡杯喝了一口，脸色一阵涨红，回过神来的她恼声说道。

"然后呢？"萧云龙不明所以，问道。

"你、你就这样子喝了？你问过我没有？"秦明月心中的气不打一处来，她接着说道，"口渴了你不会去接水喝吗？喝咖啡当然没用。"

"你说得对。"萧云龙点头，走到饮水机旁，拿过来一个一次性杯子，接了三杯水喝着，这才感觉好点。

萧云龙走回来，坐在秦明月面前，说道："才反应过来，我们话题的重点不是什么口渴喝水之类的，而是关于我在训练室的时候被公司内的众多美女员工前去围观的问题，对吧？这个问题不是我所能控制的。当然，明月你也不能因为她们跑去训练室看我训练，就想要炒她们鱿鱼吧？"

秦明月心中一阵恼怒，她美眸圆瞪，盯着萧云龙，说道："你看我像是那种人吗？对于这个问题我只是、只是……反正我没想过要干嘛干嘛的。只要在不影响她们工作的前提下，她们愿意去看你训练那是她们的事情。"

说着，秦明月看了眼萧云龙，发觉这厮一副怡然自得的表情，她心中没来由的一堵，恼声说道："我怎么看你似乎很高兴很自得的样子？是不是觉得自己的魅力特别大，都吸引了公司里这么多美女去看你训练啊？"

萧云龙脸色一怔，他连忙正色说道："绝对没有的事。明月，你也知道，我这个人历来低调谦虚，因此怎么会有这样的想法？对我来说，就算是有千万个美女去看我训练，终究还是抵不上一个明月啊。"

"你——"秦明月嗔了声，发觉面对这个家伙她真的是有种无话可说的感觉。

　　但不得不承认，萧云龙这句话还是让她心里面感觉到一丝莫名的喜悦，看来这个世上即便是最优秀的女人也逃不过男人的甜言蜜语。

　　"算了，不跟你说这件事了。"秦明月说道。

　　萧云龙一笑，说道："明月，你就放心吧，在我的世界里只有你。"

　　"得了吧，少在我面前油嘴滑舌了，你的话都让我起鸡皮疙瘩了。"秦明月没好气地说着，末了她说道，"跟你说正事吧。你拿给我的设计草图我看了，当中上官叔叔提出来的一些修改意见的确是很中肯，我已经按照上官叔叔的意见在做修改。回头你拿去给萧叔还有上官叔看看，要是没什么问题，就可以选个黄道吉日开土动工了。"

　　秦明月说的是关于武道学院的建设问题，萧云龙也很感兴趣，他点头说道："好，那回头我再拿去给我父亲和上官叔看。明月，这件事真的是太麻烦你了。我真没想到你在建筑设计领域还有如此的造诣，一想到这我晚上睡觉都会笑醒。"

　　秦明月不明所以地看着萧云龙，好奇地问道："这跟你有什么关系？居然还会睡觉都要笑醒？"

　　"这个嘛……我只是一想到自己的媳妇不仅长得倾国倾城美如天仙，各方面的能力都如此出众，既能领导这么大的一个集团公司，还能精通其他领域诸如建筑设计等方面的专业知识，你说我能不高兴吗？这样的媳妇打着灯笼都找不到啊！"萧云龙颇为感慨地说道。

　　秦明月彻底无语，真没想到这家伙脸皮厚到如此程度，这样厚颜无耻的话也能说得出口。

　　"真没想到你拍马屁的功夫日渐长进啊。"秦明月说了声。

　　"这可不是拍马屁，这是真实的事啊，我只是实话实说，跟拍马屁可是不沾边的。"萧云龙说道。

　　秦明月嗔了声，说道："那以后你这样的实话还是尽量少说点吧，我可不想一直浑身起鸡皮疙瘩。好了，再跟你说件正事。一个星期后公司有一个重要的客户带领团队前来江海市考察秦氏集团，因此我正在想着部署一些接待方面的事情。你有什么好的想法吗？"

　　"重要的客户？"萧云龙诧异了声。

秦明月点了点头，她说道："对方是罗斯才尔德家族的代言人，我想通过他来跟罗斯才尔德家族合作，从而使秦氏集团的业务朝着海外进军。"

"罗斯才尔德家族……"萧云龙独自默念了声，那语气像是有些感慨，又像是有些缅怀，总之透出一股高深莫测之意。

"云龙，云龙……你怎么了？"秦明月看着萧云龙像是陷入了什么回忆当中。

萧云龙回过神来，他笑着说道："没、没什么……罗斯才尔德家族那可是历经上百年的金融世家，在世界上的影响力很大。既然对方身为罗斯才尔德家族的代言人，身份也非同小可，是要好好接待。"

"那你有什么好的接待方法吗？"秦明月问道。

萧云龙一笑，说道："接待嘛，无非就是四个字——吃喝玩乐。只要让对方在江海市住得舒适，玩得开心，那也就成功了一半。另一半则来自秦氏集团的实力。我想，到时候只要秦氏集团展现出足够的雄厚实力，对方也不会拒绝跟秦氏集团之间的合作。毕竟赚钱嘛，即便是罗斯才尔德家族，也是希望他们家族资产得到更进一步的提升。"

"你说得轻松，关键是到时候怎么个吃喝玩乐法？"秦明月说道。

萧云龙笑了笑，说道："公司不是有公关部吗？公关部的职责就是负责招待贵宾，目前他们的业务能力已经很娴熟了吧？"

"主要是这一次的合作事关重大，我想找个稳妥的人来负责。"秦明月说着，她眼眸一转，看向萧云龙，说道，"云龙，要不你来负责？你可以调动公司内一切的资源，包括公关部的人员，只要能够将对方招待好就行。"

"我？"萧云龙诧异了声。

秦明月美眸瞪了眼萧云龙，说道："怎么？你不愿意啊？"

萧云龙笑了笑，说道："好吧，怎么会不愿意呢？能够为自己的媳妇分忧解难，那可是我的梦想啊。不过，难道就没有一点好处？"

"好处？"秦明月怔了下，她下意识地问道，"你想要什么好处？"

萧云龙站起身，走到了秦明月的面前，随着他走近过来，秦明月闻到了一股扑面而来的汗味。秦明月多少是有些洁癖的，按理来说一个有洁癖的人闻到这样的汗臭味理应无法忍受才对。可眼下，秦明月居然感觉到自己对于萧云龙身上的这股汗味不反感，反而是隐隐觉得这股气味中蕴含着一种男子气概的味道。

"你、你要干吗？"秦明月看着走近的萧云龙，竟感觉到有些心慌。

"跟你讨要好处啊。"萧云龙笑眯眯地说道。

"好处？"秦明月有些不明所以，"你想要什么好处坐在椅子上开口也是一样，何必要走过来？"

"我索求的这个好处必须要走过来——因为我没有那么长的脖子！"萧云龙说着，他猛地俯下身，在秦明月意外惊讶中，他轻轻地吻住了秦明月那柔软娇嫩的红唇。

秦明月哪里想到萧云龙所谓的好处竟然就是这个，这不是趁机占人便宜吗？太可恶了！

秦明月立即抬起手，想要将萧云龙给推开，可双手抬起来搭在萧云龙的肩膀上根本推不开萧云龙，反而被萧云龙顺势搂住了腰身，将她抱了起来。

"萧云龙，你、你混蛋……你不要……嗯！"秦明月忍不住娇斥着，她一张嘴却又给了萧云龙可乘之机，让她彻底发不出声来。

至此，这位美女董事长就此沦陷，无法自主，任由萧云龙取夺。

"咚咚咚——"

也不知过了多久，门外忽而传来敲门声。

秦明月脸色一惊，她猛地睁开双眼，又惊又恼之下使出一股力量，将萧云龙给推开了。

"谁、谁啊？"秦明月按住办公室的通话器按钮，开口问道。

"秦总，是我。您要的文件给您整理好了。"办公室门外，传来了苏雪的声音。

"小雪啊，你进来吧。"秦明月说着，末了双眸狠狠地瞪了眼萧云龙。

萧云龙嘿嘿一笑，走回到了办公桌前面，恰好这时门外的苏雪推门而入，萧云龙的声音也不失时宜地响起："秦总，该交代的事情我已经交代完了。至于你吩咐下来的任务，我一定会努力完成，绝不辜负你的信任！"

说着，萧云龙转头看向苏雪，笑着说道："小雪，你来了啊。你有事那就先跟秦总谈。我先走一步。"

萧云龙说完后立马走出了这间董事长办公室，他心中暗自笑着，觉得苏雪这时候进来真的是太合适不过了。若非有苏雪走进，方才与美女董事长那一番拥吻结束后，必然少不了来自美女董事长的一番恼羞的训斥。

萧云龙离开秦明月的办公室后回到了训练室，看到高云他们仍在按照他的要求一遍遍地反复练习着连击招式，他们每个人的身上都流下了一滴滴汗水，除了口渴的时候停下来喝水之外，连拿起毛巾擦一下汗水的心思都没有。

萧云龙看在眼里，心里感到很满意，虽然高云他们的天赋不算好，身体条件也不算太好，可他们胜在足够努力，足够有毅力与恒心。他们不是天才，却肯付出百分之九十九的汗水，这就足够了。

萧云龙走到哑铃区又拿起那两个六十斤重的哑铃，继续平行于胸地不断出拳，以此来淬炼他手臂上的肌肉群。通过挥动哑铃出拳那一收一缩间，不断地凝聚着他双臂上的肌肉，达到能够更好掌控的目的。

萧云龙练习了一会儿，放在哑铃架上的手机忽然响起，他放下手中的哑铃，拿起手机一看，眼中的目光微微一沉。

萧云龙走到一旁，接了电话。

"我这儿有你想要的情报。"一个陌生女人的声音从电话中传来。

萧云龙先是一愣，又直接问道："你是谁？你又是怎么知道我想要什么情报的？"

"如果你想知道我是谁，就来信息上的地址找我吧。"电话中的女人平静地说道。

"记住，我不是你的敌人。"女子留下这句话后便挂断了电话。

随后，萧云龙收到了一条短信，内容是一个地址。

这个女人知道萧云龙最近在收集情报，光是这一点就很不简单。按照惯性思维，这通电话像极了一个陷阱，绝大多数人是断然不会去的。但萧云龙并不是谨小慎微之人，而且他心里似乎总有一种感觉：这个女人没有说谎。

萧云龙放下手机，走到高云等人训练的擂台，说道："好了，今天到此为止吧。你们已经足够努力了，可别把老命都拼掉。停下来，先好好休息，同时回味一下你们练习的心得，相互之间交流一下。这玩意儿不是一味苦练，还要懂得总结。"

龙飞、方侯、张伟他们闻言纷纷停了下来，他们也是累坏了，停下来后就坐在擂台上气喘吁吁。

"我先走了。回头有哪方面不会的问题再向我询问。"萧云龙开口，他走出了训练室，离开秦氏集团大厦后骑着怪兽呼啸离去。

公子羽

半小时后，萧云龙根据信息，来到了郊外一栋独栋别墅面前。

别墅的围墙上爬满了绿藤，围墙内有一株株枝叶繁茂的大树，将别墅内的情景全都遮掩住了。

这是萧云龙头一次到这片区域来，他停下车，走过去正欲按门铃，可还没等他伸手去按，这栋别墅的铁栅门已经自动打开。

别墅大门打开后，萧云龙看到了一个妆容冷艳的女子，她像是一块晶莹剔透的冰块雕刻而成，双眸内的眼瞳宛如点漆，漆黑如墨，很黑却很亮，恍如嵌入的两颗黑宝石。

这双宛若黑宝石的双眸看着萧云龙，说道："我从监控录像上看到你过来了，所以打开了门。"

女人的身后跟着一条纯种杜高犬，它看到来者是萧云龙后"呜呜"地低声叫唤了两声，已然感受到了萧云龙身上散发出的恐怖气息。

萧云龙走进了这栋别墅，女人将别墅门关上，请萧云龙走入别墅大厅。

萧云龙走到大厅的沙发上坐下，女人随手从茶几上将一份情报递给萧云龙，说道："你想要的情报基本都在这里。"

萧云龙并没有接女子手中的文件，而是问道："你到底是谁？"

女子没有回答，而是用左手把披散而下的头发猛然撩起，萧云龙的目光也被吸引着看向她脖颈的左侧。他看到女子脖颈的左侧有一个青色的胎记，这个胎记的形状极为奇特，看着就像一根羽毛，那精致的程度恍如刺上去的。

"这、这是你的胎记？出生就有？"萧云龙问道，他的呼吸变得粗重起来。

"既然是胎记，自然是与生俱来的。"女子不带任何情感地说道。

萧云龙顿感口干舌燥，他咽了咽口水，接着忍不住问道："难道说……你、你姓苏？"

这句话问出口的时候，萧云龙的语气有些轻微的颤抖，这显得很不可思议，无论面对任何危险的情况，他都没有过像此刻这般的反应。

眼前的胎记将他拽入无尽的记忆长河之中……

在那片苍茫无边的沙漠中，他曾历经九死一生，最后时刻寻找到活命的绿洲时，带队的老大哥却已经倒下，他耳边也回响起老大哥临终前那一遍遍的话语：

"生又何欢，死亦何惧。我苏离唯一放不下的就是我的女儿，未能再看到她一面，我心有遗憾……你们日后要是有幸遇到我女儿，烦请代我跟她说一声对不起，父亲对不起她，未能尽到一个为人父的职责……她很乖巧，也很可爱，她最大的特点就是左侧的脖颈上有一个形如羽毛般的胎记，正因如此我给她取名为羽……苏羽，我的女儿，你们日后若是见到，请多、多照顾……"

眼前的女子符合老大哥女儿身上的一切特征，最大的特征莫过于左侧脖子上的那个独特的状若羽毛般的胎记。

萧云龙一直记得老大哥的恩情，当年在那片死亡沙漠，他只有十七岁，若非有老大哥格外的照顾，他只怕早就长眠在那片沙漠之中了。再则，年少时的萧云龙从这位老大哥的身上学习到了许多东西，特别是那种为了兄弟、为了其他人无私奉献的精神，以及不到死决不放弃的信念等都深深地影响到了他。

让萧云龙大感意外的是，老大哥的女儿竟然能从茫茫人海中联络到他，萧云龙很好奇她这些年来是怎么度过的，又是如何得知自己最近的动向的。

"其实父亲曾对我提起过你。"面对满脸疑惑的萧云龙，女子主动开口。

"父亲死后，我一直在试图寻找他所提过的每一个人，其中唯一找到的就只有你。从你回国起我就一直在暗中注意你的动向，直到发现你和血龙会产生瓜葛。"

萧云龙心中顿感万千惆怅，见过尸山血海的他也禁不住一阵语塞，只得结结巴巴地开了口："敢……敢问姑娘大名。"

"你就叫我公子羽吧。"女子站起身来，主动向萧云龙伸出右手。

随后，两人共同追忆起了公子羽的父亲……

一阵畅谈过后，萧云龙拿起情报简单翻阅了一下，他脸色微变，显得有些诧异，语气沉着又冰冷地说道："血龙会的李风云跟林家的林威接触过？"

公子羽坐在萧云龙的对面，说道："不错，李风云与林威的确是接触过。虽说他们的会晤很神秘也很谨慎，却也难逃我派出去盯梢的人手。除此之外，那个从东洋国过来的井野已经带领他手底下的东洋武者离开了江海市，应该是回国去了。"

萧云龙脸色微沉，他真是没想到李风云会跟林威暗中接触，如此说来，这一次李风云来江海市，背后是得到了林威的资助与帮忙？

"看来林威是想借助李风云的势力来对付我，他对于他儿子之死真的是耿耿于怀啊，他应该是怀疑他儿子的死因与我有关了。"萧云龙冷笑了声，语气淡漠地说道。

"所以林威暗中跟李风云接触，想要帮助李风云将他血龙会的势力入驻江海市，他的目的是想要借刀杀人，让李风云除掉你？"公子羽问道。

"差不多就是这样吧。唯一可惜的是，林威太过于高估李风云的能力，也太过于低估我的实力了。"萧云龙冷笑着，眼中的杀机渐渐浓烈。

公子羽看向萧云龙，问道："那接下来你打算怎么做？"

"原本我打算就此放过林家，在我眼中林家从来就不是我的对手。当初林飞宇若非触犯到我的底线，他也不会死。可现在看来，我的仁慈似乎对方并不领情。前段时间看着林家无所动静，本以为林威就此沉寂，不再多事。现在看来是我错了，林威之前的沉寂不过是在蛰伏，是在等待着时机扑出来咬我一口。"萧云龙开口冷冷地说道，"既然如此，那林家没必要存在于江海市了。"

"你要对付林家？"公子羽问。

"当然。后面我还会离开江海市，我可不愿放任林威这样如同一条毒蛇般的阴险之辈暗中对萧家、对我的家人虎视眈眈。"萧云龙语气淡然地说道。

夜色撩人，霓虹闪烁，又是一个迷人的夜晚。

"呼！"

一辆黑色的奔驰S600轿车驶入了林家别墅，别墅的门打开，车子停下后已有管家上前打开车门。

头发花白的林威走下车来，他的脸色显得有些憔悴，又有些烦躁，一张脸无比阴沉。

"老爷，您这么晚才回来，吃过饭了吗？要是还没吃过饭，我让下人去准备饭菜。"管家说道。

"不用了，我不饿。"林威开口，走进了别墅。

偌大的别墅空荡荡的，显得死气沉沉，没有丝毫的生机，透出一股阴森可怖之感。

大厅的中堂位置设立着林飞宇的灵位，挂着一幅林飞宇的黑白画像，林威每次回来后看到黑白相框中的林飞宇画像，他的心脏总会抽搐般的刺痛，像是被人拿着一柄刀狠狠地捅了一下。

"飞宇，我绝不会让你不明不白地死去，我会为你复仇，会让你在九泉之下安息！"林威走到林飞宇的灵位前上了一炷香，心中念叨了一声。

林威在楼下静坐了一会儿，凝望着林飞宇的灵位沉默无语，这时候没有人会来打扰林威，这在现今的林家已经形成了约定俗成的规律。

一会儿后，林威朝着楼上走去。

他今晚的心情的确很差，回来之前他与李风云联系过，得知今日井野率领北辰武馆的武者向萧家武馆下战书，最终却遭到了惨败。为此，北辰武馆的牌匾被砸，而井野也带着手底下的东洋武者离开了江海市。

这个消息让林威极为烦闷，原本他以为井野真的有足够的实力率领北辰武馆击败萧家武馆，从而让萧家武馆退出武道街。现在看来他错了，萧家武馆又用一次完胜来粉碎了他的愿望，使他的心愿落空。

"萧家武馆就这么强吗？我不信当今世上没有人能够战胜萧家武馆！"林威脸上露出了一丝狰狞，心中那股愤恨之意极为浓烈。

如今井野已经战败并且灰溜溜地离开，使他原先的计划出现了一些变动，他需要冷静下来重新部署后面的行动，因此他朝二楼的书房走了进去。

林威打开了书房的门，书房内没开灯，显得一片阴暗，他反手将书房门关上，而后打开了开关。

"啪！"

书房顶上的照明灯骤然亮起，整个书房内一片明亮。

林威将西装脱下，正欲挂在旁边的衣帽架上，可就在灯光亮起的这一刹，他猛地意识到不对劲，蓦地抬眼一看——

一看之下，他整个人为之石化，灵魂都出窍了一般，手中拿着的西装脱手落在地上。书桌后面那张原本只有他才能坐的皮椅上竟坐着一个人，一个年轻且又散发着慑人魔威的人！

"林家主，我们又见面了。我想，我们是不是应该坐下来好好地谈一谈？"

10　决战憾龙山

诡计多端

书房寂静，灯光明亮。

一道身影挺拔如山，正坐在书桌后面的皮椅上，身上有股如魔似神般的滔天威势弥漫而出，无形中将前方石化木然的林威给锁定住。这是一股无形中的恐怖压力，使林威心口恍如压上了一块巨石，那种沉重之感恍如巨山压塌而下，直让他脸色开始发白，额头上泌出了一层细细的冷汗。

"林家主，感到很吃惊，对吗？"淡漠的声音再度响起，平静中蕴含着一丝戏谑之意。

林威回过神来，他故作镇定地说道："萧云龙，你、你怎么会在我的书房中？你这是擅自闯入私人住宅，这可是犯罪！"

说着，林威忍不住伸手朝书房门口的把手伸过去，看样子是想打开书房门跑出去。

萧云龙正施施然地坐在这间书房办公桌后面的皮椅上，他手中转玩着一支钢笔，平静地看着林威，语气森然地说道："林家主，既然我能够潜入进来，要想取你性命不过在一念之间。所以，你认为你此刻打开门逃出去是一个正确的选择吗？"

说着，萧云龙的目光微微一眯，有股冷若刀锋般的杀机迸发而出，在这缕杀机的笼罩下，整个书房中的温度陡然下降了好几度。

林威心间一颤，倘若他真的继续伸手过去打开书房门，那他将会在一

274

瞬间死去。他相信萧云龙有这个能力，也必然会这样做。

一念至此，林威深吸一口气，他让自己冷静下来，他看得出来萧云龙此番过来并非想要他的命，若真是想要他的命那他早就死了。

"竟敢私自闯入我家，你胆子可真是够大的。"林威冷冷说道，他朝前走来，在另一张椅子上坐下，"不过这倒也正常，你连杀人都敢，还有什么是你不敢做的？"

萧云龙淡然一笑，说道："林家主，你还真是说对了。对我而言，杀人的确就如吃饭喝水般简单。我杀过的人没有上万也有上千。以前在战场上，杀得血流成河，尸骨累累，杀到最后蓦然回首，发觉唯独自己一人站在血泊中，四周横躺着的都是敌人的尸体。那种感觉很落寞，也很孤寂。我想，林家主你肯定没有过这样的经历，对吧？"

林威心中一动，有些不明白萧云龙跟他说起这些用意何在。

"我做人的原则是人不犯我，我不犯人，人若犯我，虽远必诛。我也不知道什么地方惹到林家主不痛快了，居然暗中联合血龙会的李风云，妄图借助李风云之手来把我除掉？"萧云龙看向林威，语气冷漠地问道。

林威脸上微微变色，他与李风云暗中接触之事按理说应该是极为私密才对，萧云龙是如何知道的？面对萧云龙，他心知任何的否定与隐瞒都无济于事，萧云龙既然亲自找上门来了，那肯定是掌握了他与李风云私下接触会晤的足够证据，因此否定没有任何的意义。

林威的脸色变得阴森而狰狞，他索性撕破脸，怒声说道："对，我林威就是想要对付你，对付萧家！我要为我的儿子报仇！萧云龙，别以为你能够瞒天过海，虽然飞宇身上没有查出什么致命伤。但我敢肯定，飞宇之死与你有关，说不定就是你亲手加害的！我就只有这么一个儿子，现在他死了，我当然要为他报仇！"

萧云龙笑了笑，说道："看来林家主这是打算要鱼死网破放手一搏了对吧？说得也是，你的妻子已经被你安排到了海外，江海市中唯独剩下你一个人。你也不怕死，所以当然肆无忌惮。不过，为何林家主一口咬定林飞宇之死与我有关呢？"

"萧云龙，你别装了！除了你，还能有谁会对飞宇下毒手？还能有谁如此狠心地杀了飞宇？就是你，你就是凶手！"林威歇斯底里地怒吼起来。

"真要如此，林家主为何不去报案？"萧云龙笑道。

"我……"林威一时间说不出话来。

倘若有证据，哪怕是一丝的证据，林威早就报案了，问题是林飞宇之死没有任何的线索留下，他想报案都没有说法。

"林家主，你以为把你的妻子转移到加拿大就足够安全了吗？你留在江海市就可以肆无忌惮地为所欲为了吗？这未免也太可笑了。"萧云龙笑道。

"你、你怎么知道我妻子在加拿大？你、你监控了我妻子的行踪？"林威脸色大变，忍不住问道。

"啪！"

萧云龙点了根烟，抽了一口，说道："除非你的妻子离开地球，否则无论在任何一个地方，只要我愿意，我都能够在一小时内将你妻子的行踪找出来。你说林飞宇是我杀的，可你却没有任何证据。原本我已经忽略了林家，可这时候你却跳出来，妄图联合李风云、井野这些人来对付我，对付萧家。跟我作对，那就是我的敌人了。对于敌人，我从来都不会心慈手软，而是彻底歼灭！"萧云龙目光一冷，继续说道，"我要想除掉你还有你妻子，简直是太容易了，并且我不会有任何事。你也知道我在海外长大，可是你知道我在海外是做什么的吗？大不了我重返海外，没有人能够奈我何。对了，我看过你妻子的照片，风韵犹存，还很漂亮。国外很多蛇头都喜欢这样的女人，因为这样的女人光顾的客人多，赚的钱也多。"

"你混蛋！萧云龙，你、你要敢动我的妻子，我、我杀了你，我会让你萧家上下不得好死！"林威怒吼而起，他猛地站起身，一张脸都为之扭曲。

萧云龙身形猛地一动，他右手朝前伸探而出，一下子钳住了林威的咽喉，将他整个人按在了面前的书桌上。

"想杀我？还想对付萧家？你有这个能力吗？在我眼中，要想杀你就跟踩死一只蝼蚁般容易。"萧云龙冷笑着，"不过你放心，我不会杀你，也暂时不会动你的妻子，因为这没有多大的意思。我要的是林家彻底的垮掉，我要的是林家彻底的败亡！既然你不珍惜我给你的机会，还想着对付我还有我家人，那就别怪我手下无情了。"

"你、你这个恶魔，你这个魔鬼，你一定会不得好死的！"林威大口大口地喘着气，脸色煞白，眼中有股惊惧之意。

"要论杀人之法，我所掌握的的确是太多了。可对于你，我不打算用那些残酷的杀人之法。如果能够亲眼看着一个人被逼得发疯，我想倒也是很不错的。"萧云龙笑着，忽而俯下身，在林威的耳边一字一顿地说道，"所以，你惹了我，这世上没有人能够救得了你。包括在你背后给你撑腰的那个所谓的大人物——南宫世家的老爷子南宫望！"

"什么？你、你……"林威震惊而起，脸色彻底惊变，身体都为之颤抖起来。

"很吃惊？很惊讶我为何会知道你与南宫世家之间的关系？"萧云龙冷笑着，"南宫世家是一个隐世世家，有些显世世家是南宫世家的附庸世家，而林家恰好是其中之一。其实想要知道这个秘密并不难。此前我只是猜测，并没有掌握足够的证据。不过现在有这个账目明细单，一切都了然于目了。"

林威脸色震惊，他挣扎着抬起头一看，竟看到萧云龙的手中拿着一份极为私密的账本，林威的脸色彻底惊变，嘶声说道："你、你手中拿着的是什么？你怎么会有这个？"

说着，林威急忙朝书房右侧的一个保险柜看去。一看过去，赫然看到这个保险柜的柜门已经打开。

林威眼前一黑，差点晕死过去，他深吸一口气，颤声说道："你、你把东西还给我，我、我发誓我再也不跟萧家作对。我这就离开江海市，带着林家上下都离开江海市。"

"现在说这些是不是太晚了？"萧云龙冷笑了声，"这个绝密的账本我看了一眼，发觉这里面涉及的黑幕交易真的是不堪入眼啊。我好奇的是，类似于你跟南宫世家这种黑幕交易理应第一时间销毁账单才是，你为何特地保留了下来？难道你打算有朝一日借助这些特地留下来的证据要挟南宫世家，好让你林家独立出来，彻底摆脱南宫世家的掌控？"

林威脸色苍白，一句话都说不出口，浑身瑟瑟发抖。

"南宫世家一定很不情愿看到这份账单流传出去，这会给他们带来巨大的麻烦。当然，首当其冲的还是林家。林家主，你说呢？"萧云龙冷笑着松开手，话说到这他已经准备离开。

林威站起身，他看向萧云龙，唇角翕动，想要说什么却又说不出口。

"好了，林家主，你早点休息。养足精神，因为明天你将会很忙。"萧云龙笑着，伸手拍了拍林威的肩头。

萧云龙伸手一拍之下，林威都站不稳了，差点跌倒在地。

萧云龙则已经打开书房的门，就此离开。

林威反应了过来，他猛地站起身冲了出去，口中大喊着："来人，来人……"

"老爷，出什么事了？"管家应声而来。

"你们没看到吗？刚才有个人走了出去，快，快报警，有人私闯进来。"林威语气急促地说道。

管家脸色一怔，他说道："老、老爷，我并没有看到什么人啊。"

"什么？你们并没有看到人？刚有个人大摇大摆地走出去，你们一个个都眼瞎了？"林威怒声说道。

"老爷，我跟下人们都在一楼，的确是没有看到任何人啊。"管家语气惊奇地说道。

林威脸色一怔，面如死灰般难看。他已经想到了，既然萧云龙能够悄无声息地潜入林家别墅，且就在书房中静等着他归来，那萧云龙要想离开，又有谁能够注意得到？

萧家武馆。

萧云龙离开林家后赶回了萧家武馆，并且将乔四爷、金刚、张傲他们都召集过来。

萧云龙走进萧家武馆的时候乔四爷他们已经坐在武馆后院等候着，看到萧云龙走进来后他们站立而起，乔四爷问道："萧老弟，找我们过来是有什么事吧？"

"四爷，不着急，坐下来说。"萧云龙开口，他走过去坐了下来，一旁的吴翔给他的茶杯倒了茶水。

萧云龙喝了口茶，缓缓地说道："如果我猜得不错，今晚李风云跟他的血龙会将会有所行动。"

"嗯？此话怎讲？"乔四爷脸色一动，开口问道。

萧云龙的眼睛一眯，说道："四爷，只怕你还不知道，这一次李风云前来江海市主要是暗中跟林家勾结在了一起。"

"林家？"乔四爷脸色一怔，对于这个消息显得有些意外。

萧云龙点了点头，说道："林家贼心不死，一直想要对付我还有我的家人。这一次李风云前来江海市，主要是林威暗中联系，许给李风云足够的承诺，要帮助李风云的血龙会入驻江海市。林威唯一的要求就是要让李风云将我除掉。"

"什么？李风云前来江海市的目的是想要对付萧哥你？他们真是狗胆包天了，找死！"李漠怒声说道。

"那个什么李风云还有他的血龙会，还想来江海市撒野？还有林家，他们这是什么意思？借刀杀人？得给他们一点教训，否则真让他们骑上头来了。"陈启明也说道。

乔四爷沉吟一下，说道："如此说来李风云前来江海市时所谓的商业考察不过是一个掩人耳目的幌子。他仍旧是不死心，仍是想将血龙会的势力入驻江海市。这一次，他还联合了东洋武者，让人所不齿！"

"井野实际上也跟林威之间有合作，林威原本就是希望井野的北辰武馆能够将我萧家武馆击败。可惜的是，北辰武馆败了，牌匾被砸。而井野也带着那些东洋武者灰溜溜地离开了江海市。"萧云龙接着说道，"我回来之前去找过林威。我估计现在林威会逼着李风云开始行动，而林威的目标是想要把我除掉。那我们当然也要做点事情。"

"萧老弟，你的意思是李风云今晚会按捺不住，要开始行动？"乔四爷眼中闪过一缕精芒。

"不错！李风云不是打着商业投资的幌子来江海市吗？那我们就引蛇出洞，让他原形毕露！"萧云龙冷笑道。

"我就是要等李风云原形毕露的这一天。萧老弟，你说接下来我们该怎么做？"乔四爷沉声问道。

"走吧，我们去憾龙山，五年前李风云于憾龙山败走而退，那就让历史再一次重演吧。"萧云龙开口说着，胸有成竹，给人一种一切尽在掌握的感觉。

林家。

一辆黑色宝马轿车飞驰而至，驶入了林家别墅。

车子停下，车门打开后一个挺拔伟岸的中年男子走下车，正是李风云。

李风云显得风尘仆仆，应该是着急赶过来，他刚走下车，满头华发的林威就迎了出来，说道："李先生，你来了，快快请进。"

李风云点头，举步朝林家走去，被林威请上了二楼。

"林家主，这么着急找我到底有何要紧之事？"李风云问道。

林威脸色一沉，眼中露出了一丝森冷阴毒的目光，身上隐有杀机弥漫，他说："我要求你的人手今晚全部出动，不计后果，不计代价，给我除掉萧云龙！今晚，务必要除掉萧云龙！只要你能够将萧云龙除掉，我林家一半的家产归你，并且你的血龙会也将会在江海市立足！"

李风云脸色一怔，诧声说道："林家主，务必要在今晚？什么意思？"

"不管你用什么手段，只要今晚能够把萧云龙除掉就行！否则过了今晚，你的血龙会要想进军江海市将永无机会！"林威的语气愤怒，"说到这我也不瞒你了，我林家背后的大人物实际上就是南宫世家。南宫世家是一个隐世世家，手段通天，而我林家则是依附于南宫世家。不过今晚，萧云龙这个混账潜入我林家拿走了一份关于南宫世家的私密资料。一旦此事泄露出去，南宫世家不会再对我林家还有你的血龙会提供帮助。所以，今晚我务必要让萧云龙身首异处！"

"南宫世家？"李风云皱了皱眉，他沉吟了片刻，"能够称为隐世世家，足以说明南宫世家的底蕴深厚。林家主，除掉萧云龙后，你真的愿意将林家一半的资产给我？"

"当然！我已经没有后人，我要这么多资产又有何用？如果这一半的资产能够换来萧云龙之死，能够为我儿子报仇，那就是值得的。"林威冷冷地说道。

林威的确是着急将萧云龙除掉，否则一旦让南宫世家得知萧云龙手中那本私密账单的存在，林家将会遭到南宫世家何等疯狂的打压简直是难以想象。到时候，林家别说一半的资产，只怕所有资产都要赔进去。

李风云的确是有些心动了，林家的资产林林总总加在一起都上十亿了，如果能够得到一半的资产，那他将会坐拥无尽的财富，且到时候在林家还有其背后南宫世家的鼎力相助下使他的血龙会成功入驻江海市，他再凭借手中庞大的资产，就能够打通南北两边的地下势力网。到时候，他就是整个华国地下势力的王者！

富贵险中求，李风云决定赌一把，他语气一沉，说道："好，成交！林家主，我相信你！今晚我会行动，誓必除掉萧云龙！"

"好，我林某人言出必行，答应你的事绝不会出尔反尔！李先生，我这里有一批枪手，你行动的时候我会让他们配合你。就算是这个萧云龙有九条命，今晚也要将他镇杀！我就不信他一个血肉之躯还能挡得住子弹！"林威说着，身上的杀机极为浓烈。

李风云拿出手机，拨通一个电话，沉声说道："小风，萧家武馆那边有什么动静吗？"

"老大，就在刚才，萧家武馆中有人走了出来，包括萧云龙还有萧家武馆的弟子，此外还有乔四等人。他们上了三辆车离开了萧家武馆。"电话中，一名男子低沉的声音传来。

"萧云龙跟乔四在一起？他们去了哪里？"李风云问道。

"目前我们正在盯着。不过从他们的行车方向来看，似乎是朝着憾龙山的方向开过去了。"

"憾龙山？他们去憾龙山干什么？难道他们已经察觉到我在憾龙山设立的那个私密据点？"李风云的目光陡然阴沉凌厉起来，他说道，"小风，你给我继续盯着他们，先不要打草惊蛇，我现在就带人赶过去。"

"是，老大！"电话中，那名男子说道。

李风云放下手机，脸色一片阴沉，他对着林威说道："我手底下的人监视到萧云龙一行人前往憾龙山方向。林家主，你可以让你手底下的人赶往憾龙山与我接应。我昨天让血龙会的人私密前来江海市，就潜伏在憾龙山，也不知萧云龙他们是得到了风声还是怎么着，居然直奔憾龙山而去。不过这样也好，省得我再去找他。他自投罗网，那就让他死无葬身之地！"

"好！李先生，那一切可就拜托你了！只要能够将萧云龙击杀，后面的事情我来处理。并且给你的承诺必然会兑现。"林威说道。

李风云点了点头，他告别林威，离开了林家。

李风云走出林家后坐上车离去，他拿出手机，又拨打了一个电话："喂，罗山吗？我刚得到消息，萧云龙跟乔四等人正开车朝着憾龙山方向而去。小风正在盯着他们，你带领兄弟们在憾龙山做好埋伏，今晚务必除掉萧云龙还有乔四！"

"乔四跟那个萧云龙正赶来憾龙山？那真是太好不过了。天堂有路他不走，地狱无门他却闯。今晚一并除掉他们，为我们血龙会进军江海市彻底扫除障碍！"电话中，一声粗犷而又杀机凛然的声音传来。

"罗山，你那边先不要轻举妄动。只要萧云龙跟乔四他们出现，你们先做好包围的埋伏，等我过去。"李风云说道。

"李老大，我知道了。我现在就通知弟兄们。"罗山在电话中说道。

"好！"李风云应了声，他放下了手机，眼中闪过一丝凌厉的杀机。

罗山是李风云手底下的第一悍将，也是血龙会八大堂主之首，在血龙会中除了李风云之外就是他最强。所以，李风云这才让罗山带人在憾龙山做好秘密潜伏。

"萧云龙，乔四，今晚一决胜负吧，不是你死，就是我亡！我血龙会五年前的失利，今晚我要连本带利都拿回来！"李风云冷冷自语，身上有股森冷的杀意在弥漫，他驱车朝着憾龙山的方向飞驰而去。

夜色苍茫，今晚必然会掀起一场腥风血雨！

决战憾龙山

夜色深沉，万物寂静。

如此夜色笼罩之下的憾龙山四周一片空寂，一个人影也没有，即便是车辆都极少有经过这边，因此显得越发孤寂无声，唯有那宛若轻纱笼罩般的月华洒落而下，笼罩整座巍峨雄伟的山体。

"呼！呼！呼！"

这时，三辆车子呼啸而至，两辆轿车和一辆造型彪悍的机车。

这三辆车子在憾龙山山脚下停了下来，正骑着怪兽的萧云龙踩住刹车，将怪兽的支脚拉下，他走了下来，随手点上一根烟抽着。

另外的两辆车子内，乔四爷、金刚、张傲、吴翔、李漠、上官天鹏等人也纷纷走下车，看着眼前这座在夜色下笼罩着的憾龙山，他们脸色平静，可心里面却是在暗暗警惕着，只因今晚的憾龙山将会成为一个腥风血雨的战场！

"鱼已经上钩了。"萧云龙嘴角一扬，露出一丝冷笑之意，他语气低沉地说道，"方才我们开车来憾龙山的时候，有人在跟踪我们。对方的跟踪技巧勉强算得上不错，可仍旧逃不过我的双眼。现在，这个跟踪我们的车辆就在后方不远处的弯道口上，利用弯道作为掩护。这个跟踪我们的人当然就是血龙会的人手，因此李风云很快就会赶过来。"

"就等着李风云过来了！只要他胆敢过来，那我们就杀他个片甲不留！"乔四爷冷冷说道。

萧云龙笑了笑，说道："四爷，我们先不着急动手，别忘了我们的目的是要让李风云原形毕露。只要李风云原形毕露，抓住他的把柄，那他的血龙会就会被处理。"

"哦？"乔四爷脸色一怔，"那我们该如何做？"

"等会儿听我指令行事即可。"萧云龙说着，口中吐了口烟雾，忽而他脸色陡然一沉，霍然转头朝着身后那座巍峨雄伟的憾龙山看了过去，眼底深处隐有一丝锋芒闪现。

"过来这边！"萧云龙开口，带着身边的人走到了山脚下一处林木山岩遮体的地方，这里背靠着身后的憾龙山，形成了一个天然的屏蔽。

"憾龙山上面有人！并且人数还不少！"萧云龙压低了声音，一字一顿地说道。

方才他凭借敏锐的直觉以及对危险气息的感知，感应到憾龙山上有人潜伏，并且对方的人正在缓慢地移动，无形中要形成一个包围圈，妄图将他们包围起来。故此，萧云龙才带着乔四爷他们走到这处背靠憾龙山的地方，目的是挡住憾龙山上面潜伏着的人的视线，不给他们锁定袭杀的机会。

"憾龙山上潜伏着人？那肯定就是血龙会的人！如此说来，李风云早就把血龙会的势力秘密转移到了江海市，只是暂时让血龙会的人手潜伏在憾龙山内等候行动的命令？"乔四爷沉吟说道。

"血龙会的人都来了正好，今晚可以将他们一网打尽！"金刚瓮声瓮气地说着，对于血龙会他有股怒杀之意。

"我们先按兵不动，一会儿你们听我的指令行事。"萧云龙说道。

"好！"

"萧哥，我们知道了。"

乔四爷还有萧家武馆的弟子纷纷点头说道。

"呼！呼！"

这时，前方有车子的声音传来，刺眼的远光灯照射而至，车内更是隐隐有股浓烈森然的杀机在弥漫，直取向了萧云龙跟乔四爷等人。

"吱！"

这两辆车子停了下来，当先的一辆车子车门打开，走下来一个高大伟岸的男子，他气势浑厚，有股内敛的锋芒，举手投足间像是要搅动世间风云，尽显枭雄本色。

"李风云，你果真来了！"乔四爷盯住了李风云，目光一沉，身上有股战意在燃烧。

"不错，我来了，来送你们下地狱！"李风云淡然一笑，彰显出一股极度的自信之感，他盯着乔四爷，随后又看向萧云龙，缓缓地说道，"正好你们所有人都在，倒也是给了我一网打尽的绝佳机会。"

"真是狂妄至极，就凭你一个人也想要把我们一网打尽？你这是天方夜谭，是疯癫了？真要是疯了，建议你去疯人院度过余生。"李漠反击道。

"等你们都倒下的时候，你就会知道，我到底是不是疯了。"李风云开口，他有种胜券在握的感觉，仿佛在他眼中，乔四爷跟萧云龙等人已经是网中之鱼，只要他开始收网，那乔四爷跟萧云龙他们就逃不了。

萧云龙脸色平静，目光更是无波无澜，他看着李风云，开口问道："如果我猜得不错，是林威叫你来的吧？林威气急败坏，给你许诺了足够的报酬，让你今晚务必要将我击杀，对吗？"

李风云冷笑了声，说道："这不重要，重要的是今晚你们全都要死！话说到这分上，我也不再隐瞒什么了。没错，我的目的就是想要进军江海市。只要夺下江海市的地下势力，我就能够打通南北的地下势力网。那时候，我李风云将会是掌控整个华国地下势力的王者！"

"原本我有着很好的计划，可惜井野这个心高气傲的东洋人按捺不住性子，不听我命令行事，急于挑战萧家武馆。我原本还循循善诱，想要让东洋那边的至强武者都前来江海市，共谋大事。谁承想，井野此人根本不足为谋。"李风云冷冷地说着，"不过井野战败离开了也好，省得到时候他也要来分一杯羹！今晚过后，江海市将会被我收入囊中，你们阻止不了。你们的下场只有一个，死！"

"果然是死性不改！我就知道你这一次重返江海市是抱着目的而来，现在总算是原形毕露了。"乔四爷怒喝，"但你未免也太过狂妄自大了，就凭你也想让我们死？找死的人是你吧？"

"哈哈哈，乔四，你真是太天真了。此地早就被我布置下了天罗地网。我不管你们今晚前来憾龙山的目的是什么，总之，你们逃不掉了！"李风云开口，接着他猛地高声大喝，"罗山，行动！"

"嗖嗖嗖！"

随着李风云一声令下，憾龙山上忽而间爆发出了一股股强大无比的气息，起码有上百人的气息凝聚在了一起，汇聚成了一股杀伐气势极为浓烈的杀机，从憾龙山上席卷而下，笼罩向了萧云龙等人。

"杀！"

"除掉他们！"

"扫清障碍！"

一声声喊杀之声不绝于耳，从憾龙山上传递而来，声势浩大，那股汇集在一起的杀机摄人心魂，让人为之惊悚战栗。

"砰！砰！"

突然，有枪声响起，很显然，这些埋伏在憾龙山上的血龙会的人持有枪械武器。

几乎就在憾龙山上的这些血龙会分子行动的刹那间，憾龙山的东侧方位猛地有一伙枪手包围了过来，人数约莫在十五六人，他们一个个手持武器，身上散发出一股冷冽无比的杀机，持枪朝着萧云龙他们的方位扫射而去。

这一队枪手正是林威暗中准备的一队亡命之徒，是想要用来暗杀萧云龙的，此刻他们赶来要跟血龙会的人一起配合击杀萧云龙等人。

萧云龙、乔四爷他们立即利用身边的林木岩石作为掩体潜藏起来，骤然间响起的枪声打破了这夜色的平静。

突然，前方猛地传来警车鸣笛之声，转眼间有八辆警车呼啸飞驰而至，当中还有武警的车子，同时一辆警车上响起了喊话声：

"血龙会的人员，你们已经被包围，放下武器，束手就擒，否则格杀勿论！"

警笛之声不绝于耳，一辆辆警车飞驰而至，形成了一个包围圈，警车内不断有人喊话，让血龙会的人放下武器。

"有警察？可恶！我中计了！"李风云听到警笛声，看着一辆辆警车呼啸飞驰而来，他的脸色变得铁青无比，有股愤恨恼怒之意，他身形一动，猛地朝着憾龙山方向冲了进去。

一辆辆警车刹车后停了下来，当前一辆警车上走下来一名飒爽英姿的女警，赫然正是叶曼语，她手中握着一支五四手枪，口中正不断地大声喊话。同时，其余的警车上也走下来一个个精锐的刑警，此外还有全副武装的武警部队的人手也冲了下来。

"血龙会的人给我听着，你们携带武器，违法聚会，妄图在江海市掀起腥风血雨，你们已经触犯到国家法律。如若不束手就擒就此伏法，那你们将会没有改过自新的后路！"叶曼语通过扩音器大声地喊着。

很显然，萧云龙跟叶曼语所代表的警方势力早已经暗中联合，让李风云跟他的血龙会自投罗网，使血龙会的人原形毕露之后他们再联手围攻。

随即，乔四爷、金刚、张傲以及李漠、吴翔、上官天鹏、陈启明、铁牛他们听从萧云龙的指示，朝着憾龙山上杀了过去，去迎战憾龙山上潜伏着的血龙会的人手。

乔四爷有着丰富的战斗经验，加上张傲曾经是特种兵出身，更加熟悉山林中的作战方式，再则萧云龙也曾训练过吴翔、李漠、上官天鹏等人在山林中的作战之法，因此他们先冲上憾龙山去对付那些血龙会的人，萧云龙并未担心什么，只是嘱咐他们要小心。

至于萧云龙，看着那些由冷血杀手组成的枪手朝着他围杀过来，他眼中的目光一寒，有股凌厉的杀气彰显而出。

"嗖！"

萧云龙身形一动，朝前冲了出去，接着一个就地打滚，避开了前方射击而来的子弹，滚落在地的他猛地一跃而起，骑上了怪兽，一踩油门，启动了怪兽。接着，他打开了怪兽上的武器系统，右手手掌按在了识别屏幕上，怪兽前方缓缓伸出了两个枪炮口。

萧云龙将怪兽车头一转，同时按住了右手把手下方的红色按钮。

"嗒嗒嗒嗒嗒！"

瞬时间，怪兽车头前伸出来的两个枪炮口宣泄出了两条火舌，一发发子弹疯狂地射杀而出，朝着那些妄图冲过来的十名枪手扫射而去。

"噗！噗！"

怪兽车头击射而出的两条火舌贯穿而上，对方那些冲过来的枪手首当其冲，冲在最前面的两名枪手胸口溅出了一朵朵血花，发出了一种子弹射入人体时的沉闷声响，那两名枪手应声而倒。

"轰！"

怪兽轰鸣，尾焰冲天，萧云龙一拧油门，朝前呼啸而起，两道火力疯狂地镇压扫射而上，那些枪手立即散开，根本无法正面对抗。

"啊——"

一声声惨号之声响起，又有数名枪手被射杀而出的子弹贯穿，血流如注，倒地而亡。

前方一名枪手脸色惊恐，想要朝着憾龙山内逃去。"呼"的一声，怪兽飞驰而至，萧云龙猛地一甩车头，怪兽那巨大的后轮朝着这名正欲逃窜的枪手身上撞了过去。

"砰！"

在怪兽那巨大的车后轮撞击之下，这名枪手口中咳血，就像是一个稻草人般飞了出去，倒在地上后再也无法动弹。

萧云龙停下怪兽，猛地从怪兽上一跃而下，朝着右侧一名枪手追了过去。那名枪手心胆俱裂，极为惊恐，只因他感受到萧云龙身上散发而出的滚滚魔威太过于恐怖了。再则怪兽的外形已经足够让人心惊，谁承想这辆机车上居然还安装着武器系统，在那两道火舌狂扫之下，他们还真的是无法抵抗。

右侧那名枪手正在逃窜，突然间，他感觉到一股劲风从他的身后传递而来，伴随而至的是一股凌厉无比的杀机，将他整个人给锁定住了，那股杀机仿佛已经凝聚成为一柄利剑，从他身后贯穿而入，让他的心脏为之冷缩。

这名枪手脸色一变，他的反应能力也很快，瞬间转身，右手握着的手枪也立即朝后指了过来。

"嗤！"

然而，一只刚健有力的手猛地伸探而出，瞬间扣住了这只持枪的手腕，接着猛地一折。

"咔嚓！"

一声刺耳的骨折声传来，这名枪手的持枪手腕瞬间折断。

"砰！"

紧接着，一击重拳轰在了这名枪手的咽喉上，将他的咽喉轰断，气绝身亡。

萧云龙反手间将这名枪手手中脱落的手枪握在手中，转身朝着左前方开了一枪。

"砰！"

枪声响起，左前方另一名枪手被一枪击杀。

随后萧云龙身后方有密集的脚步声响起，一名名武警部队的战士也冲了上来，至此，这伙枪手已经全都被击杀，无一人生还。

叶曼语朝着萧云龙冲过来，问道："这些人也是血龙会的人？"

萧云龙摇了摇头，说道："应该不是血龙会的人。如果我猜得不错，这些人应该是林家请来想要暗杀我的枪手。今晚他们跟血龙会的人联合在一起行动。"

"林家？堂堂林家暗地里也干雇凶杀人的勾当，真是无耻！"叶曼语的眉头一挑，朝着憾龙山的方向看去，"血龙会的人就在憾龙山上面吧？他们打着前来江海市考察商业的幌子，实际上一个个都是犯罪分子，居然还敢持枪前来江海市，冲着这个罪行，足够把他们全都逮捕入狱！"

"曼语，你带人将憾龙山包围起来，我去支援乔四爷他们。"萧云龙说道。

"我跟你一起去。"叶曼语说道。

"不行！你围住憾龙山，并且派人封锁这片区域。血龙会那帮人不过是乌合之众，不堪一击，你不用过去帮忙。"萧云龙沉声说道。

叶曼语看着萧云龙，幽幽地说道："你是不是害怕在我身上还会发生老李这样的事件？所以你不让我去？"

萧云龙脸色一怔，深吸口气，说道："总之，这一次你的任务是带着警方人员过来抓住李风云的犯罪证据，后面的事情不用你去管。"

说着，萧云龙身形一动，朝着憾龙山上冲了过去。

叶曼语跺了跺脚，她很想跟着冲过去，可萧云龙那坚决的话语却是让她有所犹豫。最后，她只好深吸口气，率领着手底下的刑警还有随队而来的武警部队战士封锁这片区域，把守在憾龙山山脚下。

宿命之战

憾龙山内。

阵阵喊杀之声从那漆黑如墨的密林中传出来，一股股激荡而起的杀气交织在了一起，弥漫笼罩在了整个憾龙山山体内。

原本潜伏在憾龙山上的血龙会分子按照李风云的安排，要对萧云龙他们进行包围。因此他们分成了三批人从左右中间三个方向围拢过来。岂料还没等他们三股人马会合在一起杀出去，竟听到了警车鸣笛的声音，接着就是李风云也冲入了憾龙山中，准备带着他们逃离此地。

李风云并不傻，随着警车鸣笛的声音传来，他知道他中计了，准确地说是踏入了萧云龙为他精心准备的陷阱。

李风云与他所率领的血龙会本身就属于黑帮性质，他能够大摇大摆地来江海市，并且公然露面，在于警方这边还没有确切地抓住他跟血龙会的犯罪事实。而今晚，他所带领的血龙会埋伏此地，并且手持武器妄图行凶，这已经让他原形毕露，那江海市他当然不能再待下去。不仅如此，只怕他血龙会所在的北方老巢也不能待了。因此，李风云只想突围逃出去，先离开江海市再说。

总而言之，这一次他妄图侵占江海市地下势力的图谋又落空了，他心中极为怨恨，愤怒无比，但又无可奈何。他哪里想得到，今晚萧云龙竟然已经跟警方的人联合在一起，一起导演了这场他原形毕露之后瓮中抓鳖的好戏。

在李风云的号召下，憾龙山中血龙会的那三股人马想要立即会合在一起，但右侧方位的一路人马半途中与乔四爷他们不期而遇。

"冲！"张傲正在带队，他熟悉丛林作战的方法，与这一路血龙会的人马不期而遇，最好的办法莫过于直接冲杀而上，陷入到混战之中。因为对方有枪，绝不能拉开距离，否则将会给对方持枪射击的机会。

金刚一声怒吼，他体格如山，魁梧高大，他暴喝出口，声震如雷，一个箭步冲了上去，当头撞上了对方的两名血龙会分子。砰砰两声，这两名血龙会分子就被撞飞出去。

乔四爷也疾冲而上，冲杀进了对方的人群之中。

张傲则盯住了对方数名持枪的人手，他如猛虎出闸，威猛无比，凭借着丰富的经验和精湛的身手杀到了这几个持枪分子的跟前，不给对方抬枪射杀的机会，将他们逐个击倒在地。

萧家武馆的吴翔、李漠、上官天鹏等人联合在一起，形成了一定的战术配合，迎战而上，无所畏惧。

这时候萧云龙也冲进了憾龙山内，他听到了右侧传来的杀伐之声，心知是乔四爷、金刚他们正在与血龙会的人手对战。

萧云龙正欲赶过去帮忙，突然间，他脸色一沉，在他正前方也就是憾龙山的中间方位上，猛地有股狂暴强大的气息激荡而起，且伴随着一阵阵密集的脚步声，这意味着在这个方位上正有一队血龙会的人马攻杀而来。

萧云龙的目光当即一冷，有股锋利的杀气开始弥漫而出，一如窥见了猎物的超级猎手。

中间的方位上攻杀而来的一队人马现身而出，为首带队的是一个魁梧如山的男人，他豹头环眼，留着浓密的胡子，身上有股粗犷狰狞的气息在弥漫，他带领着这一队血龙会的人马正欲朝着东侧方位围杀上去。

这个豹头环眼面目狰狞的男子正是罗山，血龙会的二号人物，一身实力之强仅仅在李风云之下。罗山听到了右侧方位传来的打斗喊杀之声，他想要带领这一队人马过去援助，就在他气势浩荡地带着人马朝右侧方位冲过去的时候，忽而一股极度的危险气息传递而来，宛如一根根利刺猛然间刺入了他的心房，让他整个心脏都在收缩。

"危险！做好反击！"罗山来不及多想，第一时间暴喝出口。

然而，已经晚了。罗山的话语还未落音，一道矫健如龙的身影猛地从旁侧疾冲而上，那股气势如风卷残云，显得强大绝伦，更是带着一股不可一世的威霸气息，滚滚魔威如潮水般蔓延开来，冲击向了这队血龙会的人马。

一冲之势猛若狂龙，当先的两名血龙会弟子直接被撞飞而出，身体内爆发出了一声声密集的骨折声。

转瞬间，这道身影已经强势无比地杀入了这些血龙会弟子的人群之中，如虎入狼群，所过之处哀号一片，无人能挡。

罗山脸色震惊万分，仅仅是一眨眼的工夫，对方已经杀伐而上，全然不给他们丝毫反应的机会。他意识到对方早就潜伏在这一侧，就等着他们走过来。这让他心底冒起了一股寒气，对方究竟是谁？潜伏在此地居然连他都没有察觉到，这太不可思议了。

这道强势杀伐而出的身影正是萧云龙，他此前已经感应到了罗山身上的气息，潜行而上，埋伏于一角，静等着猎物上门。这些血龙会分子手持枪械，因此萧云龙杀入了他们人群之中，目的就是不给对方持枪射击的机会。

随着萧云龙冲杀进来，这已经变成了一场混战，加之四周一片漆黑，虽然有一些散落在地上的手电筒照射出来的光芒，却也未能提供有效的视野光线。这样的条件对于萧云龙而言是极其有利的，在丛林中他就是一尊王者，无人能挡。

"砰！砰！"

萧云龙悍然间将杀人之道的拳势施展而出，他的重拳所过之处无人能挡，瞬间将眼前的两名血龙会弟子轰飞而出。

"呼！"

紧接着，萧云龙的腿势横扫而起，刮起了一阵猛烈无比的腿势旋风，一腿横扫之下碾压一大片，将右侧的数名血龙会弟子横扫而飞，他们口中纷纷咳血，倒在地上，非死即伤。

萧云龙如此的攻势真是惊呆了这些血龙会分子，他们从未遇到过如此强大的对手，仅仅是凭着一人之力就能够将他们镇杀，他们在萧云龙面前不堪一击，那狂暴的爆发力量让他们为之心悸。

"给我滚开！"萧云龙暴喝出口，身上那股宛若尸山血海般的杀伐气势浓烈无比，就此攻杀而上，杀出了一条血路，逼向了罗山。

"砰！砰！砰！"

罗山面前的那些血龙会弟子纷纷倒下，在萧云龙一双铁拳的轰杀之下他们无从抵挡，被击飞倒地，像是朝着两边分开的潮水般，让出了一条直通向罗山的血道。

"你、你是萧云龙？"罗山盯着正冲上来的萧云龙，他双眼泛红，忍不住喝声问道。

"正是我！胆敢来犯，妄图围杀我，那就送你下地狱！"萧云龙冷冷说着，他欺身而上，一瞬间已经冲到了罗山的面前，右手的拳势轰杀而出，简简单单的拳势，狂暴无比的力量，凌厉杀伐的威势，就此轰向了罗山。

罗山脸色震骇，如此拳势让他心生一种毛骨悚然之感，太过于霸道强势了，内蕴着一股镇压当今世上一切强敌的自信之意。

罗山怒吼一声，他绝不会坐以待毙，一身蛮力迸发而出，竟也走的力量武道的路数。

"呼！"

罗山的拳势狂风暴雨般轰杀而来，他自身的力量也淬炼到了极为强横的地步，竟是不弱于金刚，并且他的拳道战技的运用也是极为精湛，比起之前萧云龙击败的血龙会的那名堂主级人物刚熊要厉害得多。

"砰！"

罗山狂风暴雨般的拳势与萧云龙杀人之道的拳势对轰在了一起，爆发出了砰然之声，彼此间拳道内蕴着的那股力劲席卷开来，声势浩大。

罗山勉强抵挡住了萧云龙这一拳，不过他身形也微微晃动，体内气血急剧翻涌，这让他惊惧无比。罗山对于自身的实力很清楚，虽说他走的是力量武道的路数，但他却是能够击败气劲之力达到六阶的武者。然而面对萧云龙方才那一拳，竟震得他体内气血为之翻腾，右臂上更是传来阵阵麻痹之感。

"居然能够挡下我全力之下的一拳，很不错了。"萧云龙冷冷地说道。

说话间，萧云龙正欲继续朝罗山攻杀而上，猛然间他的左右两侧有七八名血龙会的人围杀而来，他们手持军刀，或直刺或斩劈地杀向了萧云龙。

"不过蝼蚁而已，给我滚！"萧云龙暴喝出口，他身形一弹，朝着右侧冲了上去，身形一折，避开了当前那名男子直刺而来的军刀。

随后，萧云龙于反手间扣住了对方持刀的手腕，一拧一折之下，对方手腕折断，那柄军刀也被他握在手中。

"砰！"

萧云龙一记膝顶将这名男子撞飞而出，同时他手中的军刀朝前横斩而出。

"嗤！"

血光乍现，右侧一名男子的胸腹被锋锐的刀口剖开。

萧云龙左手一拳轰杀而出，轰在了左侧一名男子的脸面上，接着他右腿猛然间横扫而出，一名手持军刀的男子都还没来得及刺杀而至，就被这一腿横扫而飞。

"嗖！"

接着，萧云龙身形一折，朝着左侧疾冲而去。

他的速度太快了，左侧那些正蜂拥而至的血龙会弟子只感觉到一阵劲风袭来，萧云龙的身形就已经出现在了他们面前。

"嗤！"

血龙会中当前一名男子猛地感觉到咽喉部位有一道森寒无比的锐利刀气袭来，他脸色惊骇，想要闪避已经来不及，"嗤"的一声响起，一柄军刀贯穿了他的咽喉。

萧云龙手持军刀，淋漓尽致地展现出了自身那股杀人之道的攻势，手起刀落，血光四溅，眼前的一个个血龙会弟子纷纷倒地，无可抵挡。

眨眼间，那些围攻向萧云龙的血龙会弟子全都倒地。

"呼！"

这一刻，萧云龙的后背上猛地传来一道刚猛强横的腿势劲风，突袭而来的正是罗山，他抓住了这个机会，闪身而至，一腿横扫而出，直接踢向萧云龙身后。

"给我退！"萧云龙猛地暴喝，他并未转身，右腿旋转着横扫而出，带动着他的身体也转了过去，迎击上了罗山的腿势。

"砰！"

一声极为沉闷的撞击声响起，罗山的右腿看着恍如弯折了般，阵阵锥心刺骨之感传递而来，他惊恐万分，他自认为自己的身体已经淬炼到极为强大的地步了，可面对萧云龙方才的腿势横扫，他感觉就像是被一根坚硬无比的钢柱扫中般，几乎打折了他的右腿腿骨。

"呼！呼！"

萧云龙腿势连绵，不断地横扫镇压而上，这是萧家横连腿的腿势，连绵不绝，将罗山整个身影都笼罩在内。

罗山口中怒吼，奋力出拳，且双腿也横扫而出，极力地对抗着萧云龙那内蕴着恐怖巨力的腿势横扫。

不得不说罗山自身的实力也的确很强，萧云龙全面爆发出自身的极限力量，动用萧家横连腿，且当中内蕴着杀人之道的腿势，可罗山却能够抵抗至今，这已经极为不易。

"给我退！"这时，萧云龙猛地暴喝出口，右腿横扫，如席卷而起的飓风呼啸而至，狂暴的力量迸发而出，惊天动地，震骇人心。

罗山脸色一变，他接连怒吼，双臂奋力地横挡而上，要将萧云龙这一腿之势给抵挡下来。

"砰！"

萧云龙这一腿犹如一座巨山般地当头镇压而下，势大力沉，具有摧枯拉朽般的厚重威力。

"噗——"

罗山口一张，忍不住喷出了一股鲜血，他整个人也朝后倒退着，脸色苍白如纸，显然遭到了重创。

"嗤！"

罗山倒退的身形还未站稳，萧云龙就猛地冲到了他的面前，接着一股锐利之风响起，根本容不得罗山做出任何的反应。

罗山咽喉蠕动，可一句话也说不出口，他低下头，赫然看到一柄军刀刺入了他的咽喉，不断有鲜血从他的咽喉部位流淌而下，他的身体瞬间朝后直挺挺地倒下。

"嗖！嗖！"

身后一道道身影冲来，携带着凌厉的杀气。

萧云龙蓦地转身回头，盯住了这一队人马中剩下的那几个正冲上来的血龙会弟子。

剩下的六名血龙会弟子正想趁着萧云龙与罗山对战之机朝他的身后突袭而上，可冲到一半，他们全都不约而同地刹住了脚步，只因他们眼睁睁地看到了罗山倒下的那一幕！

看到这一幕，这几个血龙会弟子脸色震惊得无以复加，一阵恐惧的情绪蔓延了他们的全身，直让他们手足冰凉。在他们眼中，除了李风云之外，罗山自身的实力最强，可罗山在萧云龙面前都没有任何的抵挡之力，他们又算得上什么？只怕连炮灰都算不上。

因此，这六名血龙会弟子停在原地，不敢上前，可萧云龙却不打算放过他们。

萧云龙身形一动，身上那股压迫性的魔威气势席卷而出，他一个箭步就冲到了这六名血龙会弟子的跟前，挥拳如龙，出腿如鞭，就此攻杀而上。还不等他们出手招架，就已经将他们逐一击倒在地。

萧云龙也不杀他们，只是将他们打废，失去了战斗的能力，这些人事后会有警方的人过来处理。

萧云龙朝着右侧看去，他在夜色中潜行而上，赶去右侧看那边的情况。

萧云龙赶过来的时候，这边的战斗也已经结束了，乔四爷、金刚、张傲还有萧家武馆的吴翔、李漠、上官天鹏等人都齐聚在了一起，他们都没有人受伤，地面上则躺着一个个或被击杀，或重伤倒地的血龙会分子。

"李风云呢？"乔四爷沉声问道。

萧云龙沉吟了声，说道："看情况埋伏在憾龙山上的血龙会分成了三股人马，右侧这支人马已经被你们击倒，中间的那股人马我已经将他们击倒。看来李风云潜入憾龙山后跟左侧的那路人马会合了。不过他们逃不掉，走，我们去截住他们。"

"务必要截住他们。这一次绝不能再让李风云逃掉。哼，他五年前铩羽而归。五年之后的今天他还要卷土重来。这一次就让他有来无回！"乔四爷冷冷说道。

"血龙会这些兔崽子，我早就想灭了他们。今晚这个机会不容错过。"金刚也说着，语气间透露出对血龙会的那股怒意。

"走吧，李风云他们逃不出憾龙山。"萧云龙开口，他一马当先，带领着众人朝着左侧方位包围而去。

萧云龙对于丛林作战有着极为丰富的经验，在他的带领之下，以林木地势作为掩护，一路潜行追踪而上。他就像是夜色丛林中的一尊王者，整个憾龙山都在他的掌控中一般，只要是被他盯住的猎物都无法逃离。

张傲特种兵出身，就算是退伍下来之后他那身本事也没有遗忘，以往他还在特种部队的时候对于丛林作战已是极为熟悉，这方面他也有着足够的经验。可现在他跟在萧云龙的身后，看着萧云龙如此神乎其神的潜行之法，他都禁不住暗自生出一股敬佩的心理。这让张傲忍不住想起了当年在部队里的时候听到过的一句话——这个世界上有着少数的至强者，他们掌控着这个世界。在张傲的眼中，萧云龙的实力已经足够称为一个至强者了。

萧云龙带队潜行，并非是从左侧方位追赶过去，那肯定追不上，他要从另一边合围而上，才能截住李风云。这需要超强的感应能力和判断能力，此外对于山林的地形地势也要拥有足够的识别能力，才能带队悄无声息地潜行而上，拦截住李风云。

约莫半小时后，萧云龙的目光猛地一沉，他感应到了前方传来的一些异样的气息，他立即扬起右手，示意身后跟着的众人都停下脚步。

"前面就是血龙会的人，我们直接冲过去，以最快的速度杀到他们的面前。他们有些人手中有枪，因此我们不能跟他们拉开距离。务必以雷霆般的气势杀过去，冲散他们的队伍。"萧云龙沉声说道。

乔四爷他们纷纷点头。

"四爷，张哥，还有我，我们三人从三个方位先冲过去。其余人在后面跟着，待到我们冲乱了他们的队伍，你们再杀出来。"萧云龙说道。

"萧大哥，我们记住了。"吴翔他们纷纷点头。

"行动！"萧云龙猛地开口，他与乔四爷、张傲率先而动，三个人犹如三支离弦的利箭般激射而出，在那苍茫夜色笼罩的密林中朝前冲杀而上。金刚、上官天鹏、李漠等人跟在后面，他们听从萧云龙的指示，最后再杀出去。

憾龙山左侧前方的一处灌木丛中，李风云正带领着这一队人马狼狈逃窜，中路跟右侧传来的打斗声音他听到了，当时他手底下的人还问他要不要赶过去支援，却被他语气坚决地否决了。

李风云很清楚，现在的他已经落入了一个圈套中，他也意识到，不仅是他，只怕林威也落入了萧云龙所设计的圈套内。如此一来，他之前还妄想着依靠林家的势力和财力在江海市立足的愿望彻底落空了。不仅如此，他还不能返回北方的老巢，因为江海市这边的警方已经在行动，抓住了他所领导的血龙会手持武器妄图行凶的证据，那么也会通告北方那边的警方对他进行通缉。

这一次前来江海市竹篮打水一场空不说，反而还赔上了李风云在北方那边辛苦经营多年的势力，这让他心中积着一股郁气，恨不得将萧云龙杀而后快。但这口气他暂时只能忍着，他现在所想的是如何能够尽快地逃出去，来日方长，以图东山再起。

李风云带着这一队人刚走过这处灌木丛，正欲继续朝前，突然间——

"嗖！嗖！嗖！"

三股劲风传递而来，紧接着那黑沉的夜色中，隐约可以看到三道人影于瞬息间冲了出来，一个个身上携带着一股凌厉的气息，犹如饿虎扑羊般，杀入到了这队血龙会人马之中。

"敌袭！"李风云暴喝出口。

但已经晚了一步，最先冲过来的萧云龙以雷霆万钧般的气势杀入到了这队人马当中，他一双铁拳轰杀而出，所向披靡，内蕴着强横的爆发力量，将眼前的两名血龙会弟子轰飞而出。接着，乔四爷与张傲也从两侧方位冲杀而上，使这队血龙会的人陷入到了慌乱惊恐之中。

"李风云，你逃不掉！"乔四爷一拳震开一名血龙会弟子，朝李风云怒声大喝。

"乔四，你找死！萧云龙，你竟敢设计暗算我，你更该死！"李风云怒吼着，一张脸为之扭曲，他愤怒异常。

"你们血龙会两队人马已经战败倒地，就凭你也有资格对我吠叫？今晚让你伏法！"萧云龙冷笑道。

"杀！"一声声杀气冲天的怒喝声响起，金刚、吴翔、李漠、上官天鹏、陈启明、铁牛他们现身了，朝着这队血龙会的人手冲杀了过去。

这队血龙会的人如今已经成了惊弓之鸟，即便是有李风云在旁，他们也同样惊惧万分，萧云龙这一眨眼的工夫已经击倒了五六名血龙会分子，更别说有乔四爷、张傲还有此刻赶过来的金刚跟萧家武馆弟子的联手围杀了。

很快，这队血龙会的人马已经是溃不成军，哀号一片，纷纷倒地。

李风云见状后脸色一沉，心知留下的话肯定也逃不了，他深吸一口气，身形猛地一动，竟抛下了这些苦苦追随他的血龙会弟子，独自一人朝着前方逃窜而去。

"李风云，你往哪里逃！"乔四爷一声暴喝，他震开眼前的对手，朝着李风云追赶了上去。

两人一逃一追，很快就消失在了茫茫夜色中。

乔四爷一直都在盯着李风云，看着李风云想要逃走，他当然不会放过。他与李风云之间就像是一对宿敌，五年前他们对战过，五年之后，他们仍旧是逃脱不了这场命中注定的宿命之战！

李风云一路逃窜，乔四爷在后面穷追不舍，他身上有股浓烈的战意在弥漫，他要与李风云一战到底。

李风云早就感应到身后穷追不舍的那股气息，他回头一看，依稀看到了乔四爷的身影，他脸色为之一怒，喝声说道："乔四，你想要与我一战吗？你这是找死！"

"李风云，今晚你休想逃脱出去！你我之间迟早都会有这一战，你要战就来，我奉陪到底！"乔四爷冷冷地说道。

"你们人多势众，居然让我跟你一战？"李风云回应道。

"你放心，这一战是我们之间恩怨的一战，与旁人无关，其他人不会插手。"乔四爷说道。

李风云一张脸色阴沉了下来，他身为血龙会老大，纵横北方的地下势力，以往的他一呼百应，强势无比，什么时候沦落到此番境地？但一直这样被乔四爷追着，也不是个办法。

萧云龙他们这边，那些血龙会分子都已经全都被击倒在地。这些血龙会的弟子本身已经是溃不成军，在萧云龙、张傲、金刚以及萧家武馆弟子的联手围攻之下，他们无从抵挡，纷纷被击倒。

萧云龙当即拿出手机，拨打了叶曼语的电话：

"喂，曼语，你带着警方的人员进入憾龙山。血龙会的弟子已经被击倒，有些重伤不起，你带队进来把他们全都带走。"

"好，我现在就行动。"电话中，叶曼语说道。

金刚走了过来，对着萧云龙说道："萧哥，四爷去追李风云了，不会出什么事吧？"

"四爷与李风云这一战在所难免，这是他们的宿命之战。走吧，我们也赶过去，为四爷助阵。"萧云龙沉声说道。

"好，我们一块过去。"张傲也说道。

萧云龙他们一众人立即朝前追赶而去，他们肯定今晚乔四爷必然会跟李风云有一战，李风云想逃，但他已经逃不掉。

再则不管如何，李风云还是有着些许的自尊，就这么一直被乔四爷追杀着，他要是还不敢迎战，那真的是颜面扫地了。

世道轮回

憾龙山之巅。

不知何时，李风云与乔四爷两人一先一后地站到了这山巅之上。

来到此地，李风云已经无路可退，他眼中闪过一丝阴冷之色，深吸口气，转身面向了正走上来的乔四爷。

"时间仿佛轮回，时隔五年，我们又站在了这里。"乔四爷语气平静地说道。

李风云脸色阴沉，眼底隐隐有股压制不住的怒火，说道："五年前，我与你就在这憾龙山之巅对决。我惜败一招，承诺率领血龙会退走。当时如若是生死对战，鹿死谁手还未知。五年之后，我已经变得更强。今日我便要洗刷五年前战败的耻辱！"

"那就一战吧，看看到底鹿死谁手！"乔四爷开口，他一步步朝前走，每一步踏下都沉重如山般，在他自身那股气势的烘托之下，更是让他强悍无比。

"那就战吧！你我总会有这一战！"李风云怒吼出口，双拳一握，自身的气势也随之激荡而出，凝聚风云，狂暴绝伦。

"轰！"

李风云施展出了游身八卦拳，身形游动，拳随身动，看着犹如一条游龙般缠绕着对手游走转动，却又迅速出拳，刚猛的拳风呼啸而起，内蕴着一股恐怖强劲的内家气劲之力。

"战！"乔四爷暴喝出口，他朝前踏出一步，施展出了形意拳中的进步崩拳的拳势。

"砰！"

形意拳同样也是三大内家拳之一，讲究"形意"二字，有意无形，有形无意，拳随意动，意随心动。进步崩拳更是形意拳中爆发力极为刚猛的拳势，一拳而出，狂暴刚猛，与李风云游身八卦拳的拳势对轰在了一起。

两人拳势上迸发而出的那股气劲之力强大绝伦，对撞在一起后旋即爆发出了惊人的能量，震动虚空。

"嗖！嗖！"

李风云身形展动，配合着游身八卦拳中巧妙无比的步伐，就此游走于乔四爷身旁，身如游龙，矫健灵动，轰杀而出的拳势更是勇猛无比，将他自身的气劲之力全都爆发而出。

乔四爷不动如山，岿然而立，拳随意动，将形意拳的精髓发挥到淋漓尽致的地步，与李风云的拳势对战轰击在了一起。

这两人可以说都是当今世上的武道强者，李风云是老牌的黑道枭雄，乔四爷成名已久，两人在五年前曾在此地决战过。五年之后，仿佛时间轮回，他们又一次在这憾龙山之巅对战厮杀。并且两人所修炼的拳道都是三大内家拳之一，彼此间相生相克，仅仅是从拳道而言分不出孰胜孰劣，因此这场对战更多的是考验他们彼此间的对战经验，以及浓烈的战意、坚定的信心，还有自身的气劲之力的强弱。

转眼间，他们两人已经缠战厮杀，一出手都是至强的攻势，都战到了白热化的地步。

这时，萧云龙、张傲、金刚他们一路赶来，看到了乔四爷与李风云对战的这一幕。

李风云猛地一声怒吼，他一拳而出，内蕴着的气劲之力形成了无尽的拳道罡气，直取向了乔四爷的脸面。

乔四爷施展出了形意拳中的上步劈拳的拳势，迎战而上，与李风云这一拳硬撼在了一起。

"砰！"

拳风激荡，罡风狂暴，席卷起了一股强横无比的气劲，朝着四面八方激荡而去。这一拳过后，乔四爷口中闷哼了声，朝后倒退了数步，对面的李风云身形晃动，也朝后退了两三步这才站稳。

"四爷——"金刚见状后暴喝一声，一双铜铃般大的双目一沉，他踏步而上，看着像是要跟乔四爷并肩而战，对付李风云。

"金刚，退下！"乔四爷猛地低沉喝了声，"这一战是我跟李风云之间的对决，你们谁也不要插手。就算是我战败，你们也不许插手。"

乔四爷的语气很坚决，这是他与李风云之间的宿命之战，他不想让任何人插手，他要与李风云单独对战，一决胜负，甚至是生死。

"金刚，退下吧。这是四爷的心愿，就让他与李风云一战。"萧云龙说道。

他能够理解乔四爷的这种心态，一个人一生之中或许都会有一个一生之大敌，面对这个大敌，只想着凭借自己的实力击败对手，这才能证明自己，才能跨过那道心坎。

金刚双手握拳，他深吸口气，唯有退下。

乔四爷抬眼看向了李风云，冷冷地说道："继续战吧，看看这五年来，你到底有多强！"

说着，乔四爷疾冲而上，行走如犁地，落地脚生根，步伐极为沉稳，抬手间施展出了形意拳的攻势，轰杀向了李风云。

"太乙五行拳！"李风云暴喝，他左手猛地施展出了太乙五行拳的拳势，右手则是游身八卦拳，双拳齐出，左手凝聚五行拳意，右手齐聚八卦拳威，一如双龙出海般，就此当头镇压向了乔四爷。

"冲步横拳！"乔四爷眼中战意如火，熊熊燃烧，他将横拳的拳势施展而出，挥拳之间犹如一座山般横挡在了李风云的拳势面前，有种横阻千军万马的气势，竟将李风云左右双手的拳势都给招架了下来。

"轰！"

刹那间，乔四爷的形意拳转防为攻，一拳而出，轰向了李风云的心房。

李风云脸色沉着，收拳而出，抵挡而上，封住了乔四爷的拳势，而后他的右腿腿势猛地横扫而出，一记高鞭腿袭杀向了乔四爷的脸面。乔四爷身形一闪，避开李风云这一腿，他握拳而上，攻向李风云的下颌。李风云没有闪避，迎拳而上，与乔四爷的拳势硬撼在了一起。

转瞬间，他们两人已经彼此对战了数十招，他们之间的对战与转换，可谓是精彩绝伦，让人看着都目不暇接。

萧云龙正在认真地观战，他对于内家拳接触并不多，眼下看到乔四爷与李风云施展出了三大内家拳中的形意拳与八卦拳之间的对决，这让他大开眼界，也让他见识到了华国武道的博大精深，的确是极为精妙。

萧家武馆的弟子也都在认真地观战，乔四爷与李风云这一战对他们而言，绝对是一个难得的学习机会，有助于他们感悟自身的武道修为。

"李风云还有更强大的内劲未施展出来。同样，四爷也还未尽全力。看来他们有意保留实力，先进行试探。不过，最终分胜负的对决马上要来了。"张傲忽而说道。

萧云龙点了点头，说道："确实如此，很快就要分出胜负了。"

"四爷一定会胜的！"金刚开口，语气坚定地说道。

与此同时，对决的战场上风云骤变，无论是李风云还是乔四爷，他们自身的气息赫然再度攀升与变强，看来他们是要准备爆发全力，决出最后的胜负了。

李风云猛地怒吼当空，浑身的气劲之力席卷而出，浩浩荡荡，狂暴绝伦，自身的气息也在节节攀升，最终他竟爆发出了高达七阶的气劲之力！

七阶气劲之力！这已经是真正意义上的武道强者，七阶及以上的气劲之力足以称为高阶气劲之力了。也难怪李风云拥有如此强大的自信，原来经过这五年的苦练，他自身的气劲之力已经突破到了七阶之境。

"轰！"

李风云游身而上，施展出了游身八卦拳，在高达七阶的气劲之力的催动下，使他爆发而出的八卦拳的拳势之威较之前足足提升了一个等级，拳风呼啸，刚猛暴烈，碾碎虚空，就此打向了乔四爷。

乔四爷迎拳而上，与李风云此刻镇压而至的拳头对轰在了一起。

"轰！"

一声轰然巨响，乔四爷的拳势与李风云硬撼在了一起，席卷而起的那股拳道劲风猛烈无比，激荡向了四周。

乔四爷闷哼了声，身形晃动，朝后倒退了三步这才站稳了身子。

李风云自身岿然不动，他盯着乔四爷，冷冷说道："乔四，你明显无法跟我的气劲之力对抗，你拿什么与我一战？接受战败的事实吧！"

"七阶气劲之力？难怪你如此自信。只是，你以为只有你能够突破到七阶气劲之力吗？你我来一次真正的对决吧！"乔四爷开口道，他的目光变得沉着而又宁静，身上那股气势越来越凝聚，厚实如山。

他主动朝李风云走去，自身的气息也在节节攀升，猛然间——

"呼！"

乔四爷身上激荡起一股狂暴的气劲之力，这股气劲之力与李风云不相上下，赫然也是高达七阶的气劲之力！

李风云的脸色微微一沉，随即语气阴冷地说道："好，很好。乔四，你不愧是我的一生之敌，你并未让我失望！那就一决胜负吧！"

说着，李风云浑身的气势凝聚而起，他疾冲而上，一道道澎湃绝伦的气劲之力席卷而出，这高达七阶的气劲之力厚重如山，带给人一种极度的压迫感，换作他人在如此强大恐怖的气劲之力面前早就瘫软在地，根本无从抵抗。

乔四爷迎战而上，他自身的气劲之力也突破到了七阶之境，他将自身的实力全都爆发而出，形意拳的拳势划破当空，轰向了李风云。

这一战，他们两人都不遗余力，施展出了自身最强的手段，要将对方击倒。

萧云龙在场外看着，他脸上带着一丝凝重，他感受到了七阶气劲之力的那股厚重如山般的威力，看来内家拳所修炼而出的内家气劲的确是有其独到之处，相比纯粹的肉身力量，气劲之力最大的优势莫过于能够不断地进阶。

不过萧云龙如今已经开始摸索到了修炼多重力道的窍门，他有足够的信心练成多重力道，那时候无论面对多么强大的内家气劲的武道高手，他都不足为惧。

萧家武馆的弟子中，吴翔等人自身的实力还远未达到乔四爷、李风云这样的级别，因此他们看着这一场对战，心中感到极为震撼，意识到他们此刻的实力还远远不足，在高达七阶气劲之力的强者面前可谓是不堪一击。但他们并未气馁，他们还年轻，坚信通过自己的努力，总有一天也能够拥有这样的实力。

"龙形八卦拳！"这时，李风云猛地暴喝一声，将八卦拳中杀伤力最强的龙形八卦拳施展而出，而这也是他的杀手锏！

"轰！轰！"

李风云连续出拳，拳势在虚空中如蛟龙出动，当中内蕴着一股高达七阶的气劲之力，锐利的拳风猎猎作响，就此袭杀到了乔四爷面前。

"上步钻拳！"乔四爷沉着冷静，面对李风云如此杀机凌厉的拳势，他步伐冲上，爆发出了形意拳中的钻拳攻势。

"呼！"

上步钻拳轰杀而出，乔四爷拳头上迸发而出的气劲之力凝聚在了一起，形成了旋涡之状，一道道气劲之力高速旋转着，像是一把钻头般钻杀而上，凝聚而起的那股旋转的气劲锐利如刀锋，轰杀而上。

"砰！砰！"

两人的拳势在虚空中一次次地对撞交锋，厚重的气劲之力席卷当空，激射四周。

夜色之下唯独看到他们两道身影腾挪闪动，接连出拳，无论是变幻的身法还是攻杀而出的拳势，都达到了精妙高深的地步。

猛然间，李风云的龙形八卦拳宛如幻化而出的龙形般，以一股诡异刁钻的角度破杀而上，一拳轰在了乔四爷的腰侧部位。乔四爷的钻拳同时也钻杀而上，无可抵挡，一拳轰在了李风云的胸膛之上。

"哇——"

李风云口中咳血倒退，脸色惨白。

乔四爷口中闷哼，嘴角也有血丝溢流，同时他腰侧部位的两根肋骨也被李风云方才那一拳打断。

"四爷！"金刚看到这一幕后极为担忧，忍不住惊呼出口，不过他并未出手，而是听从乔四爷的命令，任何人都不能插手他与李风云这一战。

"继续战吧！"乔四爷低沉冷喝，他再度冲了上去，将形意拳的拳意淋漓尽致地施展而出，进步崩拳、落步劈拳、冲步横拳、上步钻拳等全都爆发而出，拳势如潮，吞没向了李风云。

同样地，李风云也将他自身最强的八卦拳杀招施展而出，左右太乙五行拳，右手龙形八卦拳，身如游龙，轰杀而上，与乔四爷的拳势发生了剧烈的对撞与厮杀。

"砰！砰！砰！"

两人的拳势正在剧烈地交锋，爆发出了骇人的神威，当中有鲜血飙射而出，洒落当空。

乔四爷与李风云都受伤了，他们的实力很接近，没有任何一方能够完全压制住另一方，因此战斗到现在，他们纷纷负伤，口中不断地在咳血。

或许，战到现在，他们两人之间更多的是在拼谁的意志力更强，谁的韧性更强，谁更加有必胜的信心与勇气。

"嗖！"

李风云身形一动，宛若游龙，蹿到了乔四爷的右侧方位，他双拳齐出，轰向了乔四爷的腰侧。

"嗬！"乔四爷口中暴喝，他朝右侧跨步而上，接着施展出了形意拳中的横拳攻势。

"砰！"

乔四爷一击横拳横挡而上，封住了李风云的双拳拳势，接着他右手一拳猛地自下而上，恍如上勾拳般轰向了李风云的下颌。

李风云脸色微微一变，他双手招架而上，仓促间抵挡住了这一拳。

"呼！"

瞬息间，乔四爷的右腿横扫而起，如长鞭抽动，"啪"的一声轰在了李风云的腰身上。

李风云身形摇晃，朝后倒退，脸色显得更加惨白。

乔四爷抓住了这个机会，冲步而上，将形意拳中的拳势于刹那间全都施展而出，密集如雨般的拳势全都笼罩向了踉跄后退的李风云。

"破！"李风云张口暴喝，脸色狰狞，他将龙形八卦拳的拳势最大限度地施展而出，迎上了当头笼罩而来的密集拳势。

"砰！"

乔四爷的进步崩拳轰在了李风云的右侧胸膛上，震得李风云口中咳血，而李风云的一式龙形八卦拳也击中了乔四爷的胸腹。不过就在李风云这一拳落下的瞬间，乔四爷的第二拳却是重重地轰在了他的心口位置。

"砰！"

一声巨响，李风云口中狂喷鲜血，他脸色惨白如纸，明显是遭到了重创，伤势要比乔四爷重得多。并且，在这一拳之下，李风云身体朝后踉跄倒退着，一时间无法稳住身形。

乔四爷正欲冲上去，可他抬眼朝前一看的时候，脸色陡然一变，他猛地喝声说道："小心！"

然而，已经晚了一步！李风云一路倒退，退到了憾龙山山巅的悬崖边上，接着他的右腿一脚踩滑，整个身体立即朝着悬崖下坠落。

"嗖！"

那一刻，乔四爷飞扑而至，他身体朝前一扑，右手朝前伸探，于千钧一发间抓住了李风云的右臂。

李风云的身体在悬崖上悬空，他的右臂被扑身而至的乔四爷紧紧地抓着，若非如此，他早就坠下悬崖，粉身碎骨。

李风云回过神来，双目朝上一看，看到了乔四爷正紧紧地抓着他的右臂，他眼中闪过一丝复杂之色，轻轻地叹息了声，说道："我败了，时隔五年，我还是败了！乔四，你虽说是我一生之敌，却也是我一生所敬之人。谢谢你在这最后一刻的举动，你让我明白了一个武者理应拥有的仁义与包容。"

"你先别说话，我把你拉上来！"乔四爷沉声说道。

李风云忽而一笑，他的笑容显得苍凉而又落寞，他一字一顿地说道："乔四，既然我败了，那就让我保存最后的一丝尊严吧！这一生，有你这样的对手，我死而无憾。如有来生，希望能够与你结交，喝上一杯烈酒！"

说着，李风云的右臂猛地一震，一股巨力传来，震开了乔四爷抓着他右臂的手指。

"李风云……"乔四爷大喝而起，可朝下一看，看到的却是李风云极速朝下坠落的身体。

萧云龙他们迅速赶了过来，原本还想着帮忙将李风云拖上来，不承想刚赶过来就看到了李风云主动挣脱乔四爷的手，选择坠落悬崖而亡。

也许诚如他所说的，这是他保存最后一丝尊严的选择。一代风云枭雄就此离开了，留下来的却是让人倍感唏嘘。

夜色苍茫，星光黯淡。

乔四爷站在悬崖边上，看着下方深不见底的深渊，一语未发。

这一战他胜了，时隔五年，又一次击败了李风云，可他的脸上却未曾见到半分胜利的喜悦，反而显得有些落寞与萧索。

他与李风云之间形如宿敌，可最终看着李风云毅然地挣脱他的手指，选择坠下深渊而亡时，他的心情很复杂。或许这样的结局让他很意外，也或许他从未想过这一战要让李风云付出生命代价。

萧云龙能够理解乔四爷此刻的心境，有时候，一生之敌往往也如一个惺惺相惜的老友一般，因为这个一生之敌的存在，才会源源不断地激励自己去努力去奋斗，不敢懈怠半分。当有一天，这个一生之敌身死道消的时候，自己反而会觉得生命中像是缺失了什么一般，总会感到有些怅惜，有些落寞。

"四爷，别多想了。这是李风云自己的选择。或许，对他而言，这个结局是最好的吧。"萧云龙拍了拍乔四爷的肩头，开口说道。

乔四爷深吸口气，缓缓地说道："其实我与李风云之间的恩怨并非是五年前开始的。年轻的时候，我也曾在道上混过。那时候我心高气傲，谁也不服。我北上发展，就遇到了李风云。那时李风云在北方已经打出了名气，在他的有意针对之下，我在北方处处碰壁，最终被逼回江海市。从那时起，我与李风云之间似乎达成了一种共识，那就是南北画线。我不去北方招惹他，他也不来江海市招惹我。"

乔四爷轻叹了声，继续说道："我与他明争暗斗多年，直至今晚，他主动挣脱我的手坠下悬崖，我总感觉有些遗憾，有些惋惜。"

"既然是他自己的选择，那任谁都无法去评说。四爷，别往心里去。"张傲说道。

"走吧，我们也该下山了。"萧云龙说道。

乔四爷点了点头，随着萧云龙等人朝憾龙山下走去。

半途中，萧云龙他们遇到了率队而来的叶曼语，叶曼语开口问道："李风云呢？"

"他自己坠落悬崖，只怕是活不成了。"萧云龙说道。

"坠下悬崖？"听到这话，叶曼语的脸色诧异了下。

萧云龙将李风云与乔四爷一战的经过简短地说了说，末了说道："最后李风云自己选择挣脱，选择坠落悬崖，也许这对他而言是一个最好的归宿吧。"

说着，萧云龙看向叶曼语，问道："血龙会那些被制服的人呢？都带走了？"

"我已经带人来将血龙会的那些不法分子全都带走了，等待着他们的将会是法律的严惩。"叶曼语说道。

"走吧，我们先下山。"萧云龙开口说道。

萧云龙他们一行人走下了憾龙山，接下来的事情就交给叶曼语所代表的警方势力去处理了。

这一次萧云龙与叶曼语所代表的警方联合并非出于偶然，而是早就事先秘密商议过的。当初李风云前来江海市的时候，北方那边的警方已经跟江海市警方联系过，让江海市警方关注李风云的动静。正好萧云龙、乔四爷他们曾与李风云对峙过，所以警方这才前来与萧云龙接触，目的就是让李风云原形毕露，抓住李风云领导的血龙会涉嫌犯罪的证据，从而能够名正言顺地进行打击。

现在，随着李风云坠落悬崖而亡，即便警方这边的势力不去清剿血龙会，血龙会自身也会自行瓦解。

现场之事交由叶曼语处理，萧云龙与乔四爷等人先乘车离开。

替罪羊

萧家武馆。

萧云龙他们回到了萧家武馆，乔四爷与李风云一战身负重伤，需要及时治疗。因此回到萧家武馆后吴翔已经拿出医治内伤的中草药熬上，熬了一碗治愈内伤的中药给乔四爷喝，让他调理自己的伤势。

"四爷，这几天你先好好休养吧，你伤得不轻，而且还是内伤，需要调养一番。"萧云龙接着说道，"我手头还有点事，需要马上去布置，我就不多陪你了，有什么事再联系。"

"好！"乔四爷点头。

萧云龙告别乔四爷他们，便骑着怪兽离开了萧家武馆，朝着郊外的方向飞驰而去。

萧云龙这是要去找公子羽，除掉血龙会不过是他这连环计中的第一步而已，接下来才是重头戏。

临近午夜时分，萧云龙骑着怪兽来到了公子羽居住的独栋别墅门前，他按了按门铃，很快门打开了，公子羽走出来迎接。

"李风云战败了？"看到萧云龙，公子羽开口第一句就问道。

"死了，坠下山崖而亡。"萧云龙说着，走了进去。

"这个结局已经在我的意料之中。李风云算是一个枭雄，但他不该与你作对。"公子羽说道。

萧云龙说道："也许李风云所犯的最大的错误就是不该跟林家合作。小羽，今晚我来找你有事。我需要你帮我暗中散播出去一则消息，最好这个消息能够让南宫世家的人知道。"

"南宫世家？莫非就是江华市的南宫世家吗？这可是一个隐世世家，手段通天，势力庞大。"公子羽说道。

萧云龙并不诧异公子羽知道南宫世家的存在，公子羽的消息来源极为广泛，对于当今世上很多隐世的大势力都了如指掌。

"就是南宫世家。林家实际上就是南宫世家的附庸世家。"萧云龙说道。

公子羽想了想，问道："你需要我去散播什么消息？"

"你先看看这个账本，看了之后或许你会知道怎么做。"萧云龙说着，便将从林威书房的保险柜中拿走的那本交易账本递给了公子羽。

公子羽接过这个账本翻看着，看了一会儿后她脸色微微一变，说道："这个账本你从哪里得来的？林威的手中？这里面清楚地记录着林家与南宫世家之间在金融方面的非法交易和操控，其中更是涉及此前好几起轰动一时的经济案件。不承想竟然是南宫世家在背后掌控。如果这个账本流传出去，那不仅是林家，南宫世家都要受到牵连。"

萧云龙点上根烟，抽了一口，冷笑着说道："不过，仅仅凭着这个账本，还扳不倒南宫世家，甚至都影响不到南宫世家的根基分毫，对吗？"

公子羽认真地想了想，说道："确实是不能。这个账本里面所记录的交易都是由林家出面完成的。所以，即便是这个账本公开出去，凭着南宫世家的权势和能耐，他们也能够轻而易举地化解这一次的危机。最简单的做法莫过于推出来一个替罪羊。"

"替罪羊——"萧云龙冷笑了声，接着说道，"比方说林家？"

公子羽抬眸看着萧云龙，说道："所以你真正的目的是想要对付林家？"

"不错。南宫世家下的一些附属世家如同他们的左膀右臂，要想对付南宫世家，那就要先把他们的左膀右臂给斩断。"萧云龙说道。

公子羽说道："我知道怎么做了。你放心，我知道该放出一些什么消息，恰好又能让南宫世家关注到。"

"谢谢。"萧云龙认真地说道。

公子羽那双黑亮的眼眸看了萧云龙一眼，樱唇微启，说道："不用谢，你只要记得你的承诺就行。"

萧云龙脸色一怔，他心知公子羽话中所指，就是带着她去当年的那片死亡沙漠中寻找她父亲的尸骨。

对此，萧云龙郑重地点了点头。

后来，萧云龙离开了公子羽的住所，他拿出手机看了眼，已经接近凌晨一点钟了，手机上有来自奥丽薇亚的好几个未接电话。他想起奥丽薇亚曾让他今晚跟她一起吃晚餐，不过今晚因为对付血龙会的事情，所以给耽误了。

想了想，萧云龙尝试性地拨打了奥丽薇亚的手机，看看她是不是已经休息了。谁知电话打过去后奥丽薇亚第一时间就接了电话，且萧云龙听到了奥丽薇亚的手机那边传来了一阵阵嘈杂的音乐声，以及鼎沸的说话声。

萧云龙怔住了，他大声说道："奥丽薇亚，你在哪里？"

"喂，喂，魔王吗？我听不清你说什么，你等一下……"奥丽薇亚对着手机喊着，没一会儿她手机中的嘈杂声减轻了不少，想来她是走到一个稍微安静的地方接电话去了。

"喂，奥丽薇亚，听得到了吧？这么晚了你在哪里？"萧云龙皱眉问着。

"我在酒吧呢，对了，还有唐果、柳如烟，我们三个人正在一起疯狂地玩，好开心。你终于肯回我电话了，你要过来吗？"奥丽薇亚问。

"酒吧？"萧云龙一怔，他说道，"这么晚了你们还在酒吧？"

"今晚玩得高兴就多玩了一会儿。好像唐果有点醉了……魔王，你快点过来吧，我发现酒吧里面有好几桌的男人都盯住了我们，我好怕哦。"奥丽薇亚电话中笑着说道。

萧云龙额头直冒黑线，如此一个情报女王的存在，除非那些男人不长眼才敢去招惹她。不过想起唐果和柳如烟也在酒吧中，他还真是有些不放心。特别是唐果，她刚成年，按理说每天晚上她都需要按时回去的，怎么今晚能够在酒吧中疯玩？想到这，萧云龙决定过去看看。

"你在哪个酒吧？"

"好像是叫什么炫色酒吧。"

"我知道了，你们等着，我现在过去。"萧云龙挂了电话，骑着怪兽在夜色中飞驰。

炫色酒吧。

萧云龙回归江海市后都还未去过这座城市的酒吧，以往在海外，几乎每一次行动过后，他跟魔王佣兵团的弟兄们都会去酒吧中用酒精来麻醉自己，这是杀戮过后的一种解压方式。

萧云龙骑着怪兽一路飞驰来到了炫色酒吧，停下车后他走了进去。

炫色酒吧是江海市后半夜最为热闹狂欢的酒吧，来到这里的基本都是单身的年轻男女，他们时尚而又赶潮流，肆无忌惮地挥霍着自己年轻的资本，宣泄自己青春的本钱，在那震耳欲聋的音乐中，在灯红酒绿间，释放出自己的激情。

因此，萧云龙一走进酒吧，就感受到了这里面那股浓厚无比的荷尔蒙味道，还有一个个女人身上散发而出的浓烈香水味，与空气中的酒水味混合在一起，杂糅成了一股特别的气味。

萧云龙走进酒吧，正在举目搜找奥丽薇亚、柳如烟和唐果的身影，电话中奥丽薇亚说她们在酒吧的右侧边角的位置上，因此萧云龙朝着右边走去，双目时不时地来回张望着。可一路走去，萧云龙也没有看到奥丽薇亚她们的身影，他不由皱了皱眉。

这时，酒吧的中心舞池上传来一阵阵狂欢喝彩的声音，现场的DJ更是疯狂地叫喊着，将一个个年轻男女的情绪全都调动了起来，使舞池中正在扭动身体随着音乐的节拍而摆动的年轻男女更加亢奋。

萧云龙看向了酒吧中心的舞池，立即看到了奥丽薇亚的身影。奥丽薇亚身材高挑，一米七五的个头往舞池中一站，极为显眼，让人一眼就能看得到。

奥丽薇亚应该是有几分醉意了，正在舞池中扭动着她那极度性感惹眼的娇躯，今晚的她穿着更是性感无比，一件超短热裤，上身则是一件露腰的紧身吊带，如此打扮让人看直了双眼，为之垂涎。

奥丽薇亚的音乐节奏感很强，柔软的腰身扭动着，一头棕色的长发随之飞舞，她那张艳丽绝美的面容在酒吧绚丽多彩的灯光照射下更是透出一股魅惑之态。

萧云龙走了过去，他也看到了奥丽薇亚身边的柳如烟与唐果，她们两人同样也有些微的醉意，在奥丽薇亚的带动下尽情地狂欢着，像是要将所有的烦心事抛之脑后，享受着这一刻的轻松与惬意。

奥丽薇亚那性感热情的舞姿引来舞池中无数男人的喝彩声，场中一个个男人显得贪婪而又炙热的目光盯着奥丽薇亚她们三人，那脸色真是恨不得冲上去与奥丽薇亚她们来一段贴身辣舞。

酒吧中鱼龙混杂，什么人都有，自然也存在地头蛇一类的人物。这不，舞池中已经有七八个看上去就是一伙的年轻人有意无意地围拢向了奥丽薇亚她们，无形中已经将她们三人包围在内。他们嘻嘻哈哈，也在舞动着自己的身体，还时不时地与奥丽薇亚她们进行互动。

不过柳如烟她们却没有理会这伙人，柳如烟玩了一会儿，出了热汗，且也感觉到有些累了。她想着返回座位上休息，不过看着奥丽薇亚与唐果仍是一副还未尽兴的样子，她并未催促，而是想着再等一会儿。

这时，现场DJ开始疯狂起来，震耳欲聋的音乐显得更加振奋人心，舞池上的灯光开始一明一暗，渲染上了一层旖旎暧昧的风情。那一伙七八名年轻男子更加靠近了奥丽薇亚她们，甚至他们已经闻到了从奥丽薇亚她们身上散发而出的那股体香味道，这仿佛一剂催情剂般，让他们变得亢奋，变得兽血沸腾，也变得胆大妄为。

就在舞池的灯光一明一暗之际，这伙人中，一个年轻男子猛地朝前走了几步，接着他的右手手掌对着奥丽薇亚的翘臀伸了出去，看样子是要浑水摸鱼，猥亵奥丽薇亚。

这个年轻男子眼中露出了一股狂热亢奋之意，因为他的手掌就要触摸到奥丽薇亚的身体了，只要再往前一寸就如愿以偿。

然而，突然间这个年轻男子的身体一僵，朝前伸出的咸猪手也定格在了半空，未能再往前伸探分毫。只见一只沉稳有力的手伸了出来，扣住了这个年轻男子的右手手腕，一道挺拔的身影不知何时出现在了这个年轻男子的身旁。

"你的手伸得太长了，小心被砍下来！"一声平静却内蕴着让人恐惧意味的声音在这个年轻男子的耳边响起。

这个年轻男子回头一看，看到的是一张阳刚俊朗的脸，以及对方那双宛如星空般深邃却无形中让人感到战栗恐惧的目光。

"咦？云龙哥，你什么时候来了？"对面的唐果恰好眼眸抬起，看到了仿佛凭空冒出的正站在奥丽薇亚身后的萧云龙。

萧云龙笑了笑，他松开了正扣住的那个年轻男子手腕的手，说道："我刚过来。你们怎么今晚有这么大的兴致来酒吧喝酒跳舞啊？"

说着，萧云龙不理会那伙人，朝着柳如烟她们走去。

"魔王，你来了。"奥丽薇亚看到了萧云龙，她欣喜一笑，停下了她那疯狂而又性感的舞姿，随手一撩长发，那动作显得魅惑撩人。

柳如烟的玉脸微微染红，也不知道是因为喝了点酒的缘故，还是被萧云龙看到她正在舞池中放松玩乐的缘故，她一双狭长而又妩媚的风眸看向萧云龙，说道："奥丽薇亚想来酒吧玩玩，所以我们就跟着她一起来了，也算是放松一下心情吧。"

"这挺好，只要别喝得酩酊大醉就行。"萧云龙笑了笑，眼角的目光不经意间朝着四周那七名年轻男子脸上扫过，隐有一丝锋芒乍现。

且说那个妄图朝奥丽薇亚伸出咸猪手的年轻男子被萧云龙识破制止之后，他恼羞成怒，联合起了其他年轻男子，一双双看向萧云龙的目光中内蕴着不善的神色，但刚才萧云龙眼角余光不经意间扫过他们的时候，竟让他们无端感到阵阵心寒，那种感觉就像是被一头蛰伏的猛兽给盯住了般。

萧云龙不理会这伙人，在他眼中这些人根本就不入流，只要对方识趣一些，那他也不会做什么。

"跳够了没？"萧云龙问道。

"够了，我都有点累了，要不我们去座位上坐坐吧。"柳如烟说道。

"好啊，我还想喝酒。"唐果附和着说道。

当即，萧云龙随着柳如烟她们离开了舞池，返回她们订的酒桌旁。

"果儿，你今晚怎么能够出来玩这么晚啊？你爸爸不管你？"萧云龙诧声问道。

"管啊，不过这几天我爸妈都出差了，不在江海市。然后我跟他们说我跟如烟姐在一起，他们也挺放心的。只要瞒着，不让他们知道我来酒吧玩，就没什么事。"唐果笑着说道。

柳如烟白了唐果一眼，没好气地说道："回头要是让唐叔叔知道了，他可就要责怪我了。"

"放心吧，只要没人说起，我爸爸不会知道的。"唐果笑着，她端起酒杯，对着萧云龙说道，"云龙哥，我跟你喝一杯吧。"

"你都这样了还要喝？"萧云龙说道。

"人家都还没醉呢。"唐果嘟着嘴说道。

"行吧，你少喝点。"萧云龙开口，他给自己倒上一杯威士忌，端起来一饮而尽。

奥丽薇亚也端起了酒杯，说道："魔王，我也要跟你喝。"

"你都喝了多少了，再喝可真要醉倒了。"萧云龙说道。

"这有什么，反正就算是醉了也是难得一醉。你知道吗，我已经很久没有这样放松过自己了。以前我总是时刻警惕，紧绷着神经，都不敢放松下来。不过在这里我却是很放松，也不会害怕什么，因为有你在这座城市。"奥丽薇亚笑着说道。

萧云龙脸色一怔，心知奥丽薇亚此前在欧美那边基于她的身份，的确是时刻都要警惕着，难得有彻底放松下来的时候。如今她在江海市，不用再去担心什么，这才找来柳如烟与唐果来酒吧中玩玩。

"那就喝吧。"萧云龙笑着，端起酒杯与奥丽薇亚一饮而尽。

……